Ammianus-Verlag

Die Autorin

Geboren 1977 in einem Dörfchen im Sauerland plante Anja Grevener zuerst den Werdegang des Pädagogen, doch ein Praktikum bei einer Lokalzeitung bewirkte ein Umdenken und brachte die Wende hin zu ihrer eigentlichen Leidenschaft: dem Erzählen von Geschichten. Nicht erst seit ihrem Volontariat im Journalismus begleiten sie seitdem die „Dramen“ des Alltags und die Spannungsfelder menschlicher Begegnungen. Seit einigen Jahren arbeitet Anja Grevener freiberuflich als Redakteurin, unter anderem für Geschichtsmagazine, lokale Redaktionen rund um ihre Heimat im Sauerland und als Gerichtsberichterstatterin. Ihren ersten historischen Roman, „Die Wölfin von Arnsberg“ veröffentlichte Anja Grevener 2010. Neben ihrem Beruf, der sie auch häufiger in vergangene Zeiten entführt, ist sie begeisterte Reenactress und versucht, mit einigen „Kumpanen“, Ross und Schwert vor allem das Hochmittelalter zum Leben zu erwecken.

Anja Grevener

Sündenbock

Historischer Roman

Impressum

Erste Auflage
März 2014

Umschlaggestaltung: Thomas Kuhn
Lektorat: Angelika Kiel
Satz: Michael Mingers
Druck: cpibooks Germany

Printausgabe-ISBN: 978-3-9815774-5-7

www.ammianus.eu
www.facebook.com/AmmianusVerlag

Dank

Bedanken möchte ich mich für die Hilfestellungen, die mir einige versierte Experten, Bekannte und Freunde gegeben haben. Allen voran Heinrich-Josef Deisting, bis vor kurzem der Stadtarchivar von Werl, der sich umfassend mit Caspar Reinhartz beschäftigt und mir seine Unterlagen zur Verfügung gestellt und erste Literaturhinweise gegeben hat. Auch Doktor Peter Worm aus Münster, der mir unkompliziert den Zugang zu den Akten gewährte, möchte ich nicht unerwähnt lassen. Durch ihn entstand auch der Kontakt mit Herrn Christoph Freiherr von Wrede, der mir sehr hilfreiche Informationen zur Geschichte seines Stammsitzes, Schloss Melschede, und seiner Familie zukommen ließ und zudem auch die Erlaubnis erteilte, die Akten aus dem Archiv seiner Familie veröffentlichen zu dürfen.

Vor allem geht mein Dank aber an Werner Ahrens von der „Balver Heimwacht“, der mich mit Hinweisen versorgte, mit offenem Ohr meine Fragen beantwortete und sogar mit einem sehr passenden und schönen Gemälde zur Entstehung eines Sündenbocks zu einer ersten Präsentation des Projekts in der Balver Bücherei (hier ein Dank an die Leiterin Roswitha Schubert, ihr Team und das interessierte Publikum für die gelungene „Lange Nacht der Bibliotheken 2013“!) beigetragen hat. Der Arnsberger Stadtarchivar Michael Gosmann, der zwar in erster Linie zu einem anderen literarischen Projekt Hilfestellung geleistet hat, hat mir Unterlagen und Hinweise zum Hexendoktor Heinrich von Schultheiß zur Verfügung gestellt. Der Stadtarchivar von Wetter (Ruhr), Doktor Dietrich Thier, und Hubert Priggel aus Garbeck haben mir das barocke Deutsch der Archivalien etwas näher gebracht. Vielen Dank auch dafür!

Für die literarische und kreative Starthilfe (und einige schöne und vor allem produktive Tage) bedanke ich mich bei Andrea Reichart und ihrem Norbert aus Iserlohn und bei meinem „Lies-das-mal-Raben“ Patricia Prange.

Und dann wären da noch die vielen Reenactor, deren Darstellungen einmal mehr Vorlagen boten und die meine Präsentationen mit viel „Feuer“ gewürzt haben: die „Märkische Freiheit“ aus Wetter, die „Ritterschaft der Wolfskuhle“ aus Hagen und einige Ritter aus dem Sauerland – besonders Benjamin Frenzel, Gerd, Claudia, Louis und Lena Guntermann und Jan Wrede. Unter diesem bunten Völkchen natürlich auch mein persönlicher edler Ritter Mirko, der mich auffängt und mir so vieles ermöglicht, und meine Lieblingsschwester Sonja, die auf langen Walks die eine oder andere tolle Idee für die Handlung beigesteuert hat!

Danke, dass es Euch gibt!

Vorwort

In unscheinbaren Pappordnern bräunlich-grauer Färbung erreichen einige der schlummernden Dokumente aus der Zeit des Balver Hexenwahns den Münsteraner Lesesaal des LWL Archivamts für Westfalen.

Ganz klar ist dieses Buch ein frei erfundener Roman – jedoch fußt seine Handlung auf den Überlieferungen und Akten aus dem ehemaligen Amt Balve. Die Bettlerin Anna im Dreck, eines der ersten tatsächlichen Opfer des Hexenwahns, die Bürgermeisterin [deren Name Anneken Flörken aus einem Brief und dem Gedicht von Josef Pütter „Wachtläuh-Räusen" („Wachtloh-Rosen") zusammengesetzt wurde] und das Personal des Gerichts wie Henrich Roeßen und Johannes Höyngk sind historische Personen, ebenso ist das verübte Attentat auf den ungeliebten Hexenkommissar Caspar Reinhartz eine überlieferte Tatsache wie auch die dargestellten Abläufe der Prozesse. Auch wenn die Charaktere, die hier agieren, natürlich nicht vollends mit den historischen Vorbildern übereinstimmen können und werden.

Die Überlieferung für das Amt Balve ist im Vergleich zu anderen Städten, trotz zahlreicher Stadtbrände und Wirren der Zeiten, recht gut erhalten. Das Archiv aus dem Sitz des Balver Drosten, dem Schloss Melschede, das unter anderem über die Prozesse Auskunft gibt, ist nach Münster umgezogen und lagert dort gut verwahrt in den Händen der Archivmitarbeiter. Erhalten sind unter anderem das Protokoll eines Verhörs, in dem eine Catrin Koening aus Affeln ihren Peinigern Rede und Antwort steht, aber auch die kalte, juristische Korrespondenz zwischen den rechtlichen Organen, die über die Schicksale der verdächtigen „Zauberischen" zu entscheiden hatten. Briefe des Balver Richters Johannes Höyngk an seinen „hochedelgeborenen, strenggebietenden Herrn Droste", Ferdinand von Wrede, dem Nachfolger Stephan von Wredes, unter Bezugnahme auf den Rat des Lizentiaten Caspar Reinhartz, sind ebenfalls erhalten und nennen Namen der zweiten Verfolgungswelle in den 1650er Jahren.

Erschrocken war ich tatsächlich kurz nach meinem ersten Besuch 2011 im Münsteraner Archiv, als mir gleich auf der ersten Seite des

Berges an Briefen Höyngks in fast unleserlicher Schrift und in verschachteltem Deutsch ein Name entgegenleuchtete, der mir nur allzu vertraut war – auch wenn ich zweimal hinsehen und ihn mühsam entziffern musste. Denn auch ein Grevener, ein gewisser Herman Grevener, hat sich offenbar zu dieser Zeit etwas zuschulden kommen lassen. So wurde der Wahn plötzlich auf eine sehr persönliche Ebene hinabgebrochen, denn meine Familie hat ihre Wurzeln im Balve benachbarten Garbeck. Dieser Herman Grevener könnte also einer meiner direkten Vorfahren sein. Schon zuvor hatte ich mich bei der gewaltigen Anzahl an Opfern und der recht kleinen Bevölkerungszahl gefragt, ob auch jemand aus meiner Familie den letzten schweren Gang zum Balver Galgenberg hatte gehen müssen. Immerhin starb jeder zwanzigste Einwohner (die Einwohnerzahl des Amtes Balve wird auf 6.000 geschätzt) in den Mühlen der damaligen Justiz. Aber einen konkreten Hinweis in den Gerichtsakten auf einen Vorfahren zu finden, der in verblichener Tinte plötzlich vor mir stand, war dann doch ein emotionaler Moment.

Ob Herman Grevener als Zauberischer verurteilt wurde, steht nicht im Brief des Richters, nur seine Bestrafung. Herman Grevener wurde gebrandmarkt, mit Ruten „außgestrichen" und dann des Landes verwiesen. Wahrscheinlicher ist eine Verurteilung in Bezug auf sein mögliches Amt als „Procurator" (eine Art „Anwalt" und Rechtsberater), der seiner Partei wissentlich einen gefährlichen Weg bei ihrem Prozess geraten hat. Die **Carolina**, die Peinliche Halsgerichtsordnung Karls V., die damals gültige Rechtsordnung, nennt die gegen Herman Grevener verhängten Strafen zumindest im Artikel 115, in dem es um diesen Straftatbestand geht, und ein weiterer Grevener ist als „Dorfrichter" überliefert. Der erfundene Thonis Schulte, der Vater meiner Heldin Marie, basiert auf diesem Fund.

Sicherlich wird es so mancher Familie aus Balve, Affeln, Garbeck, Mellen und weiteren Orten des alten Amtes Balve so gehen, wenn sie in dieses Buch schauen. Denn immer wieder tauchen Namen auf, die sich bis heute erhalten haben. Der Hexenwahn des 17. Jahrhunderts betrifft also direkt noch viele ansässige Familien, wird plötzlich persönlich greifbar, auch wenn er schon vor einigen hundert Jahren stattgefunden hat.

Prolog

Anna von Hövel

Das grelle Licht der Sonne auf dem Metall der Harke, die auf der Schulter der Buckligen hin und her schwankte, flirrte. Lichtpunkte sprangen mal ins Geäst der Dorflinde, mal auf den Weg hinter ihr. Angestachelt durch die Hitze des Spätsommers, führten die Windteufel ihren Tanz auf. Sie trafen das Gesicht einer Heiligenfigur in ihrem Schrein, fanden ihren Weg zu dem weit geöffneten Deelentor auf dem ärmlichen Hof am Wegesrand.

Ein spindeldürres Mädchen mit schmutzigen Wangen blickte von ihrem Spiel auf, als das Licht sie traf. Sie ließ ihr Holzpferdchen fallen, richtete sich auf und strich sich über die Stirn. Dann stakste sie fasziniert hinter den tanzenden Lichtpunkten her, die immer dann aufblitzten, wenn die Sonne das Blatt der Harke traf. Sie konnte den Blick nicht von den funkelnden Strahlen nehmen, starrte ihnen fasziniert hinterher, folgte wie hypnotisiert. Plötzlich krallte sich eine kalte Hand in das Herz des Kindes und ließ es erstarren. Alle Muskeln in ihrem Körper verkrampften sich und verweigerten ihr den Gehorsam. Ihr Mund öffnete sich zu einem markerschütternden Schrei, der wie das Kreischen eines Dämons durch das Dorf hallte. Wie durch die Fäden einer Marionette emporgerissen, flogen ihre Arme hoch. Ihr Geist verschwand und wie ein gefällter Baum fiel sie stocksteif nach hinten.

Der entsetzliche Schrei ihres Kindes ließ die Bäuerin zusammenzucken. Hastig eilte sie aus der Deele auf den Hof. Sie sah ihre Tochter im Staub liegen, die Glieder verdreht. Blasen von Spucke spritzten dem Kind aus dem Mund, verfärbten sich zu grässlich rosafarbenem Schaum mit blutigen Sprenkeln. Das Entsetzen der Mutter lähmte sie für einen entsetzlichen, langen Augenblick. Dann riss sie sich mit einem Ruck zusammen, warf sich auf den Boden und versuchte panisch, Ruhe in den gequälten Körper zu streicheln. Ohne Erfolg. Steif lag das Kind am Boden, zuckte, den Kopf weit in den Nacken gepresst. In der Düsternis, die sich ihr aus dem schwarz verschleierten Blick des Kindes entgegenwarf, fand sie keine Erinnerung an Familie, Dorf oder Gott. Tränen liefen der Mutter über die Wangen, kein Laut wollte über ihre Lippen fließen, kein Hilfeschrei gelingen. Ihr Blick flatterte und heftete sich verzweifelt an die Gestalt, die über die Dorfstraße schlurfte, als ginge sie das Drama auf dem Hof nichts an. Hilflos fraß sich ihr Blick in den Rücken der Alten.

Mit gerunzelter Stirn hielt die Bucklige inne, drehte sich um und blickte zurück. Sie erschrak. Die Harke rutschte von ihrer Schulter und fiel in den Staub.

Die Hand der Mutter knetete das Haar im Nacken des Kindes, seinen Kopf in ihren Schoß gepresst. Die Kleine begann zu grunzen, zischelte und knurrte die Bucklige an. Die Mutter spürte den Drang, das Kreuzzeichen zu schlagen, ihre Hand löste sich aus dem wirren Schopf, die Finger fuhren sich wie von selbst an ihre kalte Stirn, verharrten, sanken zurück auf den Kopf ihres Kindes, das Kreuz blieb ungeschlagen. „Anna im Dreck …“, wisperte sie und die Augen der beiden Frauen trafen sich über dem zuckenden Scheitel des Kindes hinweg.

Der Befehl

August 1628

Die müden Augen im runden Gesicht des Pastors wanderten über die Fresken an der Kuppel des Raumes. Sein Hintern war in das Kissen seines Sitzes gesunken und er versuchte mit mehr Enthusiasmus zu singen, als er in sich spürte. Der Gemeinde schien es ebenso zu gehen. Füße scharrten auf dem Steinboden, vielfaches Räuspern unterbrach den müden Gesang, sodass es am heutigen Sonntag beim Hochamt lauter in der St. Blasius-Kirche zuging, als er es sonst toleriert hätte.

Hermann Laer, der sich selbst als gemütlichen Gelehrten bezeichnet hätte, war seit fast sieben Jahren nun schon in Amt und Würden und glaubte mittlerweile, jeden Pinselstrich des Meisters vergangener Tage, der ein gewaltiges Bild des Erlösers über seinen Kopf gezaubert hatte, zu kennen. Der Heiland verzog keine Miene, starrte ihn ernst aus der Kuppel herunter an, als stelle er Laers Herzen an diesem Sonntagmorgen nur eine Frage: *Mit welchem Gefühl in deiner Brust wirst du es gleich tun? Bist du dir sicher, dass es Mein Weg sein wird?*

Laers Blick heftete sich auf das aufgeschlagene Buch, das der Erlöser in seiner Linken hielt. Das Alpha, der Anfang, prangte auf dem Weiß des gemalten Pergaments, das Omega verbarg sich in den Falten des roten Umhangs, fast unsichtbar, wie die Zukunft selbst.

„Wie wird das also enden?“, fragte sich Laer im Stillen und wurde sich gleichzeitig bewusst, dass er nur noch lautlos seine Lippen bewegte. Seine Schäfchen hatten die Häupter erhoben und starrten ihn an. Der Choral war verklungen, ohne dass er es bemerkt hatte.

Pastor Laer räusperte sich und stemmte sich auf die Beine. Es fiel ihm schwer, das Folgende zu tun, auch wenn er gewiss war, dass seine Vorgesetzten, die Obrigkeit und all die gelehrten Herren nicht irrgehen konnten. Dennoch regte sich in ihm Ekel. Aus den Falten seines Gewandes, das den Bauch, der bislang den Entbehrungen der Zeit getrotzt hatte, locker umspielte, zog er einen Bogen Büttenpapier hervor, an dem noch ein Siegel baumelte und erklomm die Kanzel.

„Liebe Gemeinde, fester Kreis des wahren Glaubens. Einige von euch werden bereits gehört haben, dass mir der Rat unserer Stadt ein Schreiben übergeben hat, das von unserem geliebten Kurfürsten Ferdinand von Wittelsbach stammt. Ich soll euch heute verkünden, was er von uns verlangt. Denn wisset, der Teufel, der bocksbeinige Verführer, zieht über Land und seine Schergen treiben unchristlichen Schabernack und Schadenszauber auf Kosten der wahrhaft Gläubigen. Endlich kennen wir den Verursacher all der Not und des Elends, die uns in den letzten Jahren immer wieder und immer schwerer peinigten. Das glaubt Seine Eminenz mit festem Sinn. Auch in anderen Ämtern Westfalens hat darum die Suche begonnen, eine Suche, der auch wir uns jetzt annehmen. Denn ist es nicht auch hier geschehen? Verdorrt nicht auch bei uns das Getreide am Halm, wird es nicht schwarz und faulig? Frieren wir nicht alle in den plötzlich so harten Wintern? Erinnert ihr euch daran, dass Kunde kam, dass selbst der breite Vater Rhein, der an Köln vorbeifließt, zugefroren war? Hörten wir nicht von Zeichen des Unheils, glühenden Sternen, die am Himmel erschienen und zur Erde stürzten? Und hatten wir nicht alle unsere Not mit den Wirren des Krieges, der überall um uns herum tobt? Haben wir nicht alle jemand Geliebtes verloren, der dahingerafft wurde von rätselhaften Krankheiten? Haben sich nicht die Pforten der Hölle geöffnet und sich die Teufel ihrer Ketten entledigt? Das kann nicht mit rechten Dingen zugehen! Der Teufel, das ist sicher, entfesselt seine Macht, um die Menschheit zu quälen. Er nutzt die Blasphemie, die sich im Streit um die einzig wahre Religion ergeben hat! Viele von euch werden noch zurückdenken an die Zeit, als selbst der Erzbischof von Köln, unser aller Herr, zum reformatorischen Glauben übertreten wollte, um seine Buhle ehelichen zu können. Wie ist er über uns hergefallen und wollte uns auf seinen Weg zwingen! Jetzt stellt uns Gott, der Wahre und Gerechte, auf die Probe. Er gebietet dem Verführer keinen Einhalt mehr, lässt Dämonen frei auf seiner Erde wandeln, um uns zu prüfen."

Laer holte tief Atem und genoss einen Augenblick lang die Spannung, die ihm jetzt entgegenschlug wie eine mächtige Welle.

„Es ist an uns, ihn aufzuhalten! Gott ruft nach uns und den Seelen der Gerechten. Wir müssen unseren Glauben verteidigen gegen düstere Kräfte und die Schergen des Teufels. Aber es wandeln nicht nur Dämonen durch die Welt, es sitzen, selbst in dieser heiligen Stunde, Menschen unter uns, die uns unsere Not nicht nur gönnen, sondern förmlich an den Hals wünschen. Männer und Frauen, die den Künsten des Teufels erlegen sind. Ihr wisst alle, dass wir schon solche Hexen und Hexer in unserer Mitte gefunden haben. Meine Vorgänger, unter anderem der euch noch wohl bekannte Henricus Nevenius, haben bereits gute Arbeit geleistet und einige der Frevler gefunden und der gerechten Strafe zugeführt. Nun ist es an uns, dieses Werk des Glaubens weiterzuführen. Darum wünscht unser Herr, dass wir alle Löcher und Verließe vorbereiten und Kerker schaffen. Wir werden gemäß seinem Befehl das grässliche Laster der Zauberei auslöschen und die verirrten Seelen durch das Feuer läutern. Beherbergt ihr solche, die der Zauberei berüchtigt sind …“, an dieser Stelle warf Laer einen scharfen Blick über die Gemeinde und sah, wie einige betreten zu Boden sahen, „ … so schafft diese ab.“

Die Stimme des Pfarrers hallte laut und endgültig durch das Schiff der Kirche, brach sich an den Säulen, die in der Sonne des Morgens in heiligem Blau und Rot erstrahlten. Die Balver, die genau hinhörten, konnten in Laers Stimme ein leichtes Zittern wahrnehmen. Es wurde still in St. Blasius.

Nach seinem Auszug aus der Kirche wartete Pastor Laer an der Pforte und ließ, bis sich die ersten Gläubigen von ihm verabschieden würden, den Blick über den Friedhof wandern. Im Hintergrund erhob sich die Stadtmauer, die St. Blasius-Kirche und die Gebäude der Pfarrei umgab eine eigene Wehrmauer. Die ersten, die zu ihm traten, waren Männer des Stadtrates, darunter der Bürgermeister, der seine reizende Frau am Arm führte.

„Frau Anneken, die Engel verstecken ihr Antlitz, wenn sie Euch erblicken“, schmeichelte Laer. Er mochte die junge Frau, die sich rührend um die Armen und Kranken des Heilig-Geist-Hospitals kümmerte und auch ansonsten keine Mühe scheute für die Barmherzigkeit und Nächstenliebe. Doch heute blieb das sonst so offene Lächeln der blonden Frau distanziert.

„Habt Dank, werter Herr Pastor.“

„Ihr schmeichelt meiner Frau zu sehr, Herr Pastor. Aber verdient hat sie jedes Lob“, bedankte sich ihr Ehemann, der dienstbeflissene Bürgermeister Flörken. „Und mein Kompliment zu der gelungenen Ansprache. Ihr habt die Dringlichkeit der Forderung Seiner Eminenz deutlich werden lassen. Jetzt werden auch die letzten Zauderer im Rat bereit sein, die notwendigen Reparaturen an den Zellen im Rathaus und in den Stadttürmen zu finanzieren. Die Zeit drängt offenbar.“ Flörken warf ebenfalls einen Blick über den Kirchhof, auf dem bereits zwischen den Kreuzen und Grabsteinen Grüppchen tuschelten, wie eine Rotte Krähen, die lauernd den Tratsch als ihre funkelnde Beute aufpicken wollte. „Was glaubt Ihr, Herr Pastor, sieht man es einer Hexe an der Nase an, dass sie Übles im Schilde führt?“

Laer wurde die weiße Binde um den Kragen seines Hemdes plötzlich eng. Er schätzte derlei Diskussionen nicht, denn man wusste nie, wo sie enden würden – oder wer gerade zuhörte. Noch wollte er keine Angst in die Herzen seiner Schäfchen säen, galten sie ihm doch als unbescholten und gläubig. Zumindest die meisten von ihnen. Und der Rest erschien ihm auch eher harmloser Natur, oftmals berauscht vom über die Stadtgrenzen hinaus bekannten Balver Lüll und etwas eilig, die Fäuste im Streit sprechen zu lassen, aber dennoch im Großen und Ganzen ungefährlich.

„Oh, ich denke, Luzifer weiß seine Schergen zu schützen, sodass sie nicht offensichtlich zu erkennen sein werden. Aber ihr bösartiges Werk wird sie offenbaren“, versuchte er den sich anbahnenden Disput abzukürzen und sah freudig, dass die anderen Mitglieder des Stadtrates beifällig nickten. Nur ein Paar blasser Augen über dem Samt eines feinen Anzugs straften seine Äußerungen mit Missbilligung. Richter

Henrich Roeßen, gestützt auf der einen Seite von einem Stock und auf der anderen von seinem Schüler Johannes Höyngk, richtete sich auf und verlieh seinem ausgezehrten Körper gebührende Autorität.

„Falls es hier noch mehr Zauberische geben wird, werden wir sie schon aus ihren Löchern treiben mit der Flamme der gerechten Justiz", schnarrte seine Stimme, die so brüchig war wie altes Pergament.

Richter Henrich Roeßen mochte ein Greis sein und darauf warten, dass er seine von der Gicht geplagten Knochen hochlegen konnte, doch seine Zähigkeit spiegelte sich nicht nur in seiner asketischen Figur wider. Die wachen Augen unter den dürren Haaren verrieten seine innere Stärke. Roeßen selbst hatte in der Vergangenheit schon des Öfteren Hexen examiniert. Zuletzt vor zwei Jahren hatte er zwei Frauen wegen ihrer Besagung auf dem Galgenberg, der oberhalb der Stadt thronte, hinrichten lassen. Der Balver Richter betrachtete voller Stolz sein juristisches Wirken und würde nicht kampflos Kritik daran hinnehmen.

Johannes Höyngk tätschelte beschwichtigend den Arm seines Mentors, der sich auch gleich ein wenig beruhigte.

Jovial lächelnd wandte sich Bürgermeister Flörken dem greisen Richter zu, erpicht darauf, einen Streit vom Zaun brechen zu können. Er liebte es, den Richter immer wieder herauszufordern. „Ihr habt ja bereits gute Arbeit geleistet, Henrich, das spricht Euch doch niemand ab. Aber scheinbar wart Ihr nicht gründlich genug. Immer noch gibt es Erscheinungen, die keine Erklärung finden. Immer noch passiert so viel Böses. Und jetzt dieser ausdrückliche Befehl Seiner Eminenz …"

Laer seufzte innerlich. Richter und neuer Bürgermeister waren sich selten grün oder gar einer Meinung. Dieses Streitgespräch konnte sich bis nach der Mittagszeit hinziehen. Laers Befürchtungen, seinen Sonntagsbraten zu verpassen, schienen sich zu bewahrheiten, als sich Roeßen erneut aufbäumte und in die Brust warf. Doch bevor er sich ereifern konnte, stutzte er und blickte verwundert auf seinen anderen Arm. Dort lag, beinahe heilig leuchtend vor der Schwärze des Stoffes, eine schlanke Hand. Roeßen schluckte die Worte, die ihm im Halse steckten, herunter und zog seinen Hut.

„Wir haben unsere Manieren vergessen, werte Frau Bürgermeisterin“, gab er sich mit einem Mal kleinlaut und erntete dafür ein Lächeln, das auch Laer den Tag wieder erhellte.

„Politiker allesamt“, schalt Anneken die Runde der Stadtoberen. „Und Eure Frauen drücken sich um die Grabsteine herum wie Katzen, da sie wissen, dass daheim der Sonntagsbraten im Ofen verkohlt und das Lüll schal wird. Schämen solltet Ihr Euch alle!“, lachte sie und die Stadträte fielen in ihr Lachen ein, zogen die Hüte und trollten sich einer nach dem anderen.

Pastor Laer bewunderte die junge Frau in diesem Augenblick noch mehr. Es war erhebend zu sehen, wie leichtzüngig sie selbst die kampfbereitesten Männer in ihren Bann schlagen konnte. Ein Schauer jagte ihm bei diesem Gedanken über den Rücken, doch Anneken und ihr Gemahl schlossen sich bereits den anderen Räten an und machten sich nach knapper Verabschiedung auf den Weg zurück in die Stadt.

Über die Schulter rief Flörken dem Pfarrer noch zu, dass er bereits den Drosten verständigt und nach Arnsberg geschrieben habe, auf dass ein Commissar aus Werl geschickt würde, der ihn bei den kommenden Prozessen unterstützen solle, denn das Strafrecht in diesen Belangen sei zu kompliziert.

Diese Bemerkung trieb erneut die Zornesröte in Roeßens Gesicht und der Greis stapfte am Arm seines Schülers grummelnd von dannen.

Der Pfarrer blickte ihnen nach, dann kümmerte er sich um weitere Gläubige, die mit Fragen oder Bitten an ihn herantraten. In Gedanken jedoch ging er den weiteren Sonntag durch, fragte sich, was seine Haushälterin ihm auf den Tisch bringen würde, und ob er schon heute den anderen Pfarrern des Amtes schreiben sollte, dass sie in seinem Haus willkommen sein würden, sollte die Hexensuche jemanden aus ihrer Gemeinde betreffen. Walburga, die gute Seele seines Haushaltes, würde wieder einmal gotteslästerlich fluchen, wenn sie zu hören bekam, dass bald Besuch in unbekannter Zahl und von ungewisser Dauer ihren wohlgeordneten Alltag durcheinanderbringen würde.

Nachdem der Pastor den letzten Gläubigen zum Sonntagsessen verabschiedet hatte, fühlte er sich noch nicht bereit, sich dem Gemecker seiner Haushälterin und dem Verdauen des Bratens zu widmen, also kehrte er noch einmal alleine zurück in das weite Schiff seiner Kirche, um die Kerzen zu löschen. Mit jeder Flamme, die er in dieser Einsamkeit ausblies, krochen nicht nur die Schatten aus den Ecken näher, sondern auch in seinem Herzen wuchs eine düstere Vorahnung.

Die Ankunft

Fröhlich plätscherte das Wasser über die Steine des Hangs oberhalb des natürlichen Beckens. Marie ließ es zuerst in mehrere Fläschchen fließen, die sie umsichtig verkorkte, und streckte dann ihre Hände und Unterarme in das Rinnsal. Um sie herum sangen Vögel schläfrig in der drückenden Schwüle, die nur durch die Frische des Wassers und die umstehenden Baumriesen etwas abgemildert wurde. Drohend hatten sich schon auf ihrem Weg zur Quelle durch die Mellener Felder Wolken am Horizont über dem Dörfchen in der Nachbarschaft Balves zusammengeballt, doch Marie hatte sich weder von ihnen noch vom Lamentieren ihrer Mutter vor marodierenden Soldaten und Landstreichern abhalten lassen, heute alleine in den Wald zu gehen. Schon als kleines Mädchen, als „unbändige Range" wie ihr Vater sie genannt hatte, war sie wie ein Junge mit wild wuchernden Locken durch die Wälder gepirscht, war auf Bäume gestiegen und hatte sich die eine oder andere Bude im Unterholz hinter dem Haus ihrer Eltern errichtet, wo sie sich abends die Sterne angesehen hatte. Anders als die anderen Mädchen des Dorfes hatte sie dabei nicht von den Augen eines hübschen Edelmannes geträumt, der sie eines Tages heiraten würde, sondern hatte sich vorgestellt, wie es sein würde, wenn die Menschen eines Tages die Lichter am Himmel erkunden würden. Würden sie wohl auf dem Mond spazieren gehen? Oder war der nur eine Scheibe, die man anstupsen konnte wie ein Windspiel?

Gedämpfter Hufschlag auf dem nahe liegenden Waldweg ließ Marie aus ihren Kindheitsfantasien aufschrecken. Hastig strich sie sich die Locken aus der leicht gebräunten Stirn und krauste ihre Nase. Sie spähte durch den Bewuchs des Unterholzes in Richtung des Weges, der unweit der Quelle verlief. Ihr Atem beschleunigte sich gegen ihren Willen und sie musste schlucken. Sie bugsierte die klimpernden Glasflaschen in ihren Korb und erhob sich. Sie fragte sich, was sie so sehr in Aufruhr versetzte, während sie sich zwischen die Stechpalmen und Buchenaufschläge hinter der Quelle zurückzog. Marie war oft im Wald und häufig Wanderern oder sogar Verbänden von Kämpfern nahe gekommen, hatte ihnen aber immer rechtzeitig ausweichen und das grüne Licht des Waldes wie einen schützenden Mantel um sich breiten können. Ihr war nie etwas geschehen, auch wenn sie in einer Zeit des Krieges leben musste, der wie ein Flächenbrand ganze Landstriche auffraß. Niemals hatte sie sich jedoch so unsicher gefühlt wie heute. Ihr Herz begann zu rasen. Fast so, als hätte sich ihr die Güte des Waldes entzogen – oder wäre fortgerissen worden.

Der Hufschlag kam behäbig näher. Dumpf gruben sich die Hufe eines schweren Tieres in den Waldboden. Der Reiter war scheinbar nicht in Eile, ließ sein Pferd mit langem Zügel im Schritt dahintrotten. Marie spähte aus dem Gebüsch hervor und erhaschte tatsächlich einen Blick auf den Reisenden. Er saß auf einem Schecken, dessen schwarzes und weißes Fell in der Augustsonne schimmerte und dessen Nase beinahe über den Boden schleifte. Ein großes und starkes Tier aus einem Stall, in dem es offensichtlich genug Futter gab.

Marie schnaubte. Was würde so mancher Bauer dafür geben, seinen Kühen die Portionen vorwerfen zu können, die dieses Pferd ernähren mussten? Und auch der Reiter machte für die Zeiten des Krieges und der Unruhe den Eindruck, als würde er von dieser Welt nur selten berührt. Das Wams war dunkel, aber verziert mit einigen auffälligen Stickereien, die Pluderhosen steckten in hohen Reitstiefeln und an seiner Seite trug er ein Rapier. Seine Gesichtsfarbe, die von der breiten Krempe seines Hutes, auf dem eine Feder wippte, beschattet wurde, zeugte davon, dass er sich gerade eher nicht in seinem natürlichen Lebensraum bewegte. Ein Bücherwurm, ein Gelehrter, der die meiste Zeit seines Lebens zwischen dem Staub alter Schriften und nicht an der frischen Luft verbrachte.

Marie gluckste. Der hagere Bursche schien sich nicht einmal dafür zu interessieren, wohin ihn sein Pferd tragen sollte, sondern hatte vor sich auf den Sattel ein kleines Buch aufgeschlagen, in dem er zu lesen schien. Gepflegte Hände – wieder ein Zeichen seiner Abneigung gegen körperliche Arbeit – hielten es gegen das Schaukeln des Pferderückens fest und blätterten abwesend.

Doch irgendetwas schien sich plötzlich zu verändern. Der Kopf des Mannes ruckte in die Höhe und er maß die Umgebung mit seinen Blicken, als suche er etwas. Das Buch klappte zu. Marie stockte der Atem, als sich die Schatten des Gesichts in ihre Richtung wandten. Hatte er eine ihrer Bewegungen bemerkt? Hatten seine Ohren ihr Atmen oder gar den Schlag ihres Herzens vernommen? Langsam nahm der Reiter die Zügel auf und zog sie leicht an, brachte dadurch sein Tier zum Stehen. Er sah sich weiter um und schien sogar schnüffelnd die Nase zu rümpfen. War er ein Hexenriecher, wie dieser Jakob Bithner, der von Stadt zu Stadt zog und berüchtigt dafür war, Frauen aufzuspüren, die der Hexerei frönen sollten? Von Männern wie ihm hatte Marie viel gehört. Was, wenn dieser da einer von denen war und sie gewittert hatte?

Maries Kehle wurde trocken, als sie sah, wie sich die sporenbewehrten Stiefel aus den Steigbügeln zogen, sich der Reiter vom Pferd schwang. Der Mann tätschelte dem Tier den Hals und nahm es dann beim Zügel. Gemessenen Schrittes stapfte er in Richtung der Quelle, das Pferd schnaubte, als es das Wasser sah. Seufzend ließ sich der Reiter nieder, rieb sich ausgiebig den anscheinend vom Reiten wunden Hintern, während das Pferd gurgelnd das kleine Becken leerte. Marie musste unwillkürlich kichern, presste sich, über sich selbst erschrocken, die Hand vor den Mund, als der Mann alarmiert aufblickte.

„Wer ist da?“, rief er mit dunkler Stimme, die das R rollte und jedes Wort betonte. Seine Hand fuhr zum Korb seiner Waffe.

Marie entschied nach ihrem Bauch, dass er kein Kämpfer war, der ihr Gewalt antun würde, und dass es für eine stille Flucht ohnehin zu spät war. Dass er sich völlig übermüdet am wunden Hintern kratzte und das lächerliche Bild, das er dabei bot, ließen Marie für einen kurzen Moment ihre Anspannung vergessen. Mühsam bezwang sie ihre Belustigung und löste sich aus dem Unterholz.

„Einen guten Tag wünsche ich, edler Herr“, begrüßte sie den Fremden mit aufkeimender Selbstsicherheit.

Ruckartig schoss der Mann in die Höhe und zog mit einer Verbeugung den Hut. Bevor sich sein Gesicht gen Boden senkte, konnte Marie eine leichte Röte seine Wangen überziehen sehen.

„Verzeiht, wenn ich so tölpelhaft dahergekommen bin, aber ich konnte nicht ahnen, dass jemand mein Tun beobachtete“, entschuldigte er sich und Marie sah, als er sich wieder aufrichtete, in zwei braune Augen, in denen ein Funke Heiterkeit glomm. Dennoch wirkten die Augen nicht fröhlich und auch das spitze Gesicht strahlte eine beunruhigende Strenge aus, so als verbitte es sich selbst diesen kleinen Ausbruch.

„Verzeiht, wenn ich Euch so derb überrascht habe, das lag nicht in meiner Absicht. Aber eine Frau sollte Vorsicht walten lassen, wenn sie allein unterwegs ist“, gab Marie zurück.

Das leise Funkeln der Heiterkeit in seinem Blick verzog sich augenblicklich hinter einem düsteren Schleier. „Verzeiht, aber eine Frau gleich welchen Standes sollte sich in diesen Zeiten nicht allein in den Wald wagen. Ich werde Euch zurück zu Eurem Zuhause geleiten.“ Sein Tonfall ließ keinen Widerspruch zu, wie Marie überrascht feststellte. Er war gewohnt zu befehlen. Vielleicht sogar jeder Frau, die ihm über den Weg lief. Ein ungutes Gefühl kroch ihr unter die Haut. Fast bereute sie schon, sich gezeigt zu haben.

„Ich kenne mich aus, habt Dank. Eure Gesellschaft auf dem Rückweg würde ich jedoch auch ohne drohende Gefahr genießen, denn mir scheint, Ihr seid ein Mann, der Kurzweil zu bieten hat“, schnappte sie zurück und biss sich gleich auf die Zunge. Ihre vorlaute Art würde ihr noch zum Verhängnis werden.

Der Reiter sah sie einen Augenblick lang durchdringend an, dann bat er sie mit einer einladenden Geste vor sich und seinem Pferd auf den Weg.

„Ihr wolltet Euch doch ausruhen, mein Herr. Trinkt ruhig erst einen Schluck. Diese Quelle soll heilende Wirkung haben. Und ich habe es durchaus nicht eilig“, versuchte Marie die Spannung durch Höflichkeit wieder zu entschärfen, aber der Mann verharrte stumm in seiner Geste, zwinkerte nicht einmal.

Marie entschloss sich, diesen Kauz möglichst schnell wieder loszuwerden. Hölzern folgte sie seiner Geste und trottete neben dem Fremden einher.

Lange Zeit herrschte um sie herum nichts als die drückende Stille des Waldes, unterbrochen nur vom Klimpern der Flaschen in ihrem Korb. Ab und an vernahm man schläfrige Vögel, ansonsten blieb es still. Marie, die es kaum gewohnt war, lange zu schweigen, fühlte sich zunehmend unwohl, nahm sich jedoch die Freiheit, ihren unfreiwilligen Begleiter näher in Augenschein zu nehmen. Er wirkte gepflegt, sein Gesicht war glatt rasiert. Braune Haare lagen wohlgeordnet in einem Zopf in seinem Nacken, die hohe Stirn, die sich unter der Krempe des Schlapphutes zeigte, deutete aber auf eine schütter werdende Lockenpracht hin. Seine Nase war schmal, nur an der Spitze lief sie breiter aus und die Nasenflügel wirkten selbst bei normaler Atmung leicht gebläht. Die Falten am Mund verliehen seinem Gesicht bittere Entschlossenheit, die in Kontrast stand zu seinem eher weichen Erscheinungsbild, dem selbst auf den zweiten Blick jede Anziehung und Ausdruckskraft zu fehlen schien. Das Grübchen am Kinn verschwand beinahe unter den stets abfällig gebogenen Lippen. Er mochte um die dreißig Jahre alt sein, schätzte sie. Und sie mochte ihn nicht.

So als hätte er ihre Gedanken gelesen, wandte er sich ihr plötzlich wieder zu und ein Lächeln zeigte sich auf seinen Lippen.

„Verzeiht, Jungfer, ich bin nicht immer ein Ausbund der Höflichkeit. Das bringt mein Amt mit sich – und leider trifft es oftmals Personen, die ich nicht kenne." Er sah auf ihren Korb. „Darf ich Euch beim Tragen helfen?"

Marie musste sich räuspern, um wieder Stimme zu haben für eine milde Erwiderung. „Oh, nein, Herr, lasst nur. Aber ich danke für das Angebot. Auch ich muss mich entschuldigen, ich war selbst sehr rüde. Ganz entgegen meiner Art. Aber welches Amt meint Ihr?"

Er lächelte weiterhin, Stolz schwang plötzlich in seiner Stimme mit. „Ich bin Jurist, Lizentiat beider Rechte, und seit Neuestem ein *Commissarius inquisitionis magiae.* Ein Commissar, der sich mit der Suche nach den verderblichen Zauberischen befasst."

„Oh, habt Dank, ich kann etwas Latein", versuchte Marie ihre aufwallende Panik zu ersticken und zu verbergen. „So seid Ihr der Berater des Richters aus Werl, von dem alle Welt zu reden begonnen hat?"

Er nickte. „Ja, so ist es. Was redet man denn?"

Marie wurde schlagartig misstrauisch. Dies hier war kein normales Gespräch mehr. Sie fühlte sich, als hätte ein Verhör begonnen.

„Nun, man redet über Euch. Wer kommen wird, was er tun wird", erwiderte sie ausweichend.

„Sind die Menschen beunruhigt?" Der Mann durchbohrte sie mit einem Blick, als wolle er den Grund ihrer Seele erkunden.

„Sie sind vielmehr neugierig. So wie ich. Ihr habt mir Euren werten Namen noch nicht preisgegeben."

„Ihr auch nicht", lächelte er sie plötzlich wieder an und tätschelte seinem Pferd die Nase. Sein Stimmungsumschwung ließ Marie an ein drohendes Unwetter denken.

„Ihr zuerst, das gebietet die Höflichkeit!", lächelte sie bemüht zurück.

Der Lizentiat hielt an, sodass ihm sein Pferd fast auf den Fuß getreten wäre, und verbeugte sich. „Mein Name ist Caspar Reinhartz."

Marie ging auf sein geziertes Spiel ein und knickste ebenfalls. „Marie Schulte aus Mellen."

„Schulte aus Mellen? Welch ein Zufall! Der Herr Droste empfahl mir noch eine Zwischenstation in Mellen, wohl bei Eurem Vater. Er könne mir erste Auskünfte geben, die ich für meine Arbeit benötigen würde."

„Mein Vater? Nun, er arbeitet als Procurator für die Bauernschaft, berät in Rechtsfragen und viele suchen seinen Rat. Aber von Zauberischen haben wir lange Zeit nichts gehört, bis der Befehl von der Kanzel verkündet wurde."

„Gehört vielleicht nicht, aber wohl doch die Auswirkungen ihres Tuns gespürt, wie allerorten sonst auch. Übermäßiger Regen oder gar Hagel, der die Früchte des Feldes verdarb? Krankheit und Tod, die auf leisen Füßen in die Zimmer der Unschuldigen gekrochen kamen?"

Marie schluckte und war froh, dass sich der Wald langsam lichtete und den Blick freigab auf die kleine Ansammlung von Fachwerkhäusern auf jenem Hügel, der sich wie eine Insel aus den Feldern und Wäldern der umliegenden Hügellandschaft emporhob.

„Nun?" Reinhartz' Lebensgeister schienen geweckt.

„Oh, es gab Missernten, in deren Folge viele Menschen starben. Auch mysteriöse Krankheiten gab es. Aber bislang wurde niemand beschuldigt, diese verursacht zu haben."

Reinhartz wandte ihr sein Gesicht zu und ein fast mitleidiger Ausdruck lag darauf.

„Ihr seid jung und unerfahren in den Dingen der Welt, wertes Fräulein Marie. Ihr werdet sehen, auch in Balve und Mellen werden wir sie letztlich aufspüren. All jene, die sich dem Schaden der Christenheit verschrieben haben und ihren verderblichen Zauber treiben. Ihr aber wirkt so … gut auf mich, so erfrischend. Eure Seele scheint nicht verdorben, sondern wach und wie aus einem alten Gedicht entsprungen. Eine Quellnymphe der Römer seid Ihr gewiss."

Er streckte seine schmale Hand aus und es schien ihr, als wolle er ihr Gesicht berühren, jedoch hielt er in der Bewegung inne und verwandelte die intime Geste in eine weitschweifige. „Aber dennoch solltet Ihr Euch nicht in den Wäldern umhertreiben. Ich werde mit Eurem Vater sprechen. Auch ohne die Hexen ist diese Zeit nicht sicher und nicht für Waldspaziergänge geeignet. Fremdes Volk hätte Euch ergreifen und Gräuliches antun können."

So als kenne er sich aus, schritt Reinhartz schneller voran, bedeutete Marie zu ihm aufzuschließen. Anscheinend hatte es der Lizentiat mit einem Mal eilig, wie einer der Bluthunde, die eine frische Spur in die Nase bekommen hatten. Marie ließ sich unauffällig einen Schritt zurückfallen, das helle Klimpern der gläsernen Behälter in ihrem Korb geriet für einen Augenblick aus dem Takt. Wäre sie nur in ihrem Gebüsch geblieben!

Machtverlust

Auf dem Platz vor dem Balver Rathaus und der Stadtkapelle, geradewegs unter dem hohen Kreuz, das dort an der Stirnseite des Gebäudes angebracht worden war, erwartete die städtische Delegation den Neuankömmling. Ein leiser Wind spielte an diesem Morgen, der bereits von der herbstlichen Kühle kundtat, mit den langen Röcken und den Federn an den Hüten der Anwesenden.

Nervös strichen Hände Kleidung glatt, Füße scharrten auf den steinernen Stufen der Außentreppe, Hüte wurden zurechtgerückt und Amtsketten auf Flecken untersucht. Die meisten der Ratsherren und reichen Kaufleute waren froh, nicht in erster Reihe des Empfangskomitees stehen zu müssen und drängelten sich auf den Stufen der breiten Außentreppe des Rathauses. Wer wusste schon, nach welchen Zeichen der Hexenkommissar suchen würde? Vor ihrer schwärzlichen, ansteigenden Masse hatte sich selbstbewusst der Bürgermeister aufgebaut, neben ihm Richter Roeßen und auch Pfarrer Laer.

Anneken, die Frau des Bürgermeisters, hatte sich etwas abseits zu den Balver Frauen gesellt. Bewusst hatte sie sich heute sehr dezent aufgeputzt. Vor allem auf dieser Seite des Platzes war die Anspannung deutlich zu spüren. Wo die Männer polierten und sich das Haar glatt strichen, waren die Frauen um sie herum ängstlich, kneteten heimlich ihre Hände und beteten stumm zum Himmel. Schließlich wussten sie, dass der Hauptteil der Schuldigen aus ihrem Geschlecht bestand. Frauen seien vermindert im Glauben, lüstern und somit anfälliger für die Einflüsterungen des Bocksbeinigen. Verhohlene Blicke wurden nach rechts und links geworfen, ob man nicht schon bei der Nachbarin auf der Stirn ein Hexenmal prangen sehen und damit dem Commissar einen Hinweis geben könne.

Flörken warf seiner Frau einen Blick zu, der ihr viel mehr sagte als ein langer Brief. Er war voller Liebe und Zuversicht. Sie tat so viel Gutes, wer würde ihr dann schon Übles nachreden?

Hälse wurden lang, als die Wachen aus dem Schatten des Stadttores heraus einen Reiter ankündigten. Und kurze Zeit später tauchte dieser auch schon auf und hielt zielstrebig auf den Platz zu, wo der Pranger von der Masse der Menschen verdeckt wurde.

Anneken blinzelte. Unvermittelt schossen ihr Tränen in die Augen. Sie versuchte, sie unbemerkt wegzublinzeln und konnte sich gleichzeitig nicht erklären, warum sich ihr Herz so schmerzhaft zusammenkrampfte. Sie hatte mit ihrem Mann über das Kommende gesprochen, ihn angefleht, seine Stadt vor diesen Auswüchsen zu verschonen, aber er hatte ihr, überzeugend – wie selbst sie zugeben musste – dargelegt, warum genau das eine Dummheit wäre.

„So würde die Obrigkeit doch erst recht auf uns aufmerksam werden, hier ein Rebellennest vermuten. Sich Gedanken machen, warum wir uns nicht an der Jagd nach dem Bösen beteiligen. Weil wir ihm huldigen, wird der Kurfürst denken. Und er wird unsere Stadt niederbrennen, als einen großen Scheiterhaufen. Anneken, die Gerechten haben doch nichts zu befürchten."

Doch Anneken glaubte ihm nicht. Und jetzt, als der Commissar aus Werl auf sie zuhielt, wurde ihr die nahe Zukunft der Stadt vollends bewusst. Frauen, die in diesem Augenblick neben ihr standen, würden grausam sterben, andere würden sich daran beteiligen, unliebsame Menschen gefangen nehmen zu lassen. Misstrauen und Angst würden durch die schmalen Gassen kriechen. Uralte Fehden mit dem Segen von Kirche und Regierung wieder auflodern in einem Meer aus Flammen. Tratschen konnten schließlich alle. Ihr wurde übel, als sie in die vertrauten Gesichter blickte. Wer trug eine Maske? Wer würde sich mit aller Inbrunst der Jagd anschließen, um in der Meute zu laufen und nicht vor ihr her? Gab es tatsächlich in ihrer Gemeinschaft Menschen, die anderen durch Zauberkunst das Leben unnötig schwer machten? Oder würden andere menschliche Triebe in den Vordergrund rücken? Sie hasste diese Zeit! Ihr blieb die Luft weg und sie schwankte etwas, spürte die harte Schulter der Frau neben sich.

Wie gebannt sah die Bürgermeisterin nun zu dem Reiter hin, der sich im Sattel aufgerichtet hatte. Das Pferd, das langsam auf sie zukam, hatte zwar geschecktes Fell. Jedoch wurde es vor ihren Augen immer dunkler und dunkler, je näher es kam. Fast als würden sich die schwarzen Flecken wie eine Krankheit über den ganzen Körper des Tieres ausbreiten, alles Weiß auslöschen und auch vor den braunen Reitstiefeln seines Reiters nicht haltmachen. Anneken versuchte, sich zu fangen, ihre Angst und Panik zu unterdrücken, und atmete tief durch.

Caspar Reinhartz hob seine Hand zum Gruß und ließ sein Pferd vor der Fassade der Stadtkapelle anhalten.

„Gott zum Gruß, werte Balver Bürgerschaft!“, wandte er sich freundlich an die Stadtoberen, ließ dabei jedoch einen ersten abschätzenden Blick über die Gesichter der Balver wandern. Er entdeckte schnell das eine oder andere, was ihm sogleich missfiel. Die Weiber etwa, herausgeputzt, als würden sie auf einen Jahrmarkt fahren. Eitel und zu selbstbewusst.

Ein blonder Mann trat auf ihn zu und wartete geduldig, bis Caspar aus dem Sattel gestiegen war. Dann streckte er ihm die Hand entgegen.

„Ich bin Wilhelm Flörken, werter Herr Commissar, der Bürgermeister dieser Stadt. Wir freuen uns, dass Ihr unser hiesiges Gericht so vortrefflich unterstützen werdet.“

Caspar Reinhartz musterte auch das offene Gesicht des Ratsherrn. Ebenfalls ein eitler Geck, wie ihm schien, jedoch mit einer mitreißenden Stärke gesegnet, die ihn zum Politiker prädestinierte. Er würde beliebt sein, mutmaßte Reinhartz und nickte dem Mann freundlich zu.

„Wer ist für das Gericht zuständig, Herr Bürgermeister?“

„Oh, selbstverständlich, ich verstehe, die Herren Kollegen werden sich schnell beraten wollen, nicht wahr?“ Flörken lachte wieder, was Reinhartz zu dem Urteil bewog, der Mann habe einen zu flatterhaften Geist, um die ernsthafte Situation vollends erfassen zu können.

Doch ihm blieb keine Zeit mehr, sich über Flörken zu ärgern, denn ein gebrechlicher Greis trat an die Seite des Bürgermeisters.

„Ich bin Henrich Roeßen, der Richter. Und das hier ist Johannes Höyngk, der zu mehr im Stande ist, als meinen Arm zu stützen. Vielmehr ist er mittlerweile zu meiner rechten Hand gewachsen. Ein gelehrter Jurist, der mein Nachfolger werden wird.“

Caspar Reinhartz besah sich das juristische Gespann aus Adonis und Methusalem und fällte wiederum ein schnelles Urteil. Kurz drückte er die angebotene Hand des Richters, bei Höyngk verweilte sein Blick länger und heftete sich an dessen Augen.

„Wir werden viel zu tun bekommen. Ist alles vorbereitet worden, Ihr Herren?“

„Meister Hans ist informiert, wie auch Schöffen und Stadtsoldaten. Die Löcher sind fertig und bereit, das Böse aufzunehmen“, nahm Höyngk den Blick des Hexenkommissars unverfroren auf. Er war der einzige, der nicht ständig blinzelte oder die Augen senkte, wenn er mit Reinhartz sprach. Der Commissar nahm dies bewundernd zur Kenntnis und machte sich in Gedanken eine Notiz, Roeßen zwar zu beachten, seine hauptsächliche Arbeit aber besser mit dessen Protegé zu erledigen. Höyngk war auf Karriere aus, das stand ihm auf der gutaussehenden breiten Stirn geschrieben, und jung genug, es wie Reinhartz weit zu bringen in der Justiz. Er würde schon bald aus dem Schatten des Richters treten, da war sich der erfahrene Beamte sicher.

„Sehr schön. Ich würde gerne schnell mit der Arbeit beginnen. Wo kann ich also mein Pferd unterstellen und Quartier beziehen?“

„Im Haus des Amtsdrosten ist für Euch ein Zimmer bereitet worden, aber wir dachten, wir besprechen erst alles in einer Ratssitzung und nehmen dann zusammen das Mittagessen ein …“, mischte sich der wenig beachtete Flörken eilig wieder in die Unterhaltung ein.

„Oh, Ihr Herren vom Rat werdet von uns hören. Das Gericht wird doch sicherlich im Rathaus tagen, nicht wahr? Darum wäre es Zeitverschwendung, zuerst im Rat ein großes Gerede anzustrengen.“ Reinhartz’ Stimme hatte einen kalten Klang angenommen. Er schätzte es nicht, wenn man seine Planungen durcheinanderbringen wollte. Er nickte Roeßen und Höyngk zu. Mit einer einladenden Geste übernahm Höyngk die Führung und die drei Juristen teilten die Menge der Schaulustigen vor sich wie Moses das Rote Meer.

Wieder blieb den Balvern nichts anderes übrig, als tuschelnd den drei gelehrten Herren nachzublicken und sich zu fragen, was als nächstes in ihrer Stadt geschehen würde. Pfarrer Hermann Laer trat zum Bürgermeister und legte ihm sanft seine fleischige Hand auf den Arm.

„Wie es scheint, hat sich die Gewalt der Regierung etwas verschoben, Herr Flörken. Gebt acht, dass sie Euch nicht völlig entgleitet“, wisperte er dem Bürgermeister ins Ohr. Der nickte nur bitter, den Blick immer noch starr auf die drei schwarzen Rücken gerichtet, die sich langsam entfernten.

Marie lag ausgestreckt auf einer kleinen Anhöhe hinter dem Hof ihrer Eltern. Die Sonne würde bald untergehen und es kündigte sich ein kühler und sternenklarer Spätsommerabend an. Nach dem Besuch des merkwürdigen Gastes aus Werl war sie froh, endlich dessen Anwesenheit beraubt worden zu sein. Sie hatte den Hof verpestet wie ein übler Hauch. Nach einem Gespräch mit Reinhartz hatte ihr Vater Thonis ihr die Leviten gelesen und wutentbrannt – und offensichtlich für die Ohren des Juristen bestimmt – ihr Lieblingsbuch auf den Dielenboden ihres Zimmers gedonnert. Sie solle gefälligst endlich erwachsen werden und verantwortlich mit ihrem Leben umgehen! Sich einen acht- und ehrbaren Mann wählen und, verdammt noch mal, nicht mehr im Wald alleine herumlungern. Dann hatte er die Tür geknallt und sich dem Gespräch mit diesem Reinhartz hingegeben. Etwas, das er scheinbar genoss, denn Maries Vater war an allen neuen juristischen Feinheiten der kommenden Prozesse äußerst interessiert. Noch lange Stunden nach Einbruch der Dunkelheit hatte sie aus dem Arbeitszimmer ihres Vaters Stimmen vernehmen können.

Sie war am nächsten Morgen beim ersten Schimmer der Morgendämmerung aus dem schmalen Fenster ihres Zimmers geklettert und hatte sich über die Äste der Hoflinde davongemacht. Sie hatte einfach keine Lust gehabt, diesen Reinhartz noch einmal sehen zu müssen. Wahrscheinlich hoffte ihr Vater tatsächlich, dass sie sich in den angesehenen und weltgewandten Juristen verlieben, demnächst in der großen Stadt Werl residieren und ein Heer von Dienstboten befehligen würde. Von wegen! Der Mann sah zwar recht gut aus und hatte offensichtlich auch finanzielle Vorzüge, aber er war und blieb ihr unheimlich. Von ihrem

Hügel aus hatte sie kurz nach dem Frühstück den Schecken aus dem Hoftor reiten sehen, die düstere Gestalt auf seinem Rücken hatte sich mehrmals suchend umgesehen, war aber unbeirrt davongeritten.

Das lag jetzt einen ganzen Tag zurück und Marie hatte tatsächlich ein schlechtes Gewissen, sich ihren Eltern so lange entzogen zu haben. Noch mehr quälte sie allerdings ihr leerer Magen, der nur ein paar Beeren aus dem nahen Wald abbekommen hatte. Dennoch wollte sie noch nicht ins Haus, in dem bereits die Lichter entzündet wurden. Der Abend versprach wunderschön zu werden und würde ihr wieder einen klaren Blick auf das Firmament bescheren. Sie hatte von einem Italiener gehört, der eine Apparatur entworfen hatte, mit der er mysteriöse Dinge am Himmel entdeckt hatte. Ein Objekt mit Henkeln etwa oder mehrere Kugeln, die eine größere umkreisten. Sie sehnte sich danach, einen solchen Apparat zu besitzen. Was mit dem Mann geschehen war, hatte sie auch gehört. Die Kirche hatte ihn gezwungen, alles zu widerrufen, was seine Augen und sein Geist erblickt hatten.

Plötzlich schälte sich ein dunkler Schatten aus der aufkommenden Dunkelheit und sprang auf sie zu, warf sich schwer auf sie. Marie schrie erschrocken auf und begann mit den Fäusten auf das Wesen einzuschlagen, welches sie unter sich begrub. Es lachte jedoch nur und rollte sich zur Seite, das Gesicht von den eigenen Händen geschützt.

„Nicht das Gesicht, Marie! Ich muss meinem Onkel unversehrt gegenübertreten können!“, ächzte ihr Angreifer und bekam einen hustenden Lachanfall.

Marie setzte sich vorwurfsvoll auf und stemmte die Hände in die Hüften.

„Oh, Christian! Man sollte dich den Wölfen zum Fraß vorwerfen oder dich von den Anwerbern in den Krieg schleppen lassen! Du bist unmöglich!“

Der so Gescholtene ließ die Hände sinken und strich sich eine widerspenstige dunkelblonde Haarsträhne aus der Stirn. Seine braunen Augen glommen im Zauber der untergehenden Sonne.

„Dann hättest du aber weniger zu lachen. Ich im Krieg? Bist du verrückt? Ich würde jede Schlachtordnung sprengen!", lachte er.

„Sprengen kann ich mir vorstellen, bei dem Zeug, das du ständig zusammenbraust."

„Psst! Muss ja nicht jeder Hase und Fuchs wissen, dass ich eigentlich ein kleiner Erfinder bin." Er nahm ihren Finger und legte ihn sich spielerisch auf die schmalen Lippen. Marie entzog ihm ihre Hand jedoch schnellstens wieder.

„Den Alchemisten riecht man meistens schon auf eine Meile Entfernung, mein Lieber. Deine Haare sind so oft verkokelt."

Christian schmollte einen Augenblick lang. „Wärest du nicht so was wie meine kleine Lieblingsschwester, würde ich dich jetzt in ein Eichhörnchen verwandeln!"

Marie schreckte auf und sah sich besorgt um. Aber um sie herum lag nur still und verlassen die Wiese, über die sich erster Dunst ausbreitete. Irgendetwas hatte sich in ihrem Inneren verändert, sodass sie die sonst so üblichen Neckereien zwischen ihnen plötzlich ängstigten.

„Christian, tu mir den Gefallen und rede nicht mehr so offen von deiner … Marotte. Der Hexenkommissar aus Werl war auf unserem Gut zu Gast und mich hat er schon beinahe verhört, als er mich im Wald gefunden hat. Deine alchemistischen Spielchen könnten dich schnell den Kopf kosten!", warnte sie ihn.

„Mich doch nicht, Dummerchen. Du weißt doch, wer mein Onkel ist und was ich derzeit in Balve tun muss. Mir passiert gewiss nichts. Ich bin einer der wenigen, die sich nicht fürchten müssen, als Hexer verrufen zu werden."

„Nur weil dein Onkel der nächste Richter sein wird und du ihm die Akten schreibst, weil du an der Universität beurlaubt wurdest, fühlst du dich sicher? Ich weiß nur eines, was in unserer Zeit sicher ist. Nämlich, dass *nichts* sicher ist."

Christian sah sie nachdenklich an, schnell verflüchtigte sich aber diese Miene und machte wieder seinem strahlenden Grinsen Platz.

„Um mich musst du dich nicht sorgen, Marie. Alles wird gut, wirst schon sehen. Jetzt lass uns die Lektion wiederholen, ich muss gleich noch nach Balve zurück, denn Herr Reinhartz bittet das ganze Gericht zu einem späten Mahl mit Besprechung. Der verliert keine Zeit. Wie heißt jener Stern, der dort aufgegangen ist?"

„*Hesperos.*" Marie antwortete mechanisch, konnte jedoch ihre Augen nicht von Christians feinem Gesicht abwenden. Wie würde dieser weltoffene Mann nur bei Gericht sitzen und über Hexen urteilen können?

Müde beugte sich Caspar Reinhartz über einige Dokumente vor ihm auf dem Arbeitstisch des Balver Richters im Haus an der Bogengasse. Hätte er aufgeblickt, hätte er geradewegs in die Fenster des Nachbarn sehen können. Aber Reinhartz schaute selten auf. Und wenn, dann nur mit einem leicht glasig wirkenden Blick der Entrückung. Ob drüben ein Mord geschehen wäre, hätte er niemals berichten können. Das Licht einiger Kerzen vertrieb die Dunkelheit des Raumes nur mühsam und er hatte Probleme, die schnell hingeworfenen Zeilen zu entziffern. Richter Roeßen hatte sie ihm zur Verfügung gestellt, einige private Notizen mit Stichworten, wie er mit Zauberischen hatte umgehen wollen, Protokolle, Listen und Aufstellungen mit Gerichtskosten. Reinhartz wusste, dass es in Balve bereits einige Prozesse gegeben hatte, die der ältliche Richter geführt hatte. Begonnen hatte hier die Bedrohung durch die Hexen schon im Jahre 1591, also rund 37 Jahre vor Reinhartz' Zeit, fünf volle Jahre vor seiner Geburt! Zwei Frauen waren zuerst angeklagt gewesen, offenbar aber auf freien Fuß gesetzt worden. Drei Jahre später wieder ein Weib aus Affeln, eine Catrin Koenings. Das Verhörprotokoll über fünf Seiten lag irgendwo unter den Papierbergen vor ihm. Sie hatte Kühe und Pferde vergiftet mit dieser geheimnisvollen *Schwarzen Materie*, die der Teufel seinen Buhlen für die Zauberei übergab. Trotzdem war auch diese freigelassen worden! Er konnte es kaum fassen. Die Bilanz Roeßens war erschreckend niedrig. Gerade einmal fünf Todesurteile gegen Zauberische hatte der in seiner Amtszeit gefällt. Die letzten beiden zwei Jahre zuvor. Reinhartz schüttelte den Kopf und legte die Fragen Roeßens, die dieser für einen der Prozesse vorbereitet hatte, zur Seite.

Lächerlich hölzern und stumpf, dieser Fragenkatalog, dachte Caspar.

Er würde dem Gericht einheizen müssen. Zu lange war das Problem der Hexerei in diesem Amt offenkundig unbehandelt geblieben. Er würde sich fragen müssen, wie weit sich das Laster in dieser Zeit ungehindert ausgebreitet hatte. Caspar griff zur Feder und tauchte sie behutsam in das Tintenhorn ein, als es leise klopfte.

„Tretet ein, bitte", forderte er seinen Besucher mit ebenso leiser Stimme auf und legte die Feder sofort wieder zur Seite, als er die Person erkannte, die da unter dem Türrahmen stand.

„Herr Höyngk, Ihr seid es. Kommt näher, setzt Euch."

Fast schüchtern trat Johannes Höyngk vor und nickte dankend, als er sich in einem bequemen Stuhl niederließ und einen langen Blick über den vollgepackten Schreibtisch warf.

„Ihr seid bereits bei der Arbeit?", fragte Johannes Höyngk und reckte neugierig das ausdrucksstarke Kinn vor.

„Die Justiz hat hier zu lange geschlafen. Oder ist über ihrem Tun alt geworden. Meint Ihr nicht?"

Höyngk zuckte fast unmerklich zusammen, hatte sich aber schnell wieder im Griff.

„Seine Ehren Herr Roeßen tut, was er vermag, Herr Lizentiat."

„Und das ist mir wenig genug." Caspar lehnte sich zurück und betrachtete die junge *Gehhilfe* des Richters interessiert. Johannes hatte ausgeprägte Gesichtszüge, dunkel wie sein eigenes, mit einem kämpferischen Kinn und runden, wachen Augen. „Loyalität ist eine wahre Tugend, Herr Höyngk. Ich schätze, dass Ihr Herrn Roeßen verteidigen wollt. Wozu kein Anlass besteht. Er hat korrekt gearbeitet. Wenn allerdings auch etwas matt. Ich sage es Euch frei heraus: Ihr seid die Zukunft der Justiz in diesem Amt. Ihr seid so jung wie ich. Bereit, für unsere Kurfürsten effektiv zu arbeiten."

Höyngks dunkle Augen fingen den Blick des Commissars auf. „Das meint Ihr ernst? Ich dachte, ich muss nach meiner Praxis hier erst einmal wieder zurück in die Schreibstuben nach Arnsberg."

„Ich meine das absolut ernst! Ich brauche eine fähige Hand. Die Prozesse könnten einen alternden Verstand zu sehr anstrengen. Es wird hart werden. Menschen, die Euch vertraut und vielleicht harmlos erschienen sind, werden plötzlich vor Euch stehen und um Gnade flehen oder Euch verfluchen, wenn Ihr ein Todesurteil aussprecht."

„Ich bin mir bewusst, dass ein Richter auch diese Strafen verhängen kann. Wenn man die Seele nur retten kann, indem man den lästerlichen Körper reinigt …"

„Habt Ihr schon eine Exekution mit ansehen können?", hakte Reinhartz nach. „Es kann erschütternd sein, selbst für einen festen Geist."

„Aber ja. Natürlich. In Köln in meiner Studienzeit waren wir ständig Zeugen davon. Ich bin kaum davor zurückgeschreckt."

Höyngks Blick verriet, dass er nicht log, und Reinhartz war zufrieden. „Dann ist es abgemacht. Ihr werdet an meiner Seite sitzen. Seine Ehren Roeßen werden wir schon los. Morgen werden wir die ersten nötigen Schritte machen, um auch alles korrekt ablaufen zu lassen."

„Ihr meint den Anschlag."

„Recht so, Herr Höyngk. Ich werde an das Portal des Rathauses die allgemeine Vorladung anbringen lassen. Die Türme und anderen Kerker sind zu besichtigen und unter Umständen bereits die ersten Denunzianten zu empfangen. Wir werden einen langen Tag haben. Ist ein zuverlässiger Schreiber anwesend?"

Höyngk nickte. „Mein Neffe Christian versucht in einer, ähm, vorlesungsfreien Zeit etwas Gerichtspraxis zu sammeln. Er wird uns begleiten, wenn Ihr erlaubt."

Caspar Reinhartz lächelte. „So seid Ihr also auch noch bestrebt, aus Eurer Familie eine Richterdynastie zu formen! Wir werden zusehen, aus Euch einen Richter zu machen."

Johannes Höyngks Lächeln wurde strahlend. „So bald schon! Ein Traum wird wahr für mich. Seid gewiss, ich weiß, dass ich dies auch Eurem Ratschluss verdanke, Herr Reinhartz. Wir werden gut zusammenarbeiten." Höyngk erhob sich. „Unten warten die Stadträte, Pfarrer Laer und Herr Roeßen. Es wurde ein kleines Mahl bereitet. Wenn es Euch also beliebt herunterzukommen, wären die Balver erfreut, Euch gebührende Gastfreundschaft anzutragen. Meinen Neffen könnt Ihr dann auch in Augenschein nehmen."

„Nur noch ein paar Minuten, Herr Höyngk. Dann komme ich. Ich bin nicht der geselligste Mensch, wenn Ihr versteht. Ich brauche einen Moment, eine Einladung zu verdauen und mich ihr zu stellen."

Höyngk nickte abermals und verschwand dann beinahe lautlos aus dem Zimmer.

Caspar nahm wieder seine Feder auf, kaute einen Augenblick lang nachdenklich auf dem Kiel herum. Er konnte sich beim besten Willen nicht mehr erinnern, was er hatte schreiben wollen. Die Vorladung gewiss. Er setzte die Spitze auf und zog gedankenverloren ein paar schnelle Striche. Als er auf den Bogen blickte, schaute ihn ein Paar funkelnder, heller Augen an, das unter wilden dunklen Locken hervorblitzte. Wieder kaute er auf dem Federkiel, knüllte dann das Papier ungehalten zusammen und schob es von sich. Hastig stand er auf und verließ das Zimmer, um sich der Freundlichkeit der Balver zu ergeben.

Erster Hexenspuk

Langsam entledigte sich die alte Frau ihrer Haube. Strähniges, graues Haar kam zum Vorschein und fiel auf den verblichenen Stoff ihres Mieders. Doch nicht lange, da die Alte sich jeden Fetzen Stoff vom Leib streifte, bis sie nackt auf dem gestampften Lehmboden ihrer Hütte stand. Gänsehaut überzog ihren ausgezehrten Körper, denn das Feuer glomm schwächlich nach ihrer unzureichenden Aufmerksamkeit. Die Alte hatte es absichtlich ausgehen lassen, um ihren Mann nicht aufzuwecken, als sie das Kratzen an der Tür vernommen hatte. Jetzt schlich sie zu ihrem Wandbord mit allerlei Tiegeln, in denen sie getrocknete Kräuter für das Kochen aufbewahrte, und dem Kräuterpack, in dem Heilkräuter gebündelt waren, falls Mensch oder Vieh krank werden würden. Ganz hinten an der Wand stand ein irdener Topf, den ihr Mann noch nie zu Gesicht bekommen hatte. Er war mit einer schmierigen Paste gefüllt, schwarz wie die Nacht und kalt wie der Tod. Langsam begann die Alte, sich damit dünn einzureiben, der Vorrat war fast aufgebraucht, musste aber heute Nacht noch für eine weitere Person reichen. *Er* würde dort sein und ihr sicherlich neue Paste geben. Die Alte fühlte, wie rosige Wärme ihr mageres Fleisch durchströmte, ihre schlaffen Brüste sich praller anfühlten, sie sich aufrichteten und es zwischen ihren Beinen kribbelte. Sie lachte leise, denn das brachte ihr Kerl seit Jahren nicht mehr zuwege – woran sie nicht ganz unschuldig war. Die schwarze Masse wirkte Wunder. Jetzt fühlte sie sich wieder jung und voller Saft für die Feier. Auf Zehenspitzen schlich sie zur Tür, fühlte den Zauber in sich wüten und wirken. Draußen lag auf der nackten Erde eine junge Frau in ihrem Nachthemd. Über ihr ragten die Hörner eines stattlichen schwarzen Bockes in die nächtliche Stille. Das Mädchen schlief, zitterte lediglich in der Kälte. Die Alte begrüßte den Bock und kraulte ihm zärtlich den Bart. „Hast du gut gemacht. Diese da wollten wir schon lange. Ist klug, jung, hübsch und gescheit. Können wir brauchen als Geschenk für unseren Herrn", lachte die Alte meckernd und der Ziegenbock antwortete ihr. Die Alte wuchtete das Mädchen auf den Rücken des Tieres und schwang sich hinter der Last hinauf, strich schnell etwas von der Paste, die noch an ihren Fingern klebte, auf den Körper der Schlafenden.

„Schnell, schnell, mein Schöner! Der Mond steht schon hoch, die Glocken werden in ein paar Stunden läuten und uns vom Himmel holen. Und wir müssen pünktlich sein, der Herr wird heute Nacht zu uns kommen!“, ermahnte sie den Bock, rauschend schoss das Tier in die Luft und ritt auf den Schwingen des Nachtwinds durch die Stille. Nach kurzem Flug über schlafende Gehöfte und die Stadt hinweg wurde der Bock langsamer.

Auf einer Bergspitze, die flach wie ein Teller dalag, konnte die Alte zwischen verkrüppelten Bäumen und kahlen Felsen Lichtpunkte ausmachen. Der Tanz, zu dem sie geladen war, hatte schon begonnen. Sie trat dem Schwarzen in die Flanken und meckernd bäumte sich der Bock auf, stob wie ein fallender Stern zu Boden. Die Hufe trommelten auf der Erde und kamen zum Stehen. Die Alte stieg ab und wurde von der feiernden Menschenmenge begrüßt. Übermütig winkten ihr Nachbarn zu, sie erkannte den einen oder anderen Stadtrat. Die Alte lachte. Es ging zu wie beim Schützenfest! Einer der Pfeffersäcke schlug ausgelassen seine Trommel und hübsche Mädchen fuhren ihm mit den Fingern durch das schüttere Haar, pressten ihre Lippen auf seine Haut und bogen ihre Körper zu ihm hin. Überall in den Büschen oder wahllos auf dem Boden verteilt gaben sich die Zauberischen der Lust hin, wälzten sich in Gruppen übereinander, umschlungen sich wie die gierigen Leiber von Schlangen. An den schattigen Rändern der Lichtung, weitab vom Feuer, drückten sich verwachsene Gestalten herum, die jetzt auf die Alte zukrochen. Rote und gelbe Augen glommen in der Dunkelheit auf, Reißzähne entblößten sich witternd. Sie rochen das frische Blut. Humpelnd, krauchend und hüpfend kamen die dienstbaren und missgestalteten Geister zu der Hexe, schmeichelten ihr und baten um das Opfer. Die Alte nickte und befahl, ihre Beute zu einem Schatten zu bringen, der hinter dem Feuer auf einem Thron saß. Krallen schlossen sich augenblicklich um die Handgelenke und Fesseln des Mädchens und zerrten sie vom Bock herunter. Ihre Lider flatterten und sie stöhnte, als sie die Kälte der Wesen um sich spürte, doch sie konnte nicht erwachen. Zu stark war der Bann der Alten. Die Diener schleppten das Mädchen zum Schatten, ihre gespaltenen Zungen schleckten sabbernd und gierend über ihre Gestalt. Die Alte folgte ihnen bedächtig und ließ sich auf die Knie fallen. Sie reckte ihrem Herrn die Hände entgegen.

„Macht sie zu Eurer Dienerin, Herr. Sie ist mein Geschenk an Euch!"

Der Schatten erhob sich und trat auf die alte Hexe zu. Er berührte ihren Scheitel und ein gewaltiges Brennen durchzuckte sie wie ein Schlag. Ein Topf wurde ihr zu Füßen gestellt, in dem es blubberte und schwarz brodelte. Ein Schnippen mit den Krallen und zwei Geldstücke glänzten auf ihrer mit Schwielen überwucherten Hand. Die Hexe war glücklich über die reichliche Gunst ihres Herrn und verschwand in Richtung der Festtafel. Sie bemerkte nicht, dass das Gold sein Leuchten verlor und als schnöder Dreck zwischen ihren Fingern zerrann.

Der Schatten beachtete die Alte aber schon längst nicht mehr, sondern sog gierig jede Einzelheit seiner Beute in sich auf, während um ihn her Männer und Frauen einen wilden Reigen begannen, in dessen Mitte die dienstbaren Geister zappelten und hüpften.

Dann beugte sich der Schatten zum schlafenden Mädchen hinab, löste die Schnürung ihres Hemdes, strich es ihr mit seinen Klauen von den Schultern und berührte die schneeweiße Haut. Er hob die Schlafende in seine Arme, umgriff ihren Körper mit seinen dürren Fingern, spürte den rasenden Puls ihres Herzens und die schwindende Wärme des Lebens.

„Du sollst ab jetzt Mein sein, Marie!"

Seine Zunge, gespalten wie die einer Schlange, wanderte über den Hals und seine Lippen brannten sich hinter dem rechten Ohr in die Haut und hinterließen ein pulsierendes Mal.

Caspar Reinhartz keuchte in der Dunkelheit der Kammer, die er erst vor wenigen Stunden bezogen hatte, auf. Sein Kopf dröhnte und er verfluchte das ihm angepriesene Balver Lüll. Sein Nachthemd klebte trotz der Kälte des Raumes an seinem Leib, und er spürte dumpf und unangenehm seine eigene Erregung pochen. Wie konnte das sein? Er als Vertreter der gerechten Justiz im Kampf gegen das Laster der Zauberei träumte davon, der Herr über einen Hexensabbat, vielleicht sogar das Böse selbst zu sein! Caspar war erschüttert und verwirrt. Und warum träumte er widerliche Dinge von der Person, die ihn freundlich aufgenommen hatte? Die so ein liebliches Gesicht hatte und gescheit daherreden konnte? Er gestand sich ein, dass Marie ihn mehr beschäftigte, als ihm lieb sein konnte.

Langsam setzte er sich auf, tastete im Zwielicht der ersterbenden Glut des Kamins nach dem Krug mit Wasser, den er sich neben das Bett gestellt hatte, und trank ihn leer. Er spürte, wie das Nass zum Teil aus seinem Mundwinkel in den Kragen seines Hemdes rann, sich zwischen den Haaren auf seiner Brust verteilte und ihn erleichternd abkühlte.

„Der Alkohol schießt mir selbst im Schlaf noch in den Kopf“, murmelte er und schwor sich, für seine Zeit in Balve abstinent vom Lüll zu leben. Er ließ sich wieder zurück in die Kissen sinken und konnte dennoch nicht mehr einschlafen. Immer wieder quälte ihn die Vorstellung von Maries warmem Körper in den Armen seines Schattens.

Schon kurz nachdem die Sonne aufgegangen war, prangte an der Flügeltür des Rathauses ein weithin sichtbarer Bogen Papier. Neugierig kamen die Balver und Händler näher, die sich um den Aufbau des Marktes kümmerten, der heute die magere Ausbeute an Feldfrüchten an den Mann bringen sollte. Wieder einmal waren die Preise für das knappe Getreide gestiegen, die Ernten schlecht gewesen. Murmelnd versammelte sich das Volk vor dem Anschlag, die wenigsten allerdings konnten lesen. Ein aus Köln angereister Händler, der auf den Erwerb des Lülls aus war, erbot sich, das Dokument für alle vorzulesen.

„Da Wir, der Richter des von Gottes Gnaden Erzbischofs von Köln, Ferdinand von Wittelsbach, mit allen Unseren Neigungen erstreben und aus vollem Herzen ersehnen, dass das Uns anvertraute christliche Volk in der Einheit und Klarheit des katholischen Glaubens eifrig gepflegt und von aller Pest der ketzerischen Verkehrtheit ferngehalten werde, daher Wir, der vorgenannte Richter, dem dies aus auferlegtem Amt zusteht, zum Ruhm und zur Ehre des verehrungswürdigen Namens Jesu Christi …"

„Was?", unterbrach ihn eine der neu Hinzugekommenen von hinten mit plärrender Stimme über die neugierig gereckten Köpfe der anderen hinweg.

Einige lachten über das überraschte Gesicht des Händlers, der unschlüssig verharrte und nicht wusste, wie er mit der Störung umgehen sollte.

„Was hat das denn zu bedeuten? So ist doch keinem normalen Menschen der Schnabel angewachsen!", krakelte die Alte weiter, angestachelt durch die Heiterkeit der Umstehenden.

„Ach, die Anna kriecht wieder aus ihrem Dreck und schleicht aus Hövel heraus, wenn Markt ist! Man riecht dich zehn Meilen gegen den Wind! Willst wohl wieder Almosen erbetteln! Halt jetzt dein Maul, der da vorne liest die Hexenanordnung vor!", wurde sie jedoch von anderen Balvern in die Schranken gewiesen.

„Soso, Hexen! Ihr seid ja alle nicht ganz klar im Kopp!", giftete die Frau und hinkte dann in ihren ausgelatschten, mit Schlamm verkrusteten Schuhen weiter, um die bereits aufgebauten Stände abzuklappern.

Einer der Wartenden in der Menge meinte noch zu beobachten, wie sie einmal kräftig eine Ladung Rotz aus Kehle und Nase hoch holte und ausgerechnet unter die Betbank zu Füßen des großen Kreuzes der Stadtkapelle spuckte. Erschrocken wandte er sich ab, schluckte und grübelte, was er tun sollte. Vielleicht hatten das noch andere gesehen. Dann wäre er aus dem Schneider. *Erst einmal abwarten, was noch kommt vom Papier!*, dachte er unruhig.

„Gut, dann nur noch das Wesentliche, wenn's euch so *brennend* interessiert, dass ihr stören müsst!", gab sich der Händler beleidigt und übersprang einige der Floskeln. „Blablabla, Verkehrtheit besonders in den Hexen, allen und jeden, welcher Stellung, welches Standes sie seien, soweit sie innerhalb der Grenzen dieser Stadt oder um sie herum bis zu zwei Meilen wohnen, zu ihrer Kenntnis dieser Befehl gelangt, in der Tugend heiligen Gehorsams und unter der Strafe der Exkommunikation vorschreiben, befehlen, befehlend verlangen und ermahnen, innerhalb der zwölf zunächst zu rechnenden Tage … wieder Blabla, das euch überfordert, und nette Strafandrohungen, die ihr jetzt selbst herausfinden könnt … man möge uns enthüllen, wenn jemand weiß, gesehen oder gehört hat, dass irgendeine Person als Hexe übel beleumdet oder verdächtig sei und dass sie im Besonderen so etwas betreibe, was zur Schädigung der Menschen, der Haustiere oder der Feldfrüchte und zum Schaden des Staatswesens auszuschlagen vermag. Blabla. Und so weiter. Gegeben am 27. Tage des Monats August des Jahres 1628 von Caspar Reinhartz, Lic. Jur., und Seiner Ehren Henrich Roeßen, Richter des Amtes Balve. Seid ihr jetzt zufrieden, Schreihälse?"

Der Händler verließ kopfschüttelnd sein unfreiwilliges Podest auf den Stufen der Rathaustreppe und kümmerte sich murrend um seinen Stand, während die Balver näher an das Papier heranrückten, um es zu bestaunen wie eine Erscheinung.

Der junge Mann, der Anna im Dreck aus Hövel und vor allem deren Rotz beobachtet hatte, blieb unschlüssig stehen und kratzte sich das unrasierte Kinn. War das ein Verhalten, wie es auf dem Papier gemeint war? Er war sich nicht ganz sicher und hatte auch nicht alles verstanden, aber eine Strafe, gleich welcher Art, wollte er nicht kassieren. Langsam und betont unauffällig schlenderte er auf dem Markt umher, bis er sich unbeobachtet genug fühlte, und stahl sich dann in Richtung des Drostenhauses davon. Er wollte seine doch recht angenehme Stellung als Knecht nicht verlieren, keine Ruten auf dem Kreuz tanzen spüren oder gar des Landes verwiesen werden. Nicht für diese Bettlerin, Anna im Dreck!

Johannes Höyngk saß in der Stube, die ihm seit Monaten als Arbeitsraum diente, und wälzte einen in Leder gebundenen Band. Die *Peinliche Hals-*

gerichtsordnung Karls V., die *Carolina*. Er wollte nach dem ermutigenden Gespräch mit dem Lizentiaten Reinhartz auf alles vorbereitet sein. In dessen Auftrag – und ohne auf Roeßens Genehmigung zu warten – war er kurz nach der Dämmerung zum Rathaus geeilt, um die allgemeine Vorladung aufzuhängen. Er hatte sich den Daumennagel blau gehauen.

„Aber schließlich bin ich kein Zimmermann, sondern bald Richter!", tröstete er sich selbst und versuchte, den Schmerz aus dem Daumen zu lutschen.

Höyngk lächelte zufrieden trotz des Pochens unter dem Nagel und nahm dann einen Schluck der warmen Milch mit Honig, die ihm einer der Angestellten des Richters gegen seine aufkommenden Halsschmerzen gebracht hatte. Seine Frau hatte ihm zum Frühstück Salbeitee kredenzt, den er nur schwerlich herunterbekommen und beinahe wieder ausgespuckt hatte. Aber er musste in guter Form sein, wollte er Reinhartz' Gunst gewinnen und festigen.

Es klopfte an der Tür und sein Neffe Christian streckte seine durcheinandergeratene Frisur durch den Spalt. Seine Augen waren rot unterlaufen – wie fast immer nach seinen Eskapaden in den Wirtshäusern. Schändlich!

„Onkel Johannes?"

Höyngk seufzte innerlich. Dass dieser da mit ihm verwandt sein sollte ... ein Luftikus, ein Poet, ein Tagträumer!

„Werter Herr Christian, in diesen Räumen nicht diese Vertraulichkeiten. Zum wiederholten Male!"

„Werter Herr Höyngk – oder soll ich schon *Euer Ehren* sagen, Onkel?" Christians Grinsen war spöttisch, doch Höyngk wies ihn erneut scharf zurecht.

„Achte auf das, was du sagst, Bursche! Herr Roeßen muss es nicht so erfahren! Noch ist nichts entschieden!"

„Dafür rennst du aber ziemlich offensichtlich in aller Herrgottsfrühe zum Rathaus, um dem Lizentiaten die Schuhe mit dem lotrechten Anbringen dieser allgemeinen Vorladung zu polieren."

Johannes Höyngks Gesicht verfärbte sich bedrohlich. „Denk daran, Bursche! Ich habe dich nur aus Zuneigung zu meiner lieben Schwester aus der Katastrophe befreit, die du an der Universität angerichtet hast! Etwas mehr Dankbarkeit und Loyalität wären für dich durchaus von Vorteil!"

Christian verbeugte sich steif. Er hasste die Juristerei und hatte das Studium nur begonnen, um die Sorgenfalten seiner Mutter um seine ungewisse Zukunft zu glätten. In Köln an der Fakultät war es einigermaßen lustig gewesen, jetzt aber war er wieder im steifen Hause Höyngk angekommen und musste vor seinem ehrgeizigen Onkel katzbuckeln, der sich älter gab, als er tatsächlich war.

„Werter Herr Höyngk, ein Mann ist hier, der den Lizentiaten in der Angelegenheit der Hexen sprechen will. Aber Herr Reinhartz ist bereits zu den Stadttürmen aufgebrochen. Wollt Ihr ihn empfangen und befragen?"

„Herr Reinhartz ist schon bei der Inspektion der Kerker? Warum hat man mich nicht unterrichtet?"

Höyngk war beleidigt.

„Vielleicht weil der Herr Pfarrer Laer, der Bürgermeister und *sogar* der örtliche Richter den Herrn Lizentiaten begleiten wollten. Da dürfte in den engen Zellen kein Platz mehr bleiben für ein weiteres Ego."

Christian verbeugte sich abermals. „Soll ich den Mann vorlassen oder blast Ihr Trübsal über die wenig feste Gunst edler Herren?"

„Verdammt, Christian!", fuhr Höyngk auf und schlug mit der flachen Hand auf die Platte des Schreibtisches, besann sich dann aber eines Besseren und riss sich zusammen. „Lass den Mann vor. Und du geh mir besser aus den Augen. Nimm dir von mir aus einen Tag frei und spring durch deinen geliebten Wald, auf dass deine Laune morgen weniger provokant ausfalle. Falls nicht, kannst du morgen die alten Akten der Anklagen wegen Hexerei heraussuchen, studieren und neu abschreiben, um dich auf deine Prozesstätigkeit einzustellen. Troll dich!"

Der Mann betrat die Amtsstube, knetete seine Hände fortwährend und blieb unschlüssig nahe der Tür stehen. Johannes Höyngk wedelte ihm von seinem Schreibtisch aus zu, er solle sich setzen.

Die Füße einwärts gedreht, hockte der Kerl jetzt vor ihm wie eine gerupfte Krähe. Der Adamsapfel im sehnigen Hals hüpfte vor Aufregung und die gelblichen Augen des Mannes schossen hin und her.

Johannes Höyngk gab vor, ihn noch nicht zu beachten, kritzelte seine Beobachtungen jedoch akribisch auf einen Bogen Papier. Dann legte er den Federkiel hin, stützte die Arme auf die Tischplatte und begutachtete den jungen Mann.

„Wie lautet dein Name?"

Der Angesprochene schluckte mit hüpfendem Adamsapfel. „Hermann, Euer Ehren. Ich bin Knecht zu Garbeck und habe meinen Bauern heute früh zum Markt begleitet."

Wieder notierte sich Johannes etwas und Hermann reckte sich, um die Schnörkel und Bögen auf dem Papier zu bewundern.

„Ich würde auch gern schreiben können. Meine Gedanken sichtbar machen", versuchte er zu lächeln, erntete aber nur einen strengen Blick.

„Hmm. Also, was führt dich vom Marktstand deines Herrn weg und zu mir hin?"

Hermann glotzte wie ein Ochse vor dem Karren und Höyngk räusperte sich, betonte jedes Wort. „Was willst du von mir?"

„Oh. Ich war gerade da, als der Händler uns das Papier am Rathaus vorgelesen hat."

„Die allgemeine Vorladung?"

„Diese Hexensache. Da hab' ich was beobachten müssen. Andere vielleicht aber auch!", betonte er schnell.

Johannes wurde hellhörig. „Hat es etwas mit Hexen zu tun?"

Hermann wandt sich wie ein Aal auf seinem Stuhl. „Bin mir nicht sicher. Ich weiß nicht, was jemanden zur Hexe macht."

Johannes Höyngk stand auf und griff in das Regal hinter sich. Er zog ein Schriftstück hervor, das er selbst erstellt und mit Resten einer uralten Pergamenthandschrift gebunden hatte.

„Ich lese dir vor, was der Erzbischof dazu gesagt hat. Einverstanden?

Und du sagst mir, was davon passen könnte." Johannes musterte den Knecht noch einmal eindringlich und schlug dann seine Notizen zur Hexenprozessordnung des Kurfürsten und Erzbischofs von Köln auf.

„Hast du gehört oder gesehen, dass jemand einem anderen das Zaubern beigebracht hat?"

„Nö."

Höyngk übersprang den nächsten Punkt, in dem die Flucht bei einer Verdächtigung angesprochen wurde, da es bis jetzt noch keine geben konnte. Schließlich war noch niemand verdächtig.

„Hast du gesehen oder gehört, dass jemand einen anderen bedroht hat, ihm irgendwelchen Schaden anzutun?"

Hermann schüttelte das fettige Haar.

„Lebt jemand deines Wissens nach bei einem Zauberer und ist eng mit einem befreundet?"

Wieder ein Kopfschütteln.

„Hast du jemanden Zauberformeln sprechen hören? Hat sich jemand erboten, Verschwundenes wiederaufzufinden? Besitzt jemand irgendwelche Gegenstände wie etwa Zaubertöpfe oder macht seltsame Gebärden?"

„Ich kenn' so was nicht."

Höyngk wurde ungeduldig. „War jemand öfters anwesend, wenn anderen, auch dem Vieh, ein Unglück zugestoßen ist?"

„Meint Ihr, wenn der Herr Pfarrer kommt, die letzte Ölung …"

„Krankensalbung!", unterbrach ihn Johannes scharf.

„Gut, Krankensalbung macht und der Gesalbte dann den Löffel abgibt, Herr?", fragte Hermann fassungslos. Höyngk seufzte.

„Nein, du Tölpel."

„Ich finde, der Tod ist ein echtes Unglück und der Pfarrer kommt immer dann …"

„Nein! Jetzt konzentriere dich, verdammt!" Höyngk atmete tief durch. So machte das Ganze keinen Sinn. „Gut, dann anders. Warum bist du hier? Was hast du zu berichten?"

Hermann kratzte sich am Kopf. „Nu, ich war also am Rathaus, habe aufmerksam zugehört. Dann kam diese Bettlerin und hat sich über das Papier laut lustig gemacht. Dürften alle gehört haben, einige haben gelacht. Dann ist sie weiter, hat Rotz hoch geschlürft und ausgespuckt."

Höyngk lehnte sich lauernd vor. „Wohin?"

„Na, sie hat unter die Betbank beim Kreuz der Stadtkapelle gerotzt. Ich fand das recht eklig. Da wollen die Gläubigen ja noch drauf knien!", empörte sich der Knecht. „Ist schon merkwürdig, nicht wahr?"

„Sie hat also das Bildnis Unseres Erlösers mit Rotz besudelt? Hermann, das ist natürlich das Verhalten einer vermeintlichen Zauberischen! Es war gut, dass du gekommen bist!"

Der Knecht richtete sich stolz auf.

„Kennst du den Namen der Bettlerin?"

„Den kennt jeder in Balve. Ihr auch, Herr, seid ja schon lange hier. Habt ihr sicherlich schon einmal ein Almosen zugesteckt. Macht jeder, um sie loszuwerden. Es war die Anna im Dreck aus Hövel, die immer zu den Märkten kommt und dann rumlungert, um sich was zu erbetteln."

Der Federkiel kratzte hektisch. Von der Gasse drangen gedämpft die Stimmen der Marktbesucher herauf. Jemand brüllte nach seinem Knecht und Hermann zuckte kurz zusammen, andere schwatzten oder lachten. Auf Johannes' angestrengter Stirn glitzerten Schweißperlen der Aufregung und Hermann ließ zum Zeitvertreib seinen Blick über die Regale voller Bücher und Schriftstücke gleiten.

Erst jetzt erinnerte sich Johannes Höyngk daran, dass er gerade im Begriff war, einen ersten Hexenprozess zu beginnen. Um die Form zu wahren, benötigte er Zeugen bei der Aufnahme der Aussage.

„Gut, gut! Ich bin zufrieden, Hermann. Ich werde kurz hinausgehen, um Zeugen und einen Schreiber zu holen. Denen erzählst du das noch einmal. Wir müssen mit größter Umsicht vorgehen, da es sich bei der Zauberei um ein schwieriges Vergehen handelt. Du wartest und strengst noch einmal deinen Kopf an, damit du gleich sagen kannst, wen du auf dem Platz gesehen hast. Es könnten noch andere die Anna beobachtet haben. Und vor allem denke darüber nach: Wer hat gelacht?"

Marie ging am Arm ihrer Amme über den Marktplatz. Eine Magd und ein Knecht verkauften an einem der Stände auch die Waren ihres Hofes. Unter dem Ladentisch sogar das Heilwasser aus der Quelle, das Marie geholt hatte und das vor allem bei älteren Damen sehr beliebt war.

Marie genoss die wärmende Sonne und den Tratsch, den ihre Amme immer aufschnappte und mit den anderen Mägden der umliegenden Dörfer ausgiebig breitkaute. Doch irgendetwas war anders an diesem Morgen. Sie spürte, wie sich, einer Wolke gleich, Schwermut über den Tag legte. Es waren nicht die Wirren des tobenden Krieges um Land und Religion, die heute die Stadt erschütterten, sondern ein Grollen verbreitete sich unter der Erde, das auf schlimme Zeiten hindeutete.

„Marie! Wertes Fräulein Marie! Sicherlich habt Ihr ein Almosen für eine arme, alte Krähe wie mich!", ertönte da ein Ruf und Marie lächelte der Frau zu. Sie löste sich vom Arm ihrer Amme und kramte ein Geldstück aus ihrer Tasche.

„Hier, Anna! Kauf dir etwas zu essen. Du siehst elend aus."

„Ich fühle mich auch elend. Mein Hals ist voller Schleim und ich kann kaum atmen. Weiß deine Amme keinen Rat, wie ich den Husten auskurieren kann?"

Hoffnungsvoll sah Anna im Dreck von ihrer Bettelschale auf und Marie versprach ihr, eine Kräutermischung zusammenzustellen. Die ausgemergelte Frau hatte viel Unheil erdulden müssen. Der Mann in den Krieg verschleppt und dann unter mysteriösen Umständen tot auf dem Hof aufgefunden, der kurz darauf durch Schulden unterging. Keines ihrer Kinder hatte überlebt, sodass Anna jetzt alleine auf der Welt war, ihr Leben im Wald fristete und sich das Nötigste erbetteln musste.

Marie machte Anstalten, sich neben die Bettlerin auf die Erde sinken zu lassen, spürte jedoch deren faltige Hand an ihrem Rock ziehen.

„Wertes Fräulein, nein. Ihr solltet Euch nicht mit mir gemein machen. Das ist in solchen Zeiten nicht gut."

„Was meinst du mit *solchen Zeiten*?"

„Der Hexenjäger ist in der Stadt, und ich habe gehört, wer in den meisten Städten die ersten Opfer dieses Wahnsinns sind. Alte Frauen,

Witwen, Bettlerinnen ohne Schutz. Ich passe in viele dieser Schubladen … Und ich spüre, dass etwas mit mir geschehen wird. Mir sind Zeichen erschienen, die mein bevorstehendes Ende ankündigen!“

Anna bekreuzigte sich und auch Marie fühlte, wie sich die Erde unter ihren Stiefeln aufbäumte und schüttelte. Sie blickte sich verwirrt um. Alle anderen schienen nichts zu bemerken, gingen ihren Geschäften nach oder ignorierten einfach das Beben. Sie wollte die alte Frau nicht beunruhigen und legte ihr die Hand auf die knochige Schulter.

„Nichts wird geschehen, wirst schon sehen. Habe keine Angst. Dieser Herr Reinhartz aus Werl scheint ein vernünftiger Mensch zu sein. Ein Studierter. Ich bin ihm begegnet. Er wird schon die rechten Wege beschreiten, die ihm das Gesetz erlaubt. Die Unschuldigen werden beschützt werden durch unser aller Herrn im Himmel.“

Anna ließ abfällig pfeifend etwas Luft aus ihren zusammengepressten Lippen entweichen, was ihr jedoch einen Hustenanfall eintrug. Röchelnd spuckte sie Schleim auf den lehmigen Boden. „Die Vernunft und Mildtätigkeit hat der Krieg gefressen. Denk an meine Worte, Kind. Es wird viel Blut fließen“, sagte sie mit belegter Stimme.

Kaum hatte sie dies wie eine drohende Prophezeiung ausgesprochen, brach ein Tumult am Rande des Marktplatzes aus. Die städtischen Büttel bahnten sich lautstark einen Weg durch die Gassen der Stände und scheuchten die Menschen mit ihren Piken aus dem Weg. Marie erkannte, dass einer der Büttel Handeisen in der Hand hielt und sich lauernd umsah. Als er die Bettlerin erspäht hatte, rief er seinen Kameraden etwas entgegen und dann kamen sie auf Anna zu. Marie wich unwillkürlich zurück und betrachtete das Folgende mit erschüttertem Staunen.

„Anna im Dreck aus Hövel?“, fragte der Büttel fast unnötigerweise, da die Bettlerin auch der Obrigkeit bestens bekannt war.

„Was willst du von mir? Ich sitze hier friedlich und versuche, mir meinen kargen Lebensunterhalt zu verdienen! Wenn es nicht wichtig ist, scher dich fort, sonst überlebe ich den Winter nicht und du darfst dir eine verlorene Seele auf das Sündenkonto schreiben!“, gab Anna heftig zurück.

„Eine verlorene Seele bist du ohnehin – aber das ist nicht mein Verschulden. Und für die nächste Zeit musst du dir um dein Auskommen keine Sorgen machen. Im Kerker bekommst du zumindest manchmal etwas zu beißen. Anna im Dreck aus Hövel, du bist verhaftet!"

„Und warum, du Hornochse?" In Annas Stimme schwang trotz der resoluten Worte hörbar Angst mit.

„Das sollen dir die gelehrten Herren darlegen, alte Vettel. Ich führe nur meinen Befehl aus. Widersetzt du dich, erntest du zusätzlich eine Tracht Prügel!"

Mit flehendem Blick maß Anna die Umstehenden, ob ihr nicht jemand beispringen wollte, aber niemand trat vor, um die Büttel in ihrem Tun zu unterbrechen. Zu groß war die Angst, einen Hieb einzufangen oder sogar schwer verletzt zu werden. Dieses Risiko für eine Bettlerin auf sich zu nehmen, kam nicht infrage. Anna rappelte sich auf, stieß dabei ihre Schale um, die krachend zerbarst, und starrte die Menschen mit wilden Augen an.

„Ihr werdet sehen: Ihr seid auch nicht vor ihm sicher!" Sie streckte dem Büttel die mageren Arme in ihren Lumpen hin, nachdem sie sich die fleckige Haube zurechtgezerrt hatte. Sie spuckte dem Büttel auf den Stiefel und wandte den Blick ab. Fluchend rammte der Mann die Sperrriegel der Handeisen so eng ineinander, dass Anna aufstöhnte, als ihre Muskeln gequetscht wurden.

Wie ein Stück Vieh wurde sie davongeschleift. Ihr Gezeter wurde leiser und verstummte schließlich ganz. Marie glaubte noch, das Krachen einer schweren Tür zu vernehmen, war sich jedoch nicht sicher.

Murmelnd blieben die Menschen nach dieser Szene zurück. Sie ahnten, was Anna in den kommenden Tagen blühen würde. Marie biss sich auf die Lippe, eine Träne rann ihr die Wange hinunter, die sie schnellstens wegwischte. Sie beeilte sich, zurück zum Stand ihres Hofes zu kommen, und mied die Blicke, die überall über den Platz geworfen wurden – fragend, schuldbewusst, unsicher, bittend, suchend.

Qualmend kroch eine zähe, grüne Masse über den Tisch, zischte und hinterließ Verfärbungen im Holz.

„Wieder nichts!" Christians Laune sank beträchtlich. Missmutig umwickelte er seine Hände mit einer dicken Lage alter Lumpen, packte das qualmende Gefäß, stieg die wacklige Leiter aus dem Keller hinauf und beförderte das fehlgeschlagene Experiment in den Bach. Gurgelnd sank es auf den Grund und hinterließ aufsteigende Schlieren auf der Wasseroberfläche, die strudelnd von der Strömung mitgerissen wurden.

Christian hatte sich in einem verlassenen Haus außerhalb der Stadtmauern eine alchemistische Werkstatt im Keller eingerichtet. In den Stuben über sich hatte er zur Tarnung Malutensilien und Jagdzeug aufgebaut. Hier schlief er auch, um seinem Onkel aus dem Weg zu gehen. Dies hier war sein Refugium, sein Rückzugsort vor den Nachstellungen der Welt. Nur Marie hatte ihn bei einem nächtlichen Experiment hierher begleiten dürfen. Er hatte es fertig gebracht, dass ein Schimmern und Glühen aufgetaucht war. Eine Umwandlung der Elemente vielleicht! Marie war begeistert gewesen. Christian lächelte bei der Erinnerung an ihre verzauberten Augen. Wie schade eigentlich, dass sie Freunde geworden waren. Er hätte es sich mittlerweile gut vorstellen können, diese vorwitzige und schlaue Frau zu heiraten. Er seufzte. Vielleicht war es aber für Marie besser so. Er war keine gute Partie, hatte Flausen im Kopf und dazu noch sein Jurastudium unterbrochen. *Unterbrechen müssen*, korrigierte er sich. Der Leiter der Universität war weder über seine Experimente im Keller der Universität noch über seine höchst merkwürdige Ansicht zur Prozessführung erbaut gewesen und hatte seinem Onkel nahegelegt, Christian solle erst einmal etwas *Rechtspraxis* als Gerichtsschreiber sammeln. Seitdem unterstützte er den Balver Gerichtsschreiber und lernte von ihm das Handwerk bei Diebstählen, Kirchenraub und Streit um Vieh oder Grenzen.

Nachdenklich blickte Christian ins Wasser. Wohin würde ihn der Fluss seines Lebens wohl führen? So langsam musste er sich Gedanken darüber machen.

„Herr Höyngk?"

Erschrocken blickte er auf. Ein Büttel der Stadt keuchte den Hügel zu seinem Haus empor.

„Was ist denn? Ich habe von meinem Onk ..., von Herrn Höyngk *senior* heute frei bekommen!"

„Es tut mir leid, aber es ist wichtig, meinten die Herren. Unser Gerichtsschreiber ist heute früh nach Arnsberg geritten und wird erst in ein paar Tagen zurückerwartet. Ihr werdet bei Gericht gebraucht."

„Kann denn eine gestohlene Kuh nicht bis morgen warten?", antwortete der Gestörte unwirsch, aber der Waffenknecht schüttelte den Kopf.

„Es ist etwas Ernsteres als das. Wir haben eine erste Zauberische gefänglich eingezogen, Herr Christian. Ihr sollt die betreffende Akte anlegen und bei den Verhören anwesend sein."

Christian lief es trotz des Sonnenscheins kalt den Rücken herunter. Es hatte also begonnen. „Geh schon voraus. Ich packe meinen Kram und komme dann nach. Ich muss kurz aufräumen."

„Wieder einmal Damenbesuch?", feixte der Büttel und Christian grinste nur augenzwinkernd. Auch dieser Ruf vereinfachte die Tarnung seiner wahren Leidenschaft. Der Büttel grinste und ließ ihn dann alleine, schnaufte zurück in die Wachstube.

Christian trat in sein Haus, sperrte die Tür hinter sich zu und sank in die Knie. Seine Beine konnten ihn plötzlich nicht mehr tragen. Dies war der erste Fall der Blutsgerichtsbarkeit, dem er beiwohnen musste, und ihm grauste vor den Bildern, die ihn in den kommenden Tagen erwarten und ihn wahrscheinlich fortan heimsuchen würden.

„Und was hatte Er für einen Eindruck von unserem jungen Rechtsgelehrten?" Der Balver Amtsdroste, Ludwig von Schade, putzte sich umständlich die rötlich verfärbte Nase in ein spitzenbesetztes Taschentuch, ohne das Thema der Unterhaltung für einen Moment auszusetzen. Er und sein Gegenüber hatten in bequemen Sesseln in einem der Salons des Schlosses Melschede Platz genommen und prosteten sich höflich zu. An einem der Fenster, die auf das weite Tal hinausgingen, zeichnete sich die Silhouette des Besitzers des Schlosses ab. Freiherr Ferdinand von Wrede war mit seinen eben neun Jahren noch nicht volljährig und Von Schade hatte als sein Vormund und erfahrener Mann das Amt des

Balver Drosten für ihn übernommen, nachdem der Vater des Freiherrn, Stephan von Wrede, erst vor kurzer Zeit unerwartet verstorben war. Von Schade erkannte in der steifen Haltung des Knaben deutlich die Abneigung sowohl gegen seine Anwesenheit wie auch gegen die seines heutigen Gegenübers, aber er war davon überzeugt, dass es notwendig war, den jungen Freiherrn sofort unter seine leitenden Fittiche zu nehmen. Und die Begegnung mit diesem Besucher würde eine erste Schule sein.

Sein Gegenüber nahm einen Schluck Wein aus einem der italienischen Gläser. Sein Blick wendete sich vom Anblick des Freiherrn, den er auffällig gemustert hatte, und des Tales und der Gärten vor den Fenstern ab und er sah Von Schade an.

„Ich denke, Ihr werdet zufrieden sein, dass ich Ihn auswählte, Herr von Schade. Herr Lizentiat Reinhartz ist sehr beflissen, kundig in der Prozessführung und hat – erlaubt mir die Freiheit – den Jagdtrieb eines Bluthundes. Er wird Euch nicht enttäuschen."

Ludwig von Schade musterte den Mann in den mittleren Jahren vor sich genau. Dieser war reich gekleidet und trug einen grau melierten Spitz- und Schnurrbart. Seine Haartracht fiel ihm auf die Schultern, die sich unter einem äußerst makellosen weißen Spitzenkragen verbargen. Das Gesicht war kantig und hart, durchzogen von ernsten Falten. Die Augen jedoch stachen noch weit mehr hervor. Vor dem Drosten saß die perfekte Mischung aus Soldat und Gelehrtem.

„Was mag Er Uns von sich erzählen? Wir hörten, Er hat Erfahrung mit dem zauberischen Pack? Wird Er nicht *Hexendoktor* in Arnsberg genannt?"

„Ein schmeichelhafter Titel durchaus. Er zeigt mir, dass ich die Furcht in den Herzen der Schuldigen erwecken konnte. Ich arbeite in der Tat an einem Werk über die Prozessführung in Angelegenheiten der Zauberei. Mein Vater war bereits Hexenrichter, und auch ich führte schon den einen oder anderen Prozess."

„Wie sieht es bei solch einem Prozess aus? Wir hörten von Ausschweifungen. *Was* Wir nicht in diesem Amte wünschen, das Uns vorübergehend anvertraut wurde. Dass gar Weiber im Kerker zur Notzucht gezwungen wurden, hörten Wir. Was hält Er davon, Herr Doktor von Schultheiß?"

Von Schades fast schwarze Augen brannten sich in sein Antlitz, und Heinrich von Schultheiß, der Hexendoktor, dachte einen Augenblick nach. Diese fürstlichen Besserwisser waren doch alle gleich. Wollten ihre Hände in Unschuld waschen, informierten sich allesamt äußerst kritisch und immerwährend zweifelnd. Behinderten die Sache in ihrem Zweifeln in manchen Orten gar. Vielleicht sollte er sein Buch in Dialogform als Lehrbuch für diese furchtbar Unwissenden und Zögerlichen umschreiben! Er konnte nur darauf hoffen, dass der zukünftige Amtsinhaber, dessen Aufmerksamkeit dem Melscheder Tal galt, eines Tages vernünftiger sein würde – oder zur Vernunft erzogen wurde.

„Ich für meinen Teil habe noch keine Gewalt gesehen, die nicht angemessen gewesen wäre, wenn es um diese Gotteslästerer und Paktierer gegen unseren Herrn geht! Gut, dann schiebt einer der Büttel oder der Meister Hans selbst einer Hexe mal den Rock hoch! Ich hörte in der Tat von einigen Kollegen, die den Widerstand der Hexe dadurch brechen lassen. Aber hat sie es anders verdient? Behext redliche Männer, dass deren Lust zusammenfällt. Sogar den eigenen Ehemann, um sich ihrer Pflichten zu entledigen. Eine Lehrstunde wird nichts schaden, wenn sie sich dem Manne untertan machen soll."

„Wir fragen Uns, warum sie dann nicht auch die Lust des Büttels zusammenfallen lässt … Sei's drum. Er plädiert also für äußerste Härte?"

„Euer Gestrenglichkeit, glaubt mir, einen anderen Weg gibt es nicht! Diese bösartigen Kreaturen verschwören sich gegen die Menschheit und den einzig wahren Herrn im Himmel! Wahrscheinlich seit Jahrzehnten oder Jahrhunderten zersetzen sie das Christentum, treffen sich nachts zu wilden Orgien und huldigen dämonischen Göttern! Verschreiben sich dem Satan und erhalten von ihm die Kraft, das Vieh zu töten, die Männlichkeit zu verhexen, Krankheiten zu säen und allerlei Übel zu stiften! Besonders die Weiber treiben es bunt, sind sie doch von Natur aus weniger fest im Glauben als ein Mann. So steht es bereits im *Hexenhammer*! Ihr werdet sehen, Herr, auch in Eurem Amt werden sie ihr Unwesen treiben und Eure Herrschaft in Zweifel ziehen!“

Das Gesicht Von Schultheiß’ war rot angelaufen. Angestrengt tupfte er sich mit einem Taschentuch, das er aus seiner Manschette zog, die Stirn.

„Meint Er, diese Zauberischen paktieren auch gegen die Landesherrschaft?“, fragte Von Schade und griff konsterniert nach dem Weinglas.

Heinrich von Schultheiß spürte, dass er den Balver Drosten dort hatte, wo er ihn hatte haben wollen.

„Wer nicht einmal mehr die Macht Gottes fürchtet …“, murmelte er deshalb wie erschöpft.

Ludwig von Schade leerte das Glas in einem Zug und sah erst seinen jungen Zögling und dann Von Schultheiß eindringlich an. „Wir sind nicht glücklich über diese Befehle des Kurfürsten, aber so soll es denn sein. Wir haben mit Herrn Reinhartz verabredet, dass er Uns die Fälle anzeige und darüber berichte. Ein Bote brachte Nachricht, dass Herr Reinhartz bereits fündig geworden ist. Morgen wird die erste Befragung stattfinden.“

„Ich muss zwar erst meiner Pflichten ledig werden, werde aber selbstverständlich Herrn Reinhartz unterstützen und des Öfteren in Balve nach dem Rechten schauen“, erbot sich Schultheiß und Von Schade nickte.

„Noch wird das nicht nötig sein. Aber ich bin erleichtert, dass Er sich ebenfalls dieser Sache annehmen wird, Herr Doktor. Speise Er noch mit mir und der Familie von Wrede.“

Heinrich von Schultheiß verneigte sich vor dem Freiherrn, der ihm mit seinem kindlichen Gesicht zunickte. „Es ist mir eine Ehre!“

„Gut, gut. Er isst mit Uns und Wir werden Ihm Quartier gewähren. Dafür erzählt Er uns mehr von Zauberischen und dem Rechte.“

Die Bettlerin Anna schlotterte in der Kälte der Zelle, in die sie vor Stunden gebracht worden war. Draußen vor der vergitterten Schießscharte zog der Mond auf und erhellte das kahle Gelass. Dünne Wolken schoben sich dann und wann vor sein Antlitz und ließen die kalten Schatten der Zelle erzittern. Dabei hatte sie noch Glück. Die Wände des Stadtturmes waren zwar feucht, das Stroh auf dem Boden jedoch recht frisch und der Eimer für die Notdurft noch nicht benutzt. Somit wäre sie eigentlich nicht viel schlechter dran gewesen als in ihrer Hütte, auch wenn ihr das Feuer und die löchrige Decke fehlten. Aber es stank in der Zelle des Stadtturmes widerlich süßlich nach Verwesung, Dreck und Tod. Schlimmer jedoch als der Gestank war die Kälte der Nacht, die durch alle Ritzen zog und ihren ausgemergelten Körper erfasste. Und noch weitaus schlimmer war die Ungewissheit, warum sie überhaupt hier saß und nicht in ihrer Hütte im Wald bei Hövel. Niemand hatte ihr gesagt, was ihr vorgeworfen wurde und sie grübelte unruhig seit Stunden, was ihr zur Last gelegt werden sollte. Sie schlang die Arme um ihr zerschlissenes Mieder und rieb die schwieligen Hände an den Rippen. Doch auch das vertrieb die Kälte nicht. Unten hörte sie aus der Wachstube des Turms Gespräche und ab und an Gelächter. Doch die Straßen Balves waren still um diese späte Stunde. Kein Laut drang durch das vergitterte Loch zu ihr hinauf, als hätte sich ein Mantel des Schweigens und der beginnenden Schuld über die Gassen gelegt.

„Zumindest werden sie mich garstige Vettel nicht anfassen", dachte sie, zitterte jedoch bei der Vorstellung, was ihr im Gerichtssaal bevorstehen mochte. Gleich welchen Vergehens sie sich schuldig gemacht hatte, die Strafen waren allesamt nicht harmlos. Vielleicht hatte sie Glück und wurde des Landes verwiesen, nachdem sie mit Ruten ausgestrichen worden war. Sie hatte gehört, dass diese Juristen mit ihrer geschulten Art daherzureden allesamt Halunken und Schlitzohren waren. Einfache Leute, Bettler wie sie, hatten dem kaum etwas entgegenzusetzen.

„Was aber, wenn mich der Gelehrte aus Werl zur Hexe machen will?", fragte sie sich beklommen und nahm sich trotz aller Bedenken vor, sich gegen diese üble Verleumdung gebührend zur Wehr zu setzen. Sie war keine Hexe, nur eine arme Frau, der im Leben alles genommen worden war.

Anna hörte plötzlich Schritte und leise Worte auf der Treppe. Rötlicher Fackelschein näherte sich. Anna kauerte sich in den Schatten einer Ecke zusammen und stellte sich schlafend, blinzelte aber unter halb geschlossenen Lidern. Sie sollten ihr ihre Angst nicht anmerken. Als guter Christenmensch konnte sie schlafen, denn selbst in dieser Not wachten die Engel über die Unschuldigen!

Die Tür wurde knirschend aufgeschoben und mehrere Schatten betraten die Zelle. Ohne Vorwarnung packte sie eine undefinierbare Anzahl von groben Hände und riss sie auf die Füße. Anna öffnete entsetzt die Augen und ein Rund aus harten Augenpaaren erwiderte ungerührt ihren Blick. Direkt vor ihr stand ein junger Kerl, den sie noch nie gesehen hatte. Seine Augen schimmerten wie schwarze Kohlen unter der breiten Krempe des Hutes hervor, seine vollen Lippen kräuselten sich zu einem Lächeln. Diesem da fehlten nur die Hörner und die lustig wippende rote Feder am Hut, um ihn zu einem Abbild des Großen Dämons zu machen. Anna bekreuzigte sich.

„Anna im Dreck lautet dein Name, Weib?“, fragte er daraufhin kalt.

„Ja, Herr.“

„Wir sind gezwungen, dich vor dem Verhör morgen früh zu untersuchen und vorzubereiten. Nimm deine Haube und leg auch den Rest deiner Kleidung ab.“

Annas Augen weiteten sich in ungläubigem Entsetzen. „Aber, Herr. Ich weiß nicht warum …“

Ihr Gesicht wurde unvermittelt zur Seite gerissen, als eine Ohrfeige sie auf die Wange traf. Welcher der Männer zugeschlagen hatte, konnte sie nicht sagen. Pochend breitete sich der Schmerz in ihrem Gesicht aus und Tränen schossen ihr in die Augen, verdeckten gnädig die Szene vor ihren Augen.

„Du musst nicht wissen warum und wieso. Das wirst du früh genug erfahren. Tu wie dir geheißen, Weib. Lege dich nicht mit mir an!“, wies der kalte Mann sie jetzt zurecht.

Zitternd fuhren Annas Finger zur Schnürung ihres Mieders und sie hörte, wie die anderen Männer mit den Füßen kratzten, sich deren Atem beschleunigte und sie lachten und tuschelten. Nur der dunkle Mann vor ihr zeigte keine erkennbare Regung, als sie sich auskleidete. Er wirkte gelangweilt und unbeteiligt. Einer der Männer trat in den Fackelschein und sammelte ihre Kleider auf, um mit ihnen wieder in den Schatten zu verschwinden. Anna schämte sich zu Tode, versuchte sich schlotternd mit den Händen vor den Blicken der Männer um sie herum zu schützen, war sich plötzlich ihres verdreckten und ausgemergelten Körpers bewusst, den schon lange niemand mehr ohne Kleider zu Gesicht bekommen hatte. Sie war noch nicht älter als vierzig Lenze, aber ihr Leben mit zahllosen Schwangerschaften und Krankheiten hatte ihrem Leib übel mitgespielt, sodass sie sich niemals einem Fremden freiwillig nackt gezeigt hätte. Nicht einmal, hätte der ihr Geld oder sogar eine neue Ehe angeboten. Doch jetzt stand sie bloß in einem Kreis aus Männern, die ihr nur Böses wollten.

„Ich werde dich jetzt nach versteckten Dingen untersuchen. Dazu werden wir dir die Haare scheren", hörte sie wieder seine Stimme, die wie durch einen Nebel an ihr Ohr drang. Wann hatte dieser Albtraum ein Ende?

Wieder trat einer der anderen Männer aus den Schatten vor. Anna erkannte ihn als den Büttel, der sie vor Stunden verhaftet hatte. Grob packte er ihre Haare und ließ ein Messer über ihre Kopfhaut schrappen. Anna begann vor Schmerz und Scham zu schluchzen.

„Warte nur, die auf deinem Kopf sind nicht die einzigen Haare, die ich dir scheren soll. Erinnerst du dich an deinen Rotz auf meinem Stiefel, blödes Weib? Ich musste ihn stundenlang putzen und polieren, bis ich deinen Dreck runter hatte. Mal sehen, ob mein Messer nach dieser Anstrengung noch scharf genug ist und meine Hände nicht schon erschöpft sind, wenn sie an deinen … kitzligeren Stellen ankommen", flüsterte er ihr ins Ohr, als er ihr die letzte Strähne abschnitt. Sein dreckiges Grinsen in ihrem Nacken spürte sie mit jeder Faser ihres Körpers.

Marie lag in ihrem Bett und starrte in die Dunkelheit. Sie konnte nicht schlafen. Unruhig warf sie sich hin und her, das Bett quietschte und das Stroh ihrer Matratze raschelte. Sie machte sich schon seit Stunden Vorwürfe, nichts getan zu haben, als die Büttel gekommen waren, um die arme Anna mitzunehmen. Aber was hätte sie tun können?

Dennoch bewegte Marie das, was jetzt mit der Bettlerin passieren würde. Vielleicht schon in diesem Moment. Marie setzte sich auf. So würde es eine lange Nacht werden. Langsam schwang sie die Füße aus dem Bett. Empfindlich kalt spürte sie die Dielen unter ihren nackten Sohlen. Sie wollte keine Kerze entzünden und schlich stattdessen leise in den Flur vor ihrem Zimmer. Eine Treppe führte sie in die Gesindekammern und leise pochte sie an eine der Türen.

Im Zimmer rumpelte es, dann hörte sie ein Tappen. Einen Moment später wurde die Tür aufgeschoben und das verschlafene Gesicht ihrer Amme blinzelte ihr entgegen.

„Verzeih mir, dass ich dich störe. Aber ich bekomme kein Auge zu!"

„Es ist ja auch Vollmond – und ein unruhiger dazu", murmelte die alte Merthe und rieb sich die steifen Glieder.

„Könntest du mir helfen? Es ist nicht nur der Mond, der mich um den Schlaf bringt, Amme."

Eine faltige Hand streckte sich ihr entgegen und strich sanft über ihr Gesicht. Marie spürte beinahe augenblicklich den Frieden, den ihr diese Hände auch schon als Kind geschenkt hatten.

„Warte, ich ziehe mir etwas über. Ich hoffe, das Feuer in der Küche ist noch nicht heruntergebrannt. Dann kann ich dir einen Kräutersud kochen, der dir beim Schlafen helfen wird." Leise murmelnd verschwand die Amme wieder in ihrem Zimmer, kam etwas später in einem Überrock zurück, den sie schon getragen hatte, wenn sie Marie als Kind in der Nacht betreut hatte, und Marie lächelte, als sie sich an die Wärme und den schwachen Kräuterduft in den Armen ihrer Amme erinnerte, und sah, dass sich der Rock mittlerweile über die in die Breite gegangenen Rundungen Merthes spannte. Hand in Hand stiegen die beiden Frauen die Treppe zur Küche hinab. Heute war es an Marie, auf den Stufen eine Stütze zu sein.

Dort angekommen, kuschelte sich Marie auf die Bank in der Nähe der Feuerstelle und Merthe schürte die noch glimmende Glut.

„Wird gehen, denke ich. Nicht mehr lange und diese Kräuter bescheren dir einen ruhigen Schlaf, Kind."

Merthe werkelte am Feuer und schöpfte Wasser in einen Topf, ließ

Marie jedoch nicht aus den Augen. „Was beschäftigt dich, Marie? Du bist bleich und unruhig, sodass ich dich spüre wie einen wilden Hengst im Frühjahr! Mein Herz wirst du noch sprengen mit dieser Unruhe!“

Marie sah die alte Frau an und bemühte sich gar nicht erst, ihre sorgenvolle Ahnung aus ihrer Stimme herauszuhalten.

„Ach, Merthe. Du weißt doch auch, dass sie Anna im Dreck verhaftet haben. Ich bin mir sicher, dass das auf Betreiben des Hexenkommissars hin geschehen ist. Und ich habe nur hilflos dagestanden und nichts unternommen!“

„Kind, Kind! Was hättest du tun sollen? Erst einmal ist es nicht sicher, dass Anna nicht wieder irgendetwas gestohlen hat und deshalb verhaftet wurde. Aber gleichgültig, was sie angestellt hat, sie hätte auf keinen Fall gewollt, dass du zu Schaden kommst. Ich kenne sie. Sie ist zwar arm und lässt ab und an mal einen Apfel oder eine Wurst an unserem Stand mitgehen, aber einem Menschen würde sie niemals etwas zuleide tun wollen. Schon gar nicht dir, die du immerzu wegschaust, wenn sich ihre gierigen Hände unsere Waren packen!“

Merthe lachte leise und auch Marie musste lächeln.

„Anna hätte nicht gewollt, dass die Büttel dich als eine ihrer Helferinnen sehen. Gleichgültig ob als Diebin oder … Hexe.“

Marie erschauderte bei diesem furchtbaren Wort, nickte jedoch. „Dennoch fühle ich mich, als hätte ich eine Gelegenheit verpasst, die Zukunft aufzuhalten. Jetzt rinnt ihr roter Sand in die untere Hälfte einer unbarmherzigen Uhr und wir sind ihr ausgeliefert – komme, was wolle. Und irgendetwas wird kommen, das weiß ich. Etwas Ungewöhnliches.“

Merthe kam mit interessierter Miene näher, mit einem Hümmelken zerteilte sie einen Apfel in zwei Hälften.

„Du weißt es?“

„Ja, ich habe doch schon immer … Irgendwie wusste ich manche Dinge einfach. Habe sie geträumt oder gefühlt.“

„Schatz, ich weiß. Aber sprich in diesen Zeiten nicht mehr darüber, was wir zusammen getan und erlebt haben.“

„Denkst du, ich bin lebensmüde? Oder würde dich unbedarft belasten? Für mich hast du einfach ein großes Wissen um Kräuter wie die Nonnen und Mönche auch. Du liebst den Wald, genau wie ich. Das ist harmlos. Aber ich werde dennoch nicht darüber sprechen."

Merthe legte den Apfel vor sie auf den Tisch. „Du machst mir Angst. Deine Geschichten von diesem Mann aus Werl haben mir schon vor ein paar Tagen nicht gefallen. Und jetzt die erste Anklage. Deine Mutter ist auch noch eine aufrechte Christin, die sich im Dorfklatsch auskennt und in Balve zur Messe geht. Ich hoffe, man bringt sie nicht auf dumme Gedanken, Kind. *Schafft sie ab*, hieß es doch! Selbst wenn ich nur mein Heim und meine Anstellung verliere, ist das schon ein Todesurteil in meinem Alter!"

Merthe wandte sich dem Aufbrühen der Kräuter zu. Ihr Rücken zitterte. Seufzend nahm Marie eine der Apfelhälften in die Hand. Merthe hatte die Frucht nicht längst halbiert, sondern das Kerngehäuse zwischen dem Ansatz des Stängels und dem Rest der Apfelblüte durchgetrennt. Marie leuchtete dadurch ein Stern, den das zerteilte Kerngehäuse bildete, entgegen. Der Geruch von Merthes Kräutern stieg ihr in die Nase und bereits angenehm schläfrig biss sie in das süße Fruchtfleisch.

Exorzismus

Christian eilte mit einer in Leder gebundenen Mappe zu den Kellern in der Bogengasse, wo er erwartet wurde. In einer Tasche an seiner Seite raschelten die Federkiele und die Tinte gluckerte, sein ausgiebiges Gähnen unterbrach das Stakkato dieser Geräuschkulisse. Der Dunst des Morgens schluckte noch viele der Geräusche der erwachenden Stadt, auch wenn aus mancher Handwerkerstätte schon leises Hämmern oder Sägen zu hören war. Seine eigenen Schritte hallten laut von den Häuserwänden wider. Christian war es als Student nicht gewohnt, derart früh geschäftig zu sein, und auch sein Leben als Schreiber in Balve hatte bislang keine außerordentlich frühe Aktivität erfordert, sodass er seine Zeit oft bis in die frühen Morgenstunden in seinem Keller oder einem der Wirtshäuser verbracht hatte. Um diese Tageszeit war er meist müde ins Bett gewankt. Dieser Tag wurde jedoch schon vor Sonnenaufgang ganz und gar von Herrn Reinhartz' Aufträgen diktiert. Und Christian grauste vor diesen Anweisungen.

Zwei Wachen standen ebenfalls morgenbleich und gähnend vor dem niedrigen Eingang, hinter dem es in die Keller ging, in denen Meister Hans sein Handwerkszeug aufgebaut hatte. Die beiden Männer grüßten Christian, öffneten ihm, ohne mit der Wimper zu zucken, die eisenbeschlagene Tür mit den zahlreichen Riegeln.

Christian schlug unmittelbar eine Mischung aus abgestandener Luft, Kerzenwachs, Feuer und seiner Asche, Moder, Weindunst und einigen streng riechenden Ausdünstungen menschlicher Körper entgegen – alles überlagert von einem Geruch, der Blut und Tod verhieß. In Halterungen an den Wänden blakten Fackeln, ansonsten spendeten nur Kerzen auf einem erdrückenden Tisch etwas Licht. In der Mitte des Raumes stand ein verwaister Stuhl, die Lehne zum Tisch gedreht. Der enge Raum wirkte durch die Menschenansammlung, die sich in ihm eingefunden hatte, noch klaustrophobischer und Christian rang einen Augenblick lang nach Atem und Worten, als sich ihm interessierte Blicke zuwendeten. Verhalten begrüßte Christian die offiziell bestellten sieben Schöffen des Halsgerichts, denn um nichts anderes handelte es sich bei dieser Versammlung. Sieben Schöffen, der Richter und sein Berater, der Hexenkommissar, saßen über die Unglücklichen, denen das außerordentliche Verbrechen vorgeworfen wurde, das dem Hochverrat an Gott gleichkam, zu Gericht. Christian blickte in aufgeräumte Gesichter, Gesichter, in denen der Stolz stand, dem Gericht dienen zu können und auch in welche, die die pure Lust an der Qual verrieten. Nur eine der anwesenden Gestalten drückte sich abseits in einer der dunkleren Ecken herum.

„Guten Morgen, Herr Pfarrer", begrüßte Christian Hermann Laer freundlich. Dieser wandte sich wie ertappt um, als er angesprochen wurde, fing sich jedoch beim Anblick von Christians offenem Gesicht.

„Guten Morgen, Herr Gerichtsschreiber. Euer Gesicht habe ich auch noch nie um solch eine frühe Stunde in der Stadt gesehen", versuchte der Geistliche einen müden Scherz und Christian lächelte pflichtbewusst.

„Ich dachte immer, es ist gleichgültig für das Seelenheil, welche der Messen man besucht. Und mir gefallen die Tageszeiten der Christmette und des Hochamts besser als die Prim."

Laer klopfte ihm jovial auf die Schulter. „Bedenkt die Todsünden, Herr Christian. Trägheit zählt dazu. Und das will sich unser neuer Mitbürger wohl nicht zuschulden kommen lassen", ergänzte er leise.

Christian nickte nur überrascht, was sollte er auch darauf erwidern?

„Wäre es möglich, statt dem schweren Wein ein Glas Wasser zu bekommen, Herr Christian? Mein Magen rebelliert etwas."

„Ich werde einmal für Euch nachsehen." Christian durchmaß den Raum und legte zuerst seine Schreibutensilien an dem Pult ab, das neben dem langen Tisch für das Gericht aufgestellt worden war. Dann warf er Blicke in die Krüge auf dem Tisch und fand tatsächlich einen, der mit Wasser gefüllt war. Bevor er jedoch zu Laer zurückgehen konnte, öffnete sich die Tür zur Straße und der Hexenkommissar Caspar Reinhartz trat in den Raum.

„Guten Morgen, die Herren. Es ist noch früh am Tag, aber nichtsdestotrotz sollten wir schleunigst beginnen. Bitte nehmt Eure Plätze ein."

Lederne Schuhsohlen schliffen über den dreckigen Steinboden,

Stuhlbeine kreischten und das Gemurmel, das den Raum bis zu diesem Zeitpunkt erfüllt hatte, erstarb allmählich.

Caspar blickte zufrieden über die Versammlung, seine Augen verengten sich jedoch, als ihm auffiel, dass der Richter noch nicht auf seinem Platz saß.

„Wo ist Seine Ehren, der Richter Roeßen?", fragte er scharf, erntete jedoch nur Schulterzucken und Kopfschütteln.

„Soll ich ihn holen, Herr Reinhartz?", erklang da die Stimme des jungen Gerichtsschreibers. Caspar grübelte einen Augenblick lang, ob er das Angebot annehmen sollte, erinnerte sich aber einiger Bemerkungen des Onkels des Jungen, die auf seine Unzuverlässigkeit angespielt hatten.

„Nein, dann warten wir nachher auch noch auf den Schreiber, wenn Ihr ihn nicht finden könnt. Schickt eine der Wachen los, Herr … ähm, Höyngk", erwiderte Caspar schließlich.

Christian verbeugte sich steif und schritt zur Tür, sich die schwarze Robe seines Amtes überwerfend.

„Es tut mir Leid, ihr Herren, dass Ihr warten müsst. Aber das Zuspätkommen ist wohl das Privileg des hohen *Alters*, nein, verzeiht, des hohen *Amtes*", lächelte Caspar in die Runde der Schöffen, die seine bissige Bemerkung mit leichtem Lachen quittierten. „Genießt doch noch etwas Wein, bevor wir beginnen können. Eine Empfehlung unseres Herrn Drosten, reserviert für den Anlass der Befragung einer Mittellosen."

Christian wurde speiübel bei dieser Rede. Wo blieb der Respekt vor dem Menschenleben, das zitternd dem Beginn des Prozesses entgegenblicken musste? Der Angeklagten würde sicherlich keine Weinration zugeteilt werden. Stumm stapfte er nach Erledigung seines Auftrags zu seinem Platz zurück, tauschte aber noch einmal einen Blick mit dem Pfarrer. Erschrocken nahm er wahr, dass sich Laers Gesicht weißlich verfärbt hatte und er sich ein Taschentuch vor den Mund presste. Christian nahm einen Becher, füllte ihn mit Wasser und brachte ihn zum Platz des Geistlichen.

„Verzeiht, ich wurde aufgehalten, Herr Pfarrer."

Laer nahm dankbar einen Schluck und ließ sich dann in seinem Stuhl zurücksinken.

„Ich glaube, in dieser Stadt können wir Personal einsparen, was mich sehr erfreut. Und den Rat der Stadt sicherlich nicht minder. Ein Schreiber, der auch noch das Amt eines Gerichtsdieners erfüllt ...", ätzte Reinhartz' Stimme.

Wieder lachten die Schöffen und Christian lief rot an. Unter den strengen Blicken des Hexenkommissars, der ihn so bloßstellte, schlich er zu seinem Platz und bereitete schweigend sein Handwerkszeug vor.

Erst eine halbe Stunde später traf Richter Henrich Roeßen ein. Japsend stieg er die Stufen hinunter, begleitet und gestützt durch Johannes Höyngk und einen der Wachsoldaten.

„Verzeiht, Ihr Herren, dass ich Euch warten ließ. Mein Alter forderte sein Recht und ich musste mich bei unserem Bader einrenken lassen", entschuldigte er sich und humpelte zu seinem erhöhten Platz. „Jetzt lasst uns beginnen, bevor noch weitere Verzögerungen uns durch meine Schuld von anderen Pflichten abhalten."

Roeßen stellte die Vollständigkeit des Gerichts fest und ließ dies zu Protokoll nehmen, dann bat er den Wachmann, dass die Gefangene hereingeführt werden sollte.

Gespannte Stille breitete sich nach diesem Befehl im Kellerraum aus und als sich quietschend eine der Türen öffnete und sich die Schattenrisse mehrerer Personen abzeichneten, vernahm Christian Getuschel und Raunen. Flankiert von zwei kräftigen Wachen und gefolgt von Meister Hans huschte eine zierliche Gestalt ins Zimmer, die nahezu erdrückt wurde durch die massigen, die sie umgebenden Leiber. Große, angstgeweitete Augen schwebten ziellos durch den Raum, in ihnen glomm bereits ein erster, nicht verwundener Schmerz. Die Männer brachten das Häufchen Elend zu dem leeren Stuhl in der Mitte des Raumes und postierten sich an den Seiten. Nervös zuckte der Christian zugewandte Rücken, verzweifelt versuchte die Frau mit Blicken über ihre Schultern festzustellen, was hinter ihr geschah.

„Darf ich meinen Anklägern nicht einmal in die Augen sehen?", äußerte sie sich mit zittriger und irritierter Stimme.

„Sei nicht so vorlaut, Weib. Wir werden dir die Fragen stellen und du wirst früh genug wissen, was dich hier erwartet", schnarrte die Stimme Reinhartz' durch den Raum.

„Nun, gleiches gilt für Euch, Herr Commissar." Diese Äußerung Roeßens zog das vernehmbare Einziehen des Atems gleich mehrerer Schöffen nach sich. Johannes und Christian Höyngk sahen beide gleichzeitig mit großer Überraschung zum greisen Richter.

Caspar Reinhartz verneigte sich leicht, seine dunklen Augen zuckten unruhig zum Richter. In seinen Zügen konnte man die unterdrückte Wut mit seinem Pflichtbewusstsein ringen sehen um die Entscheidung, ob er widersprechen sollte.

„Nun nennt Euren Namen, Frau!", begann Roeßen den Prozess mit leichtem Triumph in der Stimme.

„Ich bin Anna aus Hövel." Ihre Stimme zitterte.

„Du wirst anders genannt."

„Anna im Dreck, so nennt man mich, da es mir elend geht und ich meinen Lebensunterhalt durch Tageslohn und Bettelei bestreiten muss, seit mein Mann gestorben ist."

„Welcher Konfession gehörst du an?"

„Ich wurde katholisch getauft, sagte mir meine Mutter."

Roeßen warf einen Blick nach rechts, wo sich Pastor Hermann Laer auf seinem Platz krümmte, und gab diesem ein Zeichen.

„Wir fangen, so will es die Ordnung, mit einem Exorzismus an. Du weißt, was das ist?", sprach der Richter dennoch zu Anna.

Annas Kopf nickte. „Ich frage mich jedoch, warum!"

„Wir wollen sehen, in welchen Dingen du vom rechten Weg abgekommen bist."

„Ich bin von keinem Weg abgekommen, bin eine ehrliche Haut!" Annas Stimme gellte schrill. „Ich weiß, dass der edle Herr nicht von Diebstahl spricht! Sonst wäre der Herr Commissar nicht aus Werl gekommen!"

„In der Tat, du scheinst viel über das Hexenwesen und seine Verfolgung zu wissen."

„Weil ich den Dorfklatsch wiedergebe? Jeder weiß, dass Ihr nach Zauberischen sucht. Einem Dieb werden auch nicht die Haare geschoren.“

„So weißt du also auch, wie man mit einem Dieb umzugehen pflegt. Du hast also Erfahrung mit dem Kerker und dem Gesetzeskonflikt. Vielleicht hast du auch auf andere Art Diebstähle begangen. Milch gestohlen vielleicht? Schinken? Einen Ehemann?“ Roeßen musterte Annas Rücken, der sich erregt hob und senkte. „Dies sind Fragen, die wir erörtern wollen. Aber zuerst, zu unser aller Schutz – auch dem deinen! – bitte ich jetzt den Herrn Pfarrer, den Exorzismus vorzunehmen, um jeden unreinen Geist von hier zu vertreiben.“

Laer rappelte sich auf und stieg vom Podest herunter. Seine Schritte waren unsicher und er wusste nicht einmal mehr, ob ihn die Beine bis zu diesem furchtbaren Stuhl tragen würden. Je näher er kam, desto widerlicher stieg ihm ein Geruch in die gequälte Nase. Sein Magen revoltierte und schien unzählige Purzelbäume zu schlagen. Die arme Kreatur auf dem Stuhl, schluchzend und unkontrolliert zitternd, sodass ihre Zähne vernehmlich aufeinanderschlugen, stank im wörtlichsten Sinne zum Himmel. Moder mischte sich mit Urin und Kot, Blut mit Erbrochenem zu einem ekelerregenden Parfüm. Pfarrer Laer trat dennoch zu ihr und gab ihr ein Kreuz in die Hand, strich dabei kurz beruhigend über die Finger der Angeklagten, um Trost zu spenden. Er bekreuzigte sich und war sich nicht sicher, ob er sich dadurch stärken oder schützen wollte. Dann begann er lateinische Worte zu murmeln und verfiel in die angenehme Routine seiner Berufung.

Plötzlich jedoch erschütterte ein dumpfer Knall alle Anwesenden in ihrer spirituellen Ruhe.

Laer war das Gebetbuch aus der Hand geglitten – oder war es ihm entrissen worden? Es lag aufgeschlagen auf dem Rücken neben dem Stuhl der Gefangenen, die Seiten vibrierten in einem sachten Luftstrom. Gleichzeitig krümmte sich Laer zusammen, würgte und erbrach sich keuchend in einem Schwall vor die Füße der Angeklagten. Anna schrie auf und sah entsetzt auf den Seelsorger.

„Herr Pastor! Ihr seid krank! So helfe ihm doch jemand!", rief sie, die eigene Angst hatte sie völlig vergessen. Sofort stürzten die Wachen herbei, zerrten die Angeklagte davon, die mit unbeholfenen Blicken nach hinten über die Schulter versuchte, die Situation noch weiter im Auge zu behalten. Die Schöffen sprangen in einer Bewegung auf und umringten den malträtierten Körper des Geistlichen, Hände klopften ihm auf den Rücken, umgriffen stützend seine Arme. Roeßen humpelte hinter den anderen Männern, schrie jedoch mit seiner rauen Stimme Befehle nach allen Seiten, die die Ordnung zurück in sein Gericht bringen sollten. Stimmen riefen wirr durcheinander, Stiefel trappelten wie eine Horde Ratten über den Boden.

Nur einer blieb nahezu regungslos in diesem Durcheinander auf seinem Platz sitzen. Caspar Reinhartz nahm sich in aller Seelenruhe einen Federkiel, tauchte ihn in die Tinte und begann ungerührt, die Geschehnisse des offensichtlichen Hexenfluchs und seine Beobachtungen minutiös niederzuschreiben, während man dessen Opfer lärmend in Richtung frischer Luft bugsierte.

Einer der Diener des Gerichts drängte sich durch die aufgelöste Menge und überreichte ihm mit einer Verbeugung einen gefalteten Zettel. Caspar enthüllte die Notiz und seine Miene schwankte zwischen Bestätigung und Erschrecken. Eine beachtliche Menge an Bürgern drängte sich in den Fluren des Rathauses, die ihre Erfahrungen mit den Zauberischen zu Protokoll geben wollte.

Caspar lächelte befriedigt. So einfach hatte er sich seine Suche selbst nicht vorgestellt. Diese Stadt und ihre teuflischen Verschwörer machten es ihm leichter als erwartet.

Sich reinwaschen

Nach dem Vorfall beim Exorzismus war es um sie herum still geworden. Man hatte sie in eine kleine Zelle neben diesen schrecklichen Instrumenten gebracht, die dazu dienten, die Wahrheit zu finden. Nachdem die Wachen die Tür hinter sich zugeworfen hatten, war alles Licht erloschen und Anna musste im Stockfinsteren ihres Schicksals harren. Zumindest hatte sie jetzt eine Ahnung davon erhalten, was man ihr vorwerfen mochte. Und ihr schwante, dass dieser unglückselige Schwall von Galle und Mageninhalt ausschlaggebend werden konnte, wenn es um Schuld oder Unschuld gehen würde. Und das bestimmt nicht zu ihren Gunsten. In eine Ecke gekauert grübelte Anna darüber nach, welche Möglichkeiten ihr jetzt blieben. *Dieser dumme Pfaffe!*, dachte sie. *Hätte er nicht einfach mit seiner Krankheit im Bett bleiben können? In was hat er mich hineingeritten?*

Sie hatte Hinrichtungen gesehen, von Dieben, Mördern und Zauberern. Es hatte immer Spaß gemacht, andere über den Jordan hüpfen zu sehen. Wenn sie jetzt aber daran dachte, dass sie bald dort oben stehen würde, in ihrem dünnen Büßerhemd, schlotternd, vielleicht mit einer Lache Urin unter sich, die ihr warm über die Schenkel gelaufen war und die Leute zu Scherzen und Fingerzeigen auf sich veranlasst hatte. Hinter sich den riesigen Stapel Reisig und Holz … Ihr Herz wurde schwer und lag wie ein Stein in ihrer Brust. Sie konnte auf Gnade hoffen. Niemand war seit langem mehr bei lebendigem Leib dem Feuer übergeben worden.

Trotzig weigerte sich ihr Verstand jedoch, dies als einzigen Weg ihres künftigen Lebens anzusehen.

„Streng dich an, Anna, denk nach!“, ermahnte sie sich laut in die Dunkelheit der stinkenden Zelle hinein und pochte sich mit den dreckigen Fingernägeln vor die ebenfalls nicht mehr weißen Zähne. Noch würde sie nicht aufgeben, dafür hatte sie in ihrem Leben schon oft genug ums Überleben gekämpft. Auch wenn ihre Möglichkeiten dieses Mal begrenzt waren.

Ihre Augen weiteten sich, als sich ein Gedanke in ihren Geist stahl. Nicht wie ein gewaltiger Blitz bei einem Sommergewitter, sondern eher wie das flackernde Licht einer Kerze in ihrer Hütte.

Niemand wollte sie zwar mehr, denn die Justiz war so viel weiter, wie die Herren bei jedem Prozess sagten, dennoch gab es noch die Tradition der Gottesurteile, von denen sie gehört hatte, dass sie aus einer längst vergangenen Zeit, wahrscheinlich nahe der Sintflut, stammten, die aber noch immer und immer mal wieder von der einfachen Bevölkerung zur Lösung von Streitigkeiten angewendet wurden. Es bestand eine winzige Chance zu überleben. Sie war zumindest größer, als auf das eigene Durchhaltevermögen bei der Tortur zu hoffen.

Anna stand ruckartig auf und trommelte mit ihren Fäusten gegen die Tür, die ihrem Ansturm wie eine eiserne Wand standhielt. Ihre Fingerknöchel platzen schmerzhaft auf.

Sie rief nach den Wachen, sie musste einfach den Richter oder den Hexenkommissar sprechen, schließlich ging es um ihren Hals!

Es war noch dunkel, als sich die Tür vor Anna öffnete. Eine Laterne leuchtete in ihre Zelle und eine barsche Stimme forderte sie auf, aufzustehen und herauszutreten. Man legte ihr wortlos Handeisen an und schubste sie dann vor die Füße eines Schattens.

„Die Wachen haben mir von deinem Wunsch berichtet. Ich bin einverstanden. Dir ist die Bedeutung bewusst, die dein Wunsch erhält?"

Anna nickte. „Ich bin unschuldig und das muss ich ja beweisen, Herr."

Der Mann trat ins Licht und Anna sah in das Gesicht des Hexenkommissars. Es hätte ihr gefallen können, so jung und entschlossen wie es wirkte, aber ihre Lage erlaubte ihr solche Gedanken nicht.

„In der Tat, du bist schuldig, bis deine Unschuld bewiesen werden kann. Und du weißt sicher, dass der Exorzismus nicht eben vorteilhaft verlaufen ist. Alles deutet immer noch darauf hin, dass du eine gottlose Zauberische bist, die jetzt auch noch den Herrn Pfarrer mit Krankheit geschlagen und ihm die Würde seines Amtes geraubt hat. Aber wir werden sehen, was gleich geschieht." Seine Worte straften die weiche Stimme Lügen.

Caspar ließ zwei Wachen den Vortritt, dann trat er aus dem Folterkeller ins Freie hinaus, Anna folgte ihm. Hinter ihr schritten mehrere Wachen.

Vor sich sah Anna die dunkle Straße. Es war noch weit vor dem Morgengrauen. Oder war es Abend? Menschen mit Fackeln und Laternen säumten still und starr ihren Weg. Insgeheim hatte sie als Bettlerin, als Verfemte der Gesellschaft mit derben Übergriffen gerechnet, fliegendem, faulem Gemüse, das sich ihr ins Gesicht brannte. Aber wahrscheinlich war selbst dieses in den schweren Zeiten von Missernten und tobendem Krieg zu kostbar und in den Töpfen und Mägen verschwunden.

Anna schleppte schwer an ihren Ketten, als sie die Straße entlangwankte.

Vor ihr tauchte im leichten Nebel die Stadtmauer wie ein Riese auf, der bereit war, sie zu zermalmen.

Anna wurde durch ein Tor geführt und stand auf der Brücke, die über den Stadtgraben hinaus in die Welt führte. Nur ein schmales Ufer trennte die Stadtmauer von den träge dahindümpelnden Schlieren des brackigen Wassers. Dorthin wurde sie gebracht und zu Boden gedrückt. Ihre Augen wanderten über die Szenerie, während man ihr die Handeisen abnahm und ihre Handgelenke, die schon jetzt übersät waren mit aufgeriebenen Stellen, überkreuz an ihre Fußknöchel zwang. Auf dem Wehrgang der Mauer konnte sie die Lichtpunkte von Fackeln erkennen und auch über den Nebelschwaden lagen die hellen Schatten von Laternen und Fackeln, die von der Brücke herüberschienen. Ein erster Streifen von Helligkeit erhob sich über den Bergen und tauchte die Menschen in das Zwielicht einer unheimlichen Schattenwelt. Anna dachte an den nahen Morgen, spürte das Seil in ihr Fleisch schneiden und blickte zu Meister Hans, der über ihr ebenso bedrohlich aufragte wie die Stadtmauer. Das Schaben der Fasern beim Zusammenknoten des Seils war das einzige Geräusch, das Anna noch wahrnehmen konnte. Wenigstens hatte man ihr das Hemd gelassen und sie nicht vor aller Augen zur Nacktheit gezwungen. Sie kauerte jetzt verschnürt auf dem feuchten Boden und harrte der Dinge, die da unausweichlich kommen würden. Dann hörte sie die immer noch schwache Stimme des Pfarrers über das Wasser schallen. Näher traute er sich an sie anscheinend nicht mehr heran, hatte irgendwo beim Stadttor seinen Platz eingenommen.

Das Zeichen des Hexenkommissars sah sie nicht und wurde ohne Vorwarnung von Männerarmen emporgewuchtet und ins Wasser geworfen.

Vor Schreck sog Anna den Atem ein, als sie durch den Nebel flog und heftig auf die schwarze Wasseroberfläche aufprallte. Dann umgab sie eine gurgelnde Düsternis, Luftblasen stiegen an ihren Augen vorbei nach oben. Etwas, das im Wasser schwamm, klatschte ihr schmierig ins Gesicht. Sie wusste, dass nahezu der ganze Unrat der Stadt, Exkremente und die Abfälle der Gerber und Färber in diesem Gewässer landeten und verweigerte sich jeden ekelhaften Gedanken daran, was sie getroffen haben mochte. Eisig kalt klammerte sich das Wasser an ihre Haut und einen Moment lang dachte Anna, dass sie in die gnädige Schwärze hinabgerissen würde, die ihr in diesem Augenblick den letzten Frieden auf Erden versprach. Anna ergab sich dem Gurgeln und Säuseln des Wassers und ließ sich treiben, willig, sich der Schwärze zu ergeben, um als Unschuldige den Tod finden zu können und nicht vor einer gaffenden Menschenmenge, die ihr all die Schwernisse dieser Welt auf den Rücken band und in die Feuer der Hölle schickte.

Dann jedoch spürte sie einen Ruck an ihren Fußgelenken und merkte, wie sie unerbittlich nach oben abgetrieben, aus dem letzten Paradies vertrieben wurde. Ihre Lunge barst schmerzend von der Luft, die sie mit ihrem letzten Atemzug aufgesaugt hatte, als sie sich selbst in einem verzweifelten Aufbäumen an das Leben gebunden hatte. Meister Hans zog sie an seinem Seil hinauf in die Dunkelheit, hinauf zu den Qualen und weg vom seligen Vergessen des tiefen Wassers. Mit einem Japsen durchstieß sie die Oberfläche – und schwamm für alle gierigen Blicke gut sichtbar auf dem Wasser.

Schon brandeten die ersten Rufe an ihr Ohr, unterbrochen noch vom Aufkommen der letzten Reste ihrer Hoffnung, sie möge doch noch einmal hinabsinken.

„Sie ist eine der Zauberischen!“

„Hexe!“

„Hexe!“

„Hexe!“

Unglückselig schluchzend wurde Anna zurück ans Ufer und aus der stinkenden Brühe gezogen.

Der schwarze Mann trat mit zwei Wachen zu ihr und brachte die Rufe mit einem Wink zum Erliegen. Anna sah das fahle Morgenlicht auf den harten Zügen des Hexenkommissars spielen, hörte aber nicht alle Worte, die er sprach. Nur *Verstockt* und *Tortur* – und das beifällige Jubeln ihrer Mitbürger. Dann verlor sie das Bewusstsein.

Schadenszauber

Lächelnd und mit wiegenden Hüften lief die blonde Magd über den Hof. Ein Kotten aus Fachwerk, der auf einer gerodeten Fläche mitten in einem Buchenwald stand, war anscheinend ihr Heim. Ihre Haut war schweißbedeckt, denn die Sommersonne stand hoch und gleißend am Himmel. Vor sich her schob das Mädchen eine Schubkarre, auf der Getreide in Körben mit den Schweißperlen auf ihrer gebräunten Haut um die Wette glitzerte. Auf der Deele und endlich im Schatten hielt sie vor den Ställen an, lauschte dem Lachen und Geschwätz, die von der Herdstelle herüberwehten, und sah sich suchend um. Dann zog sie aus einem Versteck auf einem Balken einen Topf aus gebranntem Ton. Sie griff hinein und nahm etwas vom Inhalt heraus. Eine Masse, die schwarz schimmerte wie gekochter Teer, kroch als schleimige Schnecke über ihre Finger, die sie in das Getreide tauchte. Die Masse sickerte zwischen den Körnern hindurch und infizierte sie mit einem grünlichen Überzug, der wie von Geisterhand nach wenigen Sekunden wieder verblasste. Unbekümmert flötete die Blonde, griff sich eine Futterkelle und schaufelte das Futter für die Tiere in die Tröge.

Er wurde von diesem Bild fortgerissen und folgte der zickzackförmigen Spur eines Hasen durch wogendes Gras einen sommerlichen Hang hinauf. Die Ohren des Tieres wippten im Takt seiner weiten Sprünge und mit einem Blick über seine pelzige Schulter hinweg versicherte es sich, dass ihm niemand folgte. Seine Augen glommen rot auf und es machte einen weiteren riesigen Satz über einen Graben hinweg, der eine Kuhweide begrenzte. Dann verschwand es zwischen den mächtigen Leibern der Tiere. Eine der Kühe brüllte auf, als sich die Nagezähne des Tieres in sein Euter gruben und es zu saugen anfing.

Auf einem anderen Hof ganz in der Nähe rammte eine greise Bäuerin in der Abenddämmerung eine Axt in einen Pfosten ihrer Scheune und stellte einen Eimer darunter. Die Alte im fleckigen Kleid zog sich einen Melkschemel herbei und begann, die Bewegungen des Melkens am Axtstiel zu vollführen. Ihre Hände rieben auf und ab, versuchten, das Leben aus dem Holz zu ziehen. Nach kurzer Zeit bildete sich erst langsam, dann immer schneller ein milchigweißer Tropfen am unteren Ende des Stiels und fiel platschend in den Eimer. Immer schneller begann die weiße Flüssigkeit, unter den knorrigen und kundigen Händen aus dem Stiel zu laufen, wurde zu einem dünnen Rinnsal und dann zu einem weiten Strom. Zufrieden lachte die Alte. Die Frau nahm sich einen Holzlöffel und schlürfte die frische Milch, die sie durch ihre Kunst gestohlen hatte.

Sattes Korn leuchtete in der Abenddämmerung, im Innern eines Hofes simmerte ein gusseiserner Kessel über der Feuerstelle. Vorsichtig wedelte eine Hand durch die Dampfschwaden über dem Gebräu und ein Paar Augen beobachtete die Bewegungen der Flammen. Zuerst war es nur ein leises Klatschen und Rauschen, das sich plötzlich erhob, dann jedoch begann es, auf das Dach zu hämmern, bis der kommende Sturm seinen Beutel mit taubeneigroßen Hagelkörnern über das wogende Meer aus Korn ausgießen konnte. Prasselnd trafen die Geschosse die Ähren, zerrissen das keimende Leben, schüttelten es aus der sterbenden Ernte heraus. Bleiern türmten sich die Wolkenberge auf, Blitze zuckten und bedrohten mit ihrer unbändigen Kraft die Menschen, die sich in ihren Betten wälzten. Am Himmel zog unsichtbar noch, doch immer näher kommend, ein grell leuchtender Stern seine Bahn, gab denen Kraft, die sich dem Schaden an ihren Nachbarn verschrieben hatten. Durch diesen Sturm trieb der Reiter sein sich auflehnendes Pferd und glaubte fast, in dem Toben der Elemente Drohworte flüstern zu hören. Kurz darauf riss sich ein Ast von seinem Baum los und stürzte polternd auf den Pfad des Reiters. Das erschrockene Pferd bäumte sich auf, schlug mit seinen Hufen nach dem unsichtbaren Angreifer. Der ebenso erschrockene Reiter spürte, wie er aus dem Sattel gehoben wurde und die Luft in seinen Ohren pfiff. Ein reißender Schmerz zerfetzte seinen Rücken, als er inmitten des Wütens des Sturms auf eine Wurzel aufschlug. Das böse Wispern wurde augenblicklich zu einem brüllenden Lachen, und eine Frau, weiß vor dem schmutzig blauen Himmel, trat hinter einem der Bäume hervor. Mit einem Finger winkte sie den, der bei all dem zugesehen hatte, zu sich. Willig näherte er sich ihr und sank in ihre Arme. Sanft strich sie ihm über das Gesicht und er sah an seiner Retterin hoch. Doch das erst so lieblich erscheinende Gesicht verfinsterte sich. Falten durchzogen die zarten Züge. Mit Erschrecken erkannte er etwas über ihren faltigen Ohren. Etwas, das aussah wie zwei Bänder. Das war nicht das wahre Gesicht der Frau! Als er versuchte, nach der Maske zu greifen, stieß die Frau ihn mit einem gellenden Schrei von sich und augenblicklich erfasste ihn ein Sog, der ihn in den Himmel riss und durcheinanderwirbelte.

Nach einer schieren Endlosigkeit ließ das Wüten von ihm ab und schleuderte ihn auf das Pflaster einer Stadt. Knapp verfehlte sein Fall die steinerne Umrandung des Brunnens. Scheinbar ohne sein unorthodoxes Erscheinen zu bemerken, standen dort Frauen dicht beieinander. Der Eimer zum Wasserschöpfen lag unbeachtet neben ihnen auf dem Boden. Sie tuschelten, flüsterten und blickten unentwegt auf eine eisenbeschlagene Tür, vor der sich eine Menschenmenge versammelt hatte. Fäuste hämmerten gegen diese Tür, Schreie brandeten an sein schmerzendes Ohr und nur langsam ebbte das Rauschen des Windes in seinem Inneren ab …

Caspar schreckte aus einem tiefen Schlaf auf und rieb sich die Augen. In seinen Ohren pochte sein Herzschlag wie das Rauschen des Sturms in seinen Traumbildern. Wieder hatten ihn also Bilder des Schreckens heimgesucht, die von den Taten der Zauberischen kündeten. Wer mochte ihm diese Visionen senden, die seit seiner Ankunft in Balve immer häufiger seinen Schlaf störten oder ganz unterbrachen? Dieser ganze Ort erschien ihm immer unheimlicher und bevölkert von Menschen, denen jede christliche Moral abhandengekommen war. Keine Nacht hatte er mehr gut geschlafen, focht gegen seine Müdigkeit.

„Sie versuchen mich von meinem Weg abzubringen“, sprach er die Dunkelheit an. „Aber mein Werk hat begonnen, die erste von ihnen wird sich nach der heutigen Wasserprobe für ihr schändliches Laster verantworten müssen! Mein Werk ist gerecht. Die Zauberischen haben Angst vor mir und senden mir deshalb diese Nachtmahre. Ihr wollt mich schrecken? Das wird euch nicht gelingen! Hört ihr? Ich werde herausfinden, wer sich hinter dieser Maske verbirgt, und diesen widerlichen Diener des Teufels zur Verantwortung ziehen!“

Niemand antwortete ihm, nur die Dunkelheit schien dichter zu werden und ihm entgegenzukriechen. Vor seinem Fenster hörte er Stimmen und schon rumpelten eisenbeschlagene Räder durch die Straße. Caspar seufzte und ließ sich in die Kissen zurückfallen. Der gestrige Tag war anstrengend gewesen. Zuerst die Wasserprobe dieser Zauberischen, die glücklicherweise zugunsten der gerechten Justiz ausgefallen war. Danach waren nach und nach weitere Bürger zu den Schreibern gekommen und hatten ihre Anzeigen gemacht. Mit diesem Ansturm hatte der alternde und renitente Richter nicht gerechnet und hatte sich, unter Angabe eines Leidens, für den Tag zurückgezogen. Caspar ballte unter der Decke die Fäuste. Die Zurechtweisung vor dem versammelten Gericht hatte er natürlich noch nicht vergessen oder vergeben. Richter Roeßen würde schon sehen, wie ab jetzt die Dinge vonstattengehen würden! Caspar hatte eine Beschwerde erwogen, die er hatte nach Arnsberg schicken wollen. Er hatte sich jedoch letztlich dagegen entschieden. Dass er einen Richter nicht zur Zusammenarbeit bewegen konnte, würde auch ein schlechtes Licht auf ihn und seine Prozessführung werfen. Nur Ruhmestaten und sein unauslöschlicher Ehrgeiz sollten an die Ohren des Landdrosten dringen. Friedrich von Fürstenberg beobachtete seine Familie, die eng mit der seinen verbunden war. Dessen war sich Caspar fast schmerzlich bewusst und versuchte Details, die ihn als unfähig abstempeln konnten, zu umgehen.

Wieder ratterte ein Wagen aus dem Hof und Caspars schläfrige Gedanken folgten ihm auf seinem Weg über Stock und Stein zurück in das Reich eines leichten Schlummers, der von keinem üblen Zauber mehr unterbrochen werden sollte.

Die Mutter des armen Kindes

Johannes Höyngk lehnte sich gemütlich in Richtung des brennenden Feuers in seiner Schreibstube zurück. Einige aufgebrühte Kräuter in einem Becher verströmten einen angenehmen Geruch, der in Schwaden durch den Raum waberte. Er hatte sie sich von einer der Frauen der Stadt zusammenmischen lassen, die sich mit so etwas auskannten, da er des Öfteren unter einem, wie er es nannte, *engen Hals* litt und ständig husten musste. Einen Arzt fand man in dieser Gegend nicht, für ernstere Erkrankungen mussten die Bewohner den beschwerlichen Weg nach Arnsberg antreten. Die Kräuter und damit die Frauen schenkten Höyngk etwas Linderung, gerade in dieser Zeit, wenn sich der Sommer langsam verabschiedete und den klammen Tagen des Herbstes den Weg frei räumte. Kurz stutzte er bei diesem Gedanken, grübelte, ob dieses Kräuterweib weiterging, als nur ein bisschen Grünzeug in seinen Tee zu mischen. Dann verwarf er diese Gedanken. Sein Hals hatte ihre Dienste nötig, darum konnte er es sich nicht leisten, dass der ihre als Zauberische nach einer Anklage am Pfahl zugezogen wurde. Ihr Name war glücklicherweise bislang auch noch nicht gefallen.

Johannes seufzte wohlig und sah aus dem Fenster. Die Öffnung ließ wenig Licht herein und heute wirkte selbst dieses beschlagen. Die Flamme in der Lampe vor ihm spendete ebenfalls nur schales Licht zur Unterstützung seiner Augen. Regentropfen klatschten fett und kalt gegen die Scheiben und er war wieder einmal froh, nicht im Schlamm der Straßen unterwegs sein oder in einer Werkstatt schuften zu müssen, die Füße und Finger kalt und schmerzend durch die aufsteigende Feuchtigkeit.

Es klopfte und einer der Diener des Gerichts rief ihn zu der anberaumten Besprechung im Zimmer des Richters. Seines zukünftigen Reiches, wie sich Johannes noch einmal selbst versicherte. Er nickte und folgte dem Mann hinaus aus der behaglichen Wärme. Den Becher mit dem Kräuteraufguss ließ er bedauernd zurück. Aber wer wusste schon, was der Anblick und Geruch eines solchen Gebräus beim Hexenkommissar bewirkt hätten.

In Richter Roeßens Zimmer hatten sich bereits alle versammelt, die derzeit an den Denunziationen und vor allem am Fall der verstockten Anna im Dreck vom Hövel arbeiteten. Johannes bemerkte zufrieden, dass auch sein Neffe Christian hinzugezogen worden war und augenscheinlich dienstbeflissen auf einem der Stühle an der Wand saß, bereit, die Anordnungen des Gerichts zu notieren und weiterzugeben. Wie Höyngk allerdings auch bemerkte, verfinsterte sich die Miene Christians immer noch bei seinem Anblick. Ein klärendes Gespräch zum Wohle des Familienfriedens schien ihm angebracht.

Er setzte sich hinter die rechte Schulter des Richters, darauf bedacht, sich nicht in den Vordergrund zu drängen, solange Roeßen anwesend war.

„So, meine Herren, was tun wir jetzt?", begann Roeßen auch ohne Federlesen die Besprechung.

Caspar Reinhartz, der in Höyngks Augen verschlafen wirkte, erwiderte ungerührt: „Was schon, Euer Ehren? Die Wasserprobe hat doch eindeutig gezeigt, dass Anna vom Hövel eine Zauberische ist, nicht wahr? Die Bürger *verlangen* nahezu nach dem *Decretum torturae*. Wir sollten nicht zögern, ein erstes Exempel zu statuieren."

„Meine Meinung ist, sie noch einmal gütlich zu befragen, Herr Reinhartz", fuhr der Richter dem Hexenkommissar über den Mund, doch dieses Mal ließ sich Caspar nicht mehr einschüchtern.

„Durch Eure Zögerlichkeit hat sich dieses gräuliche Laster schon weit ausgebreitet! Schon am Tage des öffentlichen Aushangs standen die Bürger beinahe Schlange, um von den Taten der Hexen und Zauberer zu berichten. Wollt Ihr am Jüngsten Tag wirklich der Mann sein, der zahllose Diener des Teufels hat frei herumlaufen lassen, weil ihm vor der Peinlichen Befragung graute? Seid Ihr über die Jahre verweichlicht und lasst nur noch Gnade vor Recht ergehen? Ihr seid schwach, Herr Richter, und ich bin hier, nicht nur um Euch zu stützen, sondern um den Willen unseres Kurfürsten zu erfüllen und das schändliche Gewürm aufzustöbern, das den Baum des Christentums annagt!" Caspar atmete tief ein, selbst überrascht von seiner Rede. Der Blick Richter Roeßens lag unergründlich auf ihm.

„Ihr denkt, ich wäre kein gläubiger Mensch." Der Tonfall des Richters zeugte von einer Feststellung, keiner Frage. „So übernehmt Ihr denn die Verantwortung, Herr Reinhartz? Ihr seid, verzeiht, dass ich dies so offen sage, noch sehr jung und zudem in diesem Ort fremd. Ich lebe schon seit Jahrzehnten mit diesen Sauerländer Dickschädeln und weiß, dass manche Anklage, die Ihr gestern gehört haben mögt, auf Streitigkeiten von Nachbarn um Kühe, Land oder Kerl und Weib beruht. Ich warne Euch nur, übertreibt es nicht! Nicht alles ist Schadenszauber, sondern oftmals hausgemachte Streitereien!"

Johannes blieb der Mund offen stehen. Seine Augen wanderten zwischen den beiden Männern hin und her. Dass der alte Richter so töricht sein konnte, seine verschrobene Meinung im Beisein des Hexenkommissars derart laut und aggressiv zu äußern! Dann fiel Höyngks Blick auf seinen Neffen und es lief ihm kalt den Rücken herunter. Als würde die Zeit langsamer fließen, sah er, wie Christian den Mund aufmachte, um in dieser Diskussion Stellung zu beziehen. Und Johannes ahnte, was das bedeuten konnte: wieder Konfrontation, wieder Gerede über neumodische Methoden, die Wahrheit herauszufinden – ohne eine Peinliche Befragung. Wie oft hatte er seinen Neffen schon bei diesen leidigen Themen ermahnen und zurückhalten müssen? Er konnte die Situationen nicht mehr zählen.

„Herr Richter, Herr Commissar", hakte er deshalb schnell ein und brachte Christian damit zum Schweigen, „ich schlage vor, wir stellen das Decretum aus und halten es der Anna unter die Nase. Vielleicht genügt schon die Erweckung ihrer Angst – und falls nicht, kann Meister Hans sofort zu härteren Maßnahmen greifen. Somit wäre beiden Herren und dem Fall gedient, nicht wahr?"

Roeßen zog die buschige Braue in die Höhe, Caspar stimmte mit einem Nicken zu.

„Damit wäre ich durchaus einverstanden. Ein guter Kompromiss, Herr Höyngk. Ihr beweist einmal mehr Eure Fähigkeiten."

„Solange keine glaubwürdigen Zeugen auftauchen, die das Ergebnis der Wasserprobe und den Rotz auf dem Bild unseres Herrn untermauern, werde ich das Decretum nicht vollstrecken lassen. Aber wir stellen es aus, wie Ihr es wünscht, Herr Reinhartz. Herr Christian, Ihr kümmert Euch darum."

Ein Pochen an der Tür unterbrach den Richter und unwirsch befahl Roeßen dem Störenfried einzutreten. Mit einer Verbeugung betrat sein Sekretär den Raum.

„Verzeiht, Euer Ehren. Ich weiß, dass Ihr in Beratung seid. Aber es ist soeben jemand angekommen, der sich just zu diesem Fall, den Ihr diskutiert, äußern wollte. Die Frau ist den ganzen Weg aus ihrem Dorf gelaufen und das bei den schwierigen Wegeverhältnissen, die der Postreiter geschildert hat. Ich dachte, vielleicht wollen die Herren sie gleich selbst befragen."

„Wer ist das denn?" Roeßens Laune besserte sich um keinen Grad.

„Sie nennt sich Theresa aus Hövel, die Mutter des armen Kindes. Sie sagt weiter, sie habe berechtigte Klage vorzubringen gegen diese Anna im Dreck, hätte erst jetzt erfahren, dass der Herr Hexenkommissar angekommen sei und schon Klage gegen diese Zauberische bestehe."

Caspar sprang auf und legte dem Sekretär die Hand auf die Schulter. „Gut mitgedacht, Herr Sekretär. Ich denke, ich spreche für das Gericht, wenn wir die arme Frau sofort anhören wollen, die sich solche Mühe macht, den Kampf für den guten Christenmenschen zu unterstützen."

Johannes Rücken prickelte, als die Blicke zwischen Hexenkommissar und Richter hin und her schossen wie Kanonenkugeln. Etwas hilflos wartete der Sekretär in der Tür, nicht gewohnt, von einem anderen als seinem Richter Befehle und Anweisungen entgegenzunehmen.

Endlich erlöste ihn der Richter mit einem Nicken und der Sekretär verschwand mit steifer Verbeugung und erleichtertem Gesicht.

Niemand sprach mehr ein Wort.

Christian hatte stumm dieser Szene beigewohnt, unschlüssig erst, ob er etwas sagen sollte. Als der Drang danach zu übermächtig geworden war, war sein Mund fast von alleine aufgeklappt. Er zürnte seinem Onkel jetzt noch mehr, dass dieser ihn durch sein eiliges Einschreiten zum Schweigen verurteilt hatte. Eines musste er Johannes jedoch lassen: Er beobachtete genau und reagierte ohne zu zögern.

Das Patronat seines Onkels ging ihm immer mehr gegen den Strich, zwang es ihn doch, diesen widerlichen Schauspielen beizuwohnen, die vom Bocksbeinigen angezettelt worden sein sollten. *Der Teufel!*

Christian schnaubte abfällig und alle Augen ruhten plötzlich auf ihm. Mit einem flüchtigen Lächeln entschuldigte er sich und beugte sich wie zum Gegenlesen seiner Notizen über das Blatt auf seinen Knien. Auch wenn er zu lesen vorgab, grübelte er weiter darüber nach, was er von dem ganzen Hexenspuk halten sollte. Natürlich hatte er den *Malleus Maleficarum,* den bekannten *Hexenhammer* an der Universität in Händen gehalten und hatte versucht, der Argumentation dieses Institoris' zu folgen, hatte sich aber immer wieder dabei ertappt, dass er das Buch als den größten Blödsinn empfand. Der Kampf um einen rechten Glauben forderte nach seinem Geschmack zu viel Blut – begonnen bei dem, das bei der Kreuzigung des Herrn geflossen war. Krieg zu führen, gegen andere zu hetzen erschien Christian allzu menschlich und nicht göttlich motiviert. Den Gott der Rache des Alten Testaments lehnte er ab. Gab es nicht Mittel und Wege, alle Seelen zu befriedigen? Schuldige und Unschuldige zu unterscheiden, ohne ihnen die Glieder herauszureißen? Er würde darüber nachdenken, wie man Verbrechen wie den Schadenszauber ohne Folter aufklären konnte. Denn welcher Lausbube gab nicht alles zu, wenn die Mutter ihn am Ohr gepackt hatte? Christian hatte in diesem Bereich einschlägige Erfahrungen sammeln können und wusste von dem unerträglichen Reißen und der Scham der Demütigung, die einen alles gestehen ließen, ob nun die Wahrheit oder nur ein Mittel, um die Schmerzen schnellstmöglich zu beenden.

Seine ersten Ideen wurden vom Klopfen des Sekretärs unterbrochen. Die Tür öffnete sich und der Sekretär machte Platz für eine Frau, die schüchtern mit gefalteten Händen eintrat. Christian musterte den Richter und staunte, dass Roeßen nicht die Frau ansah, sondern der Blick des Richters auf ihm ruhte. *Die Dinge müssen ihren Lauf nehmen. Gott wird es richten*, schien ihn der Richter aufmuntern zu wollen, seine Lippen blieben jedoch versiegelt, kamen in ihrer Verkniffenheit einem frühen Verrat an den Methoden des Commissars Reinhartz gleich.

„Ihr seid die Theresa aus Hövel, werte Frau? Kommt herein und seid nicht verschüchtert von der Übermacht der Jurisprudenz in diesem Zimmer", sprach Roeßen mit sanfter Stimme die junge Frau an.

Theresa erinnerte Christian an ein verhuschtes Eichhörnchen wie sie nervös um sich blickend zu einem leeren Stuhl in der Mitte des Raumes ging und Blicke nach allen Seiten umsichwarf. Sie war sicherlich einmal attraktiv gewesen, jetzt aber hingen ihre mausbraunen Haare von ihrem Kopf und ihren Körper mager zu nennen, wäre eine Übertreibung gewesen, er war kaum als der einer Frau zu erkennen. Sorgen hatten zerrissene Täler in ihr Gesicht gekratzt, die Augen wirkten so trübe wie das Wetter und lagen in Höhlen.

„Habt Dank, Ihr Herren. Ich hatte kaum damit gerechnet, sofort Gehör zu erhalten. Bedeutendere Leute werden sicherlich eher Klage haben und somit früher angehört werden." Als Theresa sprach, heftete sich Christians Blick an die klaffenden Zahnlücken und ein fauliger Geruch stieg in seine Nase, den er am liebsten weggewedelt hätte. Er unterdrückte seinen Ekel jedoch und konzentrierte sich auf seine Arbeit, auch wenn ihm auffiel, dass die Frau scheinbar aus Scham den Mund nicht aufmachte und beim Sprechen leicht nuschelte.

„Bedeutend oder nicht, Ihr habt Klage vorzubringen, die wir prüfen wollen. Also erzählt uns, was Ihr zu der Anna im Dreck zu sagen habt", bat Richter Roeßen sie mit einem Anflug der Ungeduld in der Stimme.

„Oh, ja, natürlich. Ich bin durch das schreckliche Wetter gekommen, obwohl mich mein Mann abhalten wollte. Es wäre nicht sicher auf den Straßen. Die Wege selbst kaum passierbar – so als wollte sich eine höhere Macht dem Recht in den Weg stellen. Aber ich bin eine gute Christin, rede normalerweise nicht schlecht über Nachbarn, gehe zur Beichte und zur Messe, helfe in der Kirche – so, wie es unser Hof zulässt. Aber es gab Dinge bei uns im Dorf, die immer dann geschahen, wenn die Anna in der Nähe war."

„Ihr sprecht von der Anna im Dreck, der Bettlerin?", versicherte sich Caspar Reinhartz und Theresa bestätigte seine Frage mit einem Nicken.

„Eben der. Sie war aber nicht nur Bettlerin, hat für die Bauern gearbeitet, auch für meinen Mann. Aber seit es allen schlechter geht und das Wetter so dermaßen verrücktspielt, konnten wir sie nicht mehr beschäftigen. Dennoch ist sie immer mal wieder an unserem Hof vorbeigekommen. Und im Sommer letzten Jahres dann, ich weiß es noch ganz genau …"

„Was ist geschehen?"

Christian empfand die fast atemlose Stimme Reinhartz' als unangemessen. Interessiert hatte sich der Hexenkommissar vorgebeugt und hing förmlich an den Lippen Theresas. Ihm schien die Fäulnis nichts auszumachen.

„Nun, Herr, es war ein heißer Tag. Ich habe Stroh auf der Deele geschnitten. Die Ernte war wieder so mau. Da hörte ich einen Schrei, der mir bis in die Seele gefahren ist. Mir war sofort klar, dass es meine kleine Tochter ist, die da schreit. Also bin ich raus auf den Hof, sehe die gebeugte Gestalt über die Dorfstraße humpeln – sie hat diesen unverwechselbaren Gang, darum habe ich sie auch genau erkannt – und sehe auch meinen Stern, mein jüngstes Mädchen, auf dem Hof liegen. Steif wie eine Puppe, mit Schaum vor dem Mund." Theresa kramte in ihrem Beutel nach einem Tuch, um sich die Tränen aus den Augen zu wischen. „Sie war immer so fröhlich. Bis zu jenem Tag. Da hat sie geknurrt und gezuckt. Die Glieder waren ganz verrenkt und die Augen selbst so schwarz wie die Hölle." Die Mutter schluchzte auf und versuchte, gegen die Mauer in ihrem Hals anzusprechen, bekam aber nur ein Wimmern heraus.

„Wie erklärt Ihr Euch das Geschehen?", ermunterte der Hexenkommissar sie mit sanfter Stimme.

„Eine Erklärung gibt es ja nicht, werter Herr! Ein völlig gesundes Kind bricht am helllichten Tag zusammen und kann das Bewusstsein nicht zurückerlangen. So etwas habe ich noch nie gesehen! Ich war machtlos, habe gebetet, aber nichts hat geholfen. Das ging nicht mit rechten Dingen zu! Das glaube ich! Es war, wie der Pfarrer oft erzählt. Als wäre ein unreiner Geist in mein Kind gefahren und hätte mit ihrem Körper gespielt!"

„Ein unreiner Geist?" Triumphierend blickte Caspar Reinhartz in die Runde der versammelten Gesichter. „Ein Dämon, wie ihn eine Hexe aussenden kann?"

„Ich weiß nicht, was diese furchtbaren Zauberer vermögen!“, bekreuzigte sich Theresa. „Ich bin ein guter Christenmensch, habe nur gehört, dass sie Unwetter machen oder Schaden an Mensch und Tier anrichten können. Und die Anna, die hat uns beschimpft, als wir sie entlassen haben. Drohworte hat sie gesagt, dass wir sie umbringen und wir sehen würden, was wir davon hätten. Daran musste ich denken, als ich da bei meinem Kind hockte und sie ungerührt weiterlief. Als ginge es sie nichts an! Ich weiß aber nichts von Zauberischen und deren Handeln! Ich wollte nur dieses Geschehen dem Gericht zu Gehör bringen, damit Ihr Herren Eure gelehrte Meinung dazu sagen könnt.“

„Eure Tochter war vor diesem Tag gesund? Wie geht es ihr heute?“ Wieder war es Reinhartz, der die Fragen übernahm. Alle anderen starrten zu Boden oder fassungslos in die Luft, so erschien Christian die leichte Furcht, die durch den Raum waberte. Wieder bekreuzigte sich Theresa und schnüffelte in ihr speckiges Taschentuch.

„Vor diesem Sommertag war sie ein fröhliches Mädchen. Ist auf Bäume geklettert, hat auf dem Feld geholfen. Sie war nie stark, aber tüchtig. Jetzt …, jetzt kann man sie nirgendwo mehr hinlassen, denn immer wieder überfällt sie dieser … Dämon und quält sie arg, dass sie stöhnt und ächzt, dass einem angst und bange wird. Manchmal hat sie blutigen Schaum am Mund, als zwinge sie jemand, auf ihre eigene Zunge zu beißen. Ich wollte das Gericht auch bitten, der Anna zu sagen, sie solle doch unsere Tochter freilassen und uns in Frieden leben lassen. Ich habe Angst, dass sie dem armen Kind oder uns noch mehr Schaden zufügt!“

„Würdest du sagen, dass die Anna eine gute Christin ist wie du?“

„Nein, Herr. Sie war nie in der Kirche. War immer auf dem Feld oder im kleinen Garten ihrer Hütte zugange. Ich dachte immer, sie hätte einfach keine Zeit zum Beten und müsste ihren Lebensunterhalt zusammenkratzen aus dem Dreck, seit ihr Mann ja auch so seltsam von uns gegangen ist. Lag eines Morgens mit gebrochenem Genick vor ihrer Tür, als hätte ihn jemand dagegen geschleudert. Erst Tage zuvor war er aus dem Krieg heimgekommen. Geschehen schon komische Dinge bei der.“

„Hast du bei der Anna einmal etwas gesehen, ein fremdartiges Ding oder einen Topf, in dem sich Widerliches befand? Etwas Schwarzes vielleicht?"

Theresa furchte ihre Stirn. „Nee, war aber auch nie in ihrer Hütte. Sie hat jedoch draußen aus Wurzeln und Ästen immer irgendwelche Windspiele gebaut und aufgehängt, die wie trockene Knochen aneinanderschlagen."

„Aber Zeit für den Gottesdienst hatte sie nicht …", Caspars Stimme klang in Christians Ohren immer heiserer und er sah das Lauern eines Jägers in den dunklen Augen des Hexenkommissars aufblitzen.

„Scheint so, als hätte sie lieber dieses gruselige Zeug gebaut, Herr. Keine Ahnung."

„Gab es Unwetter oder Stürme in der Zeit, als Anna diese Dinge, diese Spiele gebaut hat?"

„Stürme gab es viele und heftige. Haben viel Schaden angerichtet an den Ernten der letzten Jahre. Wann die Anna diese Spiele gebaut hat, weiß ich nicht. Es kann aber sein, dass das vor den Stürmen war. Sie hat die immer gebaut."

Caspar nickte nur noch und wandte sich dann lächelnd an den Richter, der immer weiter auf seinem Platz zusammengesunken war.

„Werter Herr Richter, ist diese Frau nicht die Zeugin, nach der Euch verlangte, um das Decretum auszustellen?" Die Stimme des Hexenkommissars blieb kalt und ungerührt, auch wenn Christian den Hauch des Triumphs mitschwingen hören konnte.

Roeßen räusperte sich umständlich, dann richtete er sich in seinem Stuhl auf. „So sei es. Habt Dank, gute Frau. Eilt Euch und kehrt zurück zu Eurem Herd. Wir werden uns der von Euch beklagten Frau in gebührender Weise annehmen."

„Verzeiht, Euer Ehren. Ich würde gerne zusammen mit der Zeugin auf dem Rathausplatz verkünden, dass sich eine erste Zauberische offenbart hat", unterbrach Caspar den Richter erneut und Roeßen warf ihm einen Blick zu, der sich wie ein geschliffener Dolch in Caspars Gesicht bohrte. Bevor der Richter jedoch antworten konnte, erhob sich die Bäuerin Theresa mit flehendem Blick.

„Ihr Herren, wenn es nicht Teil des Verfahrens ist, so würde ich das bitte nicht tun müssen! Mir graut schon jetzt vor der Rache dieses Weibs; da ich gegen sie gesprochen habe. Ich habe Angst, dass sie auch noch unseren Ältesten verhext, der den Hof übernehmen soll! Alle würden von den Vorwürfen wissen – vor allem aber sie!"

„Ich halte das nicht für ein kluges Vorgehen, Herr Reinhartz." Der Richter erhob sich ebenfalls und entfaltete seinen zerknitterten Körper zu verbliebener Größe.

„Das ginge dann zu weit. Ihr könnt gehen, Theresa. Gott begleite Euch auf dem Heimweg. Wir werden Sorge tragen, dass Ihr keinen weiteren Schaden erleidet durch irgendwelche Hexenkräfte. Anna wird andere Sorgen haben und der Schmerz, den sie nach Eurer Aussage zu erwarten hat, wird sie vom Zaubern ablenken können. Geht mit Gott und grüßt Eure Tochter. Sie wird bald Erlösung erfahren, davon bin ich überzeugt!"

Dankbar knickste Theresa und hastete aus dem Raum. Caspar folgte ihr mit einer flüchtigen Verbeugung in Richtung des Richtertisches.

„Habt Ihr getreulich alles aufgeschrieben, Herr Christian?", wandte sich Roeßen an seinen Schreiber, wurde jedoch von seinem Protegé unterbrochen.

„Warum keine Rede des Hexenkommissars, Henrich?", wandte sich Johannes an ihn.

„Ich will keine Hysterie schüren, Johannes. Dieser Reinhartz ist mir zu erpicht darauf, die Massen für seine Sache anzustacheln." Müde sank der Richter auf seinen Stuhl zurück. „Ich habe nicht die Kraft, ihn noch lange zu bremsen. Das müsstet Ihr erledigen, Johannes. Ihr wisst, dass ich Zauberische aufgespürt habe und um die Notwendigkeit weiß, ihren schädlichen Zauber von unserer Gemeinschaft abzuwenden. Aber dieser Reinhartz hat mehr im Sinn. Weit mehr. Und, nun, es ist eine Tatsache, dass er gutes Geld verdient, wenn er eine Zauberische oder einen Hexer auftut und verurteilt. Er ist jung und will etwas aus sich machen. Verständlich ja, aber nicht in meinem Gericht. Verzeiht einem alten Esel diese Worte, aber ich will bei diesem da so auf der Hut sein, als wäre er der Schadenszauberer. Und ich rate Euch dasselbe."

Johannes blieb stumm und starrte auf seine blanken Stiefel.

„Was soll ich tun, Euer Ehren", meldete sich Christian erschüttert zu Wort und sein Onkel sah zu ihm hinüber.

„Er stelle das Decretum aus."

„Euer Ehren, ich …"

„Christian, du hast die Anweisung des Richters gehört. Scher dich raus und erledige deine Arbeit!", verlor Johannes die Selbstbeherrschung.

„Onkel, ich wollte nur noch einmal sagen, dass es vielleicht andere Wege gibt! Der Schadenszauber ist eine heikle Straftat! Wie kann er bewiesen werden?"

Richter Roeßen sah interessiert zwischen den beiden Höyngks hin und her. Bislang hatte der jüngere Höyngk eher lustlos seine Pflichten abgearbeitet und war dann in die Gaststuben abgetaucht, wo ihn der Richter des Öfteren mit hübschen Damen und berauscht von Bier und Wein gesehen hatte. Roeßen hatte ihn immer beneidet, so jung, voller Kraft und Elan – allerdings bei den falschen Beschäftigungen. Hätte der Junge seinen Geist und seine Kraft in die Juristerei gelegt, hätte er seinen Onkel, dem es manches Mal an Einfallsreichtum fehlte, leicht ausstechen können. Diese Diskussion weckte offenbar zum ersten Mal in dem jungen Mann das Feuer der Leidenschaft für seine Arbeit.

„Wir können ihn nur durch die Anschuldigungen der Geschädigten nachweisen – und untermauern durch das Geständnis, das der Beschuldigte ablegt. Du weißt selbst, dass ein Geständnis unter der Peinlichen Examinierung nur Gültigkeit erlangt, wenn es ohne Schmerz und Pein wiederholt wird. Darum ist die Folter unser Instrument, die Wahrheit zu finden, sie muss aber zurückstehen, wenn es um die Einsicht und Reue des Angeklagten geht", erläuterte Johannes Höyngk.

„Werter Herr Richter, Onkel, ich kann dem nicht beipflichten. Wer der Folter unterworfen wird, wird alles gestehen. Irgendwann wird er dann auch bereit sein, das Gesagte zu bestätigen – nur um keine weiteren Schmerzen erdulden zu müssen. Diese Geständnisse sind nichts wert. Ich habe sie zu Hunderten bei Mutter abgelegt, um davonzukommen, wenn ich, nun ja, etwas angestellt hatte."

Richter Roeßen legte dem Gerichtsschreiber die Hand auf die Schulter und stellte überrascht fest, wie stark die Muskeln ausgeprägt waren. Vielleicht war an dem Jungen doch eher ein Soldat verloren gegangen.

„Christian, diese Diskussionen sind nicht förderlich. Schon gar nicht für Eure Karriere. Wir halten uns an die *Carolina* und an die Hexenprozessordnung unseres Kurfürsten. Wir handeln nach gültigem Recht – auch wenn manche zu beflissen agieren mögen. Wenn die Zauberischen unter uns sind, verdienen sie ihre Strafe. Aber: kein Scheiterhaufen ohne ihr eigenes, freiwilliges Geständnis. Darum müssen wir die Wahrheit manches Mal aus den Menschen herausquälen. Denn unter Schmerzen, so glaube ich fest, wird ein Mensch immer die Wahrheit sagen. Nur so kann sie ans Licht kommen. Und jetzt geht und stellt das Decretum aus. Wir sollten schnell handeln, denn auch der Kerker ist kein Ort, an dem ein Individuum lange festsitzen und im Ungewissen bleiben sollte."

Richter Roeßen hielt inne, als er von draußen das Lärmen eines Tumultes vernahm. Er wechselte einen Blick mit Johannes und dieser eilte zum Fenster, um nachzusehen, was vor sich ging.

„Das wird Euch nicht gefallen, Henrich!", rief dieser und machte dem Richter Platz.

Christian folgte ihnen und blickte über die klappernde Schulter Roeßens.

Trotz des starken Regens hatte sich eine beträchtliche Menschenansammlung am Rathaus zusammengefunden. Auf dem Podest des Prangers stand eine Gestalt mit wehendem Mantel und in die Höhe gerecktem Zeigefinger. Voll tönend erfasste die Stimme des Hexenkommissars die Gassen, durchdrang das Prasseln des Regens und das Raunen seines Publikums mühelos.

„Erst vor kurzer Zeit hat eine Zeugin gegen Anna im Dreck ausgesagt, werte Bürgerschaft! Sie hat ein kleines Mädchen behext und den Dämon, der ihr dient, über diese bemitleidenswerte Kreatur ausgesandt. Sie hat Unwetter gemacht mit unsinnigen kleinen Spielzeugen und vielleicht sogar ihren Mann erschlagen. Wir werden ihr Einhalt gebieten und ihre Mitverschwörer aus den Löchern treiben!"

Beifälliger Jubel, der keine Spur mehr von Zweifel enthielt, erschallte und trieb bis in das Zimmer des Richters.

Johannes' Gesicht leuchtete, Christian hatte fassungslos die Hand auf den Mund gepresst. Richter Roeßen trat vom Fenster zurück und humpelte zu seinem Schreibtisch. Aus einer der Laden zog er eine kleine Flasche hervor. Mühsam entkorkte er sie, goss sich einen gehörigen Schluck in den Hals und bot sie dann den Höyngks an.

„Dieser gottverdammte Narr!", keuchte er voller Wut und Unglauben.

Erster Verdacht

Die Nacht war lang und anstrengend für ihn gewesen. Zuerst hatten sie ihr die Daumenschrauben angelegt. Doch das Weib hatte nicht reden wollen, war unzählige Male in diesen beunruhigenden Schlaf gefallen, den nur der Teufel schicken konnte, um seiner Buhle beizustehen. Selbst als sie wie verrückt geschrien, hin und her gezappelt hatte und versucht hatte, ihre rot und blau pulsierenden Finger aus der Umklammerung der Schrauben zu reißen, hatte sie sich geweigert, etwas zu den Vorwürfen der Hexerei zu sagen. Caspar hatte sie kurzerhand aufziehen und eine Weile baumeln lassen. Das Reißen ihrer Schultermuskeln und ihr hässlicher Schmerzensschrei, als Meister Hans ihren Körper an den hinter dem Rücken gefesselten Händen hochgerissen hatte, gellten ihm noch in den Ohren, als Caspar die schwere Tür des Gerichtskellers aufschwang und in das Licht des Tages trat.

Er wusste im Grunde selbst, dass er es für die erste Befragung übertrieben hatte. Es gab Bestimmungen zum Schutz der Angeklagten, dass sie nur so und so lange gepeinigt werden durften, insgesamt nur drei Male und so weiter. Bewusst hatte er dem Schreiber aufgetragen, ins Protokoll nur die *Unterbrechung* der Folter aufzunehmen und nicht etwa das Ende der ersten Befragung. Dadurch konnte er Anna noch beliebig oft in den Keller holen lassen. Fast liebevoll dachte Caspar in diesem Moment an seinen Mentor Heinrich von Schultheiß, der ihm diesen juristischen Winkelzug beigebracht hatte. Wo der Alte wohl steckte? Sollte er ihm einen Brief in sein Haus nach Arnsberg schreiben und von den ersten Erfolgen berichten? Caspar erschien der Gedanke verlockend, ein Lob Schultheiß' zu erheischen, beschloss jedoch, vorerst abzuwarten. Zuerst wollte er seinen Sieg auch gesichert wissen, ausgedrückt in einem Geständnis Annas, in dem weitere Namen auftauchten und die Besagungen der Balver Bürgerschaft untermauerten.

Caspar reckte sich und streckte seine Arme dem immer noch grauen Himmel entgegen. In seinem Rücken knackte es und er zuckte zusammen. Die körperlichen Belastungen der letzten Tage auf dem Pferderücken und das lange Sitzen im Gericht setzten ihm zu. Er gähnte und verfluchte im Stillen den unfähigen Richter, dem er so viel Arbeit abnehmen musste.

Wütend über Roeßen, der sicherlich in seiner behaglichen Amtsstube vor sich hindöste, stapfte Caspar durch den Schlamm, der die Straßen bedeckte, wich Pferdemist aus und sprang über Lachen von braunem Wasser. Es öffnete sich die Gasse und der Marktplatz lag im Nieselregen vor ihm. Trotz des scheußlichen Wetters waren zahlreiche Händler mit ihren Ständen angereist, bemühten sich, aufgeräumt und charmant zu wirken, konnten jedoch ihr Lächeln nur im Beisein eines Kunden aufrechterhalten. Sie froren sichtlich und Caspar war sicher, dass ihre Ledersohlen schon am frühen Morgen durchgeweicht gewesen waren. An einem Stand kaufte er Apfelmost und schlürfte das belebende Getränk in sich hinein, beobachtete aus der Deckung des Zeltes heraus das Treiben der Marktleute und das Angebot der Waren, das ihm heute besonders ärmlich und karg erschien. Ob wieder ausländische Truppen die Straßen unsicher machten und den Warenverkehr störten? Er würde später die Avisen des Postreiters einsehen, um über den Verlauf des Krieges im Bilde zu bleiben.

Eben wollte er den Becher zurück auf den Verkaufstisch stellen, als er in seiner Bewegung erstarrte. Wie ein Sonnenstrahl durchbrach ein Lächeln den trüben Tag, doch es war nicht die Bürgermeisterin, die ihn während seines Aufenthalts immer wieder mit ihrer penetranten Herzlichkeit zu erheitern versucht hatte, sondern Marie! Seit ihrer Begegnung im Wald hatte er sie nicht mehr zu Gesicht bekommen, bei seiner Abreise vom Gut ihres Vaters war sie unpässlich gewesen. Ihre Mutter hatte sie beim Frühstück entschuldigt. Die Dringlichkeit seiner Reise hatte ihn fortgerissen, auch wenn er liebend gern gewartet hätte, um sie noch einmal zu sehen.

Unruhig wie ein Schuljunge strich er sich über seinen weißen Kragen und rückte seinen Hut zurecht, zog sich jedoch auch unsicher in den Schatten des Zeltdaches zurück. Sein Herz raste ungestüm und jeder Gedanke an seine Pflichten verflog zusammen mit dem Nebel.

Marie trug wieder ihren Korb am Arm, ging von Auslage zu Auslage und sprach mit den Händlern. Caspar bemerkte die Freundlichkeit, die sie jedem entgegenbrachte. Die Menschen reagierten auf sie und lächelten zurück. Caspar konnte nicht an sich halten und war sogleich angesteckt von der Begeisterung für diese Frau, lächelte ihr nach, auch wenn ihre Aufmerksamkeit nicht ihm gegolten hatte.

Was tat er eigentlich? Stellte einer Frau nach wie ein junger Student! Caspar dachte an die Mauern Werls und was ihn darin erwartete. Dachte an die Von Fürstenbergs, die seine Schritte genauestens kontrollierten, an seinen Vater, der es genoss, mit den Mächtigen verschwägert zu sein. Auch das Gesicht seines Mentors tauchte in Gängen seines Gedankenlabyrinths auf und ermahnte ihn, an der Redlichkeit schöner Frauen zu zweifeln. Schließlich war es ihre Kunst, die die Welt in die Hände des Teufels treiben würde. Eine Frau konnte einen Affen aus einem Mann machen, ihren Sklaven aus ihm formen – das war die wahre Kunst der Hexen.

Dennoch konnte er nicht anders und starrte Marie hinterher, spürte beinahe die Weichheit ihrer Haare zwischen seinen Fingern, die die Kälte des Folterkellers daraus vertrieben. Sah ihren lockenden Mund, der nur für ihn bestimmt zu sein schien. Hörte ihre Worte, die der Welt Einhalt gebieten konnten, ohne zu befehlen.

Caspar löste sich aus den Schatten und ging ihr nach, folgte ihr durch die Reihen des Marktes, beobachtete, was sie tat und kaufte. Sein Abstand zu ihr blieb jedoch so groß, dass sie ihn nicht bemerkte, bis sie zum Stand ihres Hofes zurückkehrte. Caspar verharrte, denn er fühlte sich nach dieser Verfolgung noch nicht in der Lage, sie anzusprechen. Er lehnte sich an eine Häuserecke, um seinen Atem zu beruhigen. Auch wenn er nicht gerannt war, schlug ihm sein Herz bis in den Hals.

Am Stand von Maries Familie herrschte ebenso lahmes Treiben wie auf dem übrigen Platz. Müde handelten einige Balver um Kohlköpfe oder Zwiebeln, waren aber scheinbar eher darauf aus, einen Plausch mit der hübschen Tochter des Bauern zu halten. Caspar konnte sich nicht zurückhalten und machte zielstrebig einen Schritt nach vorn. Doch dann hielt er inne, als eine offenbar gut betuchte Bürgersfrau auftauchte und sich nahe zu Marie neigte. Caspar erstarrte in der Bewegung. Sein Spürsinn schlug an wie der einer Meute auf einer frischen Blutspur. Eilig zog er sich wieder zurück und sog jede Regung am Stand in sich auf. Die Bürgersfrau schien darauf bedacht, ihren Wunsch nicht laut äußern zu müssen. Marie und ihre Begleiterin, die Caspar als ihre Amme Merthe kennengelernt hatte, wechselten Blicke und schienen sich zu beraten. Dann verschwand Maries Lockenmähne unter dem Brett, das den Verkaufstisch bildete, und erschien nach kurzer Kramerei wieder. Sie reichte der Frau ein Fläschchen, das diese glücklich lächelnd in ihrem Kleid verschwinden ließ. Die Bürgersfrau zückte ihre Börse und entlohnte die beiden Frauen. Mit kurzem Gruß verabschiedete sie sich und verschwand.

Caspar schluckte mühsam. Was hatte er da gerade mit ansehen müssen? War Marie ebenfalls in etwas verstrickt? Ihm fiel ihre Begegnung an der Quelle ein. Sie hatte ihn nicht in ihren Korb blicken lassen, das leise Klimpern hatte ihm aber verraten, dass sie das Wasser, das sie ihm selbst als heilend angepriesen hatte, abgefüllt haben musste. Jetzt hatte er miterlebt zu welchem Zweck. Marie verkaufte das Wasser als Heilmittel. Wusste der Himmel, was sie noch alles hineinmischte! Seine Marie im Bann der Verschwörung der elenden Weiber? Caspar konnte es nicht fassen. Dann jedoch hellte sich sein Gesicht wieder auf. Vielleicht stand sie nur unter dem Bann einer der Hexen! Er kniff die Augen zusammen und nahm die Amme Merthe in Augenschein. Ja, diese da musste es sein! Sie schien sich mit Kräutern auszukennen, hantierte auch in diesem Moment mit irgendwelchem getrockneten Gestrüpp. Wahrscheinlich mischte sie die schädlichen Tinkturen und Liebeszauber und ließ Marie in den Vordergrund treten, um selbst nicht aufzufallen. War der Name der Amme bei den Besagungen gefallen? Nein, noch war niemand aus Mellen verdächtig. Aber das konnte man ändern …

Etwas beruhigter und gefasst schlenderte Caspar zum Verkaufsstand, darauf bedacht, Merthes Reaktionen nicht aus den Augen zu verlieren.

„Gott zum Gruße, werte Damen!“, nickte er zu den verwunderten Verkäuferinnen und befriedigt erkannte er den Funken der Angst, der in Merthes Augen aufglomm.

Marie jedoch grüßte ihn nur förmlich zurück.

„Der Herr Commissar, welche Ehre! Sucht Ihr guten Kohl oder nur Zerstreuung von Eurem Tun im Folterkeller?“

Caspar sah, wie Merthe erschrak und Marie einen ungläubigen Blich zuwarf, dennoch schwieg sie und sortierte die tadellose Auslage beflissen um.

„Marie, ich tue nur meine Pflicht. Und für Euch wahrscheinlich viel bedeutender, ich handele nach dem geltenden Recht. Habt Ihr einen Moment für mich? Ich würde Euch gerne spazieren führen.“

„Mein Vater wünscht, dass wir etwas Geld mit nach Hause bringen, Herr Reinhartz. Ich kann den Stand nicht ohne Aufsicht lassen.“

Caspar schüttelte die dunklen Haare. „Aber einen Moment werdet Ihr doch erübrigen können, wo Ihr doch auch schon mehrfach über den Markt gegangen seid. Und Eure Amme wird Euch sicherlich gut vertreten können, nicht wahr?“

Wieder spürte Marie in sich diesen unbändigen Widerwillen gegen den Mann, dennoch hatte sie seiner seltsam autoritären Art nicht viel entgegenzusetzen.

Nur schnell die Aufmerksamkeit von sich ablenken. Und die seine von Merthe. Marie war nicht entgangen, wie Reinhartz ihre Amme begutachtet hatte. Und seltsam war auch, dass er kurz nach dem Verkauf des Heiltranks am Stand aufgetaucht war. Hatte er sie etwa beobachtet? Marie stockte der Atem bei diesem Gedanken. Sie war gezwungen, Reinhartz’ Augen auf etwas anderes zu lenken, um die zu schützen, die sie liebte.

Er bot ihr den Arm und Marie legte ihre Hand auf seinen Unterarm, um sich wegführen zu lassen. Spürte sie ein leichtes Zittern?

Caspar genoss es, eine schöne Frau am Arm zu führen und die neugierigen Blicke der Balver schmeichelten ihm.

„Marie, geht es Euch wieder besser?“

„Was?“, erwiderte sie abwesend.

„Ob es Euch besser geht? Eure Mutter entschuldigte Euer Fehlen am Frühstückstisch mit Eurer Unpässlichkeit. Welches Leiden quälte Euch?“

„Oh, nur ein verstimmter Magen, Herr Commissar."
„Und geht es Euch besser?"
„Ja, durchaus. Danke. Es verflog schneller, als ich erwartet hatte."
Sie waren unter dem Kreuz an der Fassade der Stadtkapelle angelangt. Und Caspar verlangsamte seine Schritte, ließ seinen Blick schweifen.
„Balve ist ein schöner Ort. Mir gefällt es hier." Er wandte sich Marie zu. „Balve hat Interessantes zu bieten, wie ich finde."

Marie schluckte, als sich der Hexenkommissar vor ihr aufbaute und ihr in die Augen sah. Was zum Teufel hatte er vor?
„Wir sind stolze Bürger dieses Amtes, Herr Reinhartz. Ich fühle mich stellvertretend für meine Heimat geehrt, dass Ihr uns so sehr lobt." Sie hielt seinen durchdringenden Augen stand, zwang sich, nicht das Kreuz oder die Betbank anzusehen.
„Ich glaube, Ihr versteht mich nicht, Marie."
Sie zögerte, obwohl sie ihn bestens verstanden hatte. „Doch, das tue ich. Aber ich wurde von meiner Mutter erzogen, nicht gleich dem ersten Kompliment zu erliegen, das mir jemand zugedenkt." Sie löste sich von ihm und trat etwas zurück. „Verzeiht, aber ich habe kein gutes Gefühl dabei, in der Öffentlichkeit so hofiert zu werden. Die Leute könnten reden und Euer Amt ist nicht eben das eines Stadtkämmerers, wenn Ihr versteht …"
Caspar lachte laut auf. „Ihr habt Angst vor dem Geschwätz der Leute?"
„Ihr nutzt es, um Eure Anklagen zu formulieren. Wie sollte ich es also nicht fürchten?"
„Ihr seid scharfsinnig, Marie. Aber denkt weiter. Euch wird nichts geschehen, wenn die Leute Euch mit meiner Person … verbunden sehen. Sie werden es nicht wagen, Euch anzugreifen." Er trat näher an sie heran. „Ich möchte Euch unter meinem Schutz wissen, Marie. Schlagt meinen Arm nicht aus. Und auch das andere nicht, das sich Euch zuneigt. Es kann Euch nur nützen."
Maries Herz schlug wie von Sinnen, das Blut rauschte in ihren Ohren und sie fürchtete einen Moment lang, ohnmächtig zu werden. Dieser

Mann war nicht nur gefährlich, er war auch die Dreistigkeit in Person! Ganz unverhohlen drohte er ihr, sollte sie ihn abweisen! Nutzte dazu die sanftesten Worte und kehrte sie insgeheim in ihr Gegenteil. Aber er hatte doch nichts gegen sie in der Hand, versuchte sie sich zu beruhigen.

Oder doch?

„Ihr schmeichelt mir schon wieder. Doch gibt es eine Veranlassung, die Euch zu dem Gedanken bewegt, mir könne ein Leid geschehen?“

Caspar griff nach ihrer Hand und betrachtete sie eingehend. „In unserer Zeit kann jeder Schutz nötig haben, Marie. Heere ziehen unter unglückbringenden Sternen durch die Lande und Krankheiten raffen uns dahin. Das Böse ist in der Welt und wir sind ihm ausgeliefert. Und Ihr, so jung und schön, seid eher das erstarrte Kaninchen und nicht die alles verschlingende Schlange. Aber ich weiß, was Ihr eigentlich fragen wolltet. Nein, Euer Name drang noch nicht an mein Ohr – und ich glaube, dass er das auch nicht wird. Vor allem nicht mehr, seit wir hier so vertraulich beieinanderstehen.“ Er lachte leise und beugte sich zu ihr. „Und da wir uns so nahe gekommen sind, will ich Euch warnen. Was ich sah, wird meinen Mund nur noch in diesem Augenblick verlassen und danach in ein tiefes Grab in meiner Seele fahren … Verkauft nicht dieses gotteslästerliche Zeug!“

Fast grob zog er sie an sich und strich ihr über die Wange. Marie meinte, kalten Rauch und den metallischen Geruch des Blutes an ihm zu riechen. Reinhartz riss sich zusammen und gab sie frei, hielt sich wieder an den schicklichen Abstand. Marie war sich nicht sicher, ob jemand sie beobachtet hatte. Wenn aber doch, musste der denken, Reinhartz hätte sie im Handumdrehen zu seinem Liebchen gemacht. Sie wagte nicht mehr, ihm zu widersprechen, und fügte sich in die Szene, die er der Stadt bot. Niemand würde ahnen, dass er sie bedroht hatte. Marie fürchtete um ihr Leben – und das Merthes.

Fast aufgeräumt ergriff Caspar wieder Maries Hand und schob sie in seine Ellenbeuge, legte seine andere darauf, nahm von ihr Besitz.

„Trotz des entsetzlichen Wetters beginne ich gerade, diesen Tag zu genießen. Doch leider muss ich Euch wieder zu Euren Pflichten bringen und die meinen rufen mich zurück."

„Wie geht es Anna?", wagte Marie sich vor und strich behutsam über seinen Ärmel. Verwundert und doch geschmeichelt lächelte er sie an. „Ich will Euch nicht mit diesen fürchterlichen Dingen ängstigen. Der Angeklagten geht es den Umständen entsprechend gut. Ich wünschte nur, sie wäre nicht so halsstarrig und würde sich meinen Fragen entziehen! Sie ist störrisch und macht sich selbst das Leben schwer, weigert sich zu gestehen. Ein Jammer."

„Vielleicht hat sie nichts zu gestehen ..."

„Bitte, Marie! Ich will nicht mit Euch über meine Arbeit diskutieren. Nur so viel: Das Resultat der Wasserprobe spricht für sich und muss nur noch untermauert werden. Anna ist eine Zauberische. Sie ist schuldig und kann das Gegenteil nicht beweisen. Es lohnt nicht, sich für das Leben dieser bösen Vettel einzusetzen." Er sah sie nachdenklich an. „Und selbst wenn ich wollte, bin ich an das Recht gebunden. Es gibt nichts, was sie entlastet. Aber genug davon, ich muss jetzt zurück. Ich hoffe, wir sehen uns baldigst wieder!"

Ungestüm löste er sich von ihr und ließ sie stehen, sodass sie beinahe durch die Heftigkeit seines Abgangs ins Straucheln geraten wäre. Verdutzt sah Marie ihm nach, fühlte aber die Blicke der umstehenden Marktbesucher auf ihrer Haut brennen und beeilte sich, mit eingezogenem Kopf zurück zu ihrem Stand zu kommen.

Gebrochener Stab

11.September 1628

Schwer prasselte der Regen auf den aufgeweichten Marktplatz, fand jedoch seinen Weg kaum zum Boden. Trotz des kalten und ungemütlichen Wetters hatte sich eine Menschenmenge versammelt, die sich an die Gerichtsschranken presste. Federn, die ansonsten fröhlich wippten, hingen triefend und elend herab, Schlamm zog in die Säume der Röcke und Mäntel und ließ sie bei jedem Schritt kalt gegen die Unterschenkel der Träger klatschen. Das Holz der Gerichtsschranken saugte sich voll und nahm eine schwärzliche Färbung an. Dennoch wollte niemand auf dem Platz weichen und sich an ein Feuer oder ins Trockene zurückziehen. Spannung knisterte zwischen den Reihen der Schaulustigen, sprang von einem zum anderen über und hielt die Menschen beinahe regungslos unter dem bleigrauen Himmel gefangen.

Trommeln erklangen und neugierig reckten sich Hälse in die Gasse, die von weiteren Absperrungen freigehalten wurde.

Als erstes erschienen die Vertreter des Gerichts, die trotz des Regens, der sie nach wenigen Schritten durchweicht hatte, versuchten, ihre Würde unerschütterlich zu demonstrieren. Vor allem Johannes Höyngk und Caspar Reinhartz schritten weit aus und hatten sich an die Spitze des Zuges gesetzt. Richter Roeßen humpelte mit missmutiger Miene hinter ihnen her, die Büttel, die wiederum ihm folgten, mussten sich zusammennehmen, um nicht in seine Fersen zu treten und den Richter zu Fall zu bringen. Gerade sie hatten es eilig, den Tag hinter sich zu bringen, denn es würde ihre Haut sein, die bei einem Tumult zu Markte getragen werden würde. In ihrer Mitte und zwischen den muskelbepackten Wachen kaum zu erkennen lief die Bettlerin Anna, konnte sich aber kaum mehr auf den Beinen halten. Ihr Körper war unnatürlich verdreht und bei jedem Schritt zuckte sie merklich zusammen. Die Hände hatte Anna in den Falten des Hemdes verborgen, das jedoch seine eigene Geschichte der letzten Tage im Leben seiner Trägerin erzählte. Dunkelbraune

Flecke bedeckten den groben Stoff, Stroh und Dreck klebten an ihm wie eine üble Krankheit. Annas Gesicht wirkte entstellt, aufgeplatzte Wunden, blutverkrustet und stark geschwollen, zeugten von der Suche nach den Beweisen ihrer Schuld. Anna war kaum mehr in der Lage, den Kopf zu heben und etwas vom Wasser in ihre Kehle rinnen zu lassen, das als Linderung vom Himmel prasselte.

„Dem Guten regnet es in sein Grab", wisperte eine der Frauen am Wegesrand, doch weder Anna noch die Umstehenden hörten sie oder nahmen Notiz von ihr.

Anna wollte nichts mehr hören und sehen und nur noch vergessen, wollte nicht in die Gesichter schauen, die sich ihr feindselig oder mitleidig entgegenreckten. Wollte nicht mehr an den stinkenden Boden ihrer Zelle denken, auf dem sie gekauert hatte, als der Büttel mit dem ganz persönlichen Hass gegen sie sie wieder und wieder vergewaltigt hatte. Weh hatte er ihr getan. Vielleicht schlimmer als Meister Hans im Folterkeller. Viele der Flecken auf ihrem Hemd hätten diese Geschichte ebenfalls erzählt, hätte sie nur jemand bemerkt. Doch auch die Stunden im Folterkeller wollte Anna nicht mehr in ihrem Kopf haben. Die unerträglichen Schmerzen, das Reißen von Muskeln, das Knacken von Knochen, der pulsierende Schmerz in den Fingern, die langsam zerquetscht wurden, und nicht zuletzt den Geruch ihres eigenen Blutes. Erst hatte sie ihnen immer wieder entgegengeschrien, sie sei unschuldig, sei keine Zauberische! Niemals hatte sie jemandem etwas zuleide getan, ihrem Mann nicht und schon gar nicht dem Mädchen der Theresa. Sie habe die Kleine gern gehabt, bei der Ernte hätten sie oft zusammen auf dem Wagen gesessen und auf die Welt herabgeblickt. Wahrscheinlich sei die Kleine doch nur krank!

Aber keine ihrer Beteuerungen war an das Herz dieses Hexenjägers gedrungen. Zu schwer wog seiner Meinung nach die für sie ungünstige Wasserprobe, die plötzliche Krankheit von Kind und Pfarrer in ihrer Gegenwart.

„Gestehe doch endlich, dass du den Menschen Böses willst, Anna", hatte der Commissar sie immer wieder aufgefordert, seine Stimme nicht laut oder bösartig, sondern von einem fast sanften Tonfall, kalt, unnahbar, leise.

Letztlich hatten die Attacken des Schlafes, der sie immer wieder während der Befragungen befiel, nicht mehr ausgereicht, um den unerträglichen Schmerz zu vergessen und eine Zeitlang fortzuschweben aus dem dunklen Gewölbe des Schmerzes und der Pein. Sie hatte aufgegeben, *sich* aufgegeben und begonnen, irgendetwas zu erzählen. Leise erst, dann mit immer mehr Überzeugung hatte sie vom Fliegen gesprochen, vom Bock, dem sie den Hintern geküsst hatte, um den Pakt einzugehen. Und von der – wie hatte der Commissar das noch genannt? – *Schwarzen Materie*, die der Teufel ihr gegeben hatte, um Vieh und Mensch zu töten. Was auch immer das sein mochte … *Materie* ... Anna hing selbst jetzt noch diesem Wort in Gedanken nach, war sich kaum bewusst, dass ihre Füße die hölzernen Stufen zum Pranger hinauftappten. Sie dachte an die Namen, die sie ihr aus der Nase gezogen hatten. Manche hatte aber auch sie selbst bewusst eingefügt, erinnerte sie sich mit dem Anflug eines boshaften Gedankens. Zeit, über unfreundliche und gehässige Leute nachzugrübeln, die ihr in ihrem Leben wehgetan hatten, hatte sie in der Zelle genug gehabt. Der Rentmeister des Drosten etwa, der ihr den letzten Pfennig aus der Tasche ziehen wollte, den hatte sie genannt. Auch den übermütigen Kutscher des Drosten, der sie mehrmals beinahe überfahren hatte, und auch einige der braven Bürger, die ihre Mildtätigkeit großspurig demonstrierten, wenn der Klingelbeutel herumging, die Bettlerin aber wie einen räudigen Hund von ihren Hintertüren vertrieben hatten.

Doch auch der Hexenkommissar hatte ihr Fragen nach ganz bestimmten Menschen gestellt, die Anna teilweise nicht einmal kannte. Sie hatte ihm bereitwillig alles bestätigt, damit der Schmerz nicht mehr in ihrem Geist und Körper loderte.

Zumindest war ihr das jetzt alles gleichgültig, was hatte sie noch zu verlieren gehabt? Sollten doch auch andere mit in die Hölle fahren, in die sie ohne Anlass oder Schuld geworfen werden sollte! Ihre Seele gehörte deren Ansicht nach doch ohnehin dem Schwarzen!

„Anna im Dreck aus Hövel?“, drang die Stimme des jungen Gerichtsschreibers an ihr Ohr, der immer mit im Folterkeller gewesen war. Ihr war er wie der einzige Mensch unter Dämonen erschienen, denn sein junges Gesicht hatte einen Ekel vor dem gezeigt, was er niederschreiben musste.

Anna zwang sich, in die Gegenwart zurückzukehren, die ihr feindlich entgegenpreschte wie ein wild gewordener Ochse. Selbst jetzt wirkte der junge Mann bleich auf sie, so als solle er und nicht sie der Meute zum Fraß vorgeworfen werden, dennoch las er mit fester, aber bemühter Stimme:

„Du wurdest des Schadenszaubers überführt. Ich werde das Geständnis, das du nach eigenem Ermessen, ohne Pein und Folter bestätigt hast, verlesen, denn Anna im Dreck vom Hövel wurde aufs Wasser geworfen und ist geschwommen, ist somit der Zauberei schuldig. Sie bestätigte folgende Aussagen:

Ich habe die Zauberei von meiner Mutter gelernt, da war ich noch ein Kind. Sie hat mich mitgenommen, als sie zum Tanz am Pieperloh geflogen ist. Musste ihr versprechen, dem dunklen Herrn zu dienen und den Heiligen abschwören. Da sind wir auf einem schwarzen Bock zum Tanz gefahren. Dem haben wir gehuldigt, ihn auf den … Anus geküsst. Mutter hat mir gezeigt, wie man Kräuter sammelt und auch, wie man die Schwarze Materie benutzt, um Schaden an Mensch und Tier zu verrichten. Die hat ihr und mir der Teufel selbst gegeben und ich habe sie gut in einem Schmierpott aufbewahrt. Ich habe Kühen die Schwarze Materie vorgeworfen und sie sind daran eingegangen. Weiß nicht mehr, wie viele genau. Ich erinnere mich an eine rote Kuh, die meinem Vater gehörte. Meine Mutter hat mir nach einem Streit mit ihm die Materie gegeben und ich habe sie der Kuh ins Futter geworfen, daran ist sie gestorben. Das habe ich getan, da Vater mich geschlagen hatte.

Im Sommer letzten Jahres habe ich die Tochter der Theresa vom Hövel arg gepeinigt. Ich habe meinen Geist gesandt, um sie zu quälen und sie krank zu machen. Niemand sollte dem Kind helfen können, wenn mein Dämon sie in den Fingern hatte. Das habe ich getan, da die Bäuerin mich nicht mehr auf dem Feld beschäftigen wollte.

Erst vor wenigen Tagen habe ich den Herrn wieder einmal geschmäht und habe sein Abbild an der Stadtkapelle besudelt, weil es mein Buhle mir eingegeben hat. Der Schwarze sagte, das sei schon recht und ich würde von ihm Gold erhalten, wenn ich ihm so treu dienen würde. Das Gold ist später in meiner Hand zu Dreck geworden.

Als sich der Herr Pfarrer Laer mir bei Gericht mit einem Kreuz näherte, überkam mich wiederum mein Buhle und hat den Pfarrer überfallen, sodass der krank wurde.

Der Schwarze hat mich während des Verhörs immer wieder in einen Zauberschlaf geholt, damit ich die anderen seiner Zauberischen nicht beim Namen nennen kann."

Caspar musterte von seinem erhöhten Platz aus die Gesichter, die sich pitschnass dem Pranger entgegenreckten. Erkannte er in einigen von ihnen Erleichterung, als der junge Herr Höyngk die Bögen zusammenfaltete und ohne Verlesung von Namen hinter das Gericht zurücktrat? Blickten einige betreten zu Boden, während andere nach links und rechts schauten, wie um sich Bestätigung zu holen, die Anna sei die einzige Zauberische in ihrer Mitte? Sollten sie sich in Sicherheit wiegen!

Anna hatte natürlich einige Namen genannt, Namen, die den Balvern bestens bekannt waren. Aber die wollte er vorerst zurückhalten, um die Angst und Verunsicherung in den Menschen zu seinen Gunsten zu nutzen. Natürlich wussten sie alle von den Einziehungen, wussten aber nicht, dass die meisten Gefangenen schon zusammenbrachen und Namen nannten, die Anna ihrerseits bestätigt hatte. In einigen Tagen würden neun weitere Personen hier oben stehen. Caspar wollte noch abwarten, bis sie alle gestanden hatten. Eine Frage von Stunden, und dann würde es den ersten Brandtag geben!

Er drehte sich um. Drohend und fast verborgen in den tief hängenden Regenwolken erhob sich der Galgenberg. Fuhrwerke, die Holz geladen hatten, quälten sich den Pfad hinauf. Winzige Menschen mühten sich ab, die Räder durch den Schlamm zu wuchten und die Karren bergauf zu schieben, um die Ochsen und Pferde zu entlasten und rechtzeitig bereit zu sein. Denn der erste Scheiterhaufen war schon in Auftrag gegeben und der Termin der Hinrichtung angesetzt. Caspars Blick wurde zurück auf die wartende Menge gelenkt, als jemand sich an ihm vorbeidrängte. Richter Henrich Roeßen trat an den Rand der erhöhten Plattform.

„Ihr habt die Worte vernommen, die Anna gesprochen hat. Sie ist somit schuldig und soll ihrer gerechten Strafe zugeführt werden. Sie soll nach dem Willen des Gerichts in zwei Tagen ab heute auf dem Galgenberg vom Leben zum Tod befördert werden, da sie Mensch und Tier mit absoluter Bösartigkeit quälte und unseren Herrn geschmäht hat. Sie ist eine Zauberische und muss für ihre schändlichen Taten büßen. Das Gericht verurteilt Anna im Dreck vom Hövel wegen des Schadenszaubers zum Tod auf dem Scheiterhaufen. Als Akt der Gnade soll sie zuvor erdrosselt und erst dann ihr Körper dem Feuer übergeben werden."

Johannes Höyngk trat neben den Richter und reichte ihm einen hölzernen Stab. Der Richter hob ihn vor Annas Gesicht, denn höher wollten und konnten seine Arme den Stab nicht tragen, und drückte die Enden mit einem Ruck nach unten. Es geschah jedoch nichts, auch nicht, als sich das Gesicht des greisen Richters vor Anstrengung rötlich färbte. Schließlich gab er auf und winkte Johannes heran. Roeßen trat wie ein geprügelter Hund zurück und Johannes genoss diesen Moment mehr, als ihm zugestanden hätte. Er nahm den Stab an sich, hob ihn über Annas gesenkten Kopf und mit einem vernehmlichen Knacken zerbarst der Stab augenblicklich in zwei Teile. Johannes trat mit einer Verbeugung zu Roeßen ebenfalls wieder zurück, die erstaunten, stummen Gesichter zu seinen Füßen auskostend. Er tauschte einen Blick mit Caspar Reinhartz und erntete eine Bestätigung.

Die Gefangene wurde nach diesem Gerichtsakt zurück in ihre Zelle eskortiert, so hatte es der Hexenkommissar befohlen. Die erste Hinrichtung sollte bedeutend werden. Demnach mussten möglichst alle Verdächtigen dazu gebracht werden, ihre Schandtaten schnellstens zu gestehen. Johannes zog sich mit den anderen Mitgliedern des Gerichts zurück. Innerlich war er immer noch aufgewühlt vom Geschmack der Macht, den er bei der symbolischen Geste gekostet hatte. Er würde alles daransetzen, Roeßen in den Ruhestand zu geleiten und als Richter immer wieder diesen Triumph des Rechts ausleben zu können. Seine Miene verfinsterte sich, als er daran denken musste, dass es Stimmen gegen ihn geben konnte. Er würde sich etwas einfallen lassen müssen.

Frau Holle

Die Miene der Hausherrin ließ keinen weiteren Widerspruch zu. Streng sah sie auf Merthe hinab und wies mit dem Finger zur Tür.

„Wir müssen etwas zu essen auf den Tisch bringen – und noch ist der Wald eine reich gedeckte Tafel. Ich weiß gar nicht, warum du dich so anstellst. Geh und such Kräuter für den Kräuterpacken – oder du ersetzt uns das Vieh, das im Winter eingehen wird, weil wir es nicht versorgen können. Und bring auch noch Pilze mit für das Abendessen", kommandierte die Bäuerin und Merthe senkte den Kopf.

„Ja, Bäuerin." Es machte keinen Sinn, mit der Bäuerin zu diskutieren, wenn diese einmal in ihrer Stimmung angelangt war. Maries Mutter Elisabeth war im Grunde eine gelassene Frau, die kaum etwas aus der Ruhe bringen konnte. Bedrückte sie jedoch etwas, ließ sie das alle, angefangen bei ihrem Ehemann Thonis bis hin zum niedersten Stallknecht, deutlich merken.

Merthe rätselte einen Augenblick lang, was der Hausherrin über die Leber gelaufen sein könnte, gab den Blick in die Seele Elisabeths jedoch schnell wieder auf. Sie lebte schon zu lange auf dem Schultenhof, um sich noch über diese Launen aufzuregen.

Auf dem Hof packte sich Merthe eine Kiepe und wuchtete sie auf den Rücken, ächzte schmerzerfüllt auf. Einer der Knechte sprang ihr bei und richtete das Gestell komfortabler aus. Sie lächelte, das Alter brachte auch manches Mal seine Vorzüge mit.

„Dank dir, Blesin. So wird es gehen."

„Schickt dich die alte Hexe wieder auf den Weg, Merthe? Fast herzlos, bei deinem Alter."

„Ach, naja. Die frische Luft und der Wald werden mir gut tun. Was stört da schon eine Kiepe voller Kräuter?"

„Die Hessen und Landstreicher werden dir nicht gut tun, triffst du auf sie. Sieh zu, dass du vor der Dämmerung wieder zuhause bist, alte Frau!" Herzlich drückte ihr Blesin den Arm, zwinkerte einmal und widmete sich dann wieder der Pflege einer Kuh, die mit stoischer Miene sein Striegeln über sich ergehen ließ.

Nachdem sie das Tor des umfriedeten Hofes hinter sich gelassen hatte, wurden Merthes Schritte tatsächlich leichter. Sie freute sich auf den Tag im Wald, ohne die Augen der Herrin im Nacken und ohne ihre üblichen Pflichten. Was kümmerte sie da schon die Kiepe!

Hinter sich vernahm die Amme aber bald ein Schnaufen und unregelmäßige Schritte und noch bevor sie den Waldrand erreicht hatte oder sich umwenden konnte, fiel eine Hand auf ihre Schulter.

„Jesus! Marie, du hast mich zu Tode erschreckt!“, japste Merthe und versuchte, ihr rasendes Herz zu beruhigen. „Was treibst du schon wieder hier draußen?“

„Ich bin vor Mutter und Vater geflohen, Amme. Seit der Commissar bei uns war, faseln sie immer häufiger vom Heiraten und dem richtigen Mann. Ich kann es nicht mehr hören!“

„Kindchen, vielleicht wäre der Herr Commissar in der Tat keine schlechte Wahl. Ein Beamter, ein Jurist gar! Den Hof wird einer deiner Brüder übernehmen, was wird da für dich bleiben? Würde dir der edle Herr denn zusagen?“, versuchte Merthe die Aufgebrachte zu beruhigen.

Marie schüttelte ihren Kopf und erwiderte heftig: „Nicht du auch noch! Lass dir sagen, er könnte der Landdrost persönlich sein, ich würde ihn nicht nehmen! Er ist unheimlich. Außerdem, was wissen meine Eltern schon über ihn? Er könnte ein Schlächter sein – oder sogar verheiratet! Ich werde mir über Caspar Reinhartz keine Gedanken mehr machen! Und solange er in Balve ist, werde ich nicht mehr dorthin fahren. Höchstens, um Mutter zur Messe zu begleiten. Aber den Marktstand sollen Blesin und Wer-weiß-ich betreuen. Ich habe keine Lust mehr, mich vor den Augen der Bürgerschaft zu seiner Buhle machen zu lassen. Auch wenn ich nicht immer den gesellschaftlichen Anforderungen genüge, bin ich dennoch eine ehrbare Frau, die einen Ruf zu verlieren hat! Da nehme ich doch lieber Christian! Der steht auch in den Diensten der Regierung und …“

Merthe hielt an und unterbrach Maries nicht enden wollenden Redefluss mit einer Umarmung.

„Schon gut, Liebes! Heirate, wen du willst oder lass es bleiben. Du findest schon den Weg für dein Leben."

„Und mit der Zeit ist mir jede Menge Wachs in den Ohren gewachsen, sodass Mutters Pläne draußen bleiben müssen", lächelte jetzt auch Marie, hakte sich erleichtert bei der Amme unter und gemeinsam betraten sie den Wald.

Schlanke, hohe Buchen zogen sich fast endlos dahin, waren bislang noch nicht der Gier der Feuer der Eisensucher zum Opfer gefallen. Zwischen den Stämmen war das Gras hoch aufgeschossen, wiegte sich im Wind des Morgens sachte hin und her. Nicht weit reichte der Blick der Frauen, denn noch hing der Dunst der klammen Tage zwischen den Stämmen fest, die Sonnenstrahlen zauberten jedoch schon die Rutschbahnen der Engel, wie Merthe sie nannte, in den sich lichtenden Nebel. Lichtstrahlen schimmerten auf dem Laub, auf dem noch die letzten Regentropfen glitzerten, Bucheckern türmten sich, bereit, von den Schweinen des Dorfes oder den Bewohnern des Waldes gefunden zu werden.

Marie bückte sich und klaubte eine Handvoll zusammen, pellte sie und knabberte auf den Kernen herum.

Entschuldigend sah sie zu ihrer Amme. „Ich hatte noch kein Frühstück."

Immer tiefer tauchten sie in diese Welt des Zwielichts ein, immer steiler ging es bergan, bis sich rötlich graue Felsen vor ihnen erhoben. Selbst außer Atem hielt Marie die alte Amme zurück, als sie deren keuchende Atemzüge vernahm.

„Gib mir die Kiepe. Ich werde sie tragen."

„Das gäbe nur wieder Ärger. Lass nur."

Marie kniff die Augen zusammen. „Wer sollte es sehen? … Oder spürst du dasselbe wie ich?"

Eine Zeitlang hielten sie inne und lauschten in den herbstlichen Wald hinein. Bis auf einige Vögel und das Geraschel kleinerer Waldbewohner im bunten Laub hörten sie aber nichts.

„Ich fühle mich in der Tat beobachtet. Aber zu sehen ist nichts", räumte Merthe schließlich ein, wandte den Blick vom Wald ab und übergab die Kiepe an Marie, die sie verwundert auf den Rücken schob.

„Was hast du vor?"

„Ich will versuchen, uns vor neugierigen Augen zu verstecken." Merthe kletterte weiter den steilen Hang hinauf, Marie hörte sie murmeln und sah, wie die alte Frau mit einem Stock Bilder in das Laub kratzte.

Auf den fragenden Blick ihrer Begleiterin hin, lachte Merthe.

„Tu nicht so schockiert, du hast mich schon oft die Gunst der Wesen des Waldes anflehen sehen. Und auch die der Heiligen. Geschadet hat es noch nie!"

„Die Zeiten ändern sich und werden gefährlicher. Sollte wirklich jemand hier herumlungern und sieht dich bei deinem Tun, könnte es böse enden, Amme!"

„Vielleicht sind Hessen in der Nähe. Gab es nicht Nachricht, dass sie wieder einmal durchziehen würden? Keine Angst, Liebes, ich werde dich beschützen."

„Ich hoffe, ich muss dich nicht beschützen, Amme. Zumindest sieht dein Kopf aus wie eine Knolle Rote Beete. Streng dich nicht so an!"

Schweigend erklommen die beiden Seite an Seite den Hang, vorbei an Felsen, grau und überzogen von einem seltsamen rötlichen Geflecht, das genauso hart war wie der Stein selbst und ihnen von Weitem betrachtet die eher rötliche Farbe verlieh. *Als hätte Gott ein Stück Spitze übrig gehabt und es zur Zierde über die grauen Felsen drapiert*, dachte Marie.

Oben erwartete die Frauen eine fast ebene Fläche, ebenfalls von Buchen überwachsen und durchzogen von kleinen Gräben. In der Mitte erhob sich ein bemooster Wall, der mehrere Durchlässe aufwies. Durch den größten betrat Marie das Rund und setzte die Kiepe am Rand ab.

Merthes Atem ging zwar noch keuchend und schnell, dennoch schlug sie verzückt wie ein Kind die Hände zusammen.

„Welch wunderbarer Tag, um hierher zu kommen! Man könnte sich auf einer Insel wähnen, ohne eine störende, grobe Welt hinter dem Schleier der Nebel."

„Warst du schon einmal auf einer Insel? Ich kenne keine", bedauerte Marie, doch auch Merthe schüttelte verneinend den Kopf. „Leider nicht, ich bin nicht über die Hügel des Sauerlands hinausgekommen. Aber man hört doch so vieles von den mutigen Spaniern oder Engländern, die sogar den Ozean bezwungen haben und so viele neue Dinge und Länder gefunden haben sollen. Ich träume mich gerne fort von hier und reise mit den wagemutigsten Männern an die Enden der Welt. Aber weder ein Meer noch eine Insel habe ich jemals gesehen." Merthe legte Marie verschwörerisch die Hand auf die Schulter. „Aber der Geist eines Menschen kann reisen, frei wie ein Vogel, und sich Dinge vorstellen und dadurch zu sich heranholen."

„Du bist verrückt!", lachte Marie, begann sich aber im Kreis zu drehen. „Und was sagt dir dein Geist zu diesem Ort? Haben ihn wirklich die Riesen erbaut, um uns Menschen im Tal zu beherrschen?"

Marie wirbelte auf Merthe zu und zog sie in ihre wilde Drehung.

Zuerst wirkte die Amme erschrocken, fasste dann aber Maries Hände fester und ließ sich fallen. Ihre Haube rutschte vom Kopf und flog in hohem Bogen davon, ihre lockeren grauen Zöpfe wehten hinter der Bewegung und führten ihren eigenen Tanz auf.

„Riesen oder nicht – es gibt so vieles im Wald, was wir nicht erklären können. Alte Kräfte, die wir uns nutzbar machen können. Denk doch nur an die Macht der Kräuter! Sie können heilen und verderben. Nur die Menge macht die Medizin! Sonst werden sie zum Gift! Und wir sind frei! Keine Pflichten, keine Zwänge! Welch seltenes Geschenk für eine Frau!"

In Merthes Kopf begann sich alles zu drehen und sie bat Marie atemlos aufzuhören. Erschöpft sank sie ins Gras, ließ sich der Länge nach hinfallen.

Sie hörte Maries Atem, voller Leben und Herz. Sie fühlte die Kühle des Bodens und unter sich die schwindende Kraft der Erde, die sich aus den Wurzeln tief ins Gestein zurückzog, um den Winter zu überdauern. Die Natur starb langsam, um im Frühjahr zu neuem Leben zu erwachen. Üppiger und schöner als im Jahr davor. Merthe hoffte, ihr würde es ähnlich ergehen, als sie den Frieden in ihrem Körper pulsieren spürte. Sie dachte an Gott und seine Heiligen, die diese Kraft sicherlich auch in sich gespürt hatten, wenn sie mit den Tieren gesprochen oder ein Wunder erlebt hatten. Fast meinte sie, die Jungfrau Maria würde ihr gleich erscheinen, wenn sie nur die Augen öffnete und lange genug in den Nebel sah.

„Erzähle mir mehr über die Kräuter, Merthe! Ich will es lernen, um den Menschen zu helfen", unterbrach Marie ihre weit entfernt schwebenden Gedanken.

Merthe räusperte sich, kehrte zurück in die Welt. „Du bist ein gutes Kind und wirst noch viel Gutes tun. Aber gönn mir einen Moment. Du hast mich altes Weib durchgerüttelt, dass sich alles um mich dreht!"

Marie lachte auf, doch das Lachen blieb ihr im Hals stecken. Aus dem Nebel schälten sich mehrere Gestalten, erklommen von überall her den alten Wall, umringten sie und schlossen sie in dem Rund ein. Vor sich trugen die Männer Hellebarden, den beiden Frauen entgegengereckt.

„Merthe!" Maries Schrei war schrill und die alte Frau ruckte auf.

„Oh, Herr im Himmel!"

„Keine Dummheiten, ihr Zwei. Wir kommen auf Befehl des Herrn Reinhartz'. Wir sollen die Amme Merthe vom Schultenhof holen. Und dazu mussten wir auch noch hier im Wald herum steigen! Also, Merthe, aufstehen! Ich habe schon zu viel Zeit verplempert. Du bist verhaftet!"

Die Stimme des Büttels beruhigte Marie im ersten Augenblick. Wenigstens waren die Männer keine mordlüsternen Hessen, die ihnen weiß Gott was angetan hätten. Dann jedoch vernahm und verstand sie die Worte, die an Endgültigkeit nicht zu überbieten waren, und sie begann hemmungslos zu schluchzen.

„Sollen wir das junge Ding auch mitnehmen, Herr?", fragte der ihr am nächsten stehende Büttel und schob die geschliffene Spitze seiner Waffe nahe an Maries Gesicht.

„Nein!"

Sofort zog sich die Spitze zurück. Der Büttel verneigte sich vor der Gestalt, die den Nebel zerteilte wie einen Vorhang im Marionettentheater.

„Ihr nehmt nur die Alte mit. Ich werde mich persönlich um das Mädchen kümmern. Sie ist nicht verdächtig – und steht unter meinem Schutz!“

Murrend packten die Büttel die um sich tretende Merthe und schleiften sie hinter den Wall, Marie konnte hören, wie mehrere dumpfe Schläge von den Bäumen widerhallten und Merthes Hilferufe verstummten. Selbst wenn sie Merthe vor ihren Augen geschlagen hätten, hätte Marie jedoch kaum etwas erkennen können, denn ihre Augen schwammen in Tränen.

Sie fühlte ein weiches Tuch über ihr Gesicht streichen. Der Hexenkommissar hatte sich vor ihr in die Knie begeben und wischte sanft ihre Tränen fort.

„Aber Marie! Weint nicht mehr, Ihr habt nichts zu befürchten!“ Er zog sie an sich und strich über ihren zitternden Rücken.

„Ich sagte doch, Ihr steht unter meinem Schutz. Niemand wird etwas davon erfahren, dass Ihr mit einer besagten Zauberischen an so einem Ort aufgefunden wurdet. Euer Name taucht in keinem Protokoll auf, dafür habe ich gesorgt. Die Anna, zu der Ihr so gütig wart, hat jedoch auch Euren Namen genannt. Aber belassen wir es bei Merthe, nicht wahr? Ich werde es nicht zulassen, dass Ihr verdorben werdet von diesem bösartigen Pack! Ich habe von der Alten geträumt …“ Caspar unterbrach sich und drückte Marie etwas von sich fort, schob seine Hand unter ihr Kinn. „Ihr werdet nicht zum Bösen werden, Marie. Ich denke, das könnt Ihr nicht. Und ich werde fortan noch mehr auf Euch Acht geben.“

„Merthe ist nicht böse, Herr Commissar! Bitte, Ihr müsst mir glauben! Nichts hat sie getan, nichts!“ Marie schluchzte wieder auf. „Sie ist nur eine arme alte Frau, die den Wald liebt. Nichts weiter! Ich weiß nicht, warum Anna …“

Caspar legte ihr den Finger auf die Lippen, ließ ihn versonnen dem weichen Bogen folgen. „Marie, dieses Urteil steht weder Euch noch mir zu. Merthe wird sich vor einem ordentlichen Gericht beweisen können. Sie muss ja nicht schuldig sein, nicht wahr? Aber zuerst einmal müssen wir davon ausgehen. Ich dachte mir schon, dass sie Euch mit in den Wald gezerrt hat, als Eure Mutter Euch auf meinen Wunsch hin nicht finden konnte. Ich bin Euch gefolgt – und habe gesehen, was Ihr getrieben habt. Teuflisches Brimborium wollte sie Euch eintrichtern. Es sieht nicht gut aus für sie."

„Bitte! Was soll ich tun, damit Ihr sie verschont?"

Caspar beugte sich zu ihr, umfasste ihr Gesicht mit beiden Händen. Heftig zog er sie an seinen Körper. Marie spürte seine Lippen auf den ihren und schloss angewidert die Augen. Gleichgültig, was jetzt geschehen würde, sie würde weder sich im Spiegel noch ihn jemals wieder unbefangen ansehen können!

„Herr Commissar?" Eine ihr wohlbekannte Stimme drängte sich an ihr Ohr und erleichtert bemerkte sie, dass Reinhartz sie plötzlich losließ und sich erhob. „Wir warten auf weitere Befehle!"

Christian!

„Bringt die Amme ins Loch nach Balve. Ich werde Marie Schulte nach Hause geleiten, um mit ihrem Vater zu sprechen."

„Soll nicht lieber ich mit ihr gehen, Herr Reinhartz? Vielleicht werdet Ihr bereits in Balve wieder benötigt! Schließlich werden morgen die Hinrichtungen stattfinden", versuchte Christian Marie aus den Fängen des Commissars zu befreien. Marie konnte die Angst in seiner dunklen Stimme vibrieren hören.

„Das muss warten. Ihr werdet gehen, Herr Höyngk. Spätestens am Abend werde ich zurück sein. Mir ist am Wohle dieser Dame gelegen." Galant streckte Caspar die Hand aus und zog Marie auf die Füße. Unsicher stieg sie den Abhang an seiner Hand hinunter. Sie hatte kaum Gelegenheit, zu Christian herüberzusehen. Dessen Anwesenheit nahm der Situation jedoch etwas von der Bedrohlichkeit, auch wenn er ihr fernbleiben musste. Am Fuß des Berges warteten die Pferde, und der Hexenkommissar ließ Marie zu sich in den Sattel seines Schecken heben. Ohne einen weiteren Gruß trieb er sein Pferd davon, Marie spürte seinen heißen Atem in ihrem Nacken, als wäre dieser Mann soeben der siebten Hölle entsprungen. Tränen der Wut und Hilflosigkeit brannten in ihren Augen.

Mit einem flauen Gefühl in der Magengegend beobachtete Christian den davonstiebenden Commissar. Ihm passte es ganz und gar nicht, dass der Marie in seinen Armen hielt. Wo sollte das noch enden? Verwundert über sich selbst hob Christian die Braue und bohrte mit seinem Stiefel im Laub, während die Büttel die verschnürte Merthe auf den Karren hievten. War es etwa Eifersucht oder nur blanke Angst, die in seinem Innern wütete?

Brandtag

13. September 1628

Das Arme-Sünder-Glöckchen bimmelte in einem schrillen unregelmäßigen Rhythmus. Die Äbtissin des benachbarten Klosters Oelinghausen, Ottilia von Fürstenberg, hatte der Stadt dieses Geschenk vor einigen Jahren gemacht. Vielleicht, um so bei jedem Gang eines Delinquenten selbst noch nach dem eigenen Tod ihre Verachtung für das Balver Recht, das viele ihrer eigenen Schäfchen getroffen hatte, lautstark kundzutun.

Dennoch ließen die Balver es bimmeln, wenn sich die Pforten der Zellen im Rathaus oder der Stadttürme öffneten, um das menschliche Elend auf die Schinderkarren zu speien.

Gleich zehn Mal hob sich an diesem frühen Morgen der Blick von Verurteilten sehnsuchtsvoll in den Himmel, der allem Übel zum Trotz strahlend zu werden versprach. Zehn Male richtete sich die bange Frage an den Herrn in der Höhe, ob man noch die Sonne sehen oder Gott die bald entfleuchende Seele gnadenreich aufnehmen würde. Doch vor der Glorie des Himmels oder den Schwefelpfuhlen der Hölle stand den zehn verurteilten Sündern noch der letzte Gang bevor. Tränen drängten sich in die Augen der Frauen und Zorn in die der Männer, als sie sich abmühten, auf die Ochsenkarren zu klettern, das helle Geläut schmerzhaft in den Ohren.

„Ich bin unschuldig", brüllte einer der Männer, ein angesehener Kaufmann, immer noch selbstbewusst, auch wenn die Wunden an seinen entblößten Armen und im Gesicht eine andere Sprache hätten sprechen sollen. Ohne einen Befehl abzuwarten, rammte ihm einer der Büttel den Stab seiner Waffe in die Magengrube und der Zauberer brach stöhnend im Stroh zusammen, er spuckte Blut. Es lief ihm in einem breiten Faden aus dem Mundwinkel und tropfte ins Stroh auf dem Karren. Der Kaufmann hatte sich vor Schreck auf die Zunge gebissen und war somit fortan zum Schweigen verurteilt.

Caspars Pferd tänzelte nervös, ganz entgegen seiner ansonsten eher stoischen Natur, doch der Geruch des Blutes, das enervierende Bimmeln und die gegen es drängenden Menschenmassen versetzten das Tier in Unruhe. Caspar als ungelenker Reiter hatte seine liebe Not, es im Zaum zu halten. Zeit, dem Wallach beruhigend den Hals zu tätscheln, hatte er keine, seine Hand krampfte in den kurzen Zügeln.

„Verdammt, Feirefiz, beruhige dich", blaffte er das Tier an. Die schwarzweißen Ohren zuckten daraufhin noch aufgeregter hin und her. Doch noch mehr als sein unpässliches Reittier verärgerten den Hexenkommissar die Verzögerungen beim Aufladen der Gefangenen und die Unfähigkeit der Balver Büttel, die solch einer Mehrfachhinrichtung nicht gewachsen schienen. „Nun eilt Euch schon, ihr tumben Toren! Bringt endlich die Delinquenten auf die Wagen!", schrie er ungeduldig, als der Tumult um die Wagen immer größer zu werden drohte. Eine offene Unmutsbezeugung wollte Caspar nicht riskieren, schon gar nicht beim allerersten Brandtag unter seiner Aufsicht.

Fast unbemerkt von der Welt wankte auch Anna aus der Dunkelheit des Rathauskellers. Ihre verletzten Hände pochten in der Kälte des noch dunklen Morgens. Tränen hatte sie keine mehr, sie waren alle in das Stroh ihrer Zelle gesickert. Sie senkte den Kopf. Nur vorbei an den pöbelnden Menschen, nur hinauf und diese Ungerechtigkeit erdulden, um am reich gedeckten Tisch des Herrn Platz nehmen zu können! Die Beine in die Wolken baumeln lassen und auf die grausame Welt irgendwo unter den Füßen der Märtyrer hinuntersehen, die Schulter an Schulter mit ihr zusammensaßen und erlöst vom Übel speisten. Sie versuchte, sich die Tafel Gottes vorzustellen, hatte aber nicht genügend Bilder von üppigen Gerichten; frischem Obst und Gemüse, Braten und Karaffen voller Wein in ihrem einfachen Geist, da sie so etwas noch nie zu Gesicht bekommen hatte. Ihr würden auch frisches Brot, Fleisch und einige Birnen für die Ewigkeit reichen, das würde sie Gott bescheiden mitteilen. Sie liebte die sandige Süße von Birnen im Herbst. Was brauchte sie Kapaune und Pfauenbrust? Sie wusste ja gar nicht, wie das schmeckte. Was, wenn das abscheulich war? Sie wollte sich an Gottes Tisch benehmen und nicht undankbar die Speisen Richtung Erde spucken.

Anna sah nicht nach rechts und links, versuchte, an das Brot für ihre Seele zu denken, und erklomm schließlich mühsam den Karren, ließ sich widerstandslos anketten.

Niemand von den Fratzen da unten würde sie überzeugen können, dass sie sich wirklich dem Teufel verschrieben hatte. Niemand! Ihre Seele würde als eine gerechte in den Himmel fahren und dort Zeugnis ablegen von der Abartigkeit ihres Urteils. Als sie in die bleichen Gesichter auf dem Karren sah, war sie sich jedoch nicht bei allen Verurteilten sicher, dass sie Seite an Seite aufsteigen würden.

Reiche Menschen konnten sich mehr Laster erlauben als die armen, mussten ja nicht tagtäglich um ihr Überleben kämpfen und hatten Muße für andere Wege. In dieser Runde waren bedeutende Bürger versammelt, die sich in ihrem Leben nicht groß um andere geschert hatten, nur um das eigene Fortkommen. Nicht alle konnten unschuldig sein, viele strebten danach, andere zu vernichten. Wer wusste schon, welcher Mittel sie sich bedient hatten? Nicht nur arme Bettlerinnen, wie sie eine war, würden sie grob behandelt haben. Was war mit ihren Konkurrenten um Vieh oder einen guten Handel? Um sich einen Vorteil zu verschaffen, würden sicherlich einige ihre Seele dem Teufel verschreiben – oder verschrieben haben.

Der Karren ruckte an und schaukelte die unbefestigte Straße bergan.

Schweigen breitete sich über den Morgen. Wie eine Prozession zu einem der Festtage der Kirchheiligen zog der Zug der Balver Bürgerschaft durch enge Gassen von Fachwerkhäusern aus einem der Stadttore hinaus und erreichte die ersten Felder vor den Mauern, die die Stadt meist gut ernährten. Anna sah jedoch die schweren lehmigen Furchen, die großen Klumpen und Steine auf den Äckern, die sich in den letzten Jahren weigerten, ihre auch schon in fetten Jahren karge Pflicht zu erfüllen. Schwarzes Laub hing von den Ästen der Obstbäume am Wegesrand, schrumpelig baumelten winzige Äpfel zwischen ihnen. Die Not wanderte wie der Teufel auf Stelzen durch das Land und hinterließ schreiende Kinder, klagende Mütter und unkende Alte, die den Weltuntergang prophezeiten. Die Hönne würde sich heute zu Blut färben und das Jüngste Gericht wurde von Pestilenz und fallenden

Sternen angekündigt. Seine Reiter zogen bereits durch ein zerstörtes Land und zerrissene Seelen. Sie würde nicht lange in ihrem Grab ruhen müssen, denn der Kampf um die Welt zwischen Christ und Antichrist hatte begonnen.

Anna glaubte fast, dass sie es besser haben konnte als die Unglückseligen, die hinter ihrem Karren trotteten. Sie würde sich bald den Wanst mit dem Brot des Herrn vollschlagen können, während die Balver darauf lauern mussten, ob nicht wieder marodierende Truppen die Ernte zerstörten oder Einquartierung erzwangen und die hart erwirtschafteten Vorräte auffraßen.

Nur noch einmal ein Leid erdulden – und dann Friede.

Caspar ritt mit Feirefiz über den Weg zwischen den Feldern, Matsch spritze von den Hufen auf und traf einige der Schaulustigen, die erschrocken aus dem Weg sprangen. Sie riefen Caspar keine Verwünschungen nach, strichen sich nur wortlos den Schmutz von den Gewändern und gingen weiter. Caspar ließ den Schecken seiner Anspannung davonlaufen. Mit einem Schnauben zeigte ihm das Tier, dass es sich langsam wieder wohler fühlte, der Rücken und der Hals des Tieres wurden runder, als es langsamer galoppierte. Der frische Wind tat auch dem Hexenkommissar wohl und er genoss sein Werk. Er selbst hatte nicht erwartet, gleich zu Beginn seiner Suche auf so viele Verschwörer in den einflussreichen Schichten der Stadt zu treffen. Und weitere Namen hockten in seinem Geist, die diese kleine Welt erschüttern würden. Er dachte auch an Merthe vom Schultenhof. Ein Bauernopfer gewiss, aber seinen Zwecken äußerst dienlich. Gleich, wenn die Scheiterhaufen genug gebrannt hatten, würde er sie sich wieder in den Keller bringen lassen. Vielleicht würde die alte Magd ihm sogar nicht nur in der Frage von Maries Seele eine Hilfe sein. Eine erfahrene Hexe wie diese Kräuterkundige musste Einblick haben bis hinab zu den Wurzeln der Teufelsverschwörung oder ihrer Spitze.

Behutsam parierte er Feirefiz durch und ließ ihn in einen lockeren Trab fallen, um die letzte Steigung hinauf zum Galgenberg zu bewältigen. Vor ihm lag eine baumlose Ebene, gerodet aus dem Grund, eine im ganzen Amtsbezirk zu sehende Fläche zu schaffen. Die Scheiterhaufen, die Caspar anzuzünden beabsichtigte, würden im ganzen Amt Balve zu sehen sein und hoffentlich die Wirkung auslösen, die er beabsichtigte: den noch unerkannten Zauberischen und schlechten Menschen eine Warnung zukommen zu lassen.

Am Fuß vor dem letzten Anstieg hinauf auf das Plateau warteten Kutscher auf ihren Böcken und einige Knechte, die die Wagen der Herren bewachten. Einzelne ältere Jungen von den Höfen vor der Stadtmauer hielten für den Lohn von ein paar Münzen Pferde am Zügel, die träge grasten. Auch Caspar entschloss sich, Feirefiz nicht näher ans Feuer heranzutreiben und winkte einen der Burschen, die auf Baumstucken lungerten, zu sich heran. Beruhigend strich Caspar dem Wallach über die Nüstern und ermahnte den Jungen, gut auf das Tier Acht zu geben.

Dann stieg der Hexenkommissar den Pfad zur Hinrichtungsstätte hinauf. Die Menschen, die dort warteten, machten ihm Platz und ließen ihn ohne Widerspruch passieren. Das Gericht wartete schweigend und die meisten nickten ihm wortlos zu, etwas abseits bereitete Meister Hans gemeinsam mit einem Gehilfen sein Handwerkszeug vor. Hoch ragten zwei Stapel von geschichtetem Holz versetzt mit Reisig auf. Zwei Pfähle stachen wie Schwertspitzen in den Himmel. Davor war ein Hauklotz aufgebaut worden.

„Guten Morgen, Herr Reinhartz!“

Der Einzige der Balver, der diesen Tag auszukosten schien, war Johannes Höyngk. Geschäftig kümmerte er sich um die Formalitäten, ließ sogar einen Stuhl von einem der Wagen heranschleppen, den er für Richter Roeßen hatte zur Hinrichtungsstätte transportieren lassen, und schien die ganze Zeit über aufgeräumt und gut gelaunt.

In Caspars Augen war alles bereit. Das Rumpeln der Schinderkarren war schon zu hören, die Offiziellen und genügend Publikum anwesend, um eine erste Demonstration der Justiz eindrucksvoll zu gestalten.

Anna klammerte sich an die hölzernen Streben des Wagens, die ihr wenigstens etwas Halt gaben. Der Schinderkarren rumpelte über Stock und Stein, der Weg, den er zur Hinrichtungsstätte nahm, war kaum mehr als eine Schlammwüste. Ihre durch die Daumenschrauben zerquetschten Glieder schmerzten durch die Anspannung und der Schmerz durchzog ihren ganzen Körper. Rutschend blockierten die Räder knapp unterhalb des Galgenberges und der Karren stand still. Die Büttel rissen die Gefangenen an ihren Ketten vom Wagen, eine der Frauen stolperte und schlug der Länge nach hin. Doch auch mit ihr kannten die Hände der Justiz kein Mitleid, zogen sie an den Armen hoch, sodass die Frau wie am Spieß zu schreien begann. Sie war während ihrer Befragung aufgezogen, ihre Schultern mehrfach ausgekugelt und vom Foltermeister persönlich wieder eingerenkt worden. Blau schimmerten diese Male der Folter unter dem zerrissenen und jetzt mit Matsch besudelten Kleid, pulsierend unter der Einwirkung der neuen Qualen.

Anna kletterte vom Karren herunter und wagte es kaum zu glauben, dass ihre Füße sie noch trugen. Ihre Knie schlotterten nicht und sie konnte ohne grobe Hände ihren letzten Gang antreten. Die Ketten behinderten sie zwar, dennoch bewerkstelligte sie den letzten Anstieg allein, hatte sogar Zeit, giftige und anklagende Blicke in die Menge der Gaffer zu schleudern.

In ihren Ohren pochte ihr Herz, ansonsten war die Welt um sie herum still geworden im Angesicht der Hügel, die gleich brennen würden.

Anna blickte zu den Vertretern der Justiz hinüber, die über die letzten Tage hinweg die einzigen Gesichter gewesen waren, die sie in ihrer Zelle gesehen hatte. Diese Männer waren zu ihrer Welt geworden, bestimmten über sie und ihr Schicksal, ohne nur einen Moment lang in ihrem Tun zu zögern und innezuhalten. Sie beobachtete, wie sich der Hexenkommissar und der Gehilfe des Richters unterhielten, beider Mienen gelöst und wie bei einem Imbiss unter freiem Himmel. Ihr ganz persönlicher Feind, der Büttel, dem sie auf den Stiefel gespuckt hatte, kniff ihr ein Auge und leckte sich obszön über die Lippen, nachdem er sich vergewissert hatte, dass ihn niemand beobachtete. Bei seinem letzten Besuch in ihrer Zelle hatte er ihr, als er sich auf ihr abmühte, geschildert, wie er sich am Anblick ihrer brennenden Haut erfreuen würde. Wie sie Blasen werfen, kokeln und aufplatzen würde –

und wie er dafür sorgen wollte, dass Meister Hans schlampig bei ihrem Gnadenakt handeln würde.

„Ich hasse Weiber wie dich! Und ich liebe es, euch brennen zu sehen!“, hatte er ihr ins Ohr gebrüllt, hatte sie danach beschmutzt und schluchzend liegengelassen. Jetzt schlenderte er zu Meister Hans und flüsterte ihm etwas ins Ohr, grinste Anna dabei an. Meister Hans' Augen blitzten weiß unter der Maske hervor, die er trug, als er zu Anna herübersah. Langsam wandte er sich dem Büttel zu, schüttelte seinen schweren Kopf und trat einen Schritt zur Seite, nickte Anna einmal zu.

„Herr im Himmel, du kennst doch noch Gnade!“, betete Anna und beobachtete, wie sich der so Gedemütigte zu seinen Kameraden gesellte, gestikulierte und sich offenkundig über die mangelnde Zusammenarbeit der Organe der Justiz beklagte.

Doch lange Zeit hatte er nicht, denn der Hexenkommissar trat nach vorne und verlas noch einmal den Hinrichtungsbefehl. Seine Stimme blieb akzentuiert und ruhig, auch wenn er über Tod, Verbrennen, Schwerter und Stricke sprach. Caspar Reinhartz verhaspelte sich nicht ein einziges Mal, trat zurück und sah noch einmal mit einem strengen Blick über die Reihe der Delinquenten.

Anna schluckte, versuchte ihren Körper zu beruhigen, der jetzt doch allmählich von der Endlichkeit seines Daseins erfasst wurde und unkontrolliert zu zucken begann. Sie spürte, wie sich ihr leerer Magen zusammenkrampfte, als Meister Hans vortrat und den Kaufmann, dessen Mund noch voller Blut war, auf die Knie zwang. Annas Atem beschleunigte sich, als sie das Schwert in der Morgensonne, die über die Hügel kletterte, aufblitzen sah. Nur ein einziger Schwung und krachend sprang der Nacken des Mannes entzwei. Die Klinge fuhr durch Fleisch und Muskeln, schabte an einem Knochen und trat vorne in das Holz des Hauklotzes aus. Anna wurde schlecht, doch ihr Magen war zu leer, um sich zu übergeben. Sie spuckte nur etwas Galle. Der Körper des Kaufmannes fiel geteilt in sich zusammen, der Kopf kullerte gefährlich nahe an die Füße der Zuschauer heran, bevor der Gehilfe des Henkers ihn aufsammeln konnte. Erschrocken stöhnten einige Frauen in der ersten Reihe beim Anblick des spritzenden Blutes auf, ihre Männer fassten sie hart am Arm, ängstlich, sie könnten vor Schwäche und Ekel zusammenbrechen.

Anna zitterte gotterbärmlich. So nah war sie dem Tod noch nie gewesen, zumindest nicht dem eines Menschen. Ihr Körper fühlte ihre Angst und zog sich schmerzend zusammen.

Anna sah den Gehilfen des Henkers nicht kommen, betrachtete nur den geköpften Leib, aus dem schwallartig das Blut pulste und der von den Bütteln angehoben und auf den Scheiterhaufen geworfen wurde, der widerspenstige Kopf folgte ihm und wurde, auf ein hochstehendes Scheit gepresst, mit seinem Besitzer wieder vereint, die Augen grässlich verdreht und im letzten Schmerz erstarrt.

Anna spürte nur, wie sich von hinten etwas um ihren Hals schlang und sie rückwärts gerissen wurde. Mehrere Büttel sprangen auf sie zu, zwangen sie an einen der aufragenden Pfosten inmitten des Holzes, ihre Hände wurden gefesselt. In ihrem Kopf klopfte es schmerzhaft, als ihr die Luft wegblieb. Etwas presste sich unerbittlich gegen ihre Gurgel, quetschte Fleisch und machte den Weg für die Luft eng. Sie hatte sich letzte Worte zurechtgelegt, hatte schreien wollen: „Ich kann nicht zaubern, sonst hätte der feine Herr Commissarius schon Bockshufe und Hörner! Ich habe nichts getan! Ihr tut mir Unrecht!"

Ihr fehlte die Luft. Anna japste, zappelte, bäumte sich auf, doch ihre Fesseln hinderten sie an der Flucht. Ihr wurde schwarz vor Augen, das Bild Balves im Schein der frühen Sonne verschwamm. Nur noch das pochende Blut in ihrem Schädel beherrschte Annas Welt. Dumpf hörte sie ein weiteres Knacken von Holz und Knochen, spürte, wie sich ihre Blase entleerte. Doch Scham spielte schon keine Rolle mehr. Sie röchelte, ihre Zunge sprang hin und her und Anna fühlte das Leben aus ihren Lungen flattern. Ihre Brust schmerzte, verlangte ziehend nach Luft, aber der Sperrriegel um ihre Kehle schnürte sie ab, schloss das Leben aus ihrem Körper aus.

Anna sah Lichtpunkte vor ihren Augen, wie die, die am Tage ihrer Verdammnis auf dem Heiligenschrein in Hövel gehüpft waren und wild getanzt hatten, bevor sie ihren Weg in die Augen eines kleinen Mädchens gefunden hatten. Jetzt nahmen sie ihr jede Erinnerung daran, wie es war zu atmen, die Luft in der Lunge zu spüren. Ihr Herz raste, doch ihr Körper war machtlos und kalt. Endlich versank Anna in der friedlichen Düsternis des Rauschens, doch es war nicht der stinkende Stadtgraben, in den sie hinabtauchte, sondern das Wasser ihres Lebens, das in ihren Adern nach Luft schrie. Anna sank immer tiefer und verlor sich in der zunehmenden Dunkelheit, die sie schwermütig umgab.

„Der Überlebenswille bei diesen einfachen Leuten ist bemerkenswert", raunte Johannes Höyngk Caspar Reinhartz ins Ohr. „Ein Kaufmann stirbt glatt durchgeteilt, während sich die Bettlerin am Pfahl windet und zappelt und kein Ende findet."

„Der junge Henkersknecht ist noch unerfahren. Er wird nicht beherzt genug zudrücken und ihr die Kehle schnell zerquetschen. Was sagt Ihr zu dem Anblick? Erschüttert er Euch nicht?", wollte Caspar wissen, aber Johannes Höyngk schüttelte nur leicht den Kopf.

„Sie hat es verdient. Hat ihren Mann verhext und umgebracht, Ungeziefer gezaubert und Mensch und Tier so geschädigt, dass es mir hochkommt, wenn ich an das Protokoll nur denken muss. Wäre es nicht verpönt, hätte ich persönlich sie lebend den Flammen übergeben."

Caspar zuckte nur mit den Schultern. Er war einigermaßen froh, dass er die Schreie von brennenden Menschen nicht in den Ohren haben musste, auch wenn er Höyngk grundsätzlich zustimmte. Wer so böse war wie die Zauberer, der sollte am besten schon auf Erden die Qualen der Schwefelpfuhle erleiden müssen. Aber, wer war er, mit der Konvention zu brechen und den Richter noch mehr gegen sich aufzubringen? Ihm brachte der heutige Tag auch so ein nettes Sümmchen ein, die Rechnungen über die Gerichtskosten waren geschrieben und den Angehörigen zugestellt worden. Natürlich gab es bei dieser Bettlerin nichts zu holen, aber aus der Stadtkasse würde er seine Prämie schon bekommen. Und bei der Durchsuchung ihrer Hütte hatte man tatsächlich diese seltsamen Windspiele gefunden. Caspar hatte eines davon behalten, um es als Andenken an die erste Hexe von Balve mit nach Werl zu nehmen. Ein Andenken an den Triumph des Gesetzes – und nicht zu vergessen, des wahren Glaubens im Dienste des Herrn. Aber er würde es in Seide einschlagen und in einer gesegneten Kiste aufbewahren, hatte er sich vorgenommen.

Werl. Bei dem Gedanken an seine Heimat wurde er schlagartig nachdenklich, ließ dennoch seine Augen über die Schaulustigen wandern. Schnell hatte er Maries Vater erspäht, der seine Frau und Tochter am Arm hielt. Marie schien zu weinen, wischte sich Tränen aus den Augenwinkeln. Die Morgensonne spielte in ihren braunen Haaren, umkränzte sie wie einen Heiligenschein. Ein wohliger Schauer lief über Caspars Rücken. Marie war keine makellose Schönheit, aber ihre schöne Seele strahlte über alles hinweg. Wenn er dies doch immer in seiner Nähe haben könnte! Aber das würde er ja vielleicht, sicherlich anders, als es sich ihre Eltern erträumten. Wenn diese von seinen Plänen und den Gegebenheiten seines Lebens gewusst hätten, hätten sie ihm nicht so schnell und offen die Sorge um Maries Seelenheil übertragen. Aber er wollte Marie haben. Um jeden Preis. Was zählten da schon Lügen – oder die Auslassungen der Details?

Marie spürte die Wärme der Brust ihres Vaters durch dessen Gewand hindurch und presste sich hilflos an ihn. Thonis Schulte blieb ein Fels, regungslos, stark und grau wie die Klippen des Hönnetals, die schon seit Zeiten des Paradieses dort stehen mussten. Marie hatte von ihm einen Stein gezeigt bekommen, den er auf einem seiner Ausritte dort gefunden hatte und in dem ein Fisch gefangen zu sein schien.

„Ich denke, das ist ein Zeichen für die Sintflut. Das hier stand alles einmal unter Wasser“, hatte Thonis zufrieden über seine Entdeckung berichtet. Den Drang, nach den Sternen zu greifen, sie zu sich herunterzuholen und immer und immer wieder umzudrehen, hatte Marie von ihm geerbt. Jetzt hielt Thonis sie mit seiner eisernen Kraft davon ab, zu den Verurteilten zu stürmen und mit ihren Fäusten nach dem Hexenkommissar zu schlagen. Ihre Mutter Elisabeth betete nur stumm, wie es ihre Art war.

Marie wurde schwindelig und ihr blieb die Luft weg. Sie schloss die Augen, versuchte, tief zu atmen, aber ihr Hals schien ihr zu eng. Kratzig legte sich ein Ring um ihre Kehle, zog sich unerbittlich zusammen. Erschrocken riss Marie die Augen auf und sah auf den Todeskampf der armen Anna. Deren Gesicht lief blau und rot an, ihre Augen rollten weiß in ihren Höhlen und die Zunge sprang ihr zuckend aus dem Mund. In diesem Moment kippte Annas Kopf nach vorn und sank ihr auf die schmächtige Brust. Erleichtert fühlte auch Marie, wie die Enge in ihrer Kehle schwand und sie den Frieden einer sternenklaren Nacht in sich fühlte.

„Es ist vorbei. Sie geht jetzt an einen besseren Ort", flüsterte ihr Vater ihr zu.

„Schlimmer als hier kann es nirgends sein!", erwiderte sie heftiger als beabsichtigt. Seine Sympathie für diesen Reinhartz und seine Ergebenheit erbosten Marie zutiefst. Ihr Vater glaubte diesem Fremden mehr als der eigenen Tochter. Die letzten Tage waren aus diesem Grund immer voller Streit gewesen. Ihr Vater wollte sich einfach Merthes Schicksal nicht annehmen!

„Mariechen, ich will dich nur vor Unheil schützen, und du bist mir böse! Das mit Merthe tut mir doch auch leid, aber bedenke, dass wir all die Jahre eine Zauberische unter unserem Dach hatten, sie mit uns zusammenlebte, während sie anderen boshaft schadete. Ich kann sie nicht dort herausholen, wo sie sich selbst hineingeritten hat. Ich bete nur dankbar zu Gott, dass sie dich nicht mitgerissen hat auf ihrem Weg in die Hölle!", erkannte Thonis im Angesicht des Todes einer anderen Zauberischen Maries Groll.

Mit zusammengekniffenen Lippen beobachtete Marie, wie alle Delinquenten nacheinander wie Abfall auf die Scheiterhaufen geworfen wurden, nachdem die Henker sie erwürgt oder geköpft hatten. Ein seelenloser Berg wuchs heran, der ihr entgegenschrie und ihre Welt verhöhnte.

Die Büttel legten Feuer an das Reisig und knisternd schossen die Flammen in den morgendlichen Himmel.

Marie schluchzte auf, als hätte sie sich am heißen Ofen verbrannt. Wehrlos und ergeben spürte sie das Knistern des Reisigs um sich, spürte den Qualm in ihre Nase steigen und sie aus der Tiefe zurückreißen. Gierig schleckten die Zungen der Flammen an ihrem Körper und Fratzen lachten ihr im Feuerschein entgegen. Glühende Fingernägel bohrten sich in ihr Fleisch. Sie konnte sich jedoch nicht rühren.

Anna war nicht tot! Ein Schrei wollte sich Maries Kehle entwinden, aber eine sanfte Berührung an ihrer Schulter hielt sie davon ab.

„Herr Schulte, Eurer Tochter geht es nicht gut. Ihr solltet sie vielleicht besser nach Hause bringen."

Marie stockte der Atem, der Schmerz brachte sie beinahe um den Verstand, sodass sie sich nicht sicher war, ob diese Worte tatsächlich aus dem Mund ihres Freundes stammten. Erst jetzt erkannte sie ihn durch den Schleier ihrer Tränen.

„Christian!" Sie riss sich aus der Umklammerung ihres Vaters und warf sich dem Gerichtsschreiber in die Arme. „Es ist schrecklich."

Hilflos tätschelte Christian ihr den Rücken und schob sie gleichzeitig etwas von sich fort. Der wütende Blick von Thonis Schulte genügte, um ihm Angst einzuflößen und seine Manieren aufzupolieren. Er lächelte hilflos.

„Marie, schon gut. Sie hat es überstanden."

„Ich glaube, sie war noch nicht tot, als das Feuer aufloderte! Dieser Henker hat seine Aufgabe nicht richtig erfüllt."

„Woher willst du das wissen? Ich konnte – gottlob – von hier aus keine Einzelheiten sehen", versuchte Christian sie weiter zu beruhigen, aber Marie sah ihn nur verständnislos an.

„Ich muss so etwas nicht sehen. Ich fühlte es!"

„Psst! Nicht so laut, reiß dich nicht ins Unglück!", ermahnte Christian sie und auch Maries Vater nickte.

„Immer mehr Menschen müssen auf dich Acht geben, Marie! Mach uns nicht unglücklich!" Thonis sah sich besorgt um. „Genug jetzt. Wir bleiben noch und werden dann etwas essen. Sieh zu, dass du ruhiger wirst. Ich muss mit Herrn Reinhartz sprechen, wenn er Zeit findet. Herr Höyngk, ich danke für Eure Umsicht und Eure Anteilnahme, bitte Euch aber, Marie keine weitere Aufmerksamkeit zu schenken. Wir haben andere Pläne."

„Herr Schulte, ich beabsichtige keineswegs, Eure Tochter zu kompromittieren!", brauste Christian auf, Thonis fuhr ihm aber über den Mund.

„Dann lasst sie jetzt los und geht Eurer Wege! Ich kenne Euren Ruf und wünsche nicht, meine Tochter durch Euch entehren zu lassen. Noch einmal meinen Dank für die Stütze, die Ihr ihr in diesem Augenblick wart, aber lasst es jetzt gut sein."

Christians Blick verfinsterte sich. Mühsam schluckte er seinen Zorn herunter und hob Maries Kinn mit dem Finger leicht an, sah ihr in die Augen.

„Ich bin für dich da, mein Lieblingsschwesterchen." Er hauchte einen Kuss auf ihre Hand und verbeugte sich vor Thonis.

„Verzeiht, ich will Euch keinen Kummer bereiten, Herr. Meine Absichten Eurer Tochter gegenüber sind jedoch nur freundschaftlich. Einen guten Tag!"

Christian wandte sich ab und drängte sich durch die Menge davon.

„Das hätte nicht sein müssen, mein Lieber!" Tadelnd griff Elisabeth Schulte, die die Geschehnisse bislang nur beobachtet hatte, ein und nahm ihren störrischen Mann am Arm. „Du bist zu sehr besorgt um alles."

Marie sah ihre Mutter verwundert an und wischte sich die Tränen von den Wangen.

Grutbier

Das Feuer in der Kate flackerte munter und über seiner Hitze simmerte ein Kessel mit der Grütze für das Abendessen. Dieses hatten die beiden Zecher, die sich gegenseitig zuprosteten, aber mittlerweile bierselig vergessen. Ihre Becher klirrten wieder und wieder aneinander und die junge Frau musste immer häufiger kichern, strich sich die zerzausten Haare, die unter der verrutschten Haube hervorblitzten, aus der Stirn. Sie fühlte die Hitze des Getränks in ihrem Bauch, warf einen Blick auf ihren stattlichen Mann, mit dem sie erst wenige Wochen verheiratet war, und spürte plötzlich auch noch eine andere Hitze in sich aufsteigen. Sie hatte es gut getroffen. Der Hof warf genug zum Überleben ab und der Kerl sah zudem auch nicht schlecht aus mit seinem kantigen Kinn und dicken Oberarmen. Ihr Mann grinste sie an, als hätte er ihre Gedanken erraten, und schenkte nach. Sichtlich stolz, dass ihre Mischung ihm so sehr mundete und sie ihm dadurch bewiesen hatte, dass sie für ihn sorgen konnte, genoss die Jungbäuerin den Becher.

„Schmeckt es dir?", vergewisserte sie sich zum wiederholten Male, dass ihr Mann ihre Beflissenheit als seine Hausfrau auch gebührend bemerkte.

„Hmmm, was hast du reingemischt?" Er lehnte seinen Quadratschädel an ihre Schulter, Bier schwappte aus seinem Becher auf ihre Schürze, sickerte durch den dünnen Stoff und breitete sich kühl auf ihrer Haut aus.

Wieder musste sie kichern, als er ihr den Träger der Schürze über die Schulter schob und begann, sein Missgeschick abzulecken.

„Eine Kräutermischung. Ich habe eine der älteren Frauen gefragt, die Erfahrung mit dem Brauen haben. Die Queckstertsche. Weißt schon, die Lise", brachte sie noch hervor, bevor ihr Mann sie auf der Bank zu sich zog und ihr einen bierschwangeren Kuss auf den Mund drückte, der ihr den Atem nahm.

„Schmeckt gut – und berauscht ordentlich", fällte er sein Urteil, nachdem er sich und seine fordernde Zunge zurückgezogen hatte. „Bin froh, dass ich dich genommen hab'. Bist eine anständige Hausfrau. Und die Lise weiß, wie man ein ordentliches Grutbier braut. Kennt alle Kräuter, die Alte. Es war gut, dass du sie um Rat gefragt hast. Lise hat dir hoffentlich auch Bilsenkraut oder wie das Zeug heißt gegeben, das mag ich besonders. Aber sag mal, wie war's heute bei der Hinrichtung?"

Die junge Frau ließ den Becher sinken und starrte eine Weile ins Feuer. Erschrocken wandte sie sich ab, als ihr Gesichter aus den Flammen entgegensprangen. Die Bilder der sterbenden Zauberer hatten sie schon den ganzen Tag über verfolgt. Durch die Wirkung des Biers erschienen sie ihr aber noch näher und erwachten zum Leben.

„War nicht so wie sonst. Es waren ja so viele, wie zwei Hände voll. Die Anna im Dreck, weißt schon, die Bettlerin mit dem Buckel, haben sie am Pfahl erwürgt. Die feinen Herrschaften mit dem Schwert gerichtet. Geschrien haben sie alle gleich, geflucht und geweint."

„Geflucht? Hoffentlich hat dich der Fluch der Zauberischen nicht getroffen!" Ihr Mann rückte ein wenig von ihr ab, musterte sie prüfend, ob sich der Fluch nicht schon auf ihrer Stirn abzeichnete. „Eine Frau, die verfluchte Wechselbälger zur Welt bringt, kann ich auf dem Hof nämlich nicht brauchen!"

Betroffen und ein klein wenig beleidigt schaute die Frau zu Boden. „Ich war zwar so nah dran, dass ich die Augäpfel hab' platzen sehen, aber ich glaube nicht, dass der Fluch mich getroffen hat. War eher wegen der Angst, dass sie gegen die Stadt gewettert haben. Ich hatte ja nichts mit ihrer Hinrichtung am Hut, kannte die meisten nicht einmal. Ich werde dir schon den Hoferben schenken, ganz bald."

Eine Weile saß das Paar schweigend beieinander und starrte in das Feuer.

Plötzlich schrie die Bäuerin und sprang mit einem Satz auf.

„Hast du das gesehen? Da im Feuer!"

Ihr Mann kniff die trüben Augen zusammen und betrachtete die Flammen eingehend. „Da sind Gesichter drin, Menschen, die tanzen", lallte er.

„Die Zauberischen! Sie haben doch mein Gesicht gesehen und kommen jetzt, um meine Neugier zu strafen!" Hysterisch begann die junge Frau eine schwankende Wanderung durch den Raum, stützte sich polternd am kargen Mobiliar ab. Die Kühe in ihren Verschlägen glotzten sie kauend an und schienen ihre schweren Häupter ihretwegen zu schütteln. Wieder kreischte die Frau auf, hüpfte wie von Sinnen zurück, als hätte sie sich die Fußsohlen verbrannt.

„Sie sind hier! Da in der Ecke hockt die Anna, ihre Augen sind ganz feurig! Sie platzen und Feuer schlägt aus den leeren Höhlen! Und da, da ist die Lise! Klauen hat sie und greift nach dir! Sie hat mich benutzt, um an dich heranzukommen, diese wollüstige Alte“, keifte sie, schlug hilflos nach den bedrohlichen Schatten.

In Panik sprang nun auch ihr Mann auf und riss die Bäuerin mit sich in die Ecke, in der ihr Bett in einer Nische stand, suchte Halt an einem der Bretter.

„Ich glaube es nicht! Sieh, sieh hinter dem Feuer in den Schatten! Der Heinrich Balken! Der Rentmeister! Dieser Hundsfott! Streckt seine Pranke aus und fletscht die Zähne! Er will mir das Blut aussaugen, wie er es mit meinem Geld und Vieh auch tut! Wieder will er Blut, Blut und Geld, Geld, das nicht zu Dreck wird wie der Lohn seines Herrn! Er will uns elend hungern sehen! Es ist noch nicht vorbei! Die Zauberer offenbaren sich!“

„Die Balver Bürgermeisterin! Schau, wie sie die Armen benutzt, um sich selbst ein Kind zu zaubern! Sie will auch mich dafür benutzen, da ihr Ehemann sonst Verdacht schöpft! Schickt ihren Geist aus, er will mich zu sich ziehen, auf dass ich seine Missgeburten austrage! Maria, hilf mir!“

Sie schlug das Kreuz. Der Bauer riss seine schluchzende Frau in den Alkoven und warf die Decke über sie beide.

Eng umschlungen lauschten sie dem Knacken, Heulen und Rascheln der Zauberer, die immer näher an das Bett heranrückten, am Dach der Kate rüttelten und gotterbärmlich im Wind zeterten. Zitternd und schwitzend presste sich das Paar aneinander und versuchte, das höhnische Gekicher außerhalb des Bettes zu ignorieren. In ihren Köpfen drehten sich die Dämonen im Kreis und wirbelten ihre Gedanken durcheinander.

„Sie zwingen uns ihren Willen auf“, wisperte die Bäuerin und schob ihre Hand unter das Hemd ihres Mannes, kraulte ihm die Brust, während sie in die Dunkelheit starrte, die tanzenden Schatten auf der Decke beobachtete. „Mein Körper ist ganz erhitzt, als würden sie das Feuer ihrer Hölle über mich gießen. Ich gehe morgen zum Frohnen, der soll dem Hexenkommissar alles berichten, was wir erlebt haben!“

Der Bauer selbst achtete aber schon nicht mehr auf die Worte seiner Frau oder das unheimliche Geflüster um sie herum. Bedächtig löste er die Schnürung des Mieders seines Weibs und starrte im Halbdunkel in ihren üppigen, entfesselten Ausschnitt.

Schlimme Zustände

18. September 1628

„Die Queckstertsche, die Lise aus Wettmarsen, die hatte echtes Glück." Merthes Stimme war kaum mehr als ein Flüstern. Ihre Lippen waren geschwollen und vorsichtig nippte sie an der Flasche mit Wasser, die Marie ihr in die Zelle gebracht hatte.

„Warum denn?", wollte Marie wissen, während sie ihrer Amme das Gesicht abtupfte und sich abmühte, bei dem scheußlichen Anblick des verkrusteten Blutes und Eiters nicht in Tränen auszubrechen.

Merthe lachte bitter auf. „Die Lise hat alles gestanden. Ganz schnell ohne große Folter. Dann haben sie sie wieder in ihre Zelle gebracht. Da hat sie noch gelebt, das habe ich gesehen. Ich habe sie auch noch später stöhnen hören. Dann bin ich aber eingeschlafen. Am Morgen haben sie sie gefunden. Tot, mit gebrochenem Genick. Der Leibhaftige wird sie geholt haben."

Merthe verstummte und starrte zu Boden.

„Vielleicht war es besser für sie. Sie war schon so alt und gebrechlich", erwiderte Marie.

„Da ich weniger alt und gebrechlich bin, können sie mich also zum Galgenberg karren und ihren Willen mit mir haben?" Merthes Stimme flackerte auf und verbrannte Maries Worte zu Asche.

„Ach, Merthe, es tut mir Leid! Ich wollte nicht …"

„Schon gut, mein Herz. Ich kann nur nicht mehr und bin froh, wenn es endlich vorbei ist", wurde die Amme ruhiger und knibbelte an ihren Fingernägeln, unter denen ebenfalls Blut hervorgequollen war.

„Wann … soll es passieren?", fragte Marie bekümmert.

„Heute erlebe ich meinen letzten Sonnenuntergang, mein Herz. Morgen werde ich im Paradies sein. Dann hat das alles ein Ende. Die Qualen, die Fragen, auf die ich keine Antwort weiß. Die Schuld, nicht mehr die Wahrheit sprechen zu können." Merthe sah sie eindringlich an. „Du wenigstens glaube mir! Ich bin keine Zauberische, habe den entstandenen und gestandenen Schaden nicht angerichtet. Was ich gestanden und bestätigt habe, war eine Lüge, damit sie endlich aufhören zu fragen und mich nicht noch einmal in diesen furchtbaren Keller zerren. Der Herr Höyngk und der Herr Reinhartz wollten so abscheuliche Dinge von mir hören. Dass ich mit dem Teufel gebuhlt und ihm Kinder geboren habe. Missgestaltet seien sie gewesen und ich hätte sie allesamt ermordet und in meinem Kessel gesotten, um Zaubertränke zu brauen. Ich hätte mit Ruten auf einen Bach geschlagen, sodass es angefangen hat zu stürmen. Ich hoffe, Gott wird mir diese Lügen verzeihen. Es ging nicht anders."

In Merthes Augen standen die Tränen der Wut und der Scham.

Marie ließ sich hilflos auf ihre Knie sinken und betrachtete das Häufchen Elend vor sich. Sie umfasste die Hände ihrer Amme.

„Haben sie dich auch nach Namen gefragt? Hast du jemanden benannt, den wir kennen?"

Merthe seufzte und legte sich ins dreckige Stroh, rollte sich vor Maries Schoß zusammen.

„Irgendwann will man nur noch, dass es aufhört. Da spielen Namen keine Rolle mehr, auch wenn man sich vorgenommen hat, niemanden mit ins Unglück zu ziehen. Sie stellen Fragen, wollen Dinge wissen, die nichts mit Zauberei zu tun haben. *Was weißt du über den Stadtrat? Kennst du die Menschen, die am Marktplatz wohnen? Wer hat dich in der Zelle besucht?*" Merthe presste die Lippen so fest aufeinander, dass sie weiß wurden. „Vor allem der Herr Höyngk war plötzlich an allem interessiert, was mit dem Herrn Bürgermeister und seiner Frau zu tun hat. Hat mich immer wieder gefragt, ob Frau Anneken mir etwas in die Haft gebracht hat oder ob ich sie schon einmal beim Tanz gesehen habe. Seine Augen glühten bei jeder Einzelheit, während der Herr Commissar dabeisitzt und ihn gewähren lässt."

Marie strich ihrer Amme über das zerzauste Haar, als Merthe wieder zu weinen begann.

„Was tut denn der gelehrte Herr aus Werl?" Sie beschlich eine dunkle Ahnung.

Merthe rappelte sich hoch und ergriff Maries Hände, sah ihr in die Augen.

„Er hat alle hinausgeschickt, um mir ins Gewissen zu reden, wie er sagte. Als alle gegangen waren, hat er sich nur nach dir und unserem Hof erkundigt. Sei auf der Hut, Kind!"

Dann sackte sie wieder in sich zusammen. Maries Kehle wurde eng.

„Sie sind auf der Suche nach den Verantwortlichen hinter der Verschwörung. Den bösesten Zauberern. Aber weißt du was, mein Herz? Ich glaube, da steckt etwas anderes dahinter als Schadenszauber und Hexerei. Persönliche Vorteile. Ich habe versucht, die Frau Bürgermeisterin zu warnen, wenn sie uns etwas zu essen brachte, habe auch mit dem Herrn Pfarrer darüber gesprochen, aber sie glauben mir einfach nicht! Lass es mein Vermächtnis sein, wenn die Bürgermeisterin gerettet wird, denn ich bin davon überzeugt, dass sie eines der nächsten Opfer dieses Hexentanzes werden soll. Warne sie in meinem Namen! Es wird immer schlimmer. Misstrauen, Neid und Angst sind eine gefährliche Mischung … Jetzt geh und grüße deine Eltern ein letztes Mal von mir. Ich bin müde und gleich kommt noch einmal der Herr Pfarrer. Und dann ist es vorüber."

Merthe und weitere Zauberer wurden am nächsten Morgen verbrannt. Auch der Körper der im Gefängnis vom Teufel geholten Queckstertschen fand so seinen Weg ins Jenseits.

Marie durfte ihrer Amme nicht beistehen. Ihre Mutter hielt sie im Haus, ängstlich, dass sie wieder ein seltsames Mitgefühl für die Teufelsverschwörer bei der Hinrichtung zeigen könnte. Ihr Vater jedoch ritt schon weit vor dem Morgengrauen nach Balve, um das Ende der Zauberin ihres Hofes mit ansehen zu können. Gemeinsam mit ihrer Mutter stieg Marie auf einen Hügel, von dem aus sie den Galgenberg sehen konnten. Bald schon kräuselte sich erster, schwarzer Rauch in den Himmel, schnell loderte der Schein mehrerer Feuer zu ihnen herüber. Selbst wenn das Feuer weit entfernt war, fühlte Marie es mit jeder Faser ihres Körpers. Es brannte sich in die Tiefen ihrer Augen und fraß einen Teil ihrer Seele. Sie ballte die Fäuste, schüttelte sie in Richtung des Galgenberges und sackte dann kraftlos in sich zusammen.

Merthe hatte sie nicht mehr helfen können. Marie nahm sich aber vor, ihre Hilflosigkeit zu beenden, denn sie ahnte, dass selbst jetzt nach mehreren Wochen der Verfolgung noch kein Ende der Besagungen und Hinrichtungen in Sicht war.

Gegen Mittag kehrte Thonis Schulte auf seinen Hof zurück und schickte Marie ohne Umstände auf ihr Zimmer, ließ ihr etwas Brot und Schinken bringen, als beabsichtige er, sie längere Zeit dort festzuhalten.

„Wie ein kleines Kind behandelt er mich!", begehrte sie auf und wollte schon zur Tür hinaus. Elisabeth schlug die Hände über dem Kopf zusammen und hängte sich an Thonis' Wams. Doch Maries Vater packte seine Tochter ungewohnt grob am Arm und brachte sie eigenhändig die Treppe hinauf. Wenig später beobachtete Marie vom Fenster aus, wie sich ein Reiter dem Hof näherte, den Thonis bereits am Tor aufhielt und lautstark wieder fortschickte. Blonde, gelockte Haare, ordentlich zu einem Zopf zusammengebunden, leuchteten in der Nachmittagssonne, als der Reiter gestikulierend sein Pferd wendete und langsam verschwand.

Marie war entsetzt. Christian ritt einfach zurück, ließ sich widerspruchslos abweisen, obwohl er wissen musste, wie es um sie stehen mochte!

Maries Wut stieg ins Unermessliche, schob sich durch die Schichten ihrer Erziehung an die Oberfläche ihres Geistes und brach in einer Explosion aus ihr heraus. Sie hämmerte mit ihren Fäusten auf ihre Kommode ein und schrie sich die Trauer um Merthe und ihre Empörung ungeniert aus dem Leib. Nicht einmal ihr engster Vertrauter kämpfte für sie! Sie stand allein und musste endlich handeln!

Ein Engel in schweren Zeiten

Bleich hing die Sonne über der Stadt, schwebte in einem Meer aus grauen Wolken und bedeckte ihr Antlitz mit einem Schleier, als wolle sie nicht mehr auf die Erde hinabsehen.

Der Rauch sterbender Feuer hing über dem Galgenberg und wie ein schwerer Mantel legte sich die Asche über die Stadt, verdunkelte die Sonne und die Gemüter. Doch nicht nur die Schwaden der Hinrichtungen sickerten beständig in die Gassen. Auch der große Krieg rückte wieder einmal näher, schwängerte die Luft mit seinem Gestank.

Hessische Truppen lagerten in der Nähe und hatten am Morgen eine der Ansiedlungen auf den Höhen angezündet. Flammenzungen waren weithin sichtbar auf der anderen Seite der Stadt die Hänge aufgelodert, als die Schindeln und das Stroh der Dächer in Flammen aufgegangen waren.

Balve duckte sich unter der Last der Feuer, kauerte sich zusammen, um nicht weiter aufzufallen und sich für alle Feinde, gleichgültig ob aus Fleisch und Blut oder übernatürlich, tot zu stellen. Die Stadttore waren schon bei der Sichtung des Brandherdes geschlossen worden, die Straßen lagen menschenleer und verlassen unter dem beschlagenen Himmel.

Wilhelm Flörken ertappte seine Frau in der Küche, als sie sich gerade den Mantel überwarf. Sein Blick fiel auf den großen Korb zu ihren Füßen.

„Wo willst du hin?", fragte er härter, als er es beabsichtigt hatte. Die Anstrengungen der letzten Wochen seines Amtes standen dem Bürgermeister so sichtbar ins Gesicht geschrieben, als hätte sich die Asche der Feuer des Krieges und der Verfolgungen auf seinen Zügen abgesetzt. Anneken schloss den Mantel und trat dann an ihren Mann heran, strich ihm die langen Haare aus der Stirn.

„Es wird nicht lange dauern. Ich will nur zu den neuen Beschuldigten gehen. Sie werden die ersten Befragungen hinter sich haben und meine Hilfe benötigen."

„Dir ist aufgefallen, dass der Krieg um uns herum tobt und wir jederzeit mit einem Boten – oder noch schlimmer – mit einer Rotte Hessen rechnen müssen?"

„Der Krieg tobt nicht nur vor den Mauern, Wilhelm. Ich muss mein Möglichstes tun, um ihn nicht in Barbarei ausarten zu lassen. Das befehlen mir mein Glaube und meine Überzeugung gleichermaßen", rechtfertigte sich die Bürgermeisterin und hob den Korb auf. Wilhelm packte ihr Handgelenk.

„Anneken, mein liebes Anneken. Du hast doch schon so viel getan! Mehr als alle anderen. Keiner der Zauberischen ist ohne deinen Trost gestorben. Bedenke, dass es Verurteilte waren. Sie haben nach gültigem Recht den Tod gefunden, nachdem sie ihre Untaten freiwillig gestanden haben! Du tust zu viel! Ich bräuchte dich vielmehr hier, an meiner Seite. Mir fehlt die Wärme deiner Hand", flehte Wilhelm sie an. Er sprach nicht aus, dass sie zuhause bleiben sollte.

„Wilhelm, mein größter Schatz und Licht meines Lebens! Du bist derjenige, der sich so viel aufgebürdet hat. Ich habe dich vor diesem Herrn Reinhartz gewarnt. Sieh nur, was er mit deiner Stadt anstellt!" Anneken ließ den Korb sinken und setzte sich auf die Ofenbank. „Und dann dieser Krückstock des Richters! Herr Höyngk blüht ja geradezu auf wie ein Schneeglöckchen beim ersten Sonnenstrahl des Frühlings! Ich ahne bei ihm nichts Gutes. Zu oft seid ihr schon aneinandergeraten."

„Es geht doch nicht um Politik! Wir kämpfen gegen die Unholde, die unser Leben so beschwerlich machen. Die Zauberischen sind unser Feind! Und du rennst zu ihnen, als wären sie arme Lämmchen, die der Schlachtbank harren. Anneken, bitte werde vernünftig!"

Anneken bedachte ihren Ehemann mit einem undeutbaren Blick, stand auf und hob schweigend ihren Korb auf, hängte sich ihn an den Arm. Ohne ein weiteres Wort trat sie in die Tür, die auf den Hof hinter ihrem Haus führte, hielt dann jedoch noch einmal inne und wandte sich zu ihrem Mann um.

„Du kannst mir nicht verbieten, nach dem Vorbild unseres Herrn Jesus zu leben, Wilhelm! Ich tue sein Werk an den Unschuldigen, die zu Unrecht verfolgt werden. Ich für meinen Teil bin davon überzeugt, dass diese Menschen, deren Flehen ich in den Zellen höre, keine verschlagenen Schadenszauberer sind! Sie sind ins Unglück geraten durch üble Nachrede oder allzu leichtfertiges Gebaren. Sie erzählen mir von der Folter, der sie unterzogen werden. Immer wieder und ganz gegen dein geliebtes Gesetz! Denn das wird gebeugt und zurechtgebogen in den Kellern der Justiz. Die Folter wird nur unterbrochen, nicht ausgesetzt und wieder aufgenommen, sodass sie beinahe unendlich in die Daumenschrauben gequetscht werden können! Ich empfinde dies als großes Unrecht und bin gewillt, meinen Teil dazu beizutragen, dass es endet oder zumindest gelindert wird. Darum werde ich nicht schweigen und schon gar nicht tatenlos hier sitzen bleiben." Anneken atmete tief durch. „Ich bin gegen Mittag wieder zurück."

Wilhelm sah ihr nach, wie sie über den Hof davonging. Hilflos vergrub er sein Gesicht in den Händen.

Anneken roch den Rauch, der sich über die Stadt legte und die anderen Balver sich in ihren Häusern verkriechen ließ. Ihre Schritte hallten einsam von den Mauern wider. Ihr war es nur recht. Sie wollte in diesem Moment allein sein, so würde auch niemand ihre Tränen sehen, die sich gegen ihren Willen in ihren Augen sammelten. Sie liebte Wilhelm von Herzen, aber manchmal war er einfach zu grob und unbeholfen und trampelte auf ihren Gefühlen herum. Sie wusste, dass er es genoss, dass er eine so ansehnliche Frau an seiner Seite hatte, nannte sie in Gesellschaft stets klug und schön zugleich, aber sie beschlich das Gefühl, dass der Politiker in ihm immer stärker wurde und die wahren Empfindungen seiner Frau gegenüber verblassten und sie zu einem Repräsentationsobjekt stilisierten. Anneken seufzte und spürte, wie das Mieder ihr die Luft nahm. Sie wollte nichts anderes sein als Wilhelms Ehefrau. Die Bürgermeisterin hatte er ihr aufgezwungen und jetzt wunderte er sich, dass sie ihr Amt auch noch ernst nahm und ausfüllen wollte? Resolut wischte sie die Tränen fort und richtete sich im Gehen auf. Sollte er sehen, wer ihm heute Mittag das Bier brachte und die Reste des Bratens vorlegte. Sie würde erst einmal die Bedürfnisse der Gefangenen in den Vordergrund rücken.

Schneller als Anneken ihre Fassung vollends zurückgewinnen konnte, tauchte einer der massigen Stadttürme vor ihr auf, zwei Stadtbüttel lungerten vor dem einzigen Zugang herum.

„Guten Morgen!", grüßte sie die beiden Männer schon von Weitem, um ihnen die Gelegenheit zu geben, sich in ihre Aufgabe zurückzufinden. Hastig nahmen die beiden Wachen, wie auf frischer Tat des Müßiggangs erwischt, Haltung an.

„Guten Morgen, Frau Bürgermeisterin!", erwiderte der im Rang Höherstehende ihren Gruß. Sie kannten die junge Frau mittlerweile gut, da sie in den letzten Wochen neben den ein- und ausgehenden Verwandten der Delinquenten ein bekanntes Gesicht geworden war. Heute jedoch würden sie ihr eine Enttäuschung bereiten müssen.

Anneken schritt selbstbewusst auf die Tür zu, wunderte sich jedoch darüber, dass keiner der Männer wie sonst den Schlüssel zückte, um sie ohne weitere Fragen einzulassen. Kurz bevor sie den Turm erreichte, knallten zwei Piken vor ihrer Nase aufeinander und versperrten ihr den Weg. Anneken hielt überrascht inne.

„Was ist los? Warum lasst ihr mich nicht passieren?", herrschte sie die Wachen an. Diese zuckten jedoch mit den Schultern.

„Neue Order. Herr Reinhartz vergibt Genehmigungen für das Betreten des Turms. Die müssen wir sehen, bevor Ihr eintreten dürft, werte Frau Bürgermeisterin."

Anneken musste sich zusammennehmen, um den Wachen nicht die Leviten zu lesen und ihre Stellung herauszustellen, sie wusste jedoch, dass sie nur ihre Arbeit erledigten, und nahm sich zusammen.

„Bekomme ich diese Erlaubnis nur vom Hexenkommissar?", fragte sie ruhig und die Wachen bestätigten ihre Vermutung. „Wo finde ich Herrn Reinhartz, kann ich ihn sprechen?"

„Ich würde Euch empfehlen, nach Hause zu gehen. Herr Reinhartz ist sehr streng, was die Genehmigungen betrifft. Außerdem befragt er soeben mit den anderen Herren des Gerichts eine der Zauberischen und darf nicht gestört werden."

Anneken war kurz davor, mit ihrem Fuß auf den Boden zu stampfen, um ihrer Wut Luft zu machen, als sich die Tür öffnete und als erstes der ihr wohlbekannte Johannes Höyngk hinaustrat. Neben seiner Überraschung, sie hier schon wieder anzutreffen, beherrschte grimmige Entschlossenheit seinen Blick.

„Frau Bürgermeisterin! Welche Freude, Euch zu sehen! Was treibt Euch an diesem trüben Morgen aus Eurem stattlichen Heim?", begrüßte er sie überaus freundlich.

Hinter ihm tauchte das bleiche Gesicht des Hexenkommissars auf, der ebenfalls wenig begeistert schien, sie vor den Toren seines Refugiums anzutreffen.

„Ich wollte zu Richter Roeßen oder zu Herrn Reinhartz, jemandem vom Gericht, der etwas zu sagen hat, Herr Höyngk", stutzte sie Johannes zurecht. „Wo kann ich den Richter finden?"

Johannes Höyngk mahlte mit den Zähnen und starrte sie wütend an, während sich Caspar Reinhartz neben ihn in die Tür drängte und sie unverhohlen in Augenschein nahm.

„Frau Bürgermeisterin! Ich ahnte, dass wir aufeinander treffen würden. Ihr wart in den letzten Wochen fast ein Stammgast in diesen Mauern, wie mir zugetragen wurde. Was wollt Ihr an diesem Morgen hier?", mischte Caspar sich in die Unterhaltung.

Anneken fiel auf, dass sie schon wieder ohne die Unterstützung ihres Mannes oder seines Amtes mit einer Herausforderung zurechtkommen musste. Sie stand allein zwei der Mächtigen dieser Zeit gegenüber.

„Herr Reinhartz, ich möchte den Menschen in den Zellen nur beistehen, die keine Anverwandte haben. Ich bringe etwas zu essen und Decken. Die Nächte werden doch schon empfindlich kalt."

Caspar trat aus den Schatten des Turms dicht an sie heran, als wolle er ihre Witterung aufnehmen.

Anneken musste sich beherrschen, um nicht vor seinen stechenden Augen und seiner unangenehmen Nähe zurückzuweichen.

„Und was bewegt Euch zu dieser Mildtätigkeit? Was habt Ihr mit Zauberischen zu schaffen?“

Anneken hielt seinem Blick stand. „Das, was ich auch mit den Insassinnen des Hospitals oder Bettlern zu schaffen habe, die an meine Tür pochen. Sie sind ausgezehrt von der Zeit und hungrig. Ich sehe es als meine Christenpflicht an, mich um diejenigen zu kümmern, die sonst niemand will. Ganz so, wie es uns Jesus vorgelebt hat!“

Caspar musterte die junge Frau, lauschte auf ein verräterisches Zittern in ihrer Stimme – konnte jedoch keines ausmachen. Der Name der Bürgermeisterin war in den vergangenen Tagen oft gefallen. Vor allem, wenn Johannes Höyngk bei den Befragungen mitgewirkt hatte. Selbst diese erste Hexe, Anna im Dreck, hatte schon angedeutet, dass die bürgermeisterliche Dorfschönheit nicht über alle Zweifel erhaben sein konnte. Caspar begutachtete Anneken wie eine Ware und musste der Frau eine gewisse Anziehungskraft und Schönheit widerwillig zugestehen. Das Amt ihres Mannes machte es schwierig für ihn, an sie heranzukommen, aber die Beweise würden sich bald einstellen. Er beschloss, sie einer ersten Probe zu unterziehen.

„Oder treibt Euch ein anderer Herr an, seinen Gefolgsleuten Linderung zukommen zu lassen?“, fragte er mit betontem Gleichmut, bemerkte aber Johannes' aufmerksamen Blick. Enttäuscht stellte er jedoch fest, dass sie noch immer nicht wankte oder ihm auszuweichen versuchte. Sie zwinkerte nicht einmal!

„Ich weiß, worauf Ihr hinauswollt. Aber nein, der Teufel ist nicht mein Herr. Ich diene nur dem Herrn im Himmel und ich werde zu ihm hinaufschreien, welche Unbarmherzigkeit in diesen Mauern umgeht. Vielleicht werde ich auch meinen Mann bitten, nach Arnsberg um Rat zu schreiben, ob es möglich sein kann, dass plötzlich Dutzende von Verschwörern auftauchen, wo es zuvor bei uns doch eher ruhig zuging. Postreiter brachten auch Nachricht aus anderen Gemeinden. Dort sieht es nicht einmal halb so schlimm mit vermeintlichen Teufelsverschwörern aus wie in Eurem Verantwortungsbereich! Hat das etwas zu bedeuten, Herr Reinhartz?“

Caspar zuckte zurück. Wie konnte es dieses Weib wagen, ihn herauszufordern? Seine Arbeit infrage zu stellen? Sie drohte ihm nahezu unverhohlen und zeigte keinerlei Respekt! Sein Magen begann zu rumoren und er musste sich mit aller Kraft zusammenreißen, um seine aufsteigende Schwäche unter Kontrolle zu halten. Vermaledeites Weib! Er würde ihr schon beizukommen wissen, selbst wenn sie ihn mit Krankheit schlagen konnte!

„Ich hoffe, Ihr wolltet uns nicht drohen, Frau Flörken. Wir handeln gemäß den Buchstaben des Gesetzes. Ich werde einmal mit Eurem Herrn Gemahl über diese Unterhaltung sprechen. Aber jetzt entschuldigt uns, wir müssen unserer Arbeit nachgehen", sprang Johannes Höyngk ihm bei und trat an Caspars Seite. Er funkelte Anneken herausfordernd an.

„Was ist jetzt mit dem Essen für die Gefangenen, ihr Herren?" Anneken blieb ungerührt.

„Nun gut, so bringt den verlorenen Seelen etwas zu essen. Wir wollen uns schließlich nichts nachreden lassen", lenkte Caspar ein, da er keine Lust verspürte, diese Diskussion weiter ausarten zu lassen. Frau Flörken würde nicht immer von ihrem Gatten und dessen Amt beschützt werden können. Für heute reichte ihm die Demonstration weiblicher Renitenz gehörig. Er wies mit einer einladenden Geste auf den Turm. „Tut, was Ihr nicht lassen könnt, Frau Bürgermeisterin. Wir werden uns sicherlich wiedersehen."

Caspar umfasste Johannes Schultern und spürte, wie stark dieser zitterte. Johannes' unterdrückter Zorn schüttelte den Körper und Caspar war sich sicher, dass er auf die Hilfe Höyngks zählen konnte, ging es gegen die Bürgermeisterfamilie. Er wusste, dass Johannes ehrgeizig und versessen darauf war, seinen Platz in der Ordnung der Stadt einzunehmen. Bürgermeister Flörken stand ihm dabei wahrscheinlich im Wege, mutmaßte der Hexenkommissar. Caspar war es gleich. Er gedachte, sich einen Namen zu machen als Bezwinger der Teufelsverschwörer. Er übernahm die Führung und drängte Höyngk zum Gehen.

Anneken atmete erst tief durch, als sie den beiden Männern den Rücken zugekehrt hatte und über die Schwelle getreten war.

Was hatte sie nur bewogen, dermaßen vorlaut zu sprechen, dem Arm des Gesetzes gar zu drohen? Welchen Auftrag sollte sie für Gott erfüllen?

Angst schnürte ihr plötzlich die Kehle zu und sie musste sich einen Augenblick lang an die kühle Mauer des Stadtturms lehnen. Ihre Hände zitterten und Tränen sprossen aus ihren Augen.

Ablehnung

Durch die trüben Scheiben des Arnsberger Himmelpförtnerhauses sickerte nur mühsam das Licht des Tages. Der Mann stierte durch sie hindurch, seine Augen schienen jedoch nichts von dem aufzunehmen, was sich draußen abspielte. Mit hinter dem Rücken verschränkten Armen stand er dort als Schattenriss, stocksteif und regungslos.

Heinrich von Schultheiß wusste nicht mehr, wie lange er schon so dastand und ins Leere blickte. Das geschäftige Treiben auf dem Marktplatz Arnsbergs rund um den Stadtbrunnen herum hatte zugenommen, ohne dass er es bewusst bemerkt hätte. Die zahlreichen Kerzen, die den verregneten Tag erhellten, waren ein gutes Stück heruntergebrannt und flackerten unstet. Das einzige, das er noch wahrnahm, war das Knistern des Papiers in seiner zusammengeballten Faust. Er musste sich zusammenreißen, um das Papier nicht zu zerknüllen und es von sich zu werfen. Das Knistern verursachte ihm Übelkeit, so tief schnitt es in seine Eingeweide. Fest presste Heinrich die Lippen zu einem schmalen Strich zusammen und versuchte, seiner Sinne wieder Herr zu werden. Er richtete seine Konzentration unter Aufbietung all seiner Kräfte auf das Treiben auf dem Markt, beobachtete die Hausfrauen, wie sie an den Ständen standen und tratschten, beiläufig über Preise verhandelten oder gar in hitzige Diskussionen verstrickt waren, wo es um Qualität und Preis ging. Er wusste durch seine Profession, dass sich die Verschwörer unter ihnen befanden. Schon sein Vater hatte gegen die Zauberischen prozessiert, damals auf ihrem Hof in einem Weiler in der Nähe Paderborns. Heinrich hatte sein Leben lang nichts anderes gewollt, als in die Fußstapfen seines Vaters zu treten – und sie noch gehörig auszuweiten. Er wandte sich vom Fenster ab und seine Augen fanden eine lederne Mappe, die verschnürt zuoberst auf dem Stapel der Korrespondenz auf seinem Schreibtisch lag. Matt schimmerte das Leder im Schein der Kerzen und wetteiferte mit der sanften Politur des Eichenholzes und dem hellen Braun der versiegelten Briefe, die er noch nicht hatte öffnen können. Heinrich von Schultheiß löste sich ganz vom Fenster und trat an seinen

Schreibtisch. Mit der freien Hand strich er über das Leder und fragte sich, was geschehen sein mochte, dass sein Werk abgelehnt worden war. Mappe und Brief rangen in seinen Händen um den Gang seiner Gedanken. Sein Finger mit dem Siegelring tippte auf das Leder, nachdenklich und ungeduldig zugleich.

Sein Buch, die *Instructio*, wie er sie kurz nannte, war in der Tat und gegen jede seiner Erwartungen abgelehnt worden. Das Geld, sie selbst verlegen zu lassen, hatte er noch nicht ganz beisammen und hatte auf die Unterstützung der Kölner Universität oder eines wohlhabenden Gönners gehofft. Sollte mit diesem schnöden Brief in seiner Faust, nicht einmal auf dem besten Papier verfasst, sein größter Traum zerplatzen?

Er arbeitete gerne als Jurist in Diensten seines Herrn, hatte es zum *Advocatus fisci*, zum Sonderermittler im Auftrag der Obrigkeit, in den Belangen der Verfolgung der Zauberischen gebracht. Heinrich wusste, dass ihn viele Arnsberger abfällig den *Hexendoktor* nannten und ihm seinen Ruhm, seinen Einfluss und vor allem seinen wachsenden Reichtum, der auch den Aufstieg in den Adelsstand mit einschloss, neideten. Ihre Zungen standen nicht still zu behaupten, sein geplantes Lusthäuschen vor den Toren der Stadt werde auf den klappernden Gebeinen und Schädeln der von ihm Verurteilten errichtet. Wie passend auch der Name seines Stadthauses, *Himmelpförtnerhaus!*, lachten sie immer wieder, auch wenn nur der Schutzheilige des Gebäudes, Sankt Peter, dem großen Haus diesen Namen eingebracht hatte. Der Beruf seines Besitzers fügte sich jedoch nahtlos in diesen Scherz auf Schultheiß' Kosten. Aber was wussten die einfachen Leute schon von den Belangen der Mächtigen? Obwohl, das musste er den niederen Menschen zugestehen, gerade sie schrien vielerorts nach der Suche nach den Hexen und ermahnten die Obrigkeit, ihre Arbeit zu tun. Auffordern mussten sie die Gerichtsherren auf ihren Adelssitzen, ihnen drohen oder sie anflehen mussten sie, die Suche nach den Zauberischen in ihrem Gerichtsbezirk aufzunehmen!

Bei diesem Gedanken stieg erneut der Groll in ihm hoch und die tiefen Zornesfalten zwischen seinen buschigen Augenbrauen gruben sich unheilvoll ins Fleisch. Er erinnerte sich an unzählige Gespräche mit unfähigen Gerichtsherren, die zweifelten und zögerten, ihre Kraft in die Verfolgung der Teufelsverschwörer zu stecken, die sich weigerten, ihre heilige Pflicht zur Rettung dieser armen Seelen zu erfüllen. So wie dieser engstirnige Von Schade, der sich als Vormund des jungen Freiherrn von Wrede aufspielte und mit dem er letztens erst lange hatte sprechen müssen, um wenigstens Verständnis für seine Sache zu erheischen. Dadurch hatte er seinem Protegé Caspar Reinhartz, der in Balve, das somit unter der Fuchtel dieses Ignoranten stand, derzeit seinen Dienst versah, den Rücken etwas freihalten wollen! Heinrich schnaubte abfällig und sein Groll steigerte sich zu maßloser Wut, seine Augen wurden stechend und durchbohrten seine vor ihm auf dem Schreibtisch liegende Schmach. Unwillkürlich versetzte er der ledernen Mappe mit dem Manuskript einen kräftigen Stoß, sodass sie vom Schreibtisch gefegt wurde und mit einem Krachen auf den Dielen, begleitet von seinem Wutschrei, landete. Der Brief aus der anderen Hand fand seinen Weg in hohem Bogen in das Kaminfeuer, wo ihn die Flammen gierig erfassten und sich sofort an seinen Rändern rotglühend labten. Sollte er nur schnellstmöglich zu Asche verbrennen wie die meisten seiner Gegner!

„Wie kann man diesen Idioten nur Verstand einbläuen?“, schimpfte Von Schultheiß halblaut in die Stille seines Arbeitszimmers hinein, während er die sich schwarz verfärbenden Worte des Druckhauses beim Vergehen beobachtete.

Er strich sich über die gefurchte Stirn, versuchte, seine Wut aus seinem Antlitz zu verbannen, doch zu tief hatten sich Misstrauen und gerechter Zorn bereits in seine Haut gegraben. Mit einem Seufzer trat Heinrich hinter seinem Schreibtisch hervor und ließ sich auf ein Knie sinken, sammelte die Mappe wieder ein, schob lose Blätter zurück und verschnürte sie sorgfältig. Dies waren seine Worte, er musste sie schützen, bis sie endlich ins Bewusstsein der Öffentlichkeit gelangt waren. Erst als er sich aufgerappelt hatte, bemerkte er, dass die Mappe genau vor seinem geschnitzten Hausaltar gelandet war. Er erhob sich mit einem Kreuzzeichen und strich über das Wappen seiner Familie, das sich auf der linken Seite neben der trauernden Maria befand, und die Heiligenfiguren des Franziskus und Norberts, die die Kreuzigungsszene ergriffen betrachteten. Plötzlich erachtete Heinrich das ganze Geschehen als einen Fingerzeig, dass sein Werk scheinbar von den himmlischen Mächten, die über das Wohlergehen seiner Familie wachen sollten, nicht abgelehnt wurde. Sie hatten das Manuskript vor einem Schlittern zu nah an das Feuer heran beschützt und es zu ihren Füßen aufgefangen! Seine Worte vor den Flammen gerettet.

Nachdenklich lehnte er sich an den Sockel des Schreins, versuchte, Zwiesprache mit den Beschützern seines Hauses zu halten.

Wie konnte er sein Werk nur in die Öffentlichkeit bringen? Welchen Weg war Institoris gegangen, als er seinen *Malleus Maleficarum* hatte drucken lassen? In keiner anderen Tradition sah Heinrich von Schultheiß sein eigenes Werk. Er wollte dieses wahrlich großartige Buch, das seine Arbeit neben den Gesetzestexten der *Carolina* leitete, ergänzen und über jeden Zweifel erheben. Nur aus diesem Grund hatte er mit dem Schreiben überhaupt begonnen, hatte neben den Prozessen in den engen Stuben gehockt und seine Erfahrungen niedergeschrieben. Vor allem waren jene eingeflossen, die er in den prunksüchtigen Sälen der Schlösser und Amtssitze der Gerichtsherren hatte sammeln können. Heinrich von Schultheiß wollte überzeugen, wollte Zweifel zerstreuen, dass eine Gefahr bestünde, die Falschen zu den Hinrichtungsstätten zu schleppen. Er wollte zeigen, dass er sein Handwerk verstand und ausschließlich diese Teufelsverschwörer entlarven und ihrer gerechten Strafe zuführen konnte. Eigens, um den manchmal simplen Geistern dieser inzuchtgeprägten Blaublüter nahezukommen, hatte er sich die einfachste Form der Belehrung zu Eigen gemacht. Dialoge zwischen dem gelehrten Doktor – sich natürlich selbst zum Vorbild nehmend – und einem stets bedächtig ängstlichen Freiherrn *Philadelphus des guten Gewissens zu Gotteshausen*, verfasst. Dazu noch auf Deutsch und nicht einmal für die gelehrten Herren der Gerichte, Hochschulen und Universitäten, die Latein zu sprechen vermochten!

Er bot Hilfe an, die Unschuldigen vor den Prozessen zu schützen. Verdammt! Was konnte man mehr von ihm und seiner Arbeit verlangen? Was nur fehlte seinem Buch?

Unruhig wie ein hungriger Wolf lief er vor dem Schrein auf und ab, strich sich nachdenklich durch den Schnauzbart und zog sich den Kinnbart glatt. Seiner *Instructio* fehlte offensichtlich etwas. Noch mehr Praxis vielleicht? Ein noch einfacherer Schreibstil, damit ihn auch die letzten Begriffsstutzigen verstehen konnten? Was bewegte die Menschen, ein Buch in die Hand zu nehmen und Anteil zu nehmen an seinem Verlauf? Wie konnte er die Verfolgung der Zauberischen auch für die zögernden Adligen einleuchtend und dringend erforderlich werden lassen?

Heinrich von Schultheiß schnippte mit den Fingern, als sein Blick auf einen der wenig beachteten Briefe des Morgens fiel, den er nur überflogen hatte. War das nicht eine Einladung ins Schloss Melschede gewesen? Ein Gespräch mit einem Vorbild seines Philadelphus und seinem kleinen Zögling!

„Die Menschen wollen in Angst versetzt sein, damit sie handeln! Ich brauche etwas, das ihnen Angst einflößt, das noch stärker ist als die Furcht vor einem Schadenszauber und einer Plage, die Haus und Hof angreift. Sie selbst, die Mächtigen, müssen in ihrer Position angreifbar werden, die Marmorplatten ihrer Herrschaft müssen einen Sprung erhalten! Opfer müssen sie werden. Die Zauberischen müssen …"

Ein Klopfen an der Tür ließ ihn in seinem Monolog innehalten. Vorsichtig schob die Tür sich auf und enthüllte das Gesicht seiner Ehefrau Adelheid, die offenbar besorgt vom Gerumpel und Geschimpfe angelockt worden war. Heinrich von Schultheiß lächelte entschuldigend und bugsierte seine Frau aus seinem Zimmer. Flüchtig kam ihm der Gedanke, dass sie nicht nur die Tochter eines Kanzlers, sondern auch weitläufig mit dem Besitzer eines Druckhauses verwandt war. Mit einem Kuss auf die Stirn schickte er seine Frau zu ihrem Diener.

„Er soll mir eine Audienz beim Fürstenberg beschaffen. Er wird im Schloss sein – oder auf der Jagd. Ich muss ihn dringend sprechen!"

Beim Herrn

Nervös strich sich Heinrich von Schultheiß durch seinen Bart und überprüfte zum hundertsten Mal den Sitz seiner Kleidung.

Es war an diesem Nachmittag nicht die erste Gelegenheit, bei der Heinrich beim Landdrosten vorsprechen durfte, dennoch war die Bestätigung seiner Audienz so schnell gekommen, dass er vom Mittagstisch hatte aufspringen und ins Arnsberger Schloss eilen müssen. Selbst jetzt noch, eine Viertelstunde nach seiner Ankunft, schlug sein Herz wie wild und er musste sich die Schweißperlen von der Stirn wischen, da er den steilen Berg nahezu hinauf gerannt war, um pünktlich zu erscheinen. Dankbar nahm er das Glas verdünnten Weins an, das ihm einer der Lakaien reichte. Er wurde in den Garten geführt und ihm wurde bedeutet, er solle im Schatten der Mauer warten. Heinrich nutzte die Zwangspause, um den Wein zu schlürfen und unauffällig seinen Mantel zu lüpfen, damit der Herbstwind seine Erhitzung etwas abkühlte.

Er ließ den Blick über den Prunk des kurfürstlichen Schlosses wandern. Überall schritten feine Damen und Herren umher, reich gekleidet und wenig berührt von den Schrecknissen der Zeit. Sie lachten und scherzten, sodass sich Heinrich plötzlich wie eine missmutige, einsame Krähe unter lauter exotischen Vögeln vorkam.

Inmitten des Trubels tönte der dröhnende Bass Friedrich von Fürstenbergs, der sich offenkundig und trotz seines fortgeschrittenen Alters bestens mit einer hübschen Dame amüsierte.

„Er drücke sich nicht in den Schatten herum, als wäre Er Brutus persönlich! Komme Er schon näher und versauere mir den schönen Tag, den Wir besser auf der Jagd verbracht hätten. Wo die schönen Tage in diesem Jahr ohne Sommer so rar gesät sind, aber sei es drum, belästige er Uns mit seinem Anliegen!“, winkte ihn der Landdrost schließlich jovial näher und Heinrich von Schultheiß kam dieser Aufforderung mit einer tiefen Verbeugung nach.

Heinrich wusste, dass Friedrich von Fürstenberg ein Befürworter der Hexenkommissionen war und selbst schon Prozesse angestrengt hatte. Zudem bewies er zumeist wenig Interesse an Details, solange alles nach seinen Wünschen verlief und er dem Kurfürsten, der häufig im Arnsberger Schloss weilte, um in der Nähe seiner Favoritin sein zu können, Positives berichten konnte. Heinrich fasste sich entsprechend kurz, als er seinem Herrn Bericht erstattete, wie die Suche nach den Teufelsverschwörern voranging.

„Er verdächtigt sogar hier in Arnsberg den Herrn Bürgermeister und den guten Landpfennigmeister Henneke von Essen, nicht wahr, Herr Doktor?“, unterbrach von Fürstenberg dennoch den bereits kurzen Abriss.

Heinrich räusperte sich umständlich. Er war sich nicht sicher, wie der Fürstenberger zu diesem Thema stand. Der Bürgermeister und ehemals hohe Beamte, der selbst ein Hexenrichter gewesen war, war durchaus beliebt. Von Essen, nach Heinrichs Ansicht durch ein hohes Alter senil geworden, begann jedoch langsam, die Prozesse zu kritisieren.

„Niemand ist den Verführungskünsten des Teufels gewachsen, legt es der Fürst der Hölle darauf an, eine Seele zu gewinnen. Wie Euer verehrter Vater in Bilstein erleben musste, als er vom Tod seiner geliebten Ehefrau erfuhr, dass es Mord war, verübt von einer Zauberischen“, rechtfertigte er sich und sah erleichtert, dass Friedrich von Fürstenberg nickte.

„Der Herr Doktor wird es wissen. Was treibt Ihn denn zu Uns?“

„Mein Fürst, ich würde mich gerne um die Karriere eines begabten Juristen kümmern, der im Amt Balve seinen ersten Auftrag als Berater des Gerichts erfüllt. Mir ist sehr am Fortgang seiner Arbeit und der Förderung seiner Talente gelegen.“

„Von wem spricht Er genau?“, wollte Friedrich wissen, während er das Dekolleté seiner Begleiterin in Augenschein nahm.

„Der Herr Caspar Reinhartz aus Werl, er ist Lizentiat beider Rechte und wie mir scheint ein sehr engagierter Bediensteter des Kurfürstentums.“

„Jajaja, der Caspar. Mein Casparle! Wie geht es ihm?"

Verdutzt bemerkte Heinrich den Wechsel der Wortwahl des Landdrosten. Vertraulich und voller Wärme sprach er seltsamerweise vom jungen Juristen aus Werl.

„Ihr kennt Herrn Reinhartz offensichtlich", schloss Schultheiß messerscharf und Friedrich bestätigte seine Vermutung freimütig.

„Natürlich. Weiß Er nicht, dass der Vater Unseres begabten Juristen nicht nur ebenfalls Jurist, sondern auch noch mit einer Von Fürstenberg verheiratet ist? Auch wenn, verzeihe Er Uns, das Bett der Zeugung von Caspars Mutter Ursula nicht eben standesgemäß oder ehelich gesegnet war."

Heinrichs Neugierde war geweckt. Caspar schien sogar noch besser für sein Vorhaben geeignet, als er es auch schon ohne Stammbaum gewesen wäre.

„Die Reinhartz sind also mit Euer Gnaden verwandt? Dann habt Ihr sicherlich ein besonderes Interesse an der Förderung des jungen Mannes."

Friedrich von Fürstenberg neigte sich vertraulich näher an ihn heran und lächelte. „Wie Er weiß, widerstrebte Uns eine geistliche Laufbahn, was Unseren Herrn Vater sehr gegen Uns aufbrachte. Aber es hat sich gelohnt." Friedrichs beringter Finger strich abwesend über den Hals der Dame neben sich, die wie auf Befehl kicherte und sich geziert seiner Berührung entzog. „Die Reinhartz aus Werl waren häufig zu Gast im Hause meines Vaters, er wurde auch zum Gevatter gebeten, wenn Wir Uns recht entsinnen, für den jüngeren Michael Reinhartz, einen Bruder Unseres Juristen. Ursula von Fürstenberg, also Caspars Mutter, war die illegitime Tochter Unseres Verwandten mit seiner Haushälterin. Diese wird ihre Reize gehabt haben, denn Ursula war nicht nur schön, sondern auch bescheiden und fromm. Sie tat alles, um ihre Söhne versorgt zu sehen. Also haben Wir in der Tat Interesse an der Karriere von Caspar Reinhartz. Wie will Er ihn fördern?"

„Er hat bereits erste Erfolge in Balve erzielen können, nur, so scheint es mir, fehlt es ihm am Biss! Er ist unerfahren in der Prozessführung, aber durchaus begabt und überaus engagiert. Ich würde mich, mit

Euer Gnaden Einwilligung, um seine praktische Ausbildung bemühen, ihn vor Ort unterstützen und anleiten. Selbstredend ohne mich in den Vordergrund zu spielen! Der Berater des Beraters, sein Mentor im Schatten. So es Euch beliebt."

Gespannt wartete Heinrich auf das Urteil des Landdrosten. Friedrich von Fürstenberg wandte den Blick wieder seiner Begleiterin zu, die sich mit einer anderen Dame unterhielt, und stierte ihr wiederum in den Ausschnitt.

Schamlos! Scheinbar kann er beim Anblick zur Schau getragener weiblicher Reize tatsächlich besser denken! Als ob dies nicht eine Waffe der verderblichen Zauberischen wäre!, dachte Heinrich grimmig, hielt aber still und wartete.

Friedrich ließ sich Zeit, wandte dann aber doch den Kopf nickend zu ihm um.

„Reise Er nach Balve und trage Sorge dafür, dass die Prozesse nicht nur einwandfrei vonstattengehen, sondern auch geschichtsträchtig und lohnend für das Leben Caspars werden."

Mit einem Wedeln entließ Friedrich von Fürstenberg Heinrich und kümmerte sich wieder vollends und mit voller Hingabe um seine Dame. Mit einer Verbeugung, die der Landdrost nicht einmal mehr wahrnahm, verabschiedete sich Heinrich und musste sich zusammennehmen, um nicht unziemlich über beide Ohren zu grinsen. Er würde es schon noch schaffen, sein Buch zum Erfolg zu führen – und Caspar Reinhartz, der unerwartete illegitime Von Fürstenberg-Spross, wie er dabei ätzend und neidvoll dachte, würde ihm dabei behilflich sein.

Unwillig rückte sich Christian die Halsbinde zurecht, während er nach dem Hochamt durch die belebten Gassen Balves ging. Ihm war flau im Magen und trotz des kalten Ostwindes und den ersten tänzelnden Schneeflocken in der Luft traten ihm die Schweißperlen auf die Stirn.

Auf das, was ihn gleich erwartete, hatte er nicht die geringste Lust. Aber keine seiner Ausreden wäre gut genug gewesen, um noch zu entrinnen. Gestern Abend hatte er die knappe Nachricht seiner Mutter zugestellt bekommen, er möge sich doch einmal wieder am sonntäglichen Mittagstisch einfinden. Die Familie vermisse seine Anwesenheit. Christian verzog das Gesicht. Vermisst hatte ihn seine Mutter Johanna noch nie, seine Tante war froh, wenn sie ihn weit fort wusste, wo sie niemand kannte und sie mit seinem Ruf in Verbindung bringen konnte, und sein Onkel Johannes – nun, den sah er schließlich unfreiwillig jeden Tag im Gericht oder im Folterkeller.

Christian hasste die Prozesse mittlerweile von ganzem Herzen und war schockiert darüber, dass sein Onkel sie so dermaßen zu genießen schien.

Er zog seinen Hut, als mehrere Mitglieder des Stadtrates auf ihn aufmerksam wurden, und erwiderte ihr freundliches Geplänkel. Etwas abseits stand Bürgermeister Flörken und unterhielt sich mit einem der Handwerker, die in seiner Straße lebten. Als sich ihre Blicke trafen, war es Christian, als tanze eine Peitsche auf seinem Rücken. Er zog abermals den Hut und wollte schon weitereilen, doch Flörken hielt ihn mit einer Geste auf, klopfte seinem Bekannten auf die Schulter und eilte dann zu ihm.

Das ansonsten so freundliche Gesicht des jungen Bürgermeisters wirkte heute grau, verschlafen und wenig auf Höflichkeit bedacht. Schwarze Ringe umlagerten seine Augen.

„Einen guten Sonntag wünsche ich, Herr Bürgermeister“, ergriff Christian das Wort, der die Blicke der anderen Männer auf sich ruhen fühlte.

„Der Herr Gerichtsschreiber, ein seltenes Vergnügen, Euch im Hochamt zu sehen.“

„Jeder wird einmal erwachsen, Herr Bürgermeister. Irgendwann wird auch mir das Feiern über.“

„Was hat Euch denn die Feierlaune so gehörig verdorben, Herr Höyngk? Etwa das Leid, das Euer Onkel und dieser Herr Reinhartz anzetteln? Könnt auch Ihr die Schreie der Zauberischen nicht mehr von denen der Unschuldigen unterscheiden?“, entgegnete der Bürgermeister giftig.

Christian fühlte sich unvorbereitet in die Enge gedrängt. Sein Onkel hatte ihm eingeschärft, mit niemandem über die Prozesse zu sprechen. Das obliege nur Herrn Reinhartz oder dem Richter Roeßen. Doch nicht nur die Worte des Bürgermeisters drängten Christian an die Wand, auch der plötzlich massige Körper Flörkens, der ihn rückwärts presste, verlieh seinen Worten Gewicht.

„Herr Bürgermeister, ich bin nicht der richtige Partner für derlei Erörterungen. Bitte sprecht doch mit Herrn Reinhartz oder Richter Roeßen."

„Ihr habt nicht den Schneid zu sprechen, Herr Höyngk! Plappert nur Eurem Onkel nach! Ich hatte mehr von einem wie Euch erwartet!"

„Was habt Ihr denn von einem armen Studenten erwartet, Herr Bürgermeister?", entfuhr es Christian. Vergessen war der Respekt für das hohe Amt, das vor ihm stand. Er fühlte sich in seine Zeit an der Universität versetzt, wenn ihn Professoren zur Rede gestellt hatten, fühlte den gleichen unbändigen Trotz, der seine Zunge anspornte. „Ich bin nur ein unbedeutender Schreiber! Habt Ihr eine Beschwerde vorzubringen, wendet Euch an die Verantwortlichen, die – wie ich betonen muss – von Euch gerufen worden sind!"

Wilhelm Flörken sah ihn mit offenem Mund an, schluckte seine Entgegnung herunter. Nur langsam entspannten sich die Züge des Bürgermeisters wieder. Er stützte sich an der Wand neben Christians Schulter ab.

„Verzeiht, Herr Höyngk. Ich habe die letzten Tage schlecht oder überhaupt nicht geschlafen. Sorgen zerreißen mir das Herz. Sorgen um die Seele Balves – und um das Wohl meiner Frau. Und ja, Ihr habt recht. Ich trage natürlich als Bürgermeister die Verantwortung für den Brief, den wir nach Arnsberg um Hilfe sandten."

Auch Christian schluckte seine Erregung hinunter und legte seine Hand auf den Arm des Bürgermeisters. Er rang mit sich, ob er seinen Schwur, dem er dem Gericht geleistet hatte, treu bleiben sollte. Oder sollte er dem Bürgermeister das erzählen, was er wusste? Er mochte und respektierte den besonnenen Wilhelm Flörken, mit dem er in der Vergangenheit freundschaftlich in den Gasthäusern zusammengesessen hatte.

„Ihr wisst, mich bindet ein Eid, Herr Bürgermeister. Ich kann nichts zu den Vorgängen bei Gericht sagen … Aber ich habe wieder neue Namen gehört. Namen von Bürgern, die als unbescholten galten. Netten Menschen mit tadellosem Leumund. Zumindest vordergründig. Man weiß ja nie, hinter welcher schönen Maske sich ein Unhold verbirgt, wer zu Unrecht in den Himmel gelobt wird!" Christian sah sich um und lehnte sich dann noch näher an Flörken heran. „Hätte ich eine Liebste, so würde ich sie fortschaffen von diesem Ort. Ich fürchte fast, nicht einmal ein Engel wäre hier noch sicher."

Die in Tränen schwimmenden Augen des Bürgermeisters richteten sich dankbar auf ihn. Christian spürte eine kalte Hand die seine kräftig drücken.

„Ich dachte, Ihr hättet Euer Glück gefunden, Herr Christian. Da gibt es doch eine hübsche Dame, nicht wahr?"

„Sie ist nur so etwas wie meine kleine Schwester, Herr Bürgermeister."

„Dennoch mögt Ihr sie. Marie Schulte, nicht wahr? Wendet bei ihr Euren eigenen Rat an, das rate ich Euch. Ich habe verstanden, was Ihr mir sagen wolltet. Ich werde sehen, ob ich meinen Engel dazu bringen kann, mit mir auf eine Dienstreise nach Arnsberg zu gehen – und vielleicht noch weiter. Was nützen mir eine Amtskette und ein stattliches Heim, wenn beides ohne Inhalt ist? Ich wünsche Euch einen angenehmen Tag des Herrn, Herr Höyngk."

„Ich werde meinen Onkel von Euch grüßen. Ich ärgere ihn derzeit sehr gern."

„Auch das habe ich verstanden. Gehabt Euch wohl!", lächelte Flörken matt, stieß sich von der Wand ab und wischte sich hastig die Tränen ab. Er schlenderte zurück zu den wartenden Mitgliedern des Stadtrates und Christian beeilte sich, zum Haus seines Onkels zu kommen.

Dieses Gespräch hätte niemals stattfinden dürfen, auch wenn es keine klaren Inhalte enthalten hatte.

Am Mittagstisch herrschte dann auch, wie von Christian erwartet, eisige Stille. Nach einer knappen Umarmung durch seine Mutter und einem flüchtigen Händedruck des Onkels hatten sich die Höyngks schnell an der Tafel eingefunden. Johannes' zahlreiche Kinderschar verteilte sich dabei auf den Tisch in der Stube und den in der Küche. Die Kleinsten aßen bei der Köchin, ihr unbändiges Geschrei tönte gedämpft an den Tisch der Erwachsenen und größeren Kinder.

Christian drückte der Loyalitätsbruch gegen Onkel und Gericht auf das Gemüt. Er hatte in der Tat und wider Erwarten ein schlechtes Gewissen. Doch er mochte die Familie des Bürgermeisters und er dachte, dass sie es nicht verdient hatte, durch die Asche der Scheiterhaufen in den Dreck gezogen zu werden. Anneken, die allseits bekannte Ehefrau des Bürgermeisters, war von verschiedenen Personen in der letzten Zeit bei Hexentänzen oder als Buhle des Leibhaftigen gesichtet worden. Christian hielt dies für bösartiges Geschwätz und war sich nicht sicher, aus welcher Richtung diese Gerüchte stammen mochten. Anneken Flörkens Name war so unvermittelt bei den Besagungen aufgetaucht, als sei sie ein bewusstes Ziel der Verfolgung. Christian war nicht bei jedem Gefangenenbesuch oder Verhör dabei gewesen, kannte auch nicht alle Akten – da der Onkel sie ihm vorenthielt. Jedenfalls hatte ihn dieses schlechte und bedrückende Gefühl dazu verleitet, dem Bürgermeister eine versteckte Warnung zukommen zu lassen – und sich damit zum ersten Mal offen gegen seinen Onkel zu stellen.

Christian fühlte seine Wange kribbeln und blickte auf. Seine Augen trafen die seines Onkels Johannes und schon wieder stand eine Ermahnung in ihnen, die Christian schweigend tadelte.

Johannes Höyngk als Oberhaupt der Familie thronte am Kopf des Tisches und verteilte den Braten, die anderen Speisen brachte sein Diener auf den Tisch. Christians Mutter und seine Tante sahen bescheiden auf ihre gefalteten Hände hinab, die auf tadellos weißem Leinen ruhten.

„Was treibst du in letzter Zeit, Neffe? Wir haben dich längere Zeit nicht in diesem Haus begrüßen dürfen“, schnarrte Höyngks Stimme an Christians Ohr.

„Ich habe mich etwas in meinen eigenen vier Wänden vergnügt. Habe viel gelesen … und getrunken. Das Übliche, das ihr alle an mir kritisieren würdet.“

Christians Mutter Johanna seufzte leise und bekreuzigte sich, ihr Bruder Johannes schnaubte abfällig und reichte dem wartenden Diener das Messer. Dann senkte er den Kopf und sprach das Tischgebet.

„Herr, wir danken dir für diese Speisen, die so üppig durch deine Gnade auf unseren Tisch gekommen sind. Lass unsere Familie den Widrigkeiten der Zeit trotzen, sie als Einheit und Festung deines Namens stehen und schenke uns weiterhin deine Fürsorge und Gnade!"

Darauf folgte gedämpftes Geklapper von Geschirr und Besteck, bis Johannes Christian wieder ins Auge fasste.

„Ich habe gehört, dass du dich in der letzten Zeit in den Gaststuben rar gemacht hast. Ist dir nur das Geld ausgegangen oder kündigt sich endlich einmal ein positiver Lebenswandel an?"

Christian schluckte den halbzerkauten Braten herunter und sah seinen Onkel aufmüpfig an. „Mein Leben geht dich eigentlich wenig an. Ich verdiene mein eigenes Geld und habe ein eigenes Haus. Ich bin dir nur im Gericht untertan."

„Durch meine Fürsprache und Sorge um dein Wohl, will ich meinen, kamst du zu diesen Ehren", unterbrach ihn Johannes.

„Soll ich zum wiederholten Male deshalb vor dir katzbuckeln, Onkel?"

„Du sollst mir Dankbarkeit und Respekt entgegenbringen!" Johannes Stimme wurde schärfer, sein Besteck klirrte auf dem Teller.

Christian kniff die Lippen zusammen und starrte in sein Weinglas. Ihm war plötzlich wieder nach einem anständigen Besäufnis.

„Du kennst meine Ambitionen, Christian! Und ich werde es nicht zulassen, dass du mich behinderst und meine Autorität untergräbst! Ich hatte gehofft, dass wir uns heute aussprechen können, denn irgendetwas ist dir über die Leber gelaufen. Das bemerke ich seit Tagen und Wochen! Aber jetzt herrscht schon wieder nur noch Aggressivität. Du kannst dich einfach nicht beherrschen und lehnst darüber hinaus unsere Familie ab. Warum nur?"

„Weil du dich gebärdest, als wäre Balve der Nabel der Welt, den du zu beherrschen wünschst! Du redest nur noch dem Herrn Reinhartz nach dem Mund oder – schlimmer – verfolgst den Plan, mit allen Mitteln

Richter zu werden! Weiß der Herr im Himmel, was du dafür tun würdest! Ich aber sehe nur noch Leid und Elend in den Zellen. Verzweiflung und verbranntes Fleisch stinken gen Himmel! Ich fühle mich nicht mehr als Teil dieser, dieser Hölle, ertappe mich dabei, wie ich den Anwerbern nachtrauere, die mich auf ein ehrenhaftes Schlachtfeld hätten führen können, als ich aus Köln … fortgegangen bin!", brauste Christian auf. Plötzlich war es ihm gleichgültig, was sein Onkel mit ihm anstellen würde. Er ertrug die Last auf seinen Schultern nicht mehr, wollte sie abschütteln. Sein Atem ging heftig und er fühlte den betrübten Blick seiner Mutter am Tischtuch kleben.

„Ihr alle widert mich an!" Christian sprang auf und wollte schon aus dem Zimmer stürmen, als ihn Johannes' Hand an seinem Ärmel aufhielt. Einen Moment lang glaubte Christian daran, dass sein Onkel ihn begütigend stoppen wollte, doch dieser Funke Hoffnung auf eine harmonische Familie zerstob unter dem steinharten Blick, den ihm Johannes zuwarf.

„Du willst nicht mehr mein Neffe sein und teilhaben an dem Ruhm, den ich für unsere Familie erstrebe? Gut denn, du wirst sehen, was dir dadurch entgeht. Aber du bist und bleibst ein Angestellter des Gerichts und damit meiner Weisung unterworfen. Scher dich zu den Bütteln, sie brauchen Hilfe. Eine der Frauen, die besagt wurde, ist völlig aufgelöst aus der Stadt geflohen. Finde sie, wir wollen schließlich nicht, dass die Hessen unsere Gerichtsbarkeit zunichtemachen und in ihre Hände nehmen!"

„Das erledigen die Juristen mit ihren hochfliegenden Ambitionen doch schon selbst, Herr Möchtegern-Richter. Ich werde sehen, was ich in Euren Diensten tun kann!" Christians Rücken bog sich steif und er hetzte aus dem Zimmer, hinterließ Kopfschütteln und einen vereinzelten Schluchzer seiner Mutter.

Schwarze Materie

Der Leib des Weibes blähte sich schweißglänzend auf. Zitternd durchliefen Krämpfe den gepeinigten Körper. Ein Schrei entwand sich ihren Lippen, hallte von den Felsen wider und brach sich an den schemenhaften Stämmen der Bäume.

Der Himmel war schwarz in dieser Nacht, der dunkle Mond regierte das Firmament und hinterließ nur wie ein Loch die düstere Ahnung seiner Existenz. Das einzige Licht dieser Nacht brannte in einem glühenden Stern, der seine Bahn über das Firmament zog und alles in ein rötliches Zwielicht tauchte. Die Frau, die sich auf dem steinernen Tisch seit Stunden wandt, war augenscheinlich zu alt, um überhaupt noch von diesen besonderen Schmerzen erfüllt zu werden. Sie war dabei zu gebären. Auch wenn ihren Schoss schon zahlreiche Kinder und Fehlgeburten gleichermaßen verlassen hatten, war es dieses Mal anders, schmerzhafter, als drohe ihr Leib unter der Anstrengung dieser letzten Schwangerschaft einer Greisin zu zerbersten. Sie brüllte mit verschleierten Augen ihren Schmerz heraus, verwundert, dass nicht das halbe Dorf mit Fackeln in den Wald gelaufen kam, um sie zu begaffen oder auf der Stelle zu erschlagen. Mit einem letzten Aufstöhnen presste sie das Etwas zwischen ihren Beinen hervor. Blutig klatschte es auf den Stein und begann zu brüllen. Am liebsten hätte sie ihren Kopf erschöpft nach hinten fallen lassen, sich ausgeruht, doch sie musste sehen, was sie in die Welt gesetzt hatte. Mit einem Zipfel ihres Hemdes wischte sie Blut fort, während das Ding weiter quäkte. Sie sah in ein verschobenes Gesicht, das eher dem eines Schweins als dem eines Menschen glich. Einer der Arme stand in einem sonderbaren Winkel ab und endete in drei krallenden Fingern. Dürr war das Geschöpf, sodass sich seine Rippen bei jedem gequälten Atemzug nach außen zu pressen schienen.

Eine kalte Hand streichelte über die faltige Stirn der Frau, eine andere stützte ihren Rücken und zwang sie, sich aufzusetzen. Der Mann ließ sie los, als er sicher war, dass sie aufrecht sitzen blieb, und zog das

Kind zwischen ihren Beinen hervor, schaukelte es einen Augenblick lang und legte es ihr dann stolz an die Brust.

Mit einem stummen Fingerzeig befahl er ihr, sich auf den Weg zu machen, und taumelnd kam die Alte diesem Befehl nach.

Der Weg bis ins Dorf war nicht weit und schnell erreichte sie die erste Kate, von der sie wusste, dass in dieser Nacht dort ebenfalls ein Menschlein das Licht der Welt erblickt hatte. Leise verschaffte sich die Alte Zutritt und fand auch die vom Herdfeuer beschienene Wiege sowie die selig lächelnde Mutter daneben auf einem Lager aus Stroh. Lächelnd legte die Alte den Finger an die Lippen, als der Säugling sie ungelenk in Augenschein nahm. Er reckte ihr die Hände entgegen und die Alte hob ihn auf, ließ gleichzeitig ihr Kind auf die Matratze sinken. Wie ein Windhauch verließ sie unbemerkt das Haus, ließ die Frucht ihres Leibes in der Obhut der ahnungslosen Eltern zurück. Sie würden sich am Morgen vielleicht wundern, warum sich ihr Kind so unruhig gebärdete, plötzlich so hässlich wirkte, wo es doch gestern noch das süßeste Ding auf der Welt gewesen war, der Mutter beim Stillen gierig in die Brust biss, bis Blut floss – aber erfahren, was geschehen war, würden sie niemals. Vielleicht erst dann, wenn die teuflische Brut der Alten in jugendlichem Alter einen Hammer schwang und die Schädel zertrümmerte, um über sein eigenes Leben im Dienste seines wahren Vaters zu bestimmen.

Das geraubte Kind aber saugte friedlich am Finger der Alten, während sie zurück in den Wald lief. Es wusste nicht, dass sein erst wenige Stunden altes Leben gleich schon wieder sein Ende finden würde. Die Alte legte es auf den Stein und der Mann trat wieder aus den Schatten heraus. Er sah gut aus, wie sie erst jetzt wieder klar wahrnehmen konnte, auch wenn irgendetwas nicht mit seinem Gesicht zu stimmen schien. Die Augen waren dunkel, unergründlich, bösartig. Sanft berührte sie seine Hand an der Wange und es stach wie eiskaltes Wasser. Dadurch löste der Mann jedoch die Maske, die die Alte anscheinend trug, und entblößte frische Haut. Ihm lächelte ein Gesicht zu, plötzlich jung und schön, makellos auf den ersten Blick. Als Lohn für ihre Dienste zog der Mann einen irdenen Topf hervor, in dem eine Masse wie

Teer schimmerte. Dann schnappte er sich das Kind und verschwand mit weiten Sätzen zwischen den Schatten des Waldes. Der Tanz der anderen seiner Jünger hatte bereits begonnen und sie erwarteten das frische Fleisch des Kindes.

Angewidert erwachte Caspar nach diesen erschreckenden Bildern. Er war sich nicht sicher, ob er wirklich geschlafen oder nur gedöst hatte und die Bilder aus seinem nur schlummernden Hirn vor seine Augen gesickert waren.

Er war diese Träume und Bilder leid, auch wenn sie ihn in seiner Arbeit bestärkten, aber er fragte sich, warum sie ihn nahezu jede Nacht quälten und gerädert erwachen ließen.

Geschah so etwas tatsächlich eben jetzt in den unergründlichen Wäldern ringsum? War er vom Schrei des Kindes geweckt worden?

„All dieses Böse bringt mich noch um den Verstand", sprach er einsam in die Dunkelheit.

Bislang hatte er keine Leichen von Säuglingen in den Behausungen der Verdächtigen finden können. Dafür erlebte er tagtäglich den Schrecken der ihn umgebenden Welt. Die Avisen der Postreiter berichteten von Schlachten, hessische Truppen hatten Städte angegriffen und Höfe niedergebrannt, das Kriegsglück um den wahren Glauben schwankte hin und her und entblößte langsam den wahren Kern des Ringens um die Macht. War das Böse, gleichgültig in welcher Form, nicht eher durch die Menschen gemacht? War der Teufel nur die Form der Gedanken der Menschen?

„Muss ich wirklich das tun, was ich tue?", fragte er sich. Die Folterkammer tauchte in seinem Geist auf, wurde jedoch sofort durch ein Bild seines Vaters ausgelöscht, der ihm mit erhobener Faust drohte, sich seiner Stellung bewusst zu sein, seiner Besonderheit. Sein Vater beobachtete ihn, achtete darauf, dass er seinen adligen Vorfahren Ehre machen würde. Wie schon als Knabe versteckte Caspar auch jetzt seinen Wunsch nach einem kleinen Leben, einem einfachen Leben ohne große Verantwortung. Noch einmal blitzte das schöne Gesicht der Dienerin des Leibhaftigen vor ihm auf. Viele von seinen Buhlinnen waren nicht hässlich und alt, verbargen ihre Bosheit unter dem Mantel der Schönheit! Die Hände seiner Mutter strichen ihm wie ein Windhauch durch die Haare, beruhigten ihn, trugen ihn fort und ließen ihn seine Sorgen vergessen. Die Gedanken an die herbeigesehnte Einfachheit verwischten und Caspar fand seinen Weg zurück in Morpheus' Arme.

Maßregelung

Der Sekretär hatte ihn in das Jagdzimmer des Freiherrn geführt. Kaum hatte sich Heinrich von Schultheiß in dem ihm zugewiesenen Raum eingerichtet und sich etwas Wasser ins Gesicht gespritzt, hatte schon der Lakai des Freiherrn von Wrede geklopft und ihn durch die langen Gänge des Schlosses Melschede geführt.

Jetzt konnte Heinrich jedoch in aller Ruhe das edel verzierte Mobiliar, die kostbaren Teppiche und vor allem die Jagdtrophäen des verstorbenen Freiherrn bewundern, denn der Vormund Ludwig von Schade gedachte offenbar noch nicht, sich mit dem Hexendoktor zu beratschlagen. Den Brief des Landdrosten musste er jedoch auf jeden Fall gelesen haben, der Arnsberger Bote war Heinrich von Schultheiß auf dem Weg nach Melschede entgegengekommen. Was Ludwig von Schade oder der kleine Freiherr davon halten mochten, darüber konnte Schultheiß nur mutmaßen. Selbst der Sekretär, der geschäftig auszusehen versuchte, rümpfte die Nase, wenn er sich unbeobachtet fühlte.

Nach einer Ewigkeit des Wartens erlöste Von Schade seinen Gast und betrat das Jagdzimmer. Sofort buckelte sein Sekretär, servierte etwas Tee und zog auch fragend in Richtung Schultheiß die Braue hoch, doch Heinrich winkte ab. Wer wusste schon, was in diesen aufgebrühten Kräutermischungen so alles schwamm? Nur wenn er krank war, ließ er sich ab und an misstrauisch eine diese Mixturen einflößen.

„Da ist Er ja wieder, der Hexendoktor. Wie erfreulich, dass Er nicht nur Zeit gefunden hat, meiner Ladung zu folgen, sondern zuvor auch noch den Landdrosten auf Seine Qualitäten hingewiesen hat."

„Herr von Schade, mein Besuch beim Herrn von Fürstenberg war nur auf das Ziel ausgerichtet, einem jungen Advocatus den Rücken zu stärken und seine Karriere zu fördern. Er hatte nichts mit irgendwelchen Winkelzügen hinter Eurem Rücken zu tun, sollte Ihr das annehmen", schmeichelte er dem Drosten leichthin, aber Von Schade fühlte sich tatsächlich übergangen, was seine Ämter anbelangte, und wies Schultheiß weiter zurecht.

„Uns ist nicht nur sein und der Brief des Landdrosten ins Haus geflattert, Herr von Schultheiß. Uns erreichte Kunde aus dem Amt Balve. Mehrfache Kunde. Der Balver Richter Henrich Roeßen ist entsetzt über die Art des Prozessierens Seines Commissars, zieht sich gegen Unseren ausdrücklichen Wunsch aus den Prozessen zurück und überlässt willig einem potentiellen Nachfolger das Feld. Die Menschen fliehen aus der Stadt und Uns und dem Freiherrn entgehen wichtige Einnahmen! Erst heute Morgen erreichte mich ein Brief im Namen des Balver Gerichts, dass eine der Beschuldigten in die Wälder geflohen sei und mit großem Kostenaufwand gesucht werden muss! Doch nicht nur der ehrenwerte Herr Richter ist voller Bedenken, auch Stimmen aus dem Volk erreichten Unser Ohr. Eine Dame fühlt sich zu Unrecht, der Herr möge Uns bewahren, bedroht und gibt an, Kenntnis zu haben darüber, dass in Balve gar Unschuldige gerichtet würden. Was sagt Er dazu?“

Die tiefe Zornesfalte hatte sich zwischen die Brauen des Hexendoktors gegraben und er musste mühsam schlucken, um nicht laut zu wettern, welchen Saustall der edle Herr in seinem Amt zuließ! Weiber, die sich anmaßten, Briefe zu schreiben! Beschwerden über seinen eigenen Zögling, das war zu viel für Schultheiß. Dennoch gedachte er sich zurückzuhalten, denn er kannte das zögerliche und leicht zu beeinflussende Wesen dieses Herrn.

„Ich würde mich gerne mit diesem Weibe unterhalten, Hochwohlgeboren. Würdet Ihr mir Ihren Namen zuteilwerden lassen?“

Überrumpelt zwinkerte Ludwig von Schade, der sich auf eine unangebrachte gepfefferte Antwort eingestellt hatte. Er schnippte kurz mit dem Finger und der Sekretär durchforstete die bereitliegende Korrespondenz auf einer der Anrichten.

„Eine Marie Schulte, Euer Hochwohlgeboren“, näselte er schließlich und beeilte sich, seinem Herrn den Brief vorzulegen.

„Richtig, richtig. Ihr Vater Thonis ist ein rechtskundiger Berater der Bauernschaft in einem der umliegenden Dörfer, wie sie nicht müde wird zu betonen. Was sagt Er dazu, Schultheiß?“ Ludwig von Schade reichte Heinrich das Papier, das dieser interessiert überflog. Die zarte weibliche Hand machte sich in den Bögen und Schnörkeln bemerkbar, dennoch wirkte die Schrift fest auf ihn. Die Schreiberin war an Worte gewöhnt und wusste sie gezielt zu setzen.

„Eine äußerst günstige Gelegenheit", bemerkte Heinrich abschließend und lächelte den Drosten an.

„Wie meint Er das?"

„Nun, ich verfasse zu eben diesem Thema ein wissenschaftliches Werk, das ich in Kürze zu veröffentlichen gedenke. Es befasst sich mit der Frage, wie man die Unschuldigen schützen kann. Seine Thesen und Gedanken dürften also im Interesse Euer Hochwohlgeboren liegen – und in dem des jungen Freiherrn von Wrede."

„Hm, interessant in der Tat. Wir wussten nicht, dass Er am Schreiben Interesse hat. Wir würden gerne Seine Thesen hören, wenn sie Uns im gerechten Streben weiterbringen. Wir verlangen, dass Er nach Balve gehen möge, um dort nach dem Rechten zu sehen und sich der erhobenen Vorwürfe gegen Unsere Gerichtsbarkeit anzunehmen. Der ehrenwerte Richter Roeßen schreibt Uns auch von Namen, die besser keinen Eingang in die Akten finden sollten. Namen von reichen oder bedeutenden lokalen Persönlichkeiten. Kümmere Er sich darum, Wir wollen Unsere kostbare Zeit nicht damit verschwenden müssen."

Von Schultheiß wurde mit einem ungeduldigen Wedeln entlassen. Äußerlich höflich zog er sich zurück, innerlich jedoch schäumte er vor Wut. Er als gestandener Jurist, der in den Adelsstand erhoben worden war, ließ sich nicht gerne so umherschicken wie einen geprügelten Hund! Aber dieses Musterexemplar eines Philadelphus des guten Gewissens zu Gotteshausen würde am eigenen Leib und Ruf erleben dürfen, wie mächtig eine blinde Frau sein konnte. Justitia würde in Schultheiß' Namen triumphieren. Heinrich von Schultheiß nahm sich vor, gleich morgen früh nach Balve aufzubrechen und das Frühstück mit Seiner Hochwohlgeboren ausfallen zu lassen.

Christians Fuchsstute hetzte durch den Wald. Nur knapp konnte der Reiter mehrfach tief hängenden Ästen ausweichen, die ihm ins Gesicht zu schlagen drohten. Dennoch trieb er sein Pferd weiter an, denn er wollte einigen Abstand zwischen sich und die Suchtrupps des Gerichts, angeführt von Caspar Reinhartz höchstpersönlich, bringen.

Seit einigen Stunden hatten sich die vereinzelt aus dem stahlgrauen Himmel fallenden Flocken zu dichten Schneewolken geballt und ein eisiger Wind pfiff durch die kahlen Äste des Waldes. Erster weißer Flaum auf dem Moos kündigte die Herrschaft des Winters an. Früh in diesem Jahr, doch nicht unerwartet, denn die Menschen sprachen schon seit Monaten von einem kalten Jahr ohne Sommer. Ein weiterer Misserfolg bei der Aussaat des Roggens kündigte sich an. Lange Zeit konnte niemand, der unvorbereitet in dieser Wildnis unterwegs war, bei dieser Witterung überleben. Dieser Gedanke trieb Christian an. Die frühe Dämmerung, die ebenfalls an den Winter gemahnte, senkte sich jedoch unbarmherzig herab. Bald würden die Büttel rufend ihren Rückzug ankündigen. Aber Christian dachte nicht ans Aufgeben der Suche. Er musste die hilflose Frau finden, die sich Hals über Kopf in die Wälder geflüchtet hatte. Vor allen Dingen musste er sie vor Reinhartz erreichen. Wieder regte sich in ihm dieser unbändige Wille zum Widerstand, den er in der letzten Zeit wieder häufiger in sich aufwallen gefühlt hatte. Er musste sein Leben ändern. Vielleicht sollte er Marie nach dem Rat des Bürgermeisters tatsächlich bitten, ihn Weiß-Gott-wohin zu begleiten. Zu ihrem Schutz, nur zu ihrem Schutz! Sie bedeutete ihm mehr als alle Frauen, die sich ihm in seinem Leben bereitwillig in die Arme geworfen hatten.

Der Ast einer Tanne am Saum des beginnenden Nadelwalds klatschte ihm ins Gesicht, riss beißende Schrammen in seine gefrorene Haut und brachte ihn wieder zu Verstand. Er musste sich aber zwingen, weiterhin von Marie als seiner Lieblingsschwester zu denken. Was hatte er sich da nur vorgegaukelt?

Behutsam zupfte Christian wiederholt an den Zügeln, legte seine durchgefrorenen Schenkel an den warmen Leib und das brave Pferd gab seinen Paraden nach, bog seinen stämmigen Hals durch und lief langsamer, fiel in einen eleganten Trab. Dumpf pflügten seine Hufe durch den Teppich aus Tannennadeln. Mit einem Ruck stellten sich jedoch plötzlich seine Ohren auf, als unvermittelt ein lautes Knacken ganz in ihrer Nähe durch den Wald peitschte. Die Stute sprang schnaubend auf die Seite und ihre Ohren zuckten unruhig hin und her. Sie tänzelte und versuchte, vor dem für sie unheimlichen Ort zurückzuweichen. Christian, der das Tier zu beruhigen versuchte, war nur froh, dass er kein Pferd unter dem Sattel hatte, das zum Durchgehen neigte. Nachdem sich das Tier etwas beruhigt hatte und sich wieder kontrollieren ließ, trieb er es mit sanftem Druck in das Zwielicht einer nahen Tannenschonung, die er als Ursprungsort des Geräusches ansah. Aufmerksam sah Christian sich um und zog seine Pistole. Den Hahn konnte er noch nicht spannen, denn noch benötigten die Zügel seine ganze Kraft und Aufmerksamkeit. Der Wind wurde ruhiger und das Schneetreiben wurde von den dichtstehenden jungen Bäumen wie durch eine Wand aufgehalten.

Wieder hörte er nicht weit entfernt ein Knacken, leiser dieses Mal, und dann knirschten leichte Schritte.

Christian trieb sein widerstrebendes Pferd an und folgte den Geräuschen. Er war sich sicher, dass das keine Herumtreiber oder Soldaten sein konnten, auch wenn der Tannenhain durchaus das Potenzial für einen Hinterhalt aufwies.

„Wartet!“, rief er leise und das Rascheln verstummte. „Ihr seid die Entflohene aus Balve! Habt keine Angst, ich bin nicht hier, um Euch etwas anzutun.“

Stille beantwortete seine Worte, dann erhob sich ein Schatten hinter einem umgestürzten Baumstamm. Die Stute wich schnaubend einige Schritte zurück, blieb aber ruhig.

„Ihr seid der Herr Christian, der Gerichtsschreiber, nicht wahr? Ich habe gehört, dass Ihr ein netter Mensch seid und vielleicht nicht an diesen Hexenspuk glaubt. Ist das wahr?“, flüsterte eine dünne Stimme, die vor Kälte oder Angst schlotterte.

„Ich bin Christian und … wer hat Euch das gesagt, das mit meinem Unglauben?“

„Viele Leute sagen das. Eure Augen verraten Euch, sagte meine Verwandte. Sie starb vor kurzem auf dem Galgenberg. Ihr wart immer da und habt sie mit Euren Augen getröstet.“

„Ich kann es nicht leugnen, gute Frau. Darum bin ich auch allein. Ich ertrage es nicht, weitere hilflose Weiber verfolgt zu sehen."

„Ich bin keine dieser Zauberischen, Herr Christian! Meine Flucht ist kein Zeugnis meiner Schuld, nur meiner Angst vor dem grausigen Prozess und dem elenden Tod unter der Klinge des Henkers", beschwor ihn ihre Stimme.

Die Frau trat aus ihren Versteck heraus und Christian erkannte die Gesuchte. Sie war eine wohlhabende Frau, das verrieten ihm ihre Kleider, auch wenn sie verdreckt und nass an ihrem zitternden Körper hingen. Ihre grauen Augen waren weit aufgerissen und erinnerten ihn an ein in die Enge getriebenes Tier.

„Ihr hättet nicht einfach so fliehen sollen."

Sie lachte bitter. „Hätte ich einfach darauf vertrauen sollen, dass ich unschuldig bin und dass das auch ans Licht des Tages dringen wird? Hätte ich es dem Folterknecht nur sagen müssen und der Hexenkommissar hätte ihn von meinem Hals zurückgepfiffen? Wollt Ihr mir raten, nach Balve zurückzugehen und auf die Justiz zu vertrauen, die keine Unschuldigen richten wird? Ich hatte mehr von Euch erwartet!", spie sie ihm entgegen.

Christian blieb ruhig und schüttelte nur seinen Kopf. „Ihr seid nicht die Erste, die mehr von einem Taugenichts ohne Ambitionen erwartet. Aber das sollte nicht mein Rat an Euch sein."

Christian griff hinter sich und löste ein an den Sattel gebundenes Bündel, warf es der Frau zu.

„Ich wollte Euch raten, nicht unvorbereitet in den Wald zu fliehen. Ihr habt nichts bei Euch als das, was Ihr am Leibe tragt. Wenn Ihr mich fragt, ist das für den kommenden Winter zu wenig. Ich gebe Euch ein Schlageisen und Zunder zum Feuer machen, etwas Brot und Käse und vor allem eine warme Decke. Schmelzt Schnee, den könnt Ihr trinken. Sucht Unterschlupf, schnellstmöglich. Es wird kalt heute Nacht. Ich meine mich zu erinnern, dass es in der Nähe eine alte Köhlerhütte gibt. Aber bleibt dort nicht zu lange, denn auch die Büttel kennen sie. Für heute werden sie bald umkehren, da bin ich sicher. Aber sie werden wiederkommen, bis sie Euch gefunden haben. Wisst Ihr denn überhaupt, wohin Ihr fliehen könnt? Habt Ihr Verwandte?"

Überrascht bückte sich die Frau und tastete das Bündel ab. Ihre Züge hellten sich auf, als sie Christians Worte bestätigt sah. Sie nickte.

„Es ist weit, aber ich bin sicher, dass ich es schaffen kann. Vor allem nach Eurer großherzigen Hilfe. Ich weiß, was Ihr riskiert. Aber Gottes Segen ist Euch dafür gewiss!"

„Ich glaube an die Existenz von Hexen und auch daran, dass Gott uns zum Kampf gegen ihre Bösartigkeit aufruft. Aber ich kann mir nicht denken, dass er gewollt hätte, dass neidische Menschen gezielt agieren, um andere als Zauberische zu benennen. Mir ist es zu … weltlich, was am Balver Gericht derzeit geschieht. Ich wünschte, Richter Roeßen wäre stärker."

„Dann muss eben jemand anderes diese Stärke zeigen."

Christian wollte eben etwas erwidern, als die Frau zusammenzuckte, das Bündel zusammenraffte und rückwärts ging.

„Da waren Stimmen!"

„Ich habe sie auch gehört. Lauft und verhaltet Euch dieses Mal stiller. Ich wünsche Euch viel Glück!"

Sie nickte ihm zu und verschwand in der sich zuziehenden Düsternis.

Christian trieb sein Pferd aus der Schonung und ritt Caspar Reinhartz, ebenfalls zu Pferd, direkt in die Arme.

„Feirefiz hatte also recht, er hat wohl Eure Stute gerochen und mich darauf aufmerksam gemacht. Was treibt Ihr denn hier?", schnarrte seine Stimme über den hochgeschlagenen Kragen hinweg, sodass Christian die Züge des Hexenkommissars nicht erkennen konnte.

„Ich dachte, ich suche in dieser Schonung nach der Flüchtigen."

„Allein und auf eigene Faust? Wer hat Euch dazu aufgefordert?"

„Mein Gewissen und die Treue zum Gericht. Außerdem ist mir, verzeiht, schweinekalt und ich will schnell zurück in die warme Stube!" Christian setzte ein Grinsen auf und rieb sich demonstrativ die Hände. Auch wenn er die Augen des Hexenkommissars nicht sehen konnte, vermochte er doch, ihr gieriges Funkeln zu erahnen, das wie Feuerwerk selbst aus dem Dunkel des Mantelkragens heraus Funken sprühte. Christians Stute schnappte unwillig nach der aufdringlichen Nase Feirefiz'.

„Habt Ihr etwas Verdächtiges ausmachen können?"

Christian schüttelte den Kopf. „Nicht weit entfernt gibt es einige bessere Unterschlüpfe. Alte Hütten und Pingen, die Schutz vor dem Wind bieten können. Aber es wird schon dunkel. Vielleicht sollten wir morgen mit frischen Kräften und warmem Essen im Magen zurückkehren. Was meint Ihr, Herr Commissar?"

Caspar drängte seinen Schecken nahe an Christians Pferd heran. Nervös versuchten beide Pferde einander auszuweichen, doch Caspar kannte keine Gnade, trieb seinen Feirefiz in die Flanke von Christians Stute, sodass sich beinahe die Steigbügel verkeilten und die beiden Männer und ihre Pferde aneinanderfesselten. Christian blieb nichts weiter übrig, als sein Pferd zurückzuhalten und es zu zwingen, nicht vor dem aufkommenden Druck zu weichen, denn er musste alles tun, um die Frau nicht zu verraten und ihr einen Vorsprung zu verschaffen.

„Ich denke, Ihr habt recht. Ich bin überrascht, dass Euer Herr Onkel keine bessere Meinung über Euch hat. Manchmal kommt Ihr gescheit daher." Caspar gab den Bütteln ein Zeichen und erleichtert machten sich die Männer auf den Rückweg, schnell verschluckte sie die Dämmerung und Caspar und Christian waren allein.

„Manches Mal aber weiß ich nicht, was ich von Euch halten soll. Seid Ihr ein möglicher Freund? Wir sind immerhin etwa im gleichen Alter. Oder seid Ihr ein Rivale? Um die Gunst einer Frau zum Beispiel?"

Christian wurde unbehaglich und er spürte, dass es seinem Pferd genauso ging.

„Wie könnte ich Euer Rivale sein? Ich bin im Vergleich zu Euch ein kleines Licht, dazu noch unter einem sorgfältig ausgewählten Scheffel verborgen."

„Schmeichelt mir nicht. Ich habe Euch gesehen, in den Schankstuben mit den offensichtlichen Dirnen – und wie Ihr Marie Schulte bei einer der Hinrichtungen im Arm gehalten habt! Ihr solltet dieses Mädchen nicht durch Eure Annäherungen beleidigen und entehren. Solches Verhalten steht einem künftigen Juristen nicht an."

„Woher nehmt Ihr die Gewissheit, dass ich ein Jurist zu werden beabsichtige? Und was geht Euch Marie an?“ Wieder einmal konnte Christian seinen Trotz nicht herunterschlucken. Langsam fehlten ihm die Nerven dafür, dass ihn immer wieder jemand für minderwertig erachtete.

„Alle Frauen im Amt Balve gehen mich etwas an. Aber Ihr werdet mir zustimmen, dass Marie etwas ganz Besonderes ist. Ihr kennt den Schlüssel zu ihrem Herzen, benutzt ihn aber nicht. Und damit das so bleibt, werde ich Euch zu beschäftigen wissen. Denn Ihr schuldet mir nach diesem heutigen Tag vorerst etwas.“ Caspar schlug den Kragen herunter und gewährte Christian einen Blick in sein Gesicht.

Er lächelte.

Unsicher riss sich Christian zusammen. Dieser Mann war in der Tat gefährlicher, als er gedacht hatte. Hinterhältig und von seinem Vorteil besessen.

„Warum schulde ich Euch etwas?“, brachte er gebrochen hervor.

Caspar lächelte weiterhin, es lag jedoch keine Freude und Freundlichkeit in seinem Blick.

„Mir ist nur aufgefallen, dass Ihr Euer Reisebündel verloren habt. Man könnte bei dem Verlust eines so sorgfältig geschnürten Bündels auf … Gedanken kommen, die Ihr vielleicht nicht verdient habt. Glaubt mir, nicht alle Büttel waren versessen darauf, nach Hause zu gehen. Manchen wog der Goldtaler einfach schwerer. Sollten sie in einem der Verstecke auf eine Frau mit einem Bündel voller Geschenke stoßen, wäre das für Euch entsetzlich – und Ihr bräuchtet einen Fürsprecher, nicht wahr? Ich denke, wir verstehen uns. In allen Belangen.“

Caspar wendete Feirefiz und trabte davon. Erst jetzt bemerkte Christian, dass er immer noch seine Pistole in der Hand hielt. Aus einem Impuls heraus legte er auf den Rücken des Hexenkommissars an und zog am Abzug. Doch dieser bewegte sich nicht. Der Hahn war noch immer nicht gespannt.

Die Warnung

Das Fachwerkhaus kauerte sich wie eine Katze in den Schatten seiner Gasse. Es wirkte winzig und einfach, aber wider Erwarten sauber und einigermaßen instand gehalten. Nirgendwo bröckelte der Lehmputz, nirgendwo fehlte ein Brett oder eine Schindel auf dem Dach. Der Platz vor der Eingangstür mit einer einladenden Bank war frisch gefegt und in einem geharkten Beet wuchsen ein paar Kräuter, die jedoch durch den Frost der letzten Tage mitgenommen ihr Grün eingebüßt hatten und ihre Blätter schlaff und grau herabhängen ließen.

Die Insassinnen des Balver Heilig-Geist-Hospitals, Witwen und andere arme ältere Frauen, saßen oft, wenn die Sonne schien und ihnen das Gesicht wärmte, vor der Eingangstür, putzten Gemüse, nähten oder besserten Teile ihres Hausrates aus. Ihnen war das Glück beschieden, nicht in Dreck und Armut hausen zu müssen, für ihr Auskommen sorgte eine Stiftung, und Pfarrer Laer kümmerte sich in seinem Amt als Verwalter um Finanzen und Seelenheil.

Anneken kannte nahezu jede Ecke des Häuschens, war unzählige Male den langen, schmalen Gang mit den Türen zu den einfachen Kammern hin zum Gemeinschaftsraum mit der Feuerstelle hinauf- und hinabgelaufen, hatte den steinernen Boden gewischt, wenn wieder einmal das Nachtgeschirr einer Kranken übergeschwappt war oder sich jemand übergeben hatte. Denn so sauber das Haus auch wirkte, ständig hing der Geruch von Krankheit und Tod über und in seinen Mauern, vermischt mit der bangen Hoffnung des Alters, heute noch einmal den Sonnenauf- und -untergang erleben zu dürfen, ohne dem Schnitter die knochige Faust schütteln zu müssen. Unzählige Frauen hatte Anneken, nicht erst nachdem ihr Gatte zum Bürgermeister gewählt worden war, schon betreut, ihnen die Stirn abgetupft oder einfach aus der Bibel vorgelesen und im Kerzenlicht faltige Hände gestreichelt.

Auch heute hatte eine der Frauen sie wieder um Hilfe geholt, die noch einigermaßen gut auf den Beinen war. Eingeschüchtert von der

Größe des Hauses des Bürgermeisters hatte die alte Lisbeth auf der Ofenbank gekauert und sich etwas vom getrockneten Obst in den zahnlosen Mund geschoben, das auf dem Küchentisch gestanden hatte, während sich Anneken zurechtgemacht hatte.

Jetzt betrat die Bürgermeisterin in ihrer Begleitung die Kammer der ältesten Insassin und ein widerlicher Geruch stieg ihr in die Nase. Anneken ließ die Tür offenstehen und öffnete auch gleich das schmale Fenster.

Langsam setzte sie sich auf die Kante des Bettes und fühlte die Stirn der Kranken.

„Was meinst du?", krächzte Lisbeth hinter ihr.

„Sie ist ganz kalt. Ich glaube, es wird heut' zu Ende gehen mit Dorothea. Schaffst du es noch, Pfarrer Laer zu benachrichtigen?"

Lisbeth schnaubte ungehalten, zuckte aber mit ihren knochigen Schultern. „Glaub' schon. Soll ich ihm sagen, dass Dorothea heute schon den Löffel abgibt, damit er schneller hier ist?"

„Psst!" Anneken war einen Augenblick lang entsetzt über das taktlose Verhalten am Sterbebett eines Menschen, erinnerte sich jedoch daran, dass es für die älteren Damen durchaus an der Tagesordnung war, sich mit dem Tod und dem Verfall auseinanderzusetzen.

Brummend schlurfte Lisbeth aus dem Zimmer.

Anneken schlug das Laken zurück und machte sich daran, Dorothea das schweißgetränkte Nachthemd abzustreifen. Sie hatte in den letzten Tagen oft hohes Fieber gehabt und bei ihren Hustenanfällen waren blutige Klumpen auf Bettzeug und Nachthemd gespritzt. Jetzt lag sie jedoch wie ein Stein zwischen den Laken und stöhnte nur unbändig, wenn Anneken sie berührte.

Es klopfte an der Tür und eine junge Frau steckte ihren Kopf ins Zimmer.

„Frau Bürgermeisterin, hättet Ihr einen Moment Zeit, um mit mir zu sprechen?"

Anneken kannte die braunen Locken der Frau sehr gut, hatte sie schon des Öfteren in der Kirche oder auf dem Marktplatz gesehen, erinnerte sich jedoch nicht an den Namen der Tochter eines recht wohlhabenden Hofbesitzers.

„Vielleicht können wir uns unterhalten, während Ihr mir zur Hand geht", lächelte Anneken sie an und die Frau nickte beklommen.

„Ich habe nicht viel Erfahrung in der Krankenpflege, Frau Bürgermeisterin."

„Das macht nichts, ich werde Euch schon sagen, was zu tun ist. Aber verzeiht, wie lautet noch Euer Name?"

„Ich bin Marie Schulte, aus Mellen. Nennt mich bitte Marie!"

Anneken lächelte weiter und bat Marie mit einer Geste in den Raum. „Stütze bitte ihren Rücken, damit ich ihr das Hemd ausziehen kann, zu zweit geht es leichter."

Schweigend arbeiteten die beiden Frauen Hand in Hand, die Anstrengung, den überraschend schweren Körper der eigentlich zierlichen alten Frau zu bewegen, nahm ihnen den Atem und ließ Schweiß auf ihre Stirn treten.

Endlich war es geschafft und Anneken holte einen Kienspann aus der Küche und entzündete eine Kerze, schöpfte etwas Wasser aus dem Kessel über dem Feuer und begann, den schlaffen Körper zu waschen. Marie half ihr dabei, wartete auf einen Wink der Bürgermeisterin, dass sie sprechen konnte. Erstaunt bemerkte Marie, dass sie beide etwa im gleichen Alter sein mussten, sich ansonsten aber kaum ähnelten. Annekens veilchenblaue Augen strahlten aus einem makellosen Gesicht und ihr glattes blondes Haar lag anständig unter einer Haube, die mit kostbarer Spitze gearbeitet war. Marie fühlte sich neben der engelsgleichen Gestalt Annekens eingeschüchtert und wie ein Bauerntrampel, der es nicht einmal schaffte, die struppigen Haare zu bändigen und sie unter einer Haube zu halten.

Als Dorothea gewaschen war und ein frisches Nachthemd trug, deckte sie Anneken zu und sah dann auffordernd zu Marie.

„Was wolltest du mir sagen?"

Marie wusste nicht, wie sie beginnen sollte. Auf dem Weg hierher hatte sie sich zahlreiche Worte zurechtgelegt, hatte immerhin das Risiko in Kauf genommen, sich gegen den Willen ihrer Eltern vom Hof zu schleichen und nach Balve zu laufen. Hatte vor dem Anwesen der Flörkens herumgelungert, bis Anneken das Haus verließ und war ihr dann nachgegangen. Wichtig war ihr ihr Anliegen erschienen, doch jetzt, wo es darauf ankam, fehlten ihr die Worte.

„Es ist schwierig, ich will Euch nicht bedrängen oder verärgern, mich in Dinge mischen, die mich nichts angehen.“ Marie traute sich nicht, die Bürgermeisterin vertraulicher anzusprechen und starrte auf ihre Stiefel.

„Dennoch bist du zu mir gekommen. Also muss es wichtig sein, was du sagen willst.“ Anneken legte Marie den Zeigefinger unter das Kinn und zwang sie sanft aufzublicken. „Sprich bitte.“

„Es sind so viele Menschen gestorben, von denen ich glaube, dass sie zu Unrecht verurteilt wurden. Ich wollte dem Einhalt gebieten.“

Überrascht ließ Anneken Marie los und sah sie einfach nur an. Die Entschlossenheit, die die Worte des verschüchterten Mädchens plötzlich ausstrahlten, machte sie sprachlos. Niemals hätte sie gedacht, auf so ungewöhnliche Weise und ohne ihr Zutun eine Verbündete zu finden!

„Mir geht es ebenso. Ich habe mit beinahe allen gesprochen, wenn sie in ihren Zellen weinten und schrien, sie seien unschuldig. Ich glaube auch, dass das, was hier passiert, ein großer Fehler ist. Aber die Männer hören mir nicht mehr zu. Früher konnte ich Wilhelm … ich meine, den Bürgermeister überzeugen, von falschen Fährten abzulassen. Heute aber tanzt alles nach der Pfeife des Hexenkommissars und niemand wagt es, gegen ihn zu sprechen.“

„Ich habe schon lange Angst vor Herrn Reinhartz. Er sieht mich auf so unergründliche Art an. In seiner Gegenwart verliere ich mich selbst, werde schwach und möchte mich am liebsten verkriechen. Aber immer wieder sucht er mich heim wie ein böser Geist. Meine liebe Amme hat er umgebracht und mir gedroht, dass ich mich nicht gegen ihn wenden soll.“

Marie tat es gut, mit jemanden über ihre Ängste sprechen zu können, und plötzlich flossen ihr die Worte wie ein plätschernder Bach von den Lippen. „Ich habe Angst, dass er mir etwas antut. Meinen Eltern gaukelt er vor, er wäre eine gute Partie für mich. Aber er will etwas anderes, da bin ich mir sicher. Und er wird zu seinen Zwecken weitere Menschen anklagen und umbringen. Ich glaube auch, dass nicht nur er Ziele verfolgt, die über die gerechte Suche nach den Unholden weit hinaus reichen. Merthe, meine Amme, erzählte mir, dass jemand nach Eurem Namen gefragt habe. Ganz hinterhältig habe er sie ausgefragt, auf Umwegen ist er auf Euer Haus und Euren Ehemann gekommen, bis sich die Schlinge um Euren Namen zugezogen hat. Darum wollte ich Euch warnen. Ich glaube fest, dass Ihr eine der nächsten sein werdet, deren Name auf der Liste der Hexerei angeklagten Personen steht. Ich wollte Euch bitten, etwas zu tun. Fortzugehen etwa, Euch zu retten."

Annekens Gesicht hatte sich verfinstert und wütend funkelte sie Marie an. Verflogen war ihre Hoffnung, ihre Verbündete vor sich zu haben.

„Schickt dich mein Mann?", fragte sie mit kalter Wut.

Verdutzt sah Marie sie an. „Aber nein. Ich werde von meinen Eltern ja beinahe als Gefangene in meinem Zimmer gehalten. Wie sollte ich da mit Eurem Gemahl sprechen können?"

Anneken erhob sich und schlug das Fenster zu, die Kerze erlosch. Ärgerlich stapfte die Bürgermeisterin aus dem Raum und kehrte mit einem neuen Kienspann zurück.

Flackernd erlangte die Kerze ihr Leben zurück. Doch Anneken schwieg, beobachtete nur die schwankende Flamme.

Marie wusste nicht, was sie sagen oder tun sollte. Sie hatte gehofft, wenigstens einen Menschen vor Caspar Reinhartz retten können, denn starb die Bürgermeisterin, eine untadelige Frau mit einem guten Herzen, so glaubte Marie, starb auch ein Stück weit die Seele ihrer Heimat.

„Bitte, Anneken, Ihr dürft Euch nicht weiter dieser Gefahr aussetzen! Ich weiß nicht, was ich noch sagen soll …"

„Du musst nichts mehr sagen. Ich habe meinem Mann bereits erklärt, dass ich nicht gehen kann und will! Wenn ich aufgebe, dann haben diese Männer doch gewonnen! Keinen der Stadträte, auch nicht Pfarrer Laer oder gar Richter Roeßen, kümmert es einen Dreck, was mit den Frauen und Männern in den Kellern geschieht. Keiner ahnt, dass die Folter nicht das Mittel ist, um endlich die Wahrheit ans Licht zu bringen, sondern nur dazu dienen kann, einfach alles unter Schmerzen von einem Menschen zu erfahren."

„Ich kenne jemanden bei Gericht, der so denkt. Aber seine Stimme – oder meine – ist nicht laut und einflussreich genug, um Stellen zu erreichen, die das ändern könnten. Ich habe einen Brief an unseren Herrn Drosten geschrieben, aber keine Antwort ist gekommen. Vielleicht könnt Ihr als Bürgermeisterin ..."

„Mein Mann hat die Macht, nicht ich", unterbrach Anneken Maries Flehen. „Ich kann nicht viel tun, außer das Leid in den Zellen zu lindern, das sie anrichten. Es ist meine Pflicht, wenigstens das zu tun. Ich kann nicht gehen und die Wunden unverbunden lassen, wo es keine andere Hoffnung gibt. Marie, ich kann es nicht ändern, auch wenn ich es wollte. Und ich fühle, dass ich bleiben muss. Mein Schicksal wird sich nicht in Arnsberg oder Köln entscheiden, sondern genau hier. Und wer weiß schon, welche anderen Schicksale mit dem eigenen verbunden sind."

Die Haustür knarrte vernehmlich und erschrocken sahen die beiden Frauen auf. Stimmen hallten durch den Flur, denen schwere Schritte folgten. Sie erkannten das meckernde Lachen der alten Lisbeth, die ganz offensichtlich bester Laune war.

„Danke, Söhnchen. So galant bin ich in meinem Leben noch nicht nach Hause geleitet worden!"

„Keine Ursache, meine Dame!"

Marie erstarrte. Christians Stimme!

Doch als erstes schob sich Pfarrer Laers Gelehrtenbäuchlein in das Zimmer und besorgt warf der Geistliche sofort einen Blick auf das Bett.

„Wie geht es Dorothea?", fragte er mit seiner dunklen Stimme, die mühelos das ganze Hospital ausfüllte.

„Wir haben sie vorbereitet. Ich glaube, sie wird nicht mehr aufwachen, ihre Seele löst sich schon von ihrem Körper", antwortete Anneken und machte dem Pfarrer Platz am Bett der kranken Frau.

Nachdem Laer das Zimmer betreten hatte, war wieder genug Raum, dass nun auch Lisbeth und ihr Begleiter durch die Tür etwas zu sehen bekamen. Maries Herz schlug schneller und sie musste trotz der ernsten Situation lächeln, als sie Lisbeths verträumten Gesichtsausdruck sah, mit dem sie Christian am Arm hing. Zahnlos lächelte die Alte zu ihm hinauf und er tätschelte ihr verschmitzt die Hand.

„Lisbeth, geh am besten zu den anderen Frauen, sie sollen für Dorothea den Rosenkranz beten", zerriss Pfarrer Laers Befehl die Schwärmerei der alten Dame jedoch schnell, und missmutig ließ Lisbeth ihren jungen Begleiter los.

Christian und Pfarrer Laer tauschten einen einvernehmlichen Blick, doch dann wurde Laer wieder ernst.

„Ich denke, Ihr habt recht, Frau Bürgermeisterin. Der Atem geht nur noch sehr flach. Aber Ihr habt ein wundervolles Werk der Nächstenliebe an dieser Frau vollbracht. Ihr übrigens auch, wie mir scheint, Marie", lächelte der Priester sie an, während er sich seine Stola überwarf und die Utensilien für die Krankensalbung aus seiner Tasche hervorzog.

„Herr Pfarrer, bevor Ihr beginnt, wollte ich mit Euch etwas besprechen", meldete sich Christian zu Wort. „Auch wenn die holde Lisbeth mich abgelenkt hat, war ich doch in ernster Mission auf dem Weg zu Euch. Es ist auch gut, dass die Frau Bürgermeisterin gleich mit dabei ist."

Laer hob fragend seine Augenbraue, bedeutete Christian jedoch zu sprechen, der ernst nickte. „Eilt Euch, ich weiß nicht, wie schnell es mit Dorothea enden wird."

„Gut denn. Ohne Umschweife und direkt heraus. Es ist in den Verhören der Name der Bürgermeisterin gefallen. Ihr Herr Gemahl weiß davon und will sie aus der Stadt fortschaffen. Ich denke, alle in diesem Raum sind sich einig, dass Frau Anneken keine Zauberische sein kann und dass dieser Unfug, den die Herren vom Gericht treiben, schon nach wenigen Wochen ausartet. Im Namen Eures Gatten soll ich Euch beschwören, dass Ihr fortgeht. Ich breche meinen Eid, um Euch zu warnen", wandte sich Christian mit treuem Blick an die Bürgermeisterin.

Pfarrer Laer klappte der Mund auf und er wirkte wie ein Fisch auf dem Trockenen. Hätte es einen Stuhl in der Kammer gegeben, wäre der Pfarrer am liebsten darauf gesunken, auf das Krankenbett traute er sich nicht und musste somit versuchen, im Stehen seine Fassung zurückzuerlangen.

Marie sah Christian liebevoll an. Sie war in diesem Moment so stolz auf ihn wie noch nie zuvor. Es schien, als wollte er tatsächlich erwachsen werden und Verantwortung übernehmen! Er hatte die Wahrheit erkannt und war für sie eingetreten.

„Ihr wisst, dass Ihr damit furchtbare Anklage erhebt, Herr Christian", ereiferte sich Laer und tupfte sich mit der Stola den aufkeimenden Schweiß ab. „Ihr zieht mich mit Euren Worten in einen Strudel, in den ich nicht hätte hineingeraten dürfen!"

„Herr Pfarrer, Ihr kennt die Bürgermeisterin und Ihr kanntet auch meine Amme Merthe. Beides Frauen, die keiner Fliege etwas zuleide tun können. Schon Merthe ist unschuldig und unnütz gestorben. Wollt Ihr wirklich nur dabeistehen und gaffen, wenn auch die Bürgermeisterin sterben soll?", fragte ihn Marie und trat näher an Christian heran. Heimlich drückte sie ihm den Arm.

„Ich, ich kann nichts … Ich weiß nicht, was ich sagen soll!"

„Spart Euch die Worte, Herr Pfarrer", mischte sich Anneken leise in die Unterhaltung. Sie wirkte traurig, dennoch blieb ihre Stimme fest. „Ich habe jetzt Kenntnis von den Besagungen gegen mich und kann mich vorbereiten, um den Denunzianten gegenüberzutreten. Aber ich werde nicht gehen. Eine Flucht vor dem Gesetz kommt für mich nicht infrage. Ich werde auch die Bedürftigen nicht im Stich lassen. Und damit ist diese Posse beendet. Wir sollten uns um die arme Dorothea bemühen. Dies ist ihre Stunde. Sie hat Hilfe und Unterstützung nötiger als wir alle zusammen!"

Sprachlos sahen Christian, Marie und Laer die Bürgermeisterin an. Durch die dünnen Wände drang das sonore Herunterbeten des Rosenkranzes aus der Küche. Dorotheas Atem blubberte in ihrer Brust, sie zitterte.

Laer räusperte sich und maß Christian und Marie mit einem strengen Blick, wandte sich dann der Kranken zu und vertiefte sich in ein

Gebet. Auch Anneken warf den Beiden einen Blick zu, trat dann neben den Pfarrer und säuberte Dorotheas Stirn mit einem Lappen.

Die alte Lisbeth, scheinbar angelockt von der plötzlichen Ruhe in Dorotheas Kammer, schielte um die Ecke und begutachtete die Szene und vor allem den gut aussehenden Mann, den sie beim Pfarrer getroffen und der sie nach Hause gebracht hatte. Ihr gefiel gar nicht, dass er so nah an diesem braun gelockten dürren Ding stand. Nur ein paar Stunden wollte Lisbeth sich wieder jung fühlen und diesen hübschen Christian mit ihrem Geplapper für sich einnehmen. Weiter konnte sie ihren Gedanken jedoch nicht nachhängen.

Gerade als sich Pfarrer Laer mit dem Öl für die Krankensalbung an seinen Fingern Dorothea zuwenden wollte, riss diese ihre Augen weit auf und fuhr mit einem Schrei in die Höhe. Wirr standen der alten Frau die Haare vom Kopf und ihre Augen rollten wild umher. Licht und Schatten umflatterten ihre ausgemergelten Züge und ein dünner Faden Blut lief ihr über das stoppelige, graue Kinn.

Dorotheas Augen wanderten wie toll umher und hefteten sich schließlich an Annekens zurückgezuckte Gestalt. Mit einer zitternden Hand wies Dorothea auf die Bürgermeisterin.

„Da, da steht er! Nein, nein, nicht der Tod will mich holen! Der Teufel ist persönlich gekommen, um mich zur Hölle fahren zu lassen! Ich sehe schwarze Schwingen hinter diesen Schultern!", kreischte sie und sackte dann in sich zusammen. Blut spritzte auf das frische Nachthemd und das Gurgeln ihres letzten Atemzugs schwappte in die entsetzte Stille der Kammer.

Lisbeth bekreuzigte sich rückwärts schwankend.

Zwei Suchende

Caspar schreckte von seiner Arbeit auf, als er das Rattern von eisenbeschlagenen Rädern auf dem hart gefrorenen Boden vor seinen Fenstern hörte. Pferde schnaubten und er vernahm, wie der Kutscher vom Bock sprang und den Schlag öffnete. Eine dunkle Stimme gab Anweisung und kurz darauf klopfte es an seiner Tür. Caspar ließ neugierig die Feder sinken und schob die Akten über die letzten Verhöre zu einem ordentlichen Stapel zusammen, als auch schon die Tür aufgerissen wurde und ein Mann von beachtlicher Größe den Raum ausfüllte.

„Mein lieber Herr Reinhartz!", begrüßte sein Gast den verblüfften Commissar.

Caspar brauchte einen Augenblick, um die Ankunft seines Mentors zu verkraften.

„Ich hatte nicht mit Eurem Besuch gerechnet, Herr Doktor!", versuchte er, sich zu fangen, erhob sich beflissen und reichte Heinrich von Schultheiß die Hand mit einer Verneigung. Heinrich klopfte ihm auf die Schulter und trat vollends in den Raum.

„Habt Ihr viel zu erledigen, Caspar? Ich habe einen Bärenhunger."

„Oh, natürlich. Ich werde im Speiseraum decken lassen."

„Guter Junge!"

Ohne die Fassung vollkommen wiedererlangt zu haben, lief Caspar aus dem Raum. In seinem Kopf rumorten die Fragen nach den Gründen des so plötzlichen Erscheinens des bekannten Hexendoktors, dem Caspar das Erklimmen einiger wichtiger Stufen auf seiner Karriereleiter verdankte, und er fragte sich wieder und wieder, ob nicht die Unzufriedenheit mit seiner Arbeit Schultheiß aus Arnsberg zu ihm getrieben hatte. Vielleicht sollte er sich noch mehr anstrengen?

Später saßen die beiden Juristen am langen Tisch im Speisezimmer des Drostenhauses und vor allem Heinrich von Schultheiß langte ordentlich bei den gebotenen Speisen zu, die die Küche trotz der Kürze der Zeit opulent zubereitet hatte. Caspar kam kaum zu Wort, hörte dem dröhnenden Bass Schultheiß' zu und stocherte lustlos in den Köstlichkeiten auf seinem Teller.

Er war sich bewusst, dass sich die meisten Menschen ein Bein ausgerissen hätten, um an dieser Tafel zu schlemmen, doch ihm war das gezierte Essen der Höfe und edleren Tafeln im Grunde zuwider. Caspar musste, wie häufig bei Tisch, an seine Mutter Ursula denken. Sie hatte aus einfachen Zutaten ohne großes Drumherum eine schmackhafte Suppe zusammengezaubert, die er als Kind geliebt und entsprechend schnell in sich hineingelöffelt hatte. Ursula hatte neben ihm gesessen, wenn er von der Schule nach Hause gekommen und es still in ihrem Heim gewesen war. Seine jüngeren Geschwister in ihren Kammern, die älteren aus dem Haus und vor allem der Vater noch nicht vom Gericht zurück. Caspar hatte sich an die Schulter seiner Mutter gelehnt und die Wärme ihrer Suppe in seinem Magen und die Wärme ihrer Hand auf seinem Scheitel gespürt.

„Du weißt, Caspar, dass du nichts dem Vater sagen darfst!", hatte Ursula Reinhartz ihn jedes Mal ermahnt und er hatte nur stumm vor Glück genickt. Niemals hätte er diese Augenblicke verraten, die sein Vater Franz nie im Leben gebilligt hätte. Dieser schwärmte mehr für die adelige Verwandtschaft seiner Frau als für ihre Person. Entsprechend lehnte Franz Reinhartz nach seiner Heirat mit ihr alles ab, was ihm nicht fein genug erschien. Einfache Suppe zum Beispiel. Aber Ursula kochte gerne, vor allem nach den Rezepten ihrer Mutter, und setzte sich im Geheimen gegen ihren Gatten durch, indem sie ihren Kindern etwas von ihrer Bescheidenheit und Demut näherbrachte. Caspar wusste, dass seine Großmutter die Haushälterin eines Geistlichen, eines Mainzer Domherren, gewesen war. Sie hatte es verstanden zu kochen – und einen Weg in das Bett des Mannes zu finden, der von hohem Adel war. Ursula war das Ergebnis gewesen, das beide Eltern geliebt hatten. Und jetzt liebte Caspar seine Mutter für ihre Art zu kochen und mit den Menschen umzugehen.

Fast dieselben Qualitäten glaubte er, in Marie erkannt zu haben. Aber nicht immer konnte er sich diesen Neigungen zum Einfachen hin ergeben, war verpflichtet, bedeutenden Gästen die extravagantesten Menüs vorsetzen zu lassen und die gesellschaftlichen Anlässe mit geheucheltem Genuss zu überstehen. Vielleicht war auch Marie nur eine flüchtige Erscheinung, die er nicht mit in sein Leben nehmen konnte. Ihm waren seine Verpflichtungen bewusst. In Werl hatte er andere Prioritäten zu setzen.

„Caspar? Schlaft Ihr schon?" Heinrich von Schultheiß zwinkerte ihm über den Rand seines zum wiederholten Male geleerten Weinglases zu und holte Caspar aus den Tiefen seiner Erinnerungen zurück.

„Es war ein langer Tag. Die Verhöre strengen mich immer etwas an", entschuldigte Caspar sich und blinzelte sich in die Gegenwart.

„Ach ja, die Verhöre! Ganz ordentliche Bilanz, die Ihr vorlegt, mein Lieber!", gab sich Heinrich zufrieden, belauerte seinen Zögling jedoch unauffällig.

„Ich gebe mir Mühe! Es ist meine erste verantwortungsvolle Aufgabe. Ich möchte niemanden enttäuschen. Auch wenn, Euch kann ich es gestehen, ich manches Mal an meiner Kraft zweifele."

„Warum?"

Caspar rutschte unruhig auf seinem Stuhl hin und her und suchte nach den richtigen Worten, die ihn nicht wie einen inkompetenten Schwächling aussehen lassen würden.

„Mich beschäftigt vor allem dieser … mystische Aspekt. Diese Praktiken, von denen die Zauberischen berichten, verfolgen mich bis in den Schlaf. Ich glaube nicht, dass ich sie nicht verwinden kann, vielmehr glaube ich, diese vermaledeiten Hexen machen sich über mich lustig und schicken mir diese Visionen des Grauens. Was sie nicht bedenken, ist, dass sie mir dadurch mehr offenbaren, als ihnen gut tut."

Heinrich von Schultheiß sah ihn nachdenklich an und strich sich seinen Schnurrbart. „Welche Art von Träume? Was seht Ihr?"

„Vieles. Wie sie ein gesundes Kind gegen die missgestaltete Brut des Teufels austauschen, wie sie ihre Form wandeln, Milch stehlen oder Unwetter machen. Wie sie die Männer verführen …"

„Ah! Natürlich, Caspar! Ihr seid ein Mann, sie wollen Euch bei Eurer Schwäche packen, Euch bezirzen! Nicht von ungefähr stammt dieser Begriff von einer griechischen Hexe ab! Sie wollen Euch auf ihre Seite ziehen, indem sie Euch vorgaukeln, Ihr könntet sie haben, Euch ohne Gefahr ihnen hingeben! Aber ich weiß, dass Ihr widerstehen könnt. Ihr werdet Euch nicht in ihre Arme treiben lassen und Euch ihrem Herrn und Meister dadurch ergeben. Ihr seid gewappnet mit dem Wissen, das Ihr bei mir erworben habt, kennt die *Carolina* und den *Malleus Maleficarum*. Ich vertraue Euch."

Caspar fühlte sich geschmeichelt und prostete Heinrich zu, dachte jedoch an einen seiner ersten Träume, als er sich selbst als den dunklen Herrn eines Hexensabbats gesehen hatte. Er schüttelte die Bilder ab, wie seine Klauen Maries Körper liebkost hatten.

„Habt Dank. Wichtiger ist jedoch, dass mir im Traum immer wieder die Herrin der Balver Hexen erschienen ist."

„Und wer mag das sein?" Heinrich von Schultheiß' Körper spannte sich wie die Sehne einer Armbrust.

„Erst trug sie immer ein altes, hässliches Gesicht, bis ich erkannte, dass dies nur eine Maske war! Jemand, ich glaube, ich selbst entriss sie ihr und hatte eine junge Frau vor mir."

Heinrichs Hand donnerte auf die Tischplatte, dass das Geschirr hüpfte und klirrte. Seine Augen blitzten.

„Natürlich! Auch der Teufel liebt das feste, biegsame Fleisch. Eine junge Buhle ist ganz nach seinem Geschmack! Habt Ihr einen Namen, der zu dieser Erscheinung passt?"

„Oft wird der Name der … Es ist gut, dass Ihr hier seid! Ich muss Euch um Rat bitten, denn die Person ist kein Niemand. Ich schrecke etwas davor zurück, sie einholen zu lassen, auch wenn mir die anderen Personen des Gerichts dazu geraten haben."

„Ich helfe Euch gern, wo ich kann, Caspar." Vertraulich legte Heinrich seinen Arm um den mager wirkenden Körper seines Schülers, hüllte ihn ganz in seine Überlegenheit ein.

„Nun, die Bürgermeisterin, Anneken Flörken mit Namen. Allerdings ist sie ein Musterbeispiel an Frömmigkeit und Großherzigkeit, wie man allerorts zu hören bekommt."

„Bemerkenswert! Aber nicht ungewöhnlich. Solche Frauen lieben es, sich in den Vordergrund zu spielen. Und der Teufel weiß sie durch ihre Eitelkeit nur allzu gut zu verführen. Denkt nur an die Verschwörer aus den Adelsfamilien! Niemand ist sicher vor den Einflüsterungen des Bösen. Außerdem lehrt uns Institoris doch, dass auch ein Zuviel an Frömmigkeit durchaus verdächtig sein kann." Heinrich schenkte sich Wein nach. „Meinen Segen hättet Ihr, sie holen zu lassen. Ich würde auch in Arnsberg mein Wort geltend machen in dieser Angelegenheit."

Caspar lächelte erleichtert. „Es wäre mir eine Ehre. Eine noch größere wäre es jedoch, ich weiß nicht, ob ich Euch damit behelligen kann und ob es Eure Zeit überhaupt erlaubt … Würdet Ihr mir die Ehre erweisen, weiter von Euch zu lernen? Vielleicht könntet Ihr bei einigen Verhören zugegen sein?"

Heinrich tat einen Augenblick lang nachdenklich, doch eigentlich hatte er nur auf dieses Angebot hingefiebert. Es eröffnete ihm endlich die Gelegenheit, bedeutende Fälle für sein Buch zu recherchieren, die nicht in seiner direkten Verantwortung lagen.

„Ich denke, ich kann es einrichten. Was Ihr braucht, wäre ein konkreter Hinweis auf die Verbindung des Weibsbildes mit dem Bösen. Ihr solltet schnellstens weitere Verhöre ansetzen und Einziehungen in Betracht ziehen, um diesen großen Fisch nicht von der Angel zu lassen."

Ihre Gläser klirrten einträchtig aneinander. Keiner der beiden Männer bemerkte die gebeugte Gestalt, die sich über die Gasse dem Drostenhaus näherte und die nicht nur ihre Pläne begünstigen konnte.

Johannes quälte sich hustend durch den staubtrockenen Berg der letzten Verhöre, nahm ab und an geistesabwesend einen Schluck aus seinem mittlerweile dauerhaft anwesenden Becher mit Kräutersud. Immer wieder beteuerten diese Zauberischen erst ihre Unschuld, knickten dann ein wie eine marode Brücke und ergingen sich in Selbstmitleid. Bei den Beschuldigungen waren die meisten dann aber doch recht freimütig und ließen sich liebend gern in eine Richtung treiben, die ihm zupass kam. Johannes hatte in den vergangenen Wochen viel von Caspar Reinhartz gelernt, seine Fragetechnik verfeinert und das Grauen in seinem Geist zurechtgestutzt, wenn wieder ein Knochen knirschend barst, es nach verbranntem Fleisch roch oder sich Erbrochenes über den Steinboden ergoss.

Aber die Arbeit bereitete ihm tatsächlich Freude. Vor allem, nachdem sich Roeßen wegen einer Unpässlichkeit vorerst in sein Bett verzogen hatte. Johannes würde schon das Amt des Richters übertragen bekommen, da war er sich mittlerweile sicher. An den verheulten Augen des Bürgermeisters konnte er tagtäglich ablesen, wie nahe er seinem Ziel gekommen war. Dieser Flörken hatte ihm unter der Hand doch tatsächlich mit einer Beschwerde vor dem Reichskammergericht gedroht, sollte sein blödes Weib eingezogen werden. Eine weitere Unverschämtheit unter vielen, die Johannes gedachte, ihm heimzuzahlen.

Ein Gerichtsdiener klopfte und betrat ohne abzuwarten das Arbeitszimmer des Richters.

„Verzeiht, ich denke, das hier ist wichtig", entschuldigte sich der Mann und überreichte Johannes ein Blatt mit eilig aufgenommenen Zeilen.

„Die alte Lisbeth war eben erst da. Ungeheuerliche Anschuldigung! Und dann noch gegen die Bürgermeisterin!"

„Wer hat Ihm diese Zutraulichkeit gestattet?", wies Johannes den Übereifrigen beherrscht zur Ordnung, die Worte beflügelten sein Gemüt. „Ist Herr Reinhartz noch bei der Arbeit?"

Der gescholtene Gerichtsdiener schüttelte trotzig den Kopf. „Er nimmt mit Herrn Doktor von Schultheiß im Speisezimmer ein Abendessen ein."

„Ohne mich?"

„Verzeiht, aber ich bin dem Doktor und Herrn Reinhartz nicht zutraulich, sodass ich keine Kenntnisse über deren Beweggründe zu nennen vermag."

„Frecher Kerl, raus mit dir!"

Johannes riss seinen Mantel von der Stuhllehne und stürmte an dem verdutzten Mann vorbei aus dem Arbeitszimmer. Ihm war nicht einmal in den Sinn gekommen, dass auch der amtliche Richter Roeßen zu einem Essen des Gerichts hätte geladen werden sollen.

Im Folterkeller

Erschöpft hatte sich Henrich Roeßen an diesem Morgen aus den Federn gequält. Seine Knochen schmerzten seit Tagen und er fühlte sich, als hätte ihn ein Riese auf das Rad geflochten und sämtliche Gelenke mit einem Schmiedehammer zertrümmert. Die kurze Erfrischung mit dem eiskalten Wasser aus seiner Waschschüssel hatte nicht lange vorgehalten und griesgrämig hatte sich Roeßen an den Frühstückstisch gehockt und darauf gewartet, dass Johannes Höyngk ihn abholen würde.

Johannes hatte ihn in den letzten Tagen wiederholt vertreten müssen und Roeßen war dankbar, dass er seine junge Stütze hatte und ihr vertrauen konnte. Doch jetzt konnte er sich nicht mehr zurückziehen. Johannes hatte ihm Kunde gebracht, dass der berühmte Hexenjäger Doktor Heinrich von Schultheiß zur Begutachtung der Prozesse gekommen war. Da durfte er als Richter nicht fehlen, auch wenn Von Schultheiß' Besuch nicht offiziell war und nirgends verzeichnet werden sollte.

Roeßen seufzte und genehmigte sich noch einen Schluck Kräuterlikör, der ihn zumindest in Ansätzen seine Schmerzen vergessen ließ, als es schon an der Tür klopfte. Mit vor Schmerzen verzogenem Gesicht schlurfte der alte Richter zur Tür und öffnete höchstpersönlich, denn leichtsinnigerweise hatte er seiner Haushälterin heute gestattet, ihre Verwandtschaft im nahen Menden zu besuchen.

Überrascht humpelte Roeßen einen Schritt zurück.

„Mit Euch habe ich nun mal gar nicht gerechnet. Macht Ihr Euch Sorgen um mein Seelenheil, Herr Laer?"

Hermann Laer lächelte gutmütig, trat auf die Schwelle und klopfte dem Richter auf die knorrige Schulter. „Um Euch mache ich mir keine Sorgen, Euer Ehren. Mit Eurem Starrsinn würdet Ihr selbst den Herrn der Fliegen in den Bann schlagen! Vielmehr bat mich Herr Höyngk, Euch abzuholen. Er hatte wohl noch einen Termin mit Herrn Reinhartz."

Roeßen schnaubte und griff nach seinem Hut, der am Mantelstock baumelte. „Ganz vernarrt ist er in den gelehrten Herrn aus Werl!" Resolut stülpte er sich die Kopfbedeckung über sein schütteres Haar. Eitel zogen seine Finger die Rundung der breiten Krempe nach.

„Ihr seid doch nicht eifersüchtig, Herr Richter?", unterbrach ihn die Stimme des Pfarrers.

Roeßen warf Laer einen bösen Blick zu und scheuchte den Pfarrer von seiner Schwelle, zog die Eichentür hinter sich zu. „Mir gefällt nicht, was dieser Herr Reinhartz anrichtet. So viele Verhaftungen – wie lange ist der geschätzte Hexenexperte noch gleich anwesend? Einen Monat? Vielleicht gerade einmal zwei? Und schon wieder holpern die Schinderkarren von dannen und die Verhöre und Denunziationen stapeln sich auf meinem Schreibtisch! Ich weiß nicht einmal mehr, aus welchem Holz der gefertigt ist, so viele Papiere liegen dort herum. Namen, Namen, Namen. Buhlschaften, verdrehte Schilderungen von Schützenfesten und ominöser Schwarzer Materie! Was soll das bitte sein? Diese widerlichen Worte und der noch widerlichere Gedanke an den angeblich kalten Samen des Leibhaftigen gehen mir nicht mehr aus dem Sinn!"

Laer reichte dem Richter seinen Arm. „Herr Reinhartz ist jung und von der Wichtigkeit seines Tuns überzeugt. Es wird schon wieder ruhiger werden", versuchte er Roeßen zu begütigen, erntete aber erneut nur ein abfälliges Schnauben.

„Wenn Ihr meint. Ich hätte nicht übel Lust, mein Amt niederzulegen. Ich fühle mich in der Tat zurückgesetzt und kann noch nicht einmal dagegen protestieren, da mir mein Alter einen Strich durch die Rechnung macht! Heute quäle ich mich nur in den Verhörraum, weil dieser andere Jurist anwesend ist. Er hat gute Kontakte zur Landesherrschaft und steht im Allgemeinen gut da, bekam sogar den Adelstitel in seinen … ach, Ihr wisst schon in was geschoben! Lassen wir uns überraschen, was wir heute für ein Stück geboten bekommen. Das ewige Drama des Herrn Reinhartz hat seine Kurzweil für mich verloren!"

Laer war nachdenklich geworden und schlurfte neben dem hinfälligen Greis einher, hatte es plötzlich nicht mehr eilig, in die Bogengasse zu kommen. „Ich hoffe nur, dieser Herr von Schultheiß ist kein Schmierenkomödiant mit dem übersteigerten Drang zur Verzauberung seines Publikums", seufzte er und versuchte müde, mit dem Greis Schritt zu halten.

Knackend flogen die Schulterknochen aus ihren Gelenken und die junge Frau schrie gepeinigt auf. Das Seil hüpfte durch den Ruck noch ein paar Male auf und nieder und jagte bei jeder Bewegung eine Welle heißen Schmerzes durch ihren Rücken vom Kopf bis zu den Zehenspitzen. Die junge Frau hing mit ihren auf dem Rücken gefesselten Armen an dem Seil, das an der kargen Decke über einen Seilzug lief, ihre bloßen Füße schaukelten wenige Zentimeter über dem Boden, auf dem sich ihr Urin und ihr Blut zu einer Lache vereinigten. Meister Hans mit dem Ende des Seils in der behaarten Faust trat angewidert einen Schritt zurück, da er Angst bekam, sich seine neu erworbenen Stiefel zu ruinieren und entlockte der Verhörten durch den dadurch entstehenden unwillkürlichen Ruck einen weiteren Schmerzenslaut. Ihre Arme streckten sich weiter zur Decke und hilflos versuchte sie, ihren Rücken zu krümmen, um die reißenden Schultermuskeln vom Schmerz zu entlasten.

„Ich kann dich dreimal vierundzwanzig Stunden dort oben baumeln lassen, wenn es mir beliebt", zischte Heinrich von Schultheiß, der sie in einigem Abstand umrundete, und prostete der Frau mit einem Grinsen über seinem vollen Becher zu. Ihre aufgesprungenen Lippen verrieten, dass sie lange nichts getrunken haben konnte, und die zusätzliche Folter beim Anblick des kühlen Weins brachte die Frau zum hilflosen Wimmern. Mit spitzen Fingern näherte sich der Hexendoktor und strich ihr durch einen Riss im Hemd über die schweißbedeckte Haut ihrer Schulter. Er fühlte ihr Blut heiß pochen und ihn überfiel ein Schaudern. Die Frau, die Tochter eines angesehenen Handwerkers, war durchaus hübsch anzusehen, hilflos wie sie da in ihrem dünnen und teilweise zerfetzten Hemd hing, auch wenn ihr die rötlichen Haare geschoren worden waren. An ihrer verbliebenen Kleidung hing immer noch der schwache Duft von Lavendelöl und kämpfte gegen den Gestank des Kellers an. Der Anblick gefiel ihm durchaus und er erinnerte sich an den Richter, neben dem sein Vater gesessen hatte. Der hatte es geliebt, wenn die Weiber das Gericht um Gnade anflehten und ihm alles angeboten hatten.

Heinrich von Schultheiß' Hand wanderte über die verdrehte Schulter den Hals hinauf bis zu ihren hohen Wangenknochen. Die junge Frau stöhnte voller Angst und Schmerz auf. Seine Berührung trieb weitere glühende Nägel in ihr Fleisch. Er lächelte.

„Glaube mir, ich genieße es nicht, dir Schmerzen zuzufügen. Aber du hilfst mir nicht, dir zu helfen!", flüsterte er in ihr Ohr, sog gierig den schwachen Lavendelduft ein, der von ihr ausströmte. „Hilf mir und ich helfe dir. Die Schmerzen, die Stunden andauern könnten, wären sofort vorbei und ich werde Meister Hans befehlen, deine Schultern sofort wieder in ihre Gelenke springen zu lassen! Nur ein paar Fragen …"

Das Mädchen hob ihre verschleierten Augen und versuchte, ihrem Peiniger durch die grellen Schmerzensblitze hindurch in die Augen zu sehen. „Ich bin keine Zauberische! Ich bin nur hier, weil die Margarethe den Friedrich haben wollte, er aber mir zugeneigt ist."

„Und wie hast du das wohl angestellt mit der Liebe dieses Friedrichs? Hast du einen Zauber über ihn geworfen?"

„Nein, nein, Herr im Himmel, nein! Wir kennen uns schon so lange und sind immer gut miteinander ausgekommen! Seit Kindheitstagen!"

Heinrich von Schultheiß bedeutete Meister Hans, das Mädchen langsam herunter zu lassen.

„Hast du ihm dein Blut und das deines finsteren Herrn angeboten und ihn trinken lassen?"

„So etwas Widerliches …" Sie tappte auf ihre Füße und sackte erleichtert etwas in sich zusammen. Aufrichten konnte sie sich nicht mehr und musste von unten zu Schultheiß hinaufsehen. Vergeblich bemühte sie sich, ihre gequälten Schultern zu entlasten. „Natürlich nicht! Ich habe ihn nur geküsst, weil ich ihn sehr mag."

„Auf welchen Körperteil hast du ihn geküsst und hast du zuvor eine Salbe oder ähnliches aufgetragen?"

„Meine Lippen waren rau, da habe ich mir etwas Öl in der Küche genommen."

„Auf den Mund geküsst?"

Sie nickte und verzog sofort wieder schmerzverzerrt das Gesicht.

„Habt ihr dabei Körpersäfte getauscht?"

„Das wollt Ihr doch nicht wirklich hören!"

„Nun?"

„Seine … Zunge war in meinem Mund."

Heinrich von Schultheiß maß sie mit einem strengen Blick. „Also ja."

Das Mädchen schluchzte auf. „Die Dorothea will mir Übles! Ich habe nichts getan!"

Ein kurzer Wink des Hexendoktors genügte und Meister Hans riss ihren Körper wieder in die Höhe. Sie schrie gellend auf.

„Es hatte doch soeben so gut begonnen. Und jetzt weichst du mir wieder aus!"

„Nein, nein, Herr! Ich will Eure Fragen beantworten!"

Heinrich von Schultheiß wandte sich von ihr ab und musterte die Gesichter der anwesenden Gerichtspersonen mit überlegener Befriedigung.

Der beeindruckte Blick Caspars züngelte an ihm empor und auch der Richteranwärter Höyngk maß Schultheiß mit Hochachtung.

Knapp eine Stunde nach Beginn der Befragung war die Angeklagte gebrochen, bereit, Schultheiß das zu sagen, was er hören wollte. Dass er dabei mit einer perfiden Brutalität gegen Körper und Geist der jungen Frau vorgegangen war, billigten die Mienen Caspars und Höyngks bereitwillig. Einzig der greise Richter, der sich ihm als Henrich Roeßen vorgestellt hatte, zerknitterte angewidert sein schrumpeliges Gesicht. Schultheiß war mit sich zufrieden und nahm einen weiteren Schluck des schweren Weins, der ihm beim Denken half.

„Nun, berichte mir darüber, wo du das Zauberhandwerk gelernt hast und wann."

Die junge Frau ächzte, was Meister Hans mit einer leichten Drehung des Seils quittierte. Sofort sprudelte es aus ihr heraus, dass sie es von ihrer Tante gelernt habe, als diese ins Haus eingeheiratet habe. Diese habe ihr auch gezeigt, wie man sich die Männer gefügig mache und es bewerkstellige, das gottgewollte Leben aus ihrem Schoß zu halten. Sie habe dennoch Bälger empfangen, allesamt missgestaltet und Kinder ihres Herrn, den sie auf dem Tanze geküsst und mit ihm gebuhlt habe, weil er ihr den Gefallen getan habe und ihr als Friedrich erschienen sei.

Schultheiß erkundigte sich beiläufig nach dem Nachnamen dieses Friedrichs und erhielt auch diesen Namen als Geschenk von ihren Lippen.

Als Schultheiß endlich zufrieden war und keine weiteren Fragen mehr an sie richtete, stand die pure Verzweiflung im Gesicht des Mädchens. Sie erkannte schlagartig, in welche Geschichten sie sich selbst verstrickt hatte. Der Hexendoktor wandte sich ab und grinste mit dem letzten Schluck Wein dem Gericht zu. Überrascht sah er, wie sich Johannes Höyngk erhob und um das Wort bat.

„Werter Herr von Schultheiß, es sind in der letzten Zeit Namen aufgetaucht, die diese überführte Hexe bislang nicht genannt hat. Vielleicht könntet Ihr sie auch nach diesen noch kurz examinieren?“ Höyngk erhob sich und stieg vom Podest des Richtertisches herab, überreichte dem Hexendoktor eine sauber abgefasste Liste.

Heinrich von Schultheiß maß den jungen Richter mit unverhohlenem Interesse, ließ dann seinen Blick weiter zum vorsitzenden Richter wandern. „Was sagen Seine Ehren Roeßen zu dieser Liste? Ist sie Bestandteil der anderen Akten?“

Roeßen versuchte sich aufzusetzen, doch sein Rücken, der nach dieser Zeit auf dem harten Holz wie die Hölle selbst brannte, hielt ihn zusammengekrümmt zurück.

„Was Herr Höyngk vorbringt, wird schon seine Richtigkeit haben. Derzeit ist er eigentlich schon die starke Hand in diesem Gericht“, mischte sich Caspar Reinhartz ein und nickte Von Schultheiß zu.

„Nun gut.“ Der Hexendoktor las sich geschäftig die Liste durch, die neben dem Namen auch noch Familienstand, Wohnort und gesellschaftliche Stellung aufführte. Eine saubere Arbeit, die ihm seine Aufgabe erleichterte.

„Habt Ihr diese Liste zusammengetragen, Herr Reinhartz?“

„Mit der Hilfe von Herrn Höyngk, ja.“

Heinrich von Schultheiß nickte noch einmal und bedeutete Meister Hans, die Frau aufmerksam zu machen. Es knirschte, als der Scharfrichter sie erneut zur Decke wuchtete.

„Du bist doch mit den Kaufleuten hier in Balve vertraut, nicht wahr? Was weißt du über die Leute, die am Marktplatz leben?“

„Angesehene Bürger leben dort, unter anderem der Bürgermeister und seine Frau“, antwortete sie ächzend.

„Der Bürgermeister, soso. Er ist doch auch ein Kaufmann, nicht wahr? Wie laufen seine Geschäfte?“

„Besser als die der meisten. Darum ist er wohl auch Bürgermeister geworden. Bitte lasst mich herunter!“

„Und woran mag dieser Umstand liegen, dass es dem Herrn Flörken so viel besser geht als dem Rest der Balver Kaufmannschaft?“

„Bitte, das weiß ich nicht! Es tut so weh! Bitte! Ich habe doch schon alles gesagt, was ich weiß und mich ins Verderben gerissen!“

„Dann sage mir, was der Bürgermeister hat, was andere Kaufleute nicht haben!“ Die Stimme des Hexendoktors wurde schneidend. „Stelle dich nicht dumm, Weib!“

Das Mädchen begann zu jammern und der Scharfrichter zog einmal kräftig am Seil. Sie schrie auf, wimmerte und wand sich wie ein gefangener Aal, um den reißenden Schmerzen zu entkommen.

„Bitte sagt mir, was ich noch gestehen soll! Bitte, ich weiß nicht, was Ihr hören müsst!“

Von Schultheiß betrachtete genüsslich die schweißbedeckte Haut und ließ das Mädchen baumeln. Nach einer für die Gequälte schieren Ewigkeit seufzte er.

„Ich werde dir noch einmal helfen, um den Kampf um deine Seele nicht an den Teufel verloren zu geben. Also: Was weißt du über die Familie des Bürgermeisters?“

Überrascht unterbrach Von Schultheiß das Verhör, als Stuhlbeine über den Boden kreischten.

„Euer Ehren?“, fragte er verwundert zwinkernd.

Henrich Roeßen stand hinter dem Richtertisch, seine Augen funkelten voller Zorn.

„Ich bin dieses Theater müde und werde mir nicht länger ansehen, wie in diesem Raum das Recht missbraucht wird. Ich lege mein Amt nieder. Soll es doch jemand ausfüllen, der Freude daran findet, unbescholtene Frauen anzuklagen!" Roeßen warf Johannes Höyngk einen bitteren Blick zu und ächzte aus dem Raum. Ihm folgte entsetztes Schweigen, das nur durch das Wimmern der Zauberischen unterbrochen wurde: „Die Bürgermeisterin ist's. Sie kann keine Kinder bekommen und bedient sich der Zauberei, führt den Tanz an beim wilden Reigen des Teufels!"

Der Tanzplatz

Die Sonne warf lange Schatten auf seinen Weg. In ihrem Gefolge hatten sich Reste von Reif auf Moos und Gras gehalten und erinnerten trotz der Wärme der Sonne daran, dass der Winter nicht mehr lange auf sich warten lassen würde. Caspar genoss die Wärme, die durch Schaube und Hemd bis auf seine Haut drang und fröhlich betrachtete er die bunte Blätterpracht über und um sich herum. Er hatte kaum mehr daran gedacht, dass er zu solch einer Entspannung fähig sein konnte. Einfach etwas zu genießen, die Wärme des Feldweges gegen die klamme Kühle des Folterkellers einzutauschen, die Flanken seines Pferdes wie ein Versprechen der Freiheit unter sich zu fühlen und einfach nur zu sein. Nur Caspar zu sein, nicht der Herr Commissar oder der Herr Lizentiat, nicht der von den Zauberischen gequälte Schatten seiner selbst. Nicht erst in diesem Augenblick würde ihm bewusst, wie sehr ihn die Geschehnisse seit seiner Ankunft in Balve in Anspruch genommen hatten.

Sein Mentor Heinrich von Schultheiß hatte ihn nach den letzten Verhören zwar gelobt, ihm aber auch den Stich der Kritik gesetzt, als er Caspars manchmal noch zu weiche Art ankreidete, die er den Angeklagten gegenüber zeigte. Caspar schob diesen Umstand auf den mangelnden Schlaf, der ihm seit seiner Ankunft in dieser verhexten Stadt stets und ständig geraubt wurde. Er sah noch Von Schulheiß' hochgezogene Augenbraue vor seinem inneren Auge, als er ihm ein weiteres Mal von seinen Träumen und Visionen des Schreckens berichtet hatte. Er hatte es einfach tun müssen, und im Übrigen konnte er seinem Mentor sowieso nichts vormachen.

„Dann müsst Ihr ihnen endlich auf den Grund gehen! Es kann nicht angehen, dass ein Hexenkommissar von denen verspottet und gequält wird, die er verfolgt. Verfolgt die Spur, die sie vor Eurer Nase auslegen und enttarnt endlich die Anführer dieser teuflischen Verschwörung, bevor sie Euch auffrisst! Ich brauche Euren klaren Geist, bedenkt, wen diese Verschwörer in ihren Klauen haben. Ihr Werk zieht weite Kreise!", hatte ihn Von Schultheiß ermahnt und ihm einen Tag für die Nachforschungen gegeben.

Caspar hatte sich spontan entschieden, allein und ohne großes Aufhebens zu dem Ort zu reiten, den die meisten der Zauberischen als ihren nächtlichen Versammlungsort genannt hatten: den Wald am Pieperloh nördlich der Stadt. Ein kleiner Imbiss schaukelte neben seiner Pistole und seinem Rapier an Feirefiz' Sattel – warum sollte er diesen Ausritt nicht auch etwas genießen und zur Erholung nutzen?

Dennoch störte ihn etwas. Caspar fühlte sich beobachtet, der Wald schien näher an ihn heranzurücken und plötzlich stiller zu werden. Natürlich hatte er die Avisen vor seinem Aufbruch gelesen, in denen von keiner Nachricht von feindlichen Truppen in der Nähe die Rede war. Aber nicht jeder Haufen Soldaten wurde schließlich mit einer eigenen Meldung bedacht. Dennoch glaubte Caspar nicht an Soldateska in seiner Nähe, *Etwas* kroch wie Nebel aus dem Boden und sickerte aus den bunt sterbenden Blättern herab, das ihm von seinem baldigen Versagen zuflüsterte. Beunruhigt drückte er dem Schecken deshalb seine Stiefel in die Flanken und ließ Feirefiz sanft antraben. Der Hufschlag auf dem Waldboden übertönte nur schwerlich das Einrasten des Hahns seiner Pistole, die er aus dem Proviantbeutel gezogen und geladen hatte.

Sein Weg blieb aber unbehelligt, wenn er auch unheimlicher wurde. Immer enger wandt sich der Weg bergan, Farnkraut und Dornenranken wuchsen über seine kaum mehr auszumachenden Ränder und die Laubbäume machten bald einem düsteren Tann Platz. Alte Steine, in denen Gesichter aufzutauchen schienen, wucherten wie in der Urzeit versteinerte Riesen aus dem Unterholz hervor. Caspar lenkte Feirefiz vom Weg herunter, duckte sich unter trockenen Ästen hindurch, die über den Stoff seiner Kleidung schrappten und stieg erst ab, als sie begannen, sich zu einer nahezu undurchdringlichen Barriere zusammenzuschließen und sein Gesicht zu zerkratzen.

Bald lichtete sich der dunkle Wald vor ihm und er trat auf eine Lichtung, die die müden Strahlen der Herbstsonne kaum erreichten. Sein Jagdinstinkt schien ihn an den rechten Platz gelenkt zu haben. Dieser Platz war wie geschaffen für die Treffen der Teufelsjünger und ihre widerlichen Rituale: von der Luft aus sicherlich gut zu erkennen, aber vor den Augen neugieriger Wanderer, die sich zufällig in diese abgelegene Gegend verirren würden, durch eine grüne Wand abgeschirmt.

Caspar band Feirefiz an einer Stelle an, an der etwas Gras wuchs und machte sich daran, den Platz zu examinieren. Mit der Nase beinahe auf dem Boden kroch er über die kalte Erde, aus der ihm ein fauliger Atem entgegenzuströmen schien. Schauer rasten zwar über seinen Rücken, dennoch gab er nicht auf und suchte Fuß für Fuß den Boden und die kargen Steine ab. Mit einem zynischen Zischen dachte er an den idealistischen Christian Höyngk, der ihn sicherlich zu solch einer Suche ermuntert hätte. Beweise standen für den Gerichtsschreiber in jedem Disput höher als das Geständnis des Angeklagten, das dieser mit eigenem Mund getan hatte! Ein verschrobener Bursche, fehlgeleitet ohne Zweifel, aber mit einem munteren Geist. Caspar kroch weiter und schüttelte die Gedanken an Christian Höyngk ab. Ihn erinnerte dieser Ort nur an seinen ersten Traum, was seine Vermutung bestätigte, dass die Zauberischen Macht über ihn ausüben konnten und unter allen Umständen gestehen mussten. Wieder sah er die Dämonen am Rand einer Lichtung in den Schatten hocken, sah ihre Augen glimmen und die alte Hexe dem Schatten das Geschenk einer jungen Buhlin bringen. Maries Gestalt in seinen Klauen. Es hätte genau hier sein können …

Hier musste es doch die Asche der Feuer geben, die unter den Kesseln für die Zauberei und Gelage loderten! Fußspuren vielleicht von den Reigen der Zauberer! Doch er fand nichts, auch kein getrocknetes Blut, Reste von Fackeln oder überhaupt irgendetwas, das auf die Anwesenheit wenigstens eines Menschen außer ihm selbst hingewiesen hätte. Enttäuscht stand er auf, streckte sich und ließ sich auf einen der Steine am Rand der Lichtung sinken, der noch in der Reichweite der Sonnenstrahlen lag. Diese Spur schien erkaltet zu sein und ihn nicht zum Ziel zu führen. Müde und nachdenklich zugleich schloss er die Augen und döste einen Moment lang vor sich hin, bis das Knacken eines Zweiges im Unterholz ihn aufschreckte. Die Erkenntnis, dass er seine Pistole vorhin neben Feirefiz gelassen hatte, lief ihm heiß den Rücken herunter, als er aufsprang und sich hinter den Felsen duckte. Caspar beobachtete aus der Deckung heraus, wie Feirefiz hochschreckte und die Ohren des

Tieres nervös hin und her zuckten. Kurz darauf trat eine Gestalt auf die Lichtung und sah sich suchend um. Erleichtert sah Caspar die Silhouette einer Frau, zutiefst erschrocken erkannte er sie als die Maries.

Mit einem Satz war er auf den Füßen und wischte sich die gefrorenen Ästchen des Mooses von der Hose.

Marie schien nicht überrascht ihn anzutreffen und hielt zielstrebig auf Caspar zu.

„Fräulein Marie! Seid Ihr mir gefolgt?“ Caspars Stimme hallte rau über den vermeintlichen Tanzplatz.

„In der Tat!“, überraschte sie ihn mit ihrer Antwort. „Ich muss Euch einmal außerhalb Eurer Dienststätte antreffen und sprechen. Was treibt Ihr denn aber mitten im Wald und abseits aller Wege?“

Caspar richtete sich auf und wies mit dem Stolz eines Entdeckers über die Lichtung. „Dieser Ort wird von den Zauberischen immer wieder beschrieben. Hier könnte ihr Tanzplatz sein!“

Marie zog skeptisch die Brauen hoch und blieb erst dicht vor ihm stehen, sah sich aufmerksam um. „Ich sehe nur eine Lichtung mitten im Wald. Oder verbergen Zauberische die Reste ihres verderblichen Tuns etwa auch noch mit einem … Schutzzauber?“ Ihre Stimme troff vor Sarkasmus, doch Caspars Gedanken loderten auf. *Natürlich!*

„Ach Marie, Ihr solltet nicht an diesem Ort sein! Spürt Ihr nicht seine … Bösartigkeit? Hier gehen widerliche Dinge vor sich, denen Ihr Euch nicht aussetzen solltet. Ich hatte Euren Vater doch gebeten, Euch nicht mehr allein in den Wald zu lassen!“

Überrascht spürte er ihre warmen Hände, die sich auf seine Wangen legten. Marie trat noch näher an ihn heran, sodass er in ihrem linken Auge einen heller gefärbten Fleck erkennen konnte. Lichtpunkte spielten in den Tiefen ihrer Augen und zogen ihn magisch an.

„Werter Herr Commissar! Ich bin genau aus diesem Grund hier. Ich muss Euch überzeugen, dass es keine Zauberischen in dieser Stadt gibt! Auch einen Tanzplatz gibt es nicht! Warum seht Ihr stets Dinge, die einfach nicht existieren? Die Menschen, die Ihr habt quälen und verbrennen lassen, waren unschuldig! Ich kannte sie mein Leben lang! Noch niemals haben sie etwas Verwerfliches getan.“

Caspar ließ sich auf dem Licht ihrer Augen treiben. Nur mühsam folgte er ihren Worten, wollte lieber in ihren Anblick versinken.

„In alten Schriften schon werden die Krankheiten beschrieben, die uns immer wieder quälen! Üble Dämpfe oder das Wetter machen uns krank. Aber niemals der Teufel!"

Der bedrohliche Klang des letzten Wortes, das von den Bäumen zu ihm zurückgeworfen wurde, ließ Caspar aufschrecken. „Marie, was wisst Ihr über den Teufel und seine Wege?"

Marie erwiderte verwirrt seinen Blick. „Ich …"

Caspars Jagdinstinkt überwand den Zauber ihrer Augen und alle Wärme oder vorhin noch empfundene Freude versank im Innern seiner Seele. Misstrauen und der Wille, diese Frau vor sich selbst zu behüten, traten an ihre Stelle.

„Ich hatte Euch gewarnt! Befasst Euch nicht weiter mit diesen … Dingen! Ich kann Euch schützen, aber nicht unbegrenzt." Er sah Von Schultheiß' Gesicht vor sich, der es liebte, vor allem die jungen und ansehnlichen Zauberischen ausgiebig zu befragen. Marie in seinen Händen zu wissen, hätte Caspar kaum ertragen.

„Ihr missversteht meine Absichten, Herr Commissar! Ich kam, um Seelen zu retten, die in diesem Fegefeuer vernichtet werden könnten. Auch die Eure, Herr Reinhartz! Seht Ihr nicht, was Ihr anrichtet? Ihr werdet zum Mörder!"

Caspar riss sie unvermittelt zu sich, Wut brannte in seinen Augen und drohend erhob sich seine Hand, bereit, ihren verräterischen Mund mit Gewalt zu schließen. Marie hatte einen Nerv getroffen, der seit der Befragung, die Heinrich von Schultheiß durchgeführt und die Johannes Höyngk mit seiner Liste unterbrochen und in eine andere Richtung gelenkt hatte, offen lag. Der Gedanke, dass sich unlautere Personen die Justiz zunutze machten, um eigene Interessen zu fördern …

Marie starrte ihn stumm an, bereit, den Schmerz, den er ihr zufügen wollte, aufzunehmen. Sie zitterte vor Angst und aufkeimender Ablehnung, spürte erst jetzt die Bedrohung, die ihr einsames Zusammentreffen mit ihm für sie brachte. Sie hatte nicht bedacht, dass sie mitten im

Wald mit einem – trotz seiner Affinität für die geistige Arbeit – stärkeren Mann allein war. Eine Ohrfeige war das geringste Leid, das er ihr zufügen konnte. Aber dennoch war in ihr eine Stärke gewachsen, die durch Merthes Tod an die Oberfläche gespült worden war und sie sich gegen Eltern und Zeit auflehnen ließ. Äußerlich ungerührt erwiderte sie Caspars zornigen Blick, bis dieser seine Hand sinken ließ. Marie wollte schon erleichtert aufatmen, als ihr durch den plötzlichen Ruck, mit dem er sie an sich presste, die Luft wegblieb.

Caspar sah nur noch Maries Augen und spürte den unbändigen Wunsch, sie endlich aus diesem von Teufelsverschwörern besudelten Nest im Sauerland davonzuführen. Sie durfte ihnen nicht in die Hände fallen! Sie war seine persönliche Aufgabe, die über sein Werk als Hexenkommissar hinausging. Zitternd beugte er sich vor, presste seine Lippen auf ihren Mund und erschauderte im Innersten. Niemand durfte wissen, welche Macht sie über ihn hatte. Ihren Protest und ihr Zappeln ignorierend strich seine Hand über ihren Hals abwärts, fühlte durch den Wollstoff ihres Kleides ihren Körper. Niemand wusste, dass sie hier waren, niemand würde ihn stören können. Caspar spürte eine Leidenschaft in sich aufwallen, die er schon lange nicht mehr gefühlt hatte. Er riss ihren Mantel zurück und streichelte versonnen über ihre Brüste, die er jedoch wegen des Wollkleides nur erahnen konnte.

Maries schallende Ohrfeige holte ihn jedoch schnell wieder vom Gipfel seiner Lust herunter.

„Wie könnt Ihr es wagen!“, schrie sie ihn an und riss sich aus seiner Umklammerung los. „Ihr seid ein Monster! Eure Seele verdient es nicht, gerettet zu werden!“

Caspars Wut überschäumte alle anderen Gefühle und er versuchte ihr nachzusetzen. „Verdammt, Marie! Es sollte dir eine Ehre sein, was ich dir biete!“

Marie hatte bereits den Rand der Lichtung erreicht, wandte sich böse funkelnd noch einmal zu ihm um, legte jeden Rest ihrer Kraft in ihre Worte. „Was bietet Ihr mir denn? Die Hand zur Ehe? Ich würde Euch nicht heiraten, selbst wenn Ihr der letzte Mensch auf Erden wäret! Ich würde vor Euch fliehen an das Ende der Welt!“

Caspar lachte auf. „Ehe? Niemals!“ Er schloss zu ihr auf und versuchte erneut, sie an sich zu ziehen, doch Marie wehrte ihn ab, was Caspar noch mehr in Rage versetzte.

„Eines Tages kommst du zu mir, als Bittstellerin! Du wirst mir alle Wünsche erfüllen, nur um dein armseliges Leben zu erhalten! Denn ich habe Macht! Heiraten werde ich dich niemals, du wirst meiner Ehefrau eine gute Hilfe im Haushalt sein!“

Gelähmt vor ungläubigem Entsetzen und Ekel betrachtete Marie den Hexenkommissar, der wie ein Stier vor Wut schnaubte. Sie ließ es zu, dass er ihren Kopf in die Spanischen Stiefel seiner Hände zwang und ihr einen harten Kuss auf den Mund drückte. Überrascht bemerkte sie, dass er sie nicht mehr anfasste, sondern sich nach diesem Kuss mit eiligen Schritten von ihr abwandte und zu seinem Pferd lief. Als sei er der Leibhaftige selbst, riss er das Tier herum und trieb es in die dichten Baumreihen.

Erst als der dumpfe Schlag der Hufe verklungen war, taumelte Marie einige Schritte in Richtung der Mitte des Runds und sank dort betäubt nieder. Mit einem hatte der Hexenkommissar recht gehabt: Dieser Ort war in der Tat einer der bösesten, die Marie jemals betreten hatte.

Schmierpott

Still lag die große Halle des Kaufmannshauses vor dem Morgengrauen. Draußen vor den Fenstern zog die Dämmerung eines Regentages herauf und der Wind rüttelte an den Fensterläden. Regen klopfte an ihr Holz und verhieß den Bewohnern ein ungemütliches Erwachen. Im Innern des Hauses war noch niemand auf den Beinen, keine verhaltenen Schritte klangen auf dem Steinboden der Küche, kein Klappern drang aus der Küche und der Eimer für den Gang zum Brunnen stand noch verwaist auf seinem Platz. Nur ab und an knarrte und ächzte das Haus, als besäße es ein Eigenleben, das erst zum Vorschein kam, wenn die Menschen es nicht störten. Im Stall kauten einige Kühe ruhig vor sich hin, der Geruch nach warmem Mist und das Mahlen ihrer Zähne drangen durch eine weite Tür nur gedämpft in den Hauptteil des Hauses. Auch im angrenzenden Kontor saß noch niemand bei Kerzenschein am Pult, um Waren zu erfassen, die den schwierigen Weg über die kriegsverseuchten und schlammigen Wege nach Balve gemeistert hatten.

Draußen jedoch, unter den Vorzeichen des Sturms herrschte Geschäftigkeit, die den Frieden des Morgens erschütterte. Gestalten huschten durch die Regenschleier, drückten vorsichtig Klinken herunter und überprüften, ob es für sie einen Weg in das Haus gab – oder einen Weg für die Bewohner hinaus. Abgedunkelte Laternen schepperten und warfen ihr unstetes Licht auf die Straße und die umliegenden Häuser. Die Männer flüsterten, sammelten sich und steckten die Köpfe zusammen, nur um sich schnellstens wieder aufzuteilen und das Haus einzukreisen. Jedoch erst als zwei weitere Gestalten durch die Regenschleier, in denen sich immer schneller eisiger Graupel breitmachte, auf das Haus zuhielten, wurde das Durcheinander zusehends in geordnete Bahnen gelenkt.

Die beiden Neuankömmlinge traten gemeinsam zur Vordertür. Der Regen tropfte von den Krempen ihrer Hüte und hinterließ einen silbrigen Schleier auf ihren schwarzen Umhängen.

Entschlossen donnerte eine behandschuhte Hand vor das Eichenholz, polternd lief das Echo durch die Stille. Die Gestalten schienen ihre Luft anzuhalten. Erneut donnerte die Faust gegen die Tür, bis sich endlich das Licht einer Kerze unter der Tür durchschob und kurz darauf ein verschlafener Bürgermeister Flörken im Türrahmen erschien.

Wilhelm Flörken trug ein Nachthemd, das den Blick auf seine schwarz behaarten Beine freigab und ihm das Aussehen einer gerupften Elster verlieh. Verwirrt wanderten seine Augen über die tropfnassen Männer auf seiner Schwelle. Ihre Gesichter konnte er unter den breiten Krempen und hochgeschlagenen Krägen nicht erkennen.

„Was soll dieser Tumult zu dieser frühen Stunde? Was ist das für ein schlechter Scherz?", fuhr Flörken die Männer an. „Ich bin der Bürgermeister und verbitte mir solche Auswüchse vor meiner Schwelle! Es sei denn, es brennt oder die Hessen stehen vor den Toren!"

Der rechte der Männer hob den Kopf und überrascht blickte Flörken in das regennasse Gesicht des Hexenkommissars Reinhartz, der ihn so eisig musterte wie das Wetter. Wilhelm zuckte zusammen, als hätte ihn eine Kreuzotter gebissen.

„Ihr …"

„Herr Bürgermeister, wir kommen aus unserer Pflicht heraus, die Zauberischen aufzuspüren. Da ist ein kleiner Tumult in der Dämmerung das geringere Übel, nicht wahr? Ihr werdet uns keinen Ärger machen, ansonsten könnte es hässlich für Euch werden. Lasst Ihr uns freiwillig eintreten oder muss ich meine Büttel bitten, mir die Tür zu öffnen?" Caspar Reinhartz beobachtete sein Gegenüber befriedigt. Das Verschlafene war der Erkenntnis gewichen, dass es zu spät für eine Flucht war.

Wilhelm Flörken wusste genau, warum Caspar auf seiner Schwelle stand.

Ohne weiteren Widerstand zu leisten, trat der Bürgermeister wie in Trance zur Seite und ließ Caspar und seinen Begleiter ein. Auch die Büttel, die als Rattenschwanz hinter ihnen eindrangen, ließ er ohne Gegenwehr passieren.

In ihrem Gefolge fielen sofort Chaos, Gebrüll und zerwühlte Habseligkeiten über das Haus der Flörkens herein. Auf einen Wink Caspars hin, stürmten zwei Büttel in die Schlafkammer des Bürgermeisterehepaares und schleppten die verunsicherte Anneken in die große Halle. Auch sie war im Nachthemd, ihre langen blonden Haare lagen offen und wurden von den Bütteln mehr als einmal angestarrt wie eine Erscheinung. Mit einem Schluchzen rettete sich die Bürgermeisterin in die Arme ihres Ehemanns, der sie festhielt und beruhigend in ihr Ohr flüsterte.

Überall um das Paar herum klirrte es, wurden Teller und Schüsseln aus den Schränken gerissen, die wohlgeordnete Ware des Kontors durcheinandergewirbelt und jeder Schrank und jede Truhe ausgeräumt. Sogar das Heu über den Kuhställen wurde mit Piken durchstochert und zerwühlt. Schnell häuften sich auf dem Boden Berge von Kleidung, zerrissene Bücher, Körbe und rollendes Obst. Dazwischen schimmerten Scherben und kostbares Salz. Inmitten dieses Chaos' standen Caspar und sein Begleiter ruhig Seite an Seite. Immer wieder hechtete einer der Büttel zu ihnen, um ihnen ein Fundstück zu präsentieren. Wohlwollend nickte der Hexenkommissar beinahe bei jedem und bedeutete seinem Begleiter, es aufzunehmen.

Christian notierte sich, was vom Hab und Gut des Bürgermeisters herangeschleppt wurde, konnte es aber kaum verhindern, dass sein Blick immer wieder zu Anneken herüberglitt. Zwei der Stadtwachen flankierten und beäugten sie, um bei einer Flucht eingreifen zu können und wohl auch, um möglichst nahe bei der hübschen Frau zu bleiben. Christian seufzte und zog sich die Krempe noch tiefer ins Gesicht. Er schämte sich für das, was diesen Leuten angetan wurde, und da er Anneken mochte, wollte er verhindern, dass sie ihn mit dieser wüsten Orgie des Schreckens in Verbindung brachte. Auch wenn er sich bei diesem billigen Versuch wie ein Scharlatan vorkam, der ohnehin ertappt werden würde. Zumindest würde er genauestens aufnehmen, was alles zu Bruch ging oder mitgenommen wurde. Dadurch wäre den Flörkens etwas Rechtssicherheit zugespielt.

Außer Atem erreichten zwei Büttel gleichzeitig den Hexenkommissar. „Herr, seht nur, was wir in der Kammer der Frau gefunden haben!"

Stolz und angewidert zugleich streckten sie Caspar einen irdenen Topf entgegen, über dessen Rand der Rest einer schwärzlichen Flüssigkeit gelaufen war.

Caspar zog neugierig die Braue hoch und nahm das Töpfchen entgegen. Vorsichtig hob er den Deckel und schnupperte. Ein schwacher Kräutergeruch stieg ihm in die Nase, aber da waren auch erdige Gerüche und vielerlei, was er nicht zuordnen konnte, was aber einen leichten Ekel in seinem Magen aufsteigen ließ.

Mit Befriedigung nickte er. „Das wird der Schmierpott der Zauberischen sein. Gut gemacht!"

„Schmierpott?", ließ sich Flörken müde hören. „Was soll das bitte sein, Herr Commissar?"

Mit einem überlegenen Lächeln auf den Lippen näherte sich der Hexenkommissar dem Bürgermeister und hielt ihm den Topf unter die Nase.

„Hexen bekommen von ihrem Herrn als Belohnung oft einen Topf mit Schwarzer Materie. Diese verwenden sie dann für allerlei Schadenszauber oder auch, um sich mit ihrer Flugsalbe einzustreichen."

„Pffft", war der einzige Kommentar, den er daraufhin vom Bürgermeister zu hören bekam, doch bevor er sich ärgern konnte, lenkte ihn der zweite Büttel ab.

„Das war noch nicht alles, Herr Commissarius! Nachdem wir den Pott entdeckt hatten, haben wir auch in und unter einer Truhe nachgesehen, die direkt unter dem Regal stand, wo der Topf stand. Also der mit der Schwarzen Möterio. Da haben wir dann noch dieses widerliche Ding gefunden!" Der dickliche Mann hielt dem Hexenkommissar strahlend ein bräunlich-graues, flaches Ding entgegen.

Caspars Atem beschleunigte sich und er rannte beinahe zurück zu seinen Männern.

„Ein toter Frosch oder eine Unke, Herr! Aber nicht matschig oder verwest, sondern irgendwie getrocknet. Man kann sogar ihre Rückenknochen sehen!"

Caspar riss dem Mann das tote Tier aus den Händen und betrachtete es genauestens von allen Seiten, als es zwischen seinen spitzen Fingern an seinem auf ewig im Sprung erstarrten Bein herabbaumelte.

Das war der Beweis! Solche Dinge wurden für die widerlichsten Rezepturen verwendet! Also war der ganze Feldzug Johannes Höyngks gegen die Bürgermeisterfamilie doch nicht nur, wie er sich nicht hatte erwehren können zu denken, eine plumpe Intrige gewesen. Anneken Flörken musste verborgen hinter ihrer Engelsmaske eine der Anführerinnen der Teufelsjünger sein! Caspar war sich sicher, dass dieses Ergebnis sogar Heinrich von Schultheiß befriedigen konnte.

„Nehmt die verehrte Frau Bürgermeisterin in Haft. Sie steht fortan unter Anklage, eine Zauberische zu sein und vielerlei Schadenszauber gegen die christliche Gemeinschaft begangen zu haben!" Den Triumph konnte er nicht aus seiner Stimme verbannen.

Der Bürgermeister begann, wie von Sinnen zu brüllen, während mehrere Büttel ihm seine Frau von der Brust rissen und ihn in eine Ecke zurückdrängten. Die Spitzen ihrer Piken vor den Augen des Mannes schienen ihn nicht bändigen zu können. Ohnmächtig vor Wut versuchte er wieder und wieder, gegen die Mauer aus Leibern um ihn herum anzurennen.

Christian seufzte und ging zum Mantelstock. Er wählte den dicksten Umhang, den er finden konnte, und trat zu Anneken. Eine Entschuldigung murmelnd, legte er ihr den Stoff um die bebenden Schultern. Anneken berührte sanft seine Hand.

„Ich bin froh, dass Ihr wieder Menschlichkeit zeigt, Herr Christian!", flüsterte sie ihm zu und ließ sich widerstandslos von den Bütteln davonführen.

Erst ein Schlag mit dem Griff eines Hirschfängers in des Bürgermeisters Nacken ließ den Tobenden letztlich in sich zusammensacken, als sich die Tür bereits hinter seiner Frau geschlossen hatte.

Einsam sickerte ein dünnes Rinnsal seines Blutes in die Fugen des steinernen Bodens.

Kurzer Prozess

Ihr Körper war ein einziger Schmerz, doch sie hatte nicht einmal mehr die Kraft, an sich herunterzublicken, um herauszufinden, welche der Wunden die neueste war.

Über ihr schwebte das verkniffene Gesicht ihres Peinigers, seine Augen blieben unergründlich in ihrer dunklen Tiefe.

Erneut riss ein wildes Tier an ihrem Unterschenkel und grub seine Fangzähne in ihr Fleisch.

„Jesus, rette mich!", keuchte Anneken und ließ ihren Schmerz in einem Schrei brechen.

„Willst du tatsächlich darauf bestehen, dass wir weitermachen, Hexe? Du erdreistest dich, den Namen unseres Herrn in dein widerliches Maul zu nehmen und ihn dadurch mit dem Speichel der Hölle zu besudeln! Dreht fester, Meister Hans!"

Anneken spürte das Schaben von Metall auf ihrem blanken Knochen und wie sich der Zahn knirschend in ihr Mark presste.

Sie jaulte auf, presste die Lippen aufeinander und spürte, wie ihr der Schweiß in die Augen lief, sich ihre Hände in das Holz des Folterstuhls krallten und ihr doch nichts anderes Linderung zu versprechen schien als diese infame Lüge, die sie ihr aus den Knochen quetschen wollten. Sie war zu kaum einem klaren Gedanken mehr fähig, denn das Tier zermalmte ihre Knochen mit seinem heißen Atem. Aber das Letzte, an das sie eine klare Erinnerung hatte, war das Gesicht ihres Mannes in ihrem Geist, dem sie geschworen hatte, nicht zu lügen. Der Schmerz raste durch ihr Blut, vergiftete ihre Gedanken und nagte an Wilhelms gütigen Augen.

Ihr Kopf sackte auf ihre Brust. Anneken spürte die Krusten und der metallische Geruch ihres Blutes stieg ihr in die Nase. Den Leberfleck zwischen ihren Brüsten hatte Meister Hans ausgiebig und intensiver untersucht als die auf ihren Armen und mit mehreren Nadeln darin herumgerührt. Enttäuscht hatte er nicht einmal abgelassen, als schon Blut geflossen war.

Anneken verzog sich in den hintersten Winkel ihres Geistes und ließ die Fänge des Tieres weiter zuschnappen. Sie würde nicht gestehen!

Ihr Geist lachte bitter auf. *Wie lange hältst du diesem Schmerz noch stand?*

Sie musste etwas tun, sie unterbrechen, ablenken. Eine Chance, lebend aus diesem Keller herauszukommen, brauchte sie! Um alles aufzudecken! Nicht als Hexe, nicht als unschuldige Tote!

Anneken sammelte die Armeen ihrer Kräfte, die sich am Rand des Schlachtfelds versteckt hatten, und begann, zu Gott zu beten.

Dann riss sie die Augen auf und schleuderte diesem Caspar Reinhartz einen entschlossenen Blick entgegen. „Ihr könnt mich weiterquälen, ich werde keine Namen nennen und nichts von dem dummen Zeug gestehen, das Ihr mir anhängen wollt! Aus Geldgier, Machthunger und Perversion! Die Kette ist unterbrochen!"

Annekens Kopf sackte zurück auf ihre Brust und ein erleichterter Atem entwich ihren Lungen so wie ihr Geist in die Seligkeit eines tiefen Schlafes abseits des wütenden Schmerzes.

Verblüffung umgab die reglose Angeklagte. Selbst Meister Hans am Spannmechanismus des Spanischen Stiefels blickte irritiert auf und ließ die Hände von der Schraube sinken.

Mit einem Wink entließ Heinrich von Schultheiß, der neben Johannes Höyngk am Richtertisch saß, die Schöffen. Murmelnd verließen die Männer den Raum, ratlos, wie sie mit dieser störrischen Angeklagten und der verfahrenen Situation umgehen sollten. War die Bürgermeisterin unter der Folter gestorben? Oder hatte sie ihr Buhle nur in einen Zauberschlaf fallen lassen, um sie zu schützen?

Oder hatte sie tatsächlich nichts zu gestehen? Diesen Grad der Folter überstanden nur wenige, ohne ihre Schuld einzuräumen – oder zu sterben.

Als Schultheiß mit den restlichen Gerichtspersonen alleine war, strich er sich unruhig durch den Spitzbart.

„Das Ganze hier läuft für die Justiz sehr, sehr ungünstig ab, Herr Höyngk, Herr Reinhartz. Nach den erdrückenden Beweisen hätte ich mir ein schnelleres Geständnis gewünscht, damit wir diesen widerlichsten aller Fälle abschließen können. Die Frau gehört auf den Scheiterhaufen!“

Caspar spürte, wie sich die Schamesröte in seinem Gesicht ausbreitete. Die Kritik, die in den Worten des Doktors mitschwang, traf ihn schwer, lag sie doch an seiner Art der Befragung. Dabei war er schon zügiger und mitleidsloser als in den Verhören zuvor vorgegangen, hatte sie gleich nach der Nadelprobe mit Gewichten aufziehen, hatte die Daumenschrauben zuziehen lassen!

Sein Blick fiel auf das friedlich wirkende Gesicht der Bürgermeisterin und zitternd hob sich seine Faust. Wie gerne hätte er diesem bigotten, heuchlerischen Weib wieder und wieder auf den Mund geschlagen, bis sie nur noch nicken konnte zu seinen Fragen!

„Es tut mir Leid, Herr von Schultheiß! Ich war überzeugt und auch die anderen Zauberischen, die gestanden haben, haben immer wieder ihren …“

„Ihr solltet besser schweigen, Herr Richter!“, fuhr Heinrich von Schultheiß Johannes Höyngk über den Mund. „Es waren Eure Bestrebungen, die die Bürgermeisterin in den Fokus der Verdächtigungen brachten.“

„Ich gebe nur das weiter, was mir die anderen Angeklagten gestanden haben!“, verteidigte sich Johannes, der heute zum ersten Mal offiziell auf dem Balver Richtersessel Platz genommen hatte, nachdem eine Empfehlung von Schultheiß’ ihn dorthin getragen hatte.

Heinrich sprang auf und wanderte wie ein gefangener Löwe durch den Keller. Sein rechter Zeigefinger tippte dabei pausenlos auf seine Wange, die andere Hand lag zitternd auf seinem Rücken.

„Es wäre ein Skandal, wenn sich die Vorwürfe als haltlos erwiesen! Wir wären in Erklärungsnöten! Anneken Flörken ist schuldig! Sie muss es nur noch zugeben!“

Lauernd betrachtete er die beiden jungen Männer, die ihm das Schicksal für seinen Plan willig an die Seite gestellt hatte. Sie mussten von alleine auf eine Lösung kommen.

Caspar betrachtete die Miene Von Schultheiß'. Ihm wurde heiß und kalt bei dem Gedanken, dass der Hexendoktor eine Antwort von ihm erwartete. Er wollte seinen Schüler auf die Probe stellen. Caspars Gedanken drehten sich so langsam wie Mühlsteine, denn ihm fehlte der Schlaf. Fest davon überzeugt, dass die Bürgermeisterin die Hexe war, die ihm die bösen Träume sandte, um ihn zu schwächen, wollte auch er dieser Farce ein Ende setzen und endlich wieder in Frieden schlafen können. Zudem hätte er getötet für ein Lob des einflussreichen Hexendoktors.

Ein Gedanke durchfuhr seinen ausgelaugten Schädel und er begann zu lächeln. Die Mächte des Himmels hatten doch noch ein Einsehen mit ihm!

„Und was, wenn sie im Zauberschlaf gesprochen hätte?", entfuhr es ihm unwillkürlich. Die hellen Augen des Hexendoktors richteten sich auf ihn. Stolz sah Caspar in ihnen Anerkennung leuchten.

„So könnte es gehen." Heinrich von Schultheiß näherte sich gemeinsam mit Caspar und Johannes dem Stuhl, auf dem die Angeklagte zusammengesackt hing, und beugte sich nahe zu ihrem Mund. Angestrengt lauschte das Gericht dem schwachen Atem und gelegentlichen Murmeln, diktierte dem entsetzten Christian die Worte, die die Hexe im Bann des Zauberschlafes ihnen zuflüsterte.

Der Dornstrauch

5. Oktober 1628

Die Schreie der Krähen schallten über das Tal. Trotz der tintenschwarz heraufgezogenen Morgendämmerung hatten sich ihre Rotten zusammengezogen und drehten ihre Kreise über dem Galgenberg. Aber sie würden enttäuscht werden, denn heute würde kein Fleisch für sie vom Galgen abzupicken sein, denn alles würde längst zu Asche zerstoben sein, wenn sich die Menschen vom schrecklichen Ort so mancher ihrer Fütterungen zurückgezogen haben würden.

Fackelschein drang nur mühsam durch das Schwarz und die über allem lastende Spannung tat ihr Übriges, dass die Schwärze nicht weichen wollte.

Caspar schien es, als wären an diesem Morgen alle Bewohner des Amtes Balve auf den Beinen und auf dem Weg zur Richtstätte. Er war Stunden vor dem Morgengrauen dadurch geweckt worden, dass überall Türen schlugen und sich Menschen flüsternd durch die Gassen gedrängt hatten. Was der Tag für ihn und die Justiz bringen konnte, wollte er sich nicht ausmalen. Es durfte keine Verzögerungen oder lästige Pannen geben. Dieser Brandtag konnte heikel werden.

Frierend saß er neben Johannes Höyngk auf seinem Schecken und beobachtete, wie sich der Platz vor den Scheiterhaufen füllte. Der eisige Wind, versetzt mit Graupel drang durch den Loden seines Mantels bis auf die Haut und jagte Schauer über sie hinweg. Doch weitaus kälter als der Wind waren die Blicke, die ihm und den anderen Gerichtspersonen zugeworfen wurden. Caspar versuchte, sie zu ignorieren, und lauschte angestrengt nach dem Holpern des Schinderkarrens oder dem Surren der Räder einer Kutsche, denn Heinrich von Schultheiß war noch nicht auf dem Galgenberg angekommen, obwohl Caspar bei seinem Aufbruch seine schwarze Kutsche mit angespannten Pferden im Hof des Drostenhauses hatte stehen sehen. Nach einer gefühlten Ewigkeit drang das Schnauben der Ochsen durch die Dunkelheit und das Knarren des Wagens erreichte die Richtstätte. Neugierig richtete sich Caspar auf, um die Ankunft der neuen Delinquenten zu beobachten. Es waren dieses Mal zahlreiche wohlhabende und einflussreiche Bürger unter ihnen. Die Krönung jedoch würde der Tod der Bürgermeisterin sein. Caspars Gesicht verzog sich zu einer gehässigen Fratze. Letztlich hatte dieser Frau ihre frömmelnde Fassade auch nicht geholfen, sich vor ihrer Strafe zu verstecken. Anneken Flörken hatte ihnen einen guten Kampf geliefert und wäre wahrscheinlich davongekommen, wenn nicht der Herr selbst in Person des Arnsberger Hexendoktors Heinrich von Schultheiß zu ihrer Überführung beigetragen und sie alle an die Kandare seiner Führung genommen hätte.

Caspar schnaubte. Gerade diese Weiber, die ständig in der Kirche auf den Knien lagen, waren ihm suspekt. Dann musste er an seine eigene Frau denken. Anna Maria verbrachte tatsächlich sehr viel Zeit in der Kirche, trug, trotz ihrer jungen Jahre, stets altmodische Tracht, die sie streng und wie eine der Krähen aussehen ließ, die sich in den Bäumen ringsum gesammelt hatten. Im Grunde hasste er mittlerweile die Frau, die ihm seine Kinder geboren hatte, aus tiefster Seele, denn die Freude ihrer Ehe hatte schon vor Monaten die Tür hinter sich zugeschlagen, lange bevor er sich nach Balve aufgemacht hatte. Sie gönnte ihm den Erfolg nicht, wollte, dass er sich auf Werl konzentrierte, bei ihr blieb und erkannte die Chancen nicht, die ihm die Stellung als Hexenkommissar brachte.

Unwillig schüttelte er die Gedanken an sein eigenes verkniffenes Weib ab, als sich Anneken Flörken an ihm vorbei auf das Plateau schleppte. Auch wenn sie augenscheinlich Schmerzen litt, versuchte sie sich aufrecht zu halten und die Bürgerschaft mit klaren Blicken zu bedenken. Überrascht sah Caspar, wie Hüte und Taschentücher gezogen wurden, wenn sie vorüberhinkte. Eine ältere Frau, deren linke Gesichtshälfte entstellt herabhing, trat ihr in den Weg und reichte Anneken einen Zweig, an dem rot leuchtend zwischen schwärzlichen Laub Hagebutten baumelten.

„Ich weiß, dass Ihr Rosen liebt, Frau Bürgermeisterin. Leider sind sie schon verblüht."

Anneken versuchte zu lächeln und legte der Frau dankend eine Hand auf den Arm. Zum Sprechen fehlte ihr die Kraft. Mit dem Schlagen des Kreuzzeichens trat die Alte wieder zurück in die Zuschauermenge, wo sie fragende und unterstützende Blicke gleichermaßen erwarteten. Doch Caspar sah auch andere Reaktionen auf die vermeintliche Heilige. Ein alter Mann, der sich schwer auf einen Gehstock stützte, spuckte vor Annekens Füße und wandte sich mit einem geraunten „Hexe!" von ihr ab.

„Ich bin dafür, anders als geplant, ihr ein schnelles Ende zu bereiten." Johannes Höyngk hatte sich von einem Pferderücken zum anderen zu Caspar gelehnt und suchte nach einer Antwort im Gesicht des Hexenkommissars.

„Ihr fürchtet ihren Einfluss", stellte Caspar nüchtern fest, nickte dann aber nach einem Augenblick des Nachdenkens zustimmend.

„Dieser Tag ist zu wichtig, es darf nichts Unvorhergesehenes passieren. Sie soll die Erste sein, die stirbt."

Johannes Höyngk nickte mit einer Mischung aus Dankbarkeit und Ernst zurück und winkte einen der Büttel zu sich, flüsterte dem Mann die neuen Befehle ins Ohr, damit Meister Hans noch rechtzeitig informiert wurde.

Caspar durchpflügte mit seinen Blicken die Zuschauermenge, um sich vom Weg der Bürgermeisterin abzulenken. Er musste an Marie denken und warf dem Gerichtsschreiber Christian einen unwillkürlichen Blick zu. Aber der Mann saß regungslos auf seinem Pferd und starrte gen Osten, wo sich zwischen die aufgetürmten Wolkengebirge ein erster, hellerer Streifen schob.

„Du wirst sie nicht für dich gewinnen", zischte Caspar und nahm sich vor, mit Johannes Höyngk über eine Versetzung seines Neffen zu sprechen.

Ein gewaltiger Donnerschlag unterbrach jedoch schlagartig seine Gedanken. Feirefiz machte einen erschrockenen Satz zur Seite, rempelte dabei das Pferd Höyngks an, sodass Caspar Mühe hatte, sich im Sattel zu halten. Niemand hatte das aufziehende Gewitter, das über die Klippen des Hönnetals heranzog, wahrgenommen. Jetzt brach, wie auf ein geheimes Zeichen hin, ein Regenguss los, als die Bürgermeisterin gerade auf das Podest der Richtstätte kletterte. Die Balver zuckten zusammen, sobald Wetterleuchten den westlichen Himmel erhellte und in ein schmutziges Gelb tauchte. Aber niemand floh in den Schutz des Waldes oder den Hang hinab. Regungslos bekreuzigten sich die Menschen ob dieses unheimlichen Schauspiels und hefteten dann ihre Blicke auf Meister Hans, der scheinbar ungerührt die Bürgermeisterin zum Knien zwang und ihren Kopf nach unten bog. Regen lief in Bächen über ihren kahlen Schädel und durchweichte das einfache Gewand, offenbarte Wunden und blutige Stellen. Ein weiterer Blitz gleißte bereits näher über der Stadt, als der Henker unbeeindruckt das Schwert hob und in einer Ausholbewegung nach unten fahren ließ. Die Balver hielten den Atem an, ob der Zorn Gottes – oder der seines Gegenspielers – sie nach dieser Tat allesamt ereilen würde.

Der Kopf der Bürgermeisterin rollte getrennt von seinem Körper, der vor der massigen Gestalt des Henkers zusammensackte, über das rutschige Holz, ohne dass das Gewitter an Kraft verlor. Bleich, aber im letzten Frieden ruhig landete das schöne Gesicht Anneken Flörkens im Matsch vor der Tribüne. Aus dem Stumpf des Halses pulste das Blut auf die glitschigen Bohlen des Blutgerüsts.

Mit einem Zornesschrei bahnte sich Bürgermeister Wilhelm Flörken einen Weg durch die Menge. Er schlug wie besessen nach rechts und links, schuf sich mit den Fäusten eine Gasse.

Johannes Höyngk, der spürte, dass das Wetter und der Auftritt des Bürgermeisters ihm die Kontrolle über die Situation aus den Händen zu reißen drohten, schrie gegen den eisigen, auf ihn einhämmernden Wind an, um den Henker und seine Gehilfen zu erreichen, die bereits eine weitere Frau in die Knie zwangen, die haltlos schluchzte. Ihre Tränen mischten sich mit dem strömenden Regen.

Meister Hans hörte den Richter, bevor er sein Schwert ziehen konnte und bedeutete seinen Gehilfen, die Frau loszulassen und den Körper der Bürgermeisterin auf den ersten Scheiterhaufen zu befördern. Mit einem beherzten Sprung flankte der Henker selbst vom Blutgerüst und riss den Kopf der Getöteten, aus dem das Blut in großen Sturzbächen lief, an sich, während die städtischen Büttel die Delinquenten, die in lautes Wehklagen ausgebrochen waren, zusammenpferchten. Schreie der Empörung rollten über die Zuschauermenge hinweg. Mit einem gewaltigen Satz erreichte Meister Hans den Scheiterhaufen vor dem Bürgermeister, warf den Kopf achtlos in das Reisig und griff nach der bereitstehenden Fackel in einem Feuerkorb. Mit seinem triumphalen Grinsen, dem Richtschwert an der Seite und dem vom Blut überströmten feucht schimmernden Lederwams erinnerte er im Licht der Blitze an einen Dämon, der gekommen war, um alle Balver zu richten. Er griente in Richtung des auf ihn zustürmenden Bürgermeisters und stieß die Flamme ungerührt in den Holzstoß.

Zuerst züngelten die Flammen auf, wurden aber bald von den tobenden Winden und Regengüssen erstickt. Wilhelm Flörken schrie erleichtert und reckte die gefalteten Hände gen Himmel. Als er den Henker erreichte, der ihm weiterhin mit zornigem Gesicht und trotzig den Weg versperren wollte, rammte er ihm die Faust in die Magengrube. Der Hüne brach würgend in sich zusammen und öffnete dem Bürgermeister dadurch den Weg. Der Regen tropfte dem Bürgermeister von Nase und Kinn, als er versuchte, Annekens Kopf und Körper aus dem Gewirr der Zweige des Scheiterhaufens zu zerren. Ihr Büßergewand verfing sich immer wieder, und der Kopf, voller Blut und Regen, entglitt seinen Fingern. Doch dann schaffte er es und riss den Leib seiner Frau an sich.

Erst jetzt, als er selbst vor dem Scheiterhaufen zusammensackte und seine tote Frau in den Armen wiegen konnte, liefen die ersten Tränen über seine stoppeligen Wangen. Wilhelm Flörken warf seinen Kopf in den Nacken und stieß einen Schrei der Wut und Trauer aus, der mit einem krachenden Donnerschlag verschmolz.

Einige der Balver, die dieses Schauspiel regungslos verfolgt hatten und wie beim finalen Paukenschlag zusammengezuckt und aus ihrer Erstarrung befreit worden waren, lösten sich aus der Menge und traten, die Büttel beschwichtigend, zu Flörken. Mehrere Männer halfen dem Bürgermeister auf, stützten ihn. Einer deckte mit seinem Mantel den Leichnam der Bürgermeisterin zu. Gemeinsam wuchteten drei weitere Männer sie auf ihre Schultern und trugen sie den Hang hinunter durch eine schweigende Menge. Immer mehr Menschen schlugen das Kreuz und schlossen sich dem Zug an, der nur fort wollte von diesem Ort des Grauens.

Auch Marie, die alles fassungslos unter einer weiten Kapuze verborgen beobachtet hatte, riss sich vom Arm ihres Vaters los und trat zu denen, die Anneken Flörken die letzte Ehre erweisen wollten.

Johannes Höyngk wandte sich hilfesuchend an Caspar Reinhartz. Der Hexenkommissar kämpfte jedoch noch mit seinem verschreckten Pferd und schien darüber hinaus nicht gewillt zu sein, in die Situation einzugreifen. Also ließ auch Johannes Höyngk diese offensichtliche Missachtung der Autorität der Justiz zähneknirschend geschehen. Das Licht der Blitze erhellte für einen Augenblick die dichten Regenschleier über dem weiten Tal vor den Stadtmauern und Johannes Höyngk konnte auf der Straße, die nach Arnsberg führte, eine schwarze Kutsche durch den schlammigen Boden pflügen sehen.

Marie atmete erleichtert auf, als sie den Galgenberg hinter sich hatten und in Richtung der Stadt unterwegs waren. Kein Büttel folgte ihnen und auch der Hexenkommissar und der neue Richter schienen nichts gegen die Trauer des Bürgermeisters ausrichten zu können. Verwundert bemerkte Marie eine Hand auf ihrem Arm und hob den Kopf. Neben ihr schritt Pfarrer Hermann Laer und bedachte sie mit einem Lächeln. Als sie auf ihre rechte Seite blickte, versuchte ein greiser Mann, mit den eilig ausschreitenden Menschen Schritt zu halten. Marie bot ihm den Arm, den er dankbar annahm.

„Ich konnte mich dieser Ungerechtigkeit und Willkür nicht länger anschließen", näselte Henrich Roeßen und richtete seinen Blick dann auf die Last der Trauer, die auf den Schultern vor ihnen schwankte.

„Wo will der Bürgermeister seine Frau denn bestatten? Auf dem Friedhof wird sie keine Ruhe finden, solange der Hexenmeister in der Stadt ist", richtete Marie ihre Frage an den Pfarrer.

„Ich würde es ihm nicht verbieten, kann es ihm aber auch nicht erlauben. Aber ich denke, Herr Flörken wird sich schon seine Gedanken gemacht haben", erwiderte der Pfarrer und deutete auf den Kopf der Prozession, die einen Schwenk nach links, vom Weg in die Stadt herunter machte und in ein Waldgebiet eindrang, dessen Laub wie Trauerflore von den Ästen baumelte.

Marie folgte dem Zug neugierig und stellte erstaunt fest, dass mitten im Waldstück, das die Balver *Wachtloh* nannten, bereits eine Grube ausgehoben worden war. Umringt von wilden Rosen lag die letzte Ruhestätte der Bürgermeisterin an einem zwar ungeweihten, jedoch keineswegs unfriedlichen Ort.

Stille senkte sich über den Trauerzug, als Wilhelm Flörken den Trägern seine Frau abnahm und sie langsam in die Grube sinken ließ. Der Bürgermeister warf dem Pfarrer einen bittenden Blick zu, und Laer räusperte sich.

Leise intonierte Laer das Ave Maria und ein Vaterunser und schlug dann das Kreuzzeichen über dem Grab. Mehr konnte und wollte er nicht tun.

Marie murmelte die Gebete und beobachtete dann, wie die Helfer die Erde auf den Körper der Bürgermeisterin schaufelten. Viele der Trauernden verschwanden bereits jetzt wieder im Unterholz, als stäche ihnen die Gefährlichkeit ihrer Teilnahme an dieser Trauerfeier gerade in den Magen. Marie aber blieb und auch Roeßen stand regungslos am Rand des Grabes.

Als alle anderen fort waren und die Grube geschlossen war, sah Bürgermeister Flörken auf. Roeßen fing seinen Blick auf.

„Es tut mir Leid, Wilhelm. Ich weiß, das klingt schal nach allem, was uns in der Vergangenheit mehr trennte als vereinte. Aber das hier, das hätte nicht geschehen dürfen. Anneken war eine gute Frau und sicherlich keine Zauberische. Das wissen alle."

„Ich hoffe, so wie es uns vereint, vereint es auch die Bürgerschaft und sie erkennt, welche Hetzjagd auf Unschuldige aus der Suche nach den Zauberischen entstanden ist", erwiderte der Bürgermeister schwach, klopfte dem ehemaligen Richter aber vertraulich auf die Schulter.

„Ich danke Euch, dass Ihr den Anstand besessen habt, Euch von diesen Prozessen zu distanzieren."

Roeßen nickte nur knapp und ging dann davon.

„Ihr seid Marie Schulte, nicht wahr? Anneken erzählte mir aufgebracht von Eurer Warnung an sie, Jungfer. Habt trotz ihres Unmutes Dank dafür. Es zeigt Euren Mut."

„Es war wenig genug - und geholfen hat es auch nichts am Ende", entschuldigte sich Marie. Flörken schüttelte tadelnd den Kopf. „Es hat etwas in Euch bewirkt, vielleicht auch in anderen. Vielleicht entsteht daraus bald die Stärke, die Balve jetzt braucht."

Flörken senkte wieder den Blick und starrte auf die aufgewühlte Erde. Tränen rannen ihm über das Gesicht. Marie blieb nachdenklich noch eine Weile an seiner Seite. Als sich der Bürgermeister jedoch nicht mehr bewegte, wandte sie sich ab und stapfte über den weichen Waldboden davon.

Aus ihrem Augenwinkel heraus sah sie einen weißen Fleck und überrascht richtete sie ihren Blick auf einen der Rosensträucher. Im kalt glitzernden Schwarz prangte eine winzige weiße Knospe.

Marie lief ein Schauer über den Rücken.

Pastorenrunde

Adventszeit 1629

Hermann Laer seufzte und legte seine Hände über dem prallen Bauch zusammen. Genüsslich räkelten sich auch die beiden anderen Pfarrer auf ihren Stühlen neben ihm. Laer war zufrieden. Wieder einmal hatte seine Haushälterin ihr Können unter Beweis gestellt und seinem Haushalt den gebührenden Respekt eingebracht und ihn vor seinen Kollegen gut aussehen lassen. Im Kamin der guten Stube der Pfarrei prasselte ein gemütliches Feuer und die Pastoren ließen sich den Wein schmecken, den Laer für solche Anlässe in seinem Keller hortete. Allerdings musste er zugeben, dass seine Vorräte seit dem letzten Jahr schneller dahinschmolzen, als er sie wieder auffüllen konnte.

Bruder Henricus Kerkerinck war aus Hüsten gekommen und Pfarrer Everhard Wiede aus der nahen Gemeinde Enkhausen, um die Angeklagten ihrer Gemeinden zu bedienen. Sie würden ihnen, wie schon beinahe unzählige Male zuvor, Trost spenden und die Beichte abnehmen, vielleicht auch an den Exorzismen vor den Befragungen teilnehmen. Laer seufzte, als er sich an seinen ersten Exorzismus vor gut einem Jahr erinnerte.

Anna im Dreck.

Ihn schauderte, wenn er an die Bettlerin und ihr Schicksal dachte. Eilig lenkte er sich ab, indem er sich auf das zu konzentrieren versuchte, das Pastor Wiede eben erzählt hatte. Laer war froh, dass es sich um einen Schwank aus der Jugend handelte, der selbst den sauertöpfischen Bruder Henricus zu einem Schmunzeln veranlasste.

Hermann Laer hatte gerade Wiede gerne bei sich, einen gelehrten Mann mit schütterem, blondem Haar, dessen Humor ihn in seiner Gemeinde zu einem beliebten Mitglied machte. Im letzten Jahr war Pfarrer Wiede jedoch beinahe ein permanenter Gast seines Hauses gewesen. Caspar Reinhartz und Johannes Höyngk hatten die Prozesse nur in den Raunächten unterbrochen, ansonsten aber fortwährend verhört, gefoltert und verhaftet. Laer hatte erwogen, an die Landesregierung zu schreiben und um Milde – zumindest im Winter – für die Verdächtigen zu bitten, hatte sich dann aber zurückgenommen. Ein Umstand, den er mittlerweile als großen Makel auf seiner Seele brennen spürte.

„Ihr seid heute Abend wenig redselig!", drang die Stimme Wiedes in sein Bewusstsein und Hermann Laer musste blinzeln, um wieder in die Gegenwart zurückkehren zu können.

„Mir gehen die verschiedensten Dinge durch den Kopf, verzeiht mir, Everhard und Henricus!"

„Welcher Art sind die Dinge, die dich umtreiben, Pfarrer Laer?", fragte der Mönch aus Hüsten nach.

„Ach, die Prozesse beginnen, mich zu belasten. Ich kann ihre Last kaum noch abstreifen", gab Laer zu und erntete verwunderte Blicke seiner Kollegen.

„Ich dachte immer, du wärest der Stärkste unter uns. Vor allem der stärkste Verfechter der Hexenprozesse!"

„Ich ... bin mir nicht mehr sicher, was ich denken soll. Es sind Menschen gestorben, die ich zu den Engeln gezählt habe."

„Auch die Höchsten unter den Engeln sind schon gestrauchelt, der Versuchung erlegen und gefallen, Hermann", gab Everhard Wiede nachdenklich zu. „Aber es muss ein konkreter Fall sein, der dich derart beschäftigt, nicht wahr?"

Laer nickte. „Die Bürgermeisterin ..."

„Tatsächlich? Aber die ist doch schon vor rund einem Jahr gestorben. Als überführte und verurteilte Zauberische!", wandte Bruder Henricus ein.

„Jaja, ich weiß! Aber etwas war gerade an diesem Fall nicht ... richtig. Ich hatte das Gefühl, dass noch andere Interessen hineingespielt haben. Ich kann nur den Finger nicht darauflegen. Anneken Flörken war keine Zauberische. Dafür würde ich meine Hand ins Feuer legen, ihr Herren! Sie hat sich immer um andere gesorgt und sich der Armen und Kranken angenommen. Wie sollte so jemand böse sein können?"

„Die Wege des Herrn sind unergründlich. Warum ließ er es zu, dass ihn Luzifer angriff, wenn er doch allwissend ist und in die Herzen blicken kann? Wollte Gott herausgefordert werden? Vielleicht war die Versuchung eine Probe für die Bürgermeisterin, bei der sie gescheitert ist?"

Laer starrte nachdenklich ins Feuer. „Das ist es, was mich plagt. Ich bin ratlos."

„Hättest du recht, wären alle Prozesse, die spätestens parallel zu dem der Bürgermeisterin geführt wurden, Unrecht.", bemerkte Bruder Henricus mit besorgter Miene.

„Das meine ich ja. Ich bin mir der ganzen Sache nicht sicher."

Everhard Wiede legte die Fingerspitzen aneinander. „Ich muss zugeben, dass mich die Position der Heiligen Mutter Kirche ebenfalls nachdenklich stimmt. In Rom werden kaum noch Hexen verfolgt und schon gar nicht hingerichtet. Sie bekommen mildere Strafen, die sie läutern und auf den rechten Weg zurückführen sollen."

Bruder Henricus zischte und legte sich den schlanken Finger an die Lippen. „Ich denke, wir wären gut beraten, die Landesherrschaft nicht zu erzürnen. Es ist der Wunsch des Erzbischofs, dass die Zauberischen ihre Bestrafung finden."

„Du meinst also, dass wir Unrecht, das wir sehen und spüren, nicht aufdecken sollten, sondern im Strom mitfließen sollten?" Laer war erschüttert über diese zwiespältige Reaktion des Mönchs.

„Ich sage nur, dass auch hier bald ein natürliches Ende erreicht werden wird, wie andernorts auch. Die Prozesse werden versiegen."

„Und bis dahin sollen wir Unschuldige sterben lassen und auf ihrem Weg begleiten?"

„Hermann, du bist immer sofort sehr drastisch in deinen Ansichten. Ich sage nur, dass wir genau hinhören müssen, um die Unschuldigen zu erkennen und ihnen zu helfen. Ich sage aber nicht, dass es hier keine Zauberischen gibt!"

Laer warf Wiede einen Blick zu, doch dieser zuckte nur mit den Schultern.

„Ich fürchte, Henricus hat Recht, Hermann. Wir können noch nichts ändern."

Laer versank in grüblerischem Schweigen, während Wiede und Bruder Henricus noch einen Augenblick weiter diskutierten, dann aber das Thema wechselten und sich bald darauf zur Ruhe begaben.

Erst als der Morgen vor den beschlagenen Scheiben dämmerte, erhob sich Laer steif und schlurfte für wenige erholsame Stunden in sein Bett. Eine Entscheidung, wie er sich fortan verhalten wollte, hatte der Geistliche jedoch nicht getroffen. Er hoffte darauf, dass sich Caspar Reinhartz und Johannes Höyngk eines Tages besinnen – oder ihnen jemand Einhalt gebieten würde. Bevor sie alle über den Rand der moralischen Schlucht hinausgeschlittert waren.

Die große Verschwörung

Marie zitterte und wickelte sich fester in ihren Mantel ein, als sie sich durch den Schnee von Mellen nach Balve kämpfte. Der eisige Wind hatte die weiße Pracht zu hohen Bergen und Wehen aufgetürmt und es war nur in den Wäldern, im Schutz der hohen Bäume, ein mühseliges Vorankommen. Die Welt lag erfroren und erstarrt, kaum jemand wagte sich bei den widrigen Verhältnissen aus dem Haus.

Das letzte Jahr war nicht viel besser als dieser äußerst heftige Wintereinbruch gewesen. Die Kälte hatte so erbärmlich geherrscht, dass auch Maries Familie einige Einbußen hatte erleiden müssen. Bis in den Juli hinein hatten Hagelstürme gewütet und die Nächte waren bitterkalt gewesen, als läge Balve am nördlichsten Rand der bekannten Welt. Der erste Schneesturm des Winters war wütend über das Balver Land hereingebrochen, das Laub hatte schon im Spätsommer, wenn man in diesem Jahr von einem „Sommer" sprechen konnte, schwarz an den Zweigen gehangen.

Die Natur spiegelte nur allzu gut das Gemüt der Menschen wieder, die sich ängstlich vor Krieg und Hexen immer mehr zurückzogen und wortkarg ihrem Leben nachgingen.

Marie schnaubte ärgerlich. Nachdem sie die allseits beliebte Bürgermeisterin hatte sterben sehen und nachdem sie Zeugin geworden war, wie viele Menschen ihr Grab unter dem Dornstrauch besucht hatten, hatte sie erwartet, dass die Balver diesem Hexenspuk und damit auch dem Hexenkommissar Reinhartz den Gar ausmachten. Doch nichts dergleichen war geschehen! Immer noch korrespondierte Richter Höyngk mit dem Werler Gelehrten, immer wieder tauchte der Mann, der Marie zutiefst zuwider war und den sie ärger fürchtete als den Teufel selbst, in Balve auf, wenn wieder Namen die Runde machten. Sie konnte nicht mehr zählen, wie viele Hinrichtungen es im letzten Jahr gegeben hatte, wie viele Köpfe gerollt und Körper verbrannt worden waren. Zumindest hatte es Reinhartz nicht mehr gewagt, sie anzufassen.

Ärgerlich murmelte Marie Verwünschungen in den Wollschal um ihren Hals und rief sich sogleich erschreckend zur Ordnung. Wenn jemand sie böse vor sich hin murmelnd gesehen hätte … Die Angst, als Hexe verrufen zu werden, war groß. Und Marie gab sich keinerlei Illusion mehr hin, dass Caspar Reinhartz, der ihr angeblich auf das Tiefste zugetan war, sie schützen würde. Er würde ihre Notlage schamlos ausnutzen und Marie wollte ihm um jeden Preis aus dem Weg gehen. Jeder Besuch in Balve kostete sie enorme Kraft, auch da ihre Mutter vor einigen Tagen plötzlich ins Gerede gekommen war. Marie hatte Angst bekommen vor dem, was ihrer Mutter geschehen mochte, würde sie nicht endlich handeln. Der Name ihrer Familie in den geifernden Mündern, die nach den Sündenböcken für die harte Witterung suchten, hatte ihr den Entschluss aufgezwungen, dieses Mal resoluter nach Balve zu wandern – und etwas zu unternehmen.

Der Weg zog sich heute endlos durch die glitzernde Schneewelt dahin und es musste schon um die Mittagsstunde sein, als Marie völlig ausgelaugt die Balver Gasse betrat, die das Ziel ihrer Wanderung gewesen war. Vor einem gepflegten Fachwerkhaus, an dessen Traufen sich dicke Eiszapfen gebildet hatten, hielt sie an und klopfte.

Eine rundliche Frau schob sich auf die Schwelle und fixierte sie abweisend.

„Die Jungfer Schulte, einmal mehr … Werdet Ihr erwartet?"

„Der Richter erwartet mich in der Tat", bibberte Marie und mit einer hochgezogenen schmalen Augenbraue gab die Matrone, die sich als Herrin des Hauses aufspielte und doch nur eine Bedienstete war, wie Marie wusste, den Weg frei.

„Seine Ehren befindet sich in seinem Studierzimmer", quäkte sie und machte sich nicht einmal mehr die Mühe, Marie den steif gefrorenen Mantel abzunehmen oder ihr eine wärmende Stärkung anzubieten, während sie durch die große Halle zu einer Treppe watschelte, die in ein erstes Stockwerk führte.

Die Eichentreppe knarrte unter ihrem Gewicht und Marie folgte der Matrone langsam.

„Euer Ehren? Ihr habt Besuch. Marie Schulte ist hier“, beschied sie kurz ab nach einem Klopfen an einer der Türen, die von der Empore abgingen, und verschwand wieder in Richtung Küche.

„Ach, das Fräulein Marie. Nur herein! Ich habe etwas Tee über dem Feuer und meine gute Seele des Hauses hat ein paar Plätzchen für mich gebacken!“

Maries Lächeln erstarb, als sie in das Studierzimmer des Richters trat. Seit er dem Balver Gericht den Rücken gekehrt hatte, war Henrich Roeßen in sich zusammengefallen wie eine Blume ohne Wasser. Die Furchen um seine Augen waren tiefer geworden und auch das sonst so strahlende Blau, mit dem er die Welt in Augenschein genommen hatte, hatte einen milchigen Schleier angenommen. Das Alter hatte Henrich Roeßen vollends eingeholt. Dennoch strahlte immer noch ein Rest seiner beachtlichen Willensstärke über die bröckelnde Fassade hinweg.

Dankbar nahm Marie ihm den Becher Tee aus den zitternden Händen und legte den Mantel in die Nähe des Feuers, damit er auftauen und vielleicht sogar warm werden konnte.

Dann ließ sie sich Roeßen gegenüber in einen der Sessel fallen und nahm einen Schluck Tee, der sofort die erfrorenen Lebensgeister in ihr wach rief.

„Ich kann mir denken, warum Ihr hier seid“, schnarrte Roeßen und lächelte sie wehmütig an. „Er ist nicht aufzuhalten. Stellt Euch vor, der arme Jörg Schulte – Ihr kennt ihn, der Kutscher des Drosten – wurde verhaftet. Ganze zwölf Tage nach seiner Hochzeit! Und dann die Berichte über die Verhöre. Eine Frau soll schwarz angelaufen sein. Kurze Zeit später seien ihre Wunden aber schon fast wieder geheilt gewesen! Welch ein großer Haufen Mist!“

Marie sah in das erregte Gesicht des Richters. „Warum unternehmt Ihr dann nichts? Ihr wolltet Euch doch nach Arnsberg beschweren! Es werden immer mehr, bei denen die Zweifel nicht auszuräumen sind.“

Roeßen lächelte zerknirscht. „Zumindest habe ich die Hafterleichterungen für den Winter angesprochen. Mehr Einfluss habe ich nicht mehr. Arnsbergs Ohren sind mit giftigem Wachs verstopft gegen das Wehklagen eines griesgrämigen Richters, dem man sein Amt genommen hat. Heinrich von Schultheiß hat dort alles unter Kontrolle. Und auf das Reichskammergericht können wir warten, bis die Hölle zu Eis gefriert, denn viel eher wird es eine Eingabe nicht bearbeiten."

„Dann müssen wir endlich ohne Arnsberg oder die anderen Gerichte handeln!"

Roeßen legte seinen Finger an die runzligen Lippen. „Sprecht nicht so offen, Marie. Ich bin ein alter Mann, um den es nicht schade ist, wenn er in die Fänge der Justiz gerät. Aber Ihr seid zu jung dazu. Ich fürchte, allein mir – und vielleicht auch den Balvern – fehlt der rechte Mut."

Der alte Richter beugte sich zu ihr. „Konntet Ihr andere finden, die genauso denken?", wisperte er.

Marie nickte atemlos, diese Wendung hatte sie nicht so schnell erwartet. „Selbst mein Vater hat mittlerweile erkannt, welchen Teufel sich Balve in die Mauern geholt hat, seit sie Mutter zwischen den Zähnen haben. Auch der Herr Pfarrer spricht immer bitterer von den Prozessen und noch ein paar andere Bürger mit Geld und Einfluss. Bitte, wir müssen endlich handeln! Jede unschuldige Seele lastet beim Jüngsten Gericht auch auf unseren Schultern!"

„Warum seid Ihr so engagiert gegen Herrn Reinhartz und das Gericht?"

Sie schwieg einen Moment, sah dem Richter dann aber direkt in die Augen. „Sie tun den Menschen ohne Rechtfertigung weh und treiben sie in die Enge. Hier wird mit den Ängsten gespielt, um die eigene Machtfülle auszuweiten und die Börsen prall werden zu lassen. Die Menschen brauchen für all das Übel einen Sündenbock. Ich glaube schon lange nicht mehr an Schadenszauber oder daran, dass der Höllenfürst höchstpersönlich ein Interesse daran hat, einen kleinen Ort im Sauerland zu okkupieren."

Roeßen lachte heiser und rappelte sich dann in die Höhe. „Wohl gesprochen."

Er schwankte zu seinem Sekretär. „Ich habe gehört, Ihr kümmert Euch jetzt um die alten Vetteln im Hospital. Ich mag die Damen, aber seht Euch vor, dass Ihr nicht mit Eurer Mildtätigkeit so endet wie unsere liebe Frau Bürgermeisterin. Milde wird in diesen Zeiten nicht immer gerecht entlohnt."

Was genau Roeßen an den Laden des Sekretärs tat, konnte Marie nicht erkennen, denn der Richter verdeckte das Innere mit seinem mageren Körper. Sie hörte nur ein Klicken, gefolgt von einem Rascheln, dann wandte sich Roeßen um und kam zu ihr zurück. Marie sah ihn ernst an und spürte plötzlich das Verlangen, sich diesem Mann anzuvertrauen. Richter Roeßen musste ihr Vertrauen in ihn fühlen können.

„Ich wollte Euch etwas niemals erzählen, weil ich mich dafür geschämt habe und es meine Bestrebungen als bloßen Racheakt hingestellt hätte. Caspar Reinhartz hat mich im Wald bedrängt und mir Gewalt angedroht, sollte ich ihm nicht gefügig sein."

Roeßen schüttelte missbilligend seinen Kopf, betrachtete sie eingehend und drehte und wendete das in Händen, was er aus dem Schreibtisch geholt hatte.

„Ich glaube Euch und es tut mir aufrichtig leid, was geschehen ist. Es wirft nur ein weiteres ungünstiges Licht auf diesen jungen Juristen, der vor Ehrgeiz zu zerfließen droht. Leider ist er nicht der einzige, der derart agiert. Aber vielleicht ist es in der Tat an der Zeit zu handeln. Herr Reinhartz sollte erkennen, dass seine Macht nicht grenzenlos und ohne moralische Bürden sein kann. Hier!" Der Richter streckte ihr einen Brief entgegen, der mit seinem Siegel verschlossen war. „Euer Vater wird wissen, was er damit tun soll. Ich kümmere mich um die weiteren Details und spreche mit Laer. Kennt Ihr das Motto, unter dem zu den Kreuzzügen aufgerufen wurde?"

Marie nickte und verstaute das Briefchen in den Falten ihres Gewandes.

Einsam

Überall in der Stadt hatte er verbarrikadierte Türen gesehen. Die Gärten neben den Häusern lagen zwar unter einen dicken Schneedecke verborgen; jedoch konnte man das in die Höhe gewucherte Unkraut erahnen, das durch die Flechtzäune gedrungen war und dessen Reste sich kümmerlich aus dem Schnee schoben.

Caspar war erst seit wenigen Tagen zurück in Balve. Ein längerer Aufenthalt in Werl lag hinter ihm. Jetzt genoss er die kalte Luft, die seinen Körper herausforderte, und den Spaziergang durch die Stadt. Er genoss auch die Ruhe, auch wenn er wusste, dass sie seinem Tun zum Teil geschuldet war. Viele Stimmen der Bewohner waren für immer verstummt, die Felder vor den Toren, die sie bewirtschaftet hatten, öd und leer. Ihre Häuser verwildert. Er war durchaus stolz auf sich, war es doch sein Verdienst, dass das Treiben der Zauberischen zumindest eingedämmt worden war. Dennoch gab es immer wieder Namen und Fragen, die ihn durch die Briefe Johannes Höyngks in Werl erreicht hatten. Fleißig hatte er sie beantwortet, auch wenn ihm wenig Zeit geblieben war. Anna Maria hatte nach ihm verlangt, sie war wieder einmal niedergekommen und hatte ihm ein weiteres Kind geschenkt. Dafür war er dankbar. Für ihre unappetitlich aufgequollene Gestalt und ihr beständiges Wehklagen jedoch nicht. Wie sehr hatte er sich an jedem Abend gewünscht, wenn er allein in einer der Kammern seines neuen Hauses an der beschaulichen Kisastraße gelegen hatte, dass Marie an seiner Seite gewesen wäre.

Caspar trat durch das Stadttor, das nur von zwei müden Wachen flankiert wurde, in die klirrende Kälte des Nachmittags. Die Sonne stand schon tief über den Bergen und er würde nur einen kurzen Spaziergang machen können, dennoch drängte es ihn hinaus in die Weite vor der Stadt und er fragte sich, wie sein Leben verlaufen wäre, hätte er diesem Freiheitsdrang, der in ihm schlummerte, des Öfteren nachgegeben.

Caspar seufzte und stapfte einer Karrenspur hinterher, die ihm den Weg durch die Schneewehen zumindest etwas einfacher machte. Wäre er verheiratet? Hätte er Jura studiert? Oder hätte er sich den Kriegswerbern angeschlossen? Wäre bis an die Küste des Meeres und bis zu den hohen Bergen gezogen? Wild, ungezähmt und brillant im Umgang mit der Muskete und den Trossweibern?

Bitter lächelnd schüttelte er den Kopf über diese törichten Gedanken. Selbst im Krieg wäre er der verlachte Bücherwurm geblieben, der im Tross hinter dem Heer gedackelt wäre, um die Kämpfer wieder zusammenzuflicken. Somit war es sicherlich besser, in dem Metier, in dem er Talent hatte, auch entsprechende Macht anzuhäufen, damit sich niemand weiter über ihn lustig machen konnte.

Die Balver lachten ganz bestimmt nicht mehr über ihn. Und sein Mentor Heinrich von Schultheiß ebenso wenig. Er hatte sich mit seinen kompromisslosen Ratschlägen an das Balver Gericht einen Namen gemacht. Nicht bei allen in der Regierung war er dadurch beliebt geworden, aber man respektierte ihn als fähigen Commissarius in Hexereiangelegenheiten. Vielleicht würde Von Schultheiß ihn ja auch in seinem Buch erwähnen, das er gerade überarbeitete und weiterschrieb. Dann würde sein Ruf über die Jahrhunderte bestehen.

Ein hehres Ziel, aber eines, das ihm gefiel.

Caspar hatte es kaum bemerkt, so sehr war er in Gedanken versunken gewesen, aber seine Schritte hatten ihn wie von selbst in Richtung seiner Wirkungsstätte getrieben. Er stand schon beinahe am Fuß der gerodeten Fläche, auf der die Scheiterhaufen brannten. Schwer atmend erklomm er den letzten Anstieg und starrte auf zwei verkohlte Kreise im Schnee, Spuren der Hinrichtungen, die erst vor wenigen Tagen auf sein Geheiß wieder stattgefunden hatten. So eindrücklich wie heute hatte er seine Spuren noch niemals zuvor wahrgenommen und er erschrak einen Augenblick lang, rief sich dann aber zur Ordnung.

„Ich tue meine Arbeit“, sprach er zu den beiden Kreisen, als seien sie Tore zu einer anderen Welt, zu der er keinen Zutritt hatte.

Er beschloss, Maries Familie morgen zu besuchen, gleich nachdem er mit Höyngk gesprochen hatte, wie es über Weihnachten in Balve weitergehen sollte. Einige Zauberische saßen in Haft und froren in der Kälte ihrer Löcher. Ob Höyngk sie noch vor den Feiertagen hinrichten lassen wollte, musste besprochen werden. Vielleicht ließen sie sie auch noch bis ins Neue Jahr zittern. Höyngk hatte mehrfach seine Ängste vor einer weiteren, noch größeren Verschwörung artikuliert, die sich in Balve zusammenschließen sollte. Seit dem Tod der Bürgermeisterin war es zwar zu nur verhaltenen Unmutsbekundungen bekommen, die sich jedoch unangenehm gehäuft hatten.

Caspar musste Marie sehen und ihre Eltern überzeugen, sie ihm mitzugeben. Die Schultes würden froh sein, dem Hexenkommissar einen Gefallen tun zu können. Er hatte ihre Namen in den Briefen Höyngks gelesen. Sehr häufig sogar, nachdem Thonis Schulte bei einem der Prozesse in seiner Position als Procurator offenen Widerspruch gegen das Verfahren eingelegt hatte. Der Mann hätte zu seinem Wohl besser den Mund gehalten, aber für Caspar schickte diese Gelegenheit der Himmel.

Er kletterte den glatten Hang abwärts und machte sich zurück auf den Weg in die Stadt. Die rötliche Abenddämmerung überzog den Schnee mit einem goldenen Glitzern und die Schatten um ihn her zogen sich in die Länge.

Caspar beschleunigte seine Schritte, als er Angst in sich hochkriechen fühlte. Er war allein unterwegs in einer Gegend, in der er viele Menschen zum Tode verurteilt hatte. Plötzlich musste er an Dolche und ein eisiges Grab unter Laub und Schnee denken.

Der Hexenkommissar begann unwillkürlich seine Schritte zu beschleunigen und dann zu rennen. Schnee spritzte von seinen Schuhen auf und hinterließ eingesunkene Flecke im makellosen Weiß. Er hastete ungelenk vorwärts, verschwendete keinen Gedanken mehr an Würde und Macht, sondern stolperte nur noch weiter in Richtung der schützenden Grenzlinie zwischen brutaler Wildnis und der Zivilisation einer Stadt.

Er richtete seinen Blick auf die Stadtmauer, die in der Ferne aufragte. Dabei achtete er nicht mehr auf den Verlauf des kaum erkennbaren Weges. Ein tiefer Graben an der Seite eines Feldes, versteckt unter hohen Schneeverwehungen, beendete seine wilde Hetze.

Caspars Fuß brach durch die verharschte Schneedecke ein und er strauchelte, ruderte mit den Armen. Zeit zum Schreien blieb ihm nicht, blitzschnell füllte sich sein Mund mit Schnee, als er der Länge nach hinschlug und sich sein Knöchel, gefangen durch die Massen des Schnees, schmerzhaft verdrehte. Er jaulte auf, spuckte Schnee, der ihm eiskalt aus dem Mund tropfte. Fluchend drehte sich Caspar auf den Rücken und blieb einen Moment lang schwer atmend liegen. Sein Herz raste in seiner Brust und die Kälte griff sofort mit spitzen Fingern nach seinem Knöchel, biss hinein und sandte pochende Nadelspitzen durch sein Bein. Caspar stöhnte, versuchte sich aufzurichten, um den Knöchel aus dem Schnee zu befreien.

Benommen blieb er hocken und lauschte dem Rauschen seines Blutes in seinen Ohren und dem Schmerz, der ihn pochend quälte. Seine Augen streiften ruhelos umher, um die Unwürdigkeit seines Verhaltens zu verdrängen. Ein Hexenkommissar rannte nicht in Panik durch die Wildnis! Die Würde seines Amtes hatte er noch stärker verletzt als seinen Knöchel, wummerten die Gedanken in seinem Schädel. Caspar lag auf dem Karrenweg, der sich zum Galgenberg hinaufzog. Auf der anderen Seite erstreckte sich ein im letzten Schein der Sonne bedrohlich wirkendes Gestrüpp, das er schwerlich als Waldgebiet bezeichnet hätte. Etwas irritierte ihn jedoch an den schlanken Bäumen, unter denen sich Dornenranken breit gemacht hatten. Caspar beschattete die Augen mit einer Hand und blinzelte in die tief stehende Sonne, die hinter dem Wald unterzugehen begann. Er konnte nicht sagen, ob es seine Verwirrung durch den Schmerz, ein Sonnenstrahl, der ihn blendete und mit dem Schnee spielte, oder etwas anderes war, aber er meinte, einen Dornbusch in voller Blüte sehen zu können, etwas abseits des Weges hob er sich wie eine Erscheinung aus dem ansonsten düsteren Wald.

Irritiert rappelte er sich auf und suchte hastig nach einem Ast, auf den er sich stützen konnte. Ohne einen weiteren Blick zum Wald zu riskieren, humpelte er in Richtung der Stadt. Er drehte sich nicht mehr um.

Die Kugel

Das Feuer in der Esse glühte rötlich weiß, als sich die Männer um sie herum versammelten. Überall hingen verstaubte Spinnweben von den Eichenbalken, die im Luftzug wehten. Es roch nach kaltem Rauch, glühendem Metall, verbranntem Horn, Stroh und Mist. Einer der Männer trug mit einer Zange eine metallene Schüssel und platzierte sie über den Flammen, ein anderer betätigte sanft den Blasebalg. Viel Hitze würden sie für ihr Werk aber nicht brauchen. Das schmatzende Geräusch durchströmte die Stille. Die Männer arbeiteten stumm, keiner sprach ein Wort, bis Marie die Hofschmiede betrat. Das Metall begann, langsam zu zerfließen und die gehackten Stücke sanken ein, zerliefen zu einer silbrigen Masse.

Maries Vater Thonis blickte auf. Seine Augen waren umschattet von schlaflosen Nächten, die er nach Maries Rückkehr aus Balve gehabt hatte. Der Brief, den sie ihm von Richter Roeßen mitgebracht hatte, steckte ungeöffnet im Ärmel seines Hemdes.

„Hast du dich entschieden, Vater?", sprach sie ihn an. Ihre Stimme zitterte und die Augen der beiden anderen Männer betrachteten sie neugierig, wanderten zwischen ihr und ihrem Vater hin und her.

Thonis Schulte räusperte sich umständlich. „Es war nicht leicht … Aber ich könnte es nicht ertragen, wenn unserer Familie ein Leid geschähe."

Thonis zog den Brief des Richters aus dem Ärmel und brach das Siegel. Er überflog den Text und gab den Brief dann an Marie weiter.

„*Deus lo vult*, dein Richter hat Sinn für Theatralik."

Marie las den Brief neugierig, dann tippte sie mit dem Finger auf das Blatt. „Was ist das für ein Symbol, Vater? Es sieht aus wie ineinander verschlungene Buchstaben."

Thonis nickte, während er sich Lederlappen um die Hände wickelte und vorsichtig mit der Zange die Metallschale aus dem Feuer hob. Die silberne Flüssigkeit schwappte und zischte, als er sie vorsichtig in die bereitstehende Form sickern ließ.

„Das ist eine Sigil. Wenn du willst, eine einfache Form von Magie. Dein Richter hat auch noch Sinn für Humor."

Interessiert musterte Marie das Symbol, das aussah wie ein umgedrehtes U, gekrönt von einem L und mit einem V verbunden. Ein umgedrehtes T, ein E und ein O klebten am Bogen, während sich ein D und ein S im Zentrum des Vs und Us zu einem Buchstaben verbanden.

„Du wirst sie in die Kugeln schlagen, um sie ihrem Zweck zuzuführen", hauchte Marie beeindruckt.

„Als Jäger habe ich meine Kugeln schon oft mit Zeichen und Bildern meiner Beute gewidmet, aber niemals einen solchen Spruch benutzt. Henrich Roeßen kennt sich aus mit der Jagd und der Magie, wie mir scheint."

Marie fiel auf, dass die Buchstaben der Sigil im lateinischen Aufruf zum Kreuzzug auftauchten.

„Er hat *Deus lo vult* zusammengekürzt und die Buchstaben zu dieser Form arrangiert", stellte sie fest und Thonis nickte wieder ernst.

„Jeder Buchstabe kommt einmal in die Sigil. Roeßen will sichergehen, dass diese Kugel ihren Zweck erfüllt. Wahrscheinlich sollen wir sie vom Herrn Pastor auch noch segnen lassen … Er hebt eine profane Sache in das Reich des Übernatürlichen. Das hätte ich nicht erwartet. Und ich bin mir nicht sicher, ob mir das gefällt. Schließlich wollen wir unseren Ruf verteidigen, keine Zauberischen zu sein!"

Thonis schnaubte.

„Ich denke, er will nur ein gemeinschaftliches Symbol schaffen, um unser Streben zu vereinen."

„Eine Kugel zu signieren, ist immer eine riskante Sache. Wenn sie gefunden wird, gibt es einen Hinweis, von wem sie kommt. Wer Wildern geht, signiert seine Kugel nicht."

Die beiden anderen Männer schwiegen. Ihnen war die Tragweite ihres heutigen Tuns bewusst geworden. Sie waren fortan in eine ernste Sache verstrickt, aber sie waren Thonis Schulte zur Treue verpflichtet. Der Knecht Blesin dachte an Merthe und wie er sie am Tag ihrer Verhaftung verabschiedet hatte. Damals hatte er nicht gedacht, dass es ein Abschied für immer sein würde. Er hatte die alte Amme gemocht – und noch einige andere, die ebenfalls in die Kerker gebracht worden waren. Er war es leid, Menschen sterben zu sehen. Auch wenn das bedeutete, dass noch ein einziger Mensch, der Verantwortliche für all das Leid, ins Gras beißen musste.

„Schon gut", brummte Thonis. „Ich werde die verdammten Kugeln signieren. Blesin wird etwas Weihwasser besorgen oder sie in der Kirche schnell ins Becken tauchen. Aber nur eine soll ganz bleiben. Die beiden anderen zerhacke ich, um die Rohre scharf laden zu können – eine Kugel wird schon nicht gefunden werden, wenn überall sonst Splitter herumfliegen."

Entschlossen tauchte Thonis die Gussform in einen Eimer Wasser und zischend nahmen drei Kugeln für drei Musketen ihre Form an.

Der fragliche Abend

Aus der St. Blasius-Kirche erklang der letzte Choral der Abendmesse zum dritten Advent. Weihnachten stand vor der Tür und in vielen Fenstern flackerte das warme Licht von Kerzen. Trotz der Ängste vor der Zeit und ihren Unwägbarkeiten hatten viele Hausfrauen ihre Schwellen mit Immergrün und Tannenzweigen geschmückt, gebacken und die Häuser gewienert, um für die Geburt des Herrn bereit zu sein.

Die Männer, die in ihre Mäntel gemummt durch die leeren Gassen wanderten, hatten für diesen vorweihnachtlichen Zauber jedoch keinen Blick übrig. Sie strebten auf ein Ziel zu, die Gesichter gen Boden gesenkt.

Die Hintertür eines großen Hauses stand einen Spalt breit offen und sie drückten sich einer nach dem anderen hindurch, schlichen vorbei an den sabbernden und genüsslich kauenden Kühen im Stall und erklommen eine steile Leiter, die sie auf den Heuboden führte. Durch die Ritzen zwischen den Eichenbohlen, die den Giebel verkleideten, drang zugige Luft und die Männer suchten sich Kuhlen im Heu und Stroh, um sich warmzuhalten. Ihre rot angelaufenen Nasen lugten unter den Kapuzen hervor. Erschöpft und frierend bliesen sie ihren Atem in ihre Hände und rieben sich die klammen Finger. Der letzte schloss die Luke hinter sich, blieb aber dicht in ihrer Nähe.

Marie ließ die anderen Besucher, darunter auch das Balver Gericht mit Caspar Reinhartz, von dem sie hoffte, er würde sie nicht gesehen haben, nach der Messe die Kirche verlassen und ging dann erst in eine Seitenkapelle, in der ein Bildnis Marias mit dem gekreuzigten Jesus auf ihrem Schoss stand. Zahllose dünne Kerzen verbreiteten ein flackerndes Licht und Maries Atem formte in ihrer Nähe keine Wölkchen mehr wie vorhin beim Gottesdienst. Marie ließ ein Geldstück im Opferstock klirren, nahm sich dann drei Kerzen, zündete sie bedächtig an und starrte in die Flammen.

„Ihr wirkt bedrückt", erklang da eine tiefe Stimme hinter ihr und

Marie fuhr zusammen. Doch es war nur Hermann Laer, der sich die kalten Finger rieb.

„Habt Ihr jemand anders erwartet?", fragte sie der Pastor und Marie nickte beklommen.

„Gefürchtet, dass jemand kommt, trifft es eher", erwiderte sie.

Hermann Laer lächelte matt. „Mein lieber Freund Richter Roeßen hat Andeutungen gemacht. Ich verstehe Eure Angst. Aber von mir habt Ihr nichts zu befürchten." Laer sah sich um. „In keiner Hinsicht."

Marie lächelte dankbar. „Ich weiß. Aber mir wäre Eure Unterstützung noch lieber als Eure Nichteinmischung, Herr Pastor."

Hermann Laers Gesicht wurde ernst und er trat neben sie, ließ seinen Blick über die Kerzen und das Abbild der Gottesmutter schweifen. „Viele Menschen wünschen sich eine Veränderung, sind aber zu gebrechlich, sie selbst herbeizuführen. Ich weiß, dass mein Fleisch schwach ist und ich immerzu Angst habe. Das ist mein größter Makel, den mir Gott anrechnen wird. Vor allem im Angesicht desjenigen, der für seine Überzeugungen ans Kreuz genagelt wurde."

Marie antwortete nicht, Laer wertete ihr Schweigen als stumme Anklage und suchte nach einer Rechtfertigung.

„Ich versuche, das Leid anders zu bekämpfen, spende Trost – auch den Menschen, die andere besagt haben. Ihr glaubt nicht, wie viele Menschen in meinen Beichtstuhl gekommen sind, weil sie ihr Gewissen plagt!"

„Und was sagt Ihr ihnen?"

„Das kommt darauf an. Wir alle glauben an das Wirken von Zauberischen, ihre Anschläge auf unser Leben, ihren Neid, den Schadenszauber. Das ist die beste Verteidigung. Aber sie rechtfertigt natürlich nicht, aus eigenem Neid oder Schmerz heraus Unschuldige zu bezichtigen. Ich erlege Bußen auf und vergebe ihnen, wie es mein Amt verlangt."

„Werdet Ihr auch mir vergeben, wenn ich im Gefängnis bei Euch beichte? Werdet Ihr von mir denken, ich sei eine böse Hexe?" Maries Gesicht war trotz des warmen Kerzenlichts plötzlich wächsern und bleich.

Laer schluckte. „Ich bete zu Gott, dass Ihr nur Seinen Willen erfüllt und Er Euch schützen wird."

Caspar betrat noch einmal seine Amtsstube, bevor er sich mit Johannes Höyngk und anderen Bürgern zum Abendmahl – überraschend im Haus des Bürgermeisters – treffen wollte. Er kam gerade aus der Kirche, war durch den Nebel gewatet, der seit Stunden milchig über der Stadt lag. Im Rathaus war es dunkel gewesen, fast bedrohlich hatten ihn die Fensteröffnungen seelenlos angeblickt und ihm einen Schauer über den Rücken gejagt. Dennoch wollte er es sich nicht nehmen lassen, vor seiner morgigen Abreise noch einmal nachzusehen, ob er seine Akten geordnet zurückließ und sein Schreibtisch keine unerfreuliche Überraschung bot. Doch nachdem er mit einer Laterne die düsteren Gänge bewältigt hatte, fand er alles in bester Ordnung, die Briefe, die nach Arnsberg gehen sollten, lagen für die Gerichtsdiener und Boten gut sichtbar obenauf und der Rest ordnete sich in gleichmäßige Stapel, die heikleren Unterlagen verwahrte er in einer verschlossenen Lade, zu der nur er und Höyngk einen Schlüssel besaßen. Sie war fest verschlossen. Caspar zog den Schlüssel trotzdem hervor und öffnete das Fach. Er ließ den Finger über die Protokolle gleiten, blieb aber bei einem Zettelchen hängen. Es war schon einmal zerknüllt worden und es war ihm unmöglich gewesen, es sauber zusammenzufalten. Durch die Eselsohren und Falten sah ihn ein Auge an. Caspar nahm das Papier an sich und entfaltete es ganz. Zu gerne hätte er Marie mitgenommen, selbst wenn es nur ihr grobes, von ihm skizziertes Abbild gewesen wäre. Aber er riss sich zusammen, indem er sich vorstellte, welche Fragen ihm seine Frau stellen würde, fände sie dieses Blatt. Vielleicht sollte er doch erwägen, Marie freizugeben. In den letzten Tagen hatte er zumindest immer wieder eine Ausrede gefunden, nicht zum Schultenhof nach Mellen zu reiten. Ihn quälte sein Pflichtbewusstsein. Hastig stopfte er den Zettel zuunterst in die Lade und verschloss sie wieder sorgfältig. Jetzt war alles bereit für die Festtage in Werl, er würde erst im neuen Jahr nach Balve zurückkehren, um die Prozesse mit neuer Energie weiterzuführen. Weitere Namen waren genannt worden. Zufrieden verließ Caspar das Gebäude und suchte seine Kammer auf, wo er sich für das Abendessen zurechtmachen wollte.

Bürgermeister Wilhelm Flörken ließ seinen Blick über sein Speisezimmer gleiten. Zwei Mägde waren eben dabei, das beste Geschirr und Besteck aufzulegen, silberne Kerzenhalter mit Bienenwachskerzen erhoben sich in der Tischmitte aus einem Bett aus Tannengrün und Stechpalmen, an denen rote Beeren leuchteten. Im ganzen Haus roch es schon seit Stunden nach Braten und geschmortem Gemüse, Gebäck, warmem Apfelkuchen und frischem Brot.

Flörken war zufrieden, auch wenn sich ein Hauch Wehmut in seine Gedanken stahl. Er wusste, wie Anneken herumgewirbelt wäre, wie sehr ihr dieser Abend gefallen hätte – auch wenn sie den Hexenkommissar sicherlich nicht an ihre Festtafel gebeten hätte, sondern eher die alten Damen aus dem Hospital. Aber eine Einladung Reinhartz' ließ sich dieser Tage kaum mehr vermeiden, zu sehr war Caspar Reinhartz in die Gesellschaft seiner Stadt eingebunden und mit ihr verquickt. Flörken trat an eines der bleiverglasten Fenster, die zur Straße hinausgingen. Sein tadelloses Spiegelbild im schwarzen Wams strich sich durch die durch den Kummer mit grauen Strähnen durchsetzten, schütter gewordenen blonden Haare. Der Nebel ballte sich immer dichter, nur noch einzelne Schatten huschten durch die graue Welt. Flörken schrak zusammen, als jemand an seiner Haustür klopfte. Es war noch etwas zu früh für seine Gäste.

Mut der Verzweiflung

Wilhelm Flörken blieb vor Verwunderung der Mund offen stehen, als er sah, wer sein Speisezimmer betrat.

Lächelnd, mit vor Kälte glühender Nase schneite Pastor Hermann Laer herein, streckte dem verdutzten Bürgermeister die Hand hin.

„Guten Abend, Herr Bürgermeister!"

„Herr Pfarrer … Guten Abend auch Euch."

„Ich hörte, es gebe bei Euch ein Abendessen, das es wert sei, dabei zu sein."

Flörken schluckte. „Nun ja, ich …, ich habe das Gericht eingeladen, als Jahresabschluss mit mir zu speisen. Mit Euch, verzeiht, hatte ich nicht gerechnet."

Hermann Laer lachte breit. „Ich weiß. Ich will mich auch nicht aufdrängen, ganz gewiss nicht. Vor Weihnachten ist auch mein Amt meist recht ausgefüllt. Aber ich hatte just ein Gespräch mit einer Dame, das mir zu denken gab. Vielleicht sollte jemand dabei sein und auf Euch aufpassen, während Ihr mit dem Gericht schmaust, damit Ihr Euch nicht den Magen verderbt oder an einem zu großen Bissen verschluckt. Ein Freund kann hilfreich sein."

Flörkens Gesicht war leer, als er nickte und den Pfarrer zu einem Tischchen mit Weingläsern lenkte. Er war sich nicht sicher, auf was der Geistliche anspielte. Was wusste Laer?

„Herr Pfarrer, ich will wirklich nicht unhöflich sein."

„Wilhelm, mein Sohn." Der Tonfall Laers änderte sich, wurde zu dem eines Vaters, der keinen Widerspruch zuließ. „Ich will meinen Teil beitragen und wenn ich nur Zeuge werde. Ich habe zu viel gesehen, was mein Herz betrübt. Frau Anneken fehlt dieser Gemeinde – und auch mir."

Wilhelm senkte seine Stimme. „Es ist gefährlich. Ihr riskiert zu viel."

„Unsinn, Wilhelm! Ich werde doch nur ein gutes Abendessen genießen." Damit griff sich Laer ein Glas Wein und ließ sich auf einen der Stühle sinken, vor denen noch kein Gedeck stand.

Kurz darauf klopfte es ein weiteres Mal und Johannes Höyngk betrat gemeinsam mit Caspar Reinhartz und einer kleinen Entourage das Zimmer. Der Bürgermeister nahm sich besonders viel Zeit für die Begrüßung des Hexenkommissars, schüttelte ihm die Hand.

„Ihr wart gewiss überrascht über meine Einladung, Herr Reinhartz."

Caspar räusperte sich. „Um ehrlich zu sein …"

„Jaja, natürlich. Aber ich wollte Euch nach der Trauerzeit für Anneken versichern, dass sich mein Zorn auf Euch gelegt hat. Vielleicht war sie tatsächlich eine Zauberische, bedenkt man die Kreise, die deren Verschwörung offenbar zieht. Wer weiß schon, wovor Ihr mich bewahrt habt. Vielleicht hatte sie mein Herz und meine Augen mit einem Bann belegt", haspelte Flörken. Sein Herz zog sich schmerzhaft zusammen, er brachte es jedoch fertig, dem Richter und dem Commissarius ihre Plätze zuzuweisen und ihnen eigenhändig Wein einzuschenken. Caspar hatte noch einen Diener dabei, den er sich seit einiger Zeit leistete, und Johannes hatte den amtlichen Gerichtsschreiber neben sich.

Flörken ließ sich neben Pfarrer Laer nieder, der allen zuprostete und ihm den Blick aus den Fenstern versperrte. Laers Nase hatte die rötliche Farbe noch nicht abgelegt – oder sie aus anderen Gründen bereits wieder angenommen.

Die Mägde trugen den ersten Gang auf und das Tischgespräch begann, durch das warme Essen nach dem Aufenthalt in der Kälte lebhafter zu werden. Eine frische Brühe mit Markklößchen, geschlagenem Ei und Kräutern bereitete ihre Mägen auf den handfesteren Hauptgang vor.

Wilhelm schenkte nach, wenn sich ein Glas kaum geleert hatte, und verwies auf seine Eigenschaft als Weinhändler.

„Ich muss in diesem Jahr noch einige Fässer loswerden, Ihr Herren", lächelte er.

Johannes Höyngk hielt jedoch die Hand über sein halbvolles Glas.

„Meine Frau bringt mich um, wenn ich von einem offiziellen Essen nach Hause getorkelt komme", entschuldigte er sich.

„Wo ist Euer Neffe, der Herr Christian?", erkundigte sich Laer.

„Ich muss gestehen, ich habe keine Ahnung. Der Bursche treibt, was er will. Ich habe ihn seit Tagen nicht zu Gesicht bekommen." Johannes

Miene wurde finster. „Ich werde ihn vor Weihnachten einmal aufsuchen und ihn an das Fest der Liebe und Familie erinnern."

„An die Liebe müsst Ihr den Kerl nicht erinnern", mischte sich angesäuselt der Gerichtsschreiber, Christians Vorgesetzter, in die Unterhaltung, was Johannes' Miene noch griesgrämiger werden ließ.

„Ich sagte ja, ich werde ihn aufsuchen. Ansonsten muss er sich eine andere Stellung besorgen – ohne meine Hilfe", beschied er barsch.

„Seid etwas nachsichtig mit Eurem Neffen. Er hat ein freundliches Herz", schlug sich Pfarrer Laer auf die Seite des Gescholtenen.

„Und ein flatterhaftes dazu", grummelte Höyngk und strich sich den Bart, den er sich nach Heinrich von Schultheiß' Vorbild und der Mode der Zeit an Kinn und Oberlippe seit kurzem stehen ließ.

„Entschuldigen mich die Herren einen Augenblick? Ich werde nach einem passenden Wein zum Hauptgang in meinem Keller suchen." Der Bürgermeister stand auf und verließ den Raum, ohne weitere Beachtung zu finden, da Pfarrer Laer begann, die Bibelstellen zu zitieren, die mit der Auffahrt der unschuldigen Kinder und denen, die es ihnen gleich taten, in den Himmel zu tun hatten.

Fast liebevoll glitt die schmutzige Hand mit dem noch schmutzigeren Tuch über das Metall der Waffe. Ölig glänzte der Lauf im Zwielicht des Dachbodens, das Holz des Kolbens schimmerte. Es klickte, als der Mann den Hahn probehalber spannte und vorschnellen ließ. Noch war das Gewehr nicht geladen, aber die Pulverladung, die Verdämmung und das Geschoss baumelten in winzigen Beuteln, die mit einem Symbol bestickt waren, an seinem Gürtel.

Jeder von ihnen würde nur einen Schuss haben, da durfte nichts danebengehen. Zur Sicherheit überprüfte er noch den Feuerstein, der das Schwarzpulver entzünden sollte.

Die beiden anderen Männer ließen es ruhiger angehen. Der eine hatte seinen Hut tief ins Gesicht gezogen und döste im Heu vor sich hin, der andere rieb seine Finger und hauchte sie wieder und wieder an.

Die Stille schien nicht so stark an ihren Nerven zu zerren, wie sie es bei ihm tat. Wie lange er nun schon hier kauerte, polierte und lauschte, konnte er nicht mehr sagen. Aber es mussten einige Stunden sein, seine Beine kribbelten durch die unbequeme Haltung. Das Licht schwand und ließ alles zu einer diffusen Nebelwelt verschwimmen.

Ein dreifaches Klopfen schreckte die Männer auf. Sofort schnellten sie in die Höhe.

Mit einem Blick verständigten sie sich und begannen nach kurzer Wartezeit, die Leiter des Heubodens hinabzuklettern. Ihre Schritte wogen schwer auf den Tritten.

Sie hatten niemals über einen Fluchtplan gesprochen.

Wilhelm Flörken entkorkte eine weitere Flasche, einen französischen Rotwein, und ließ die sattrote Flüssigkeit in die Gläser rinnen. An der Anrichte werkelten seine Mägde, zersäbelten das Fleisch und richteten geschmortes Gemüse auf den Tellern an.

Ihm lief das Wasser im Mund zusammen und seinen Gästen schien es ebenso zu ergehen. Vor allem Pastor Laer warf einen sehnsuchtsvollen Blick auf den Rinderbraten.

Als alle schließlich versorgt waren, verschwanden die Mädchen.

„Ich habe mich im Grunde noch nicht für die Einladung bedankt", richtete Caspar sein Wort an den Bürgermeister. „Ich hole es hiermit nach. Es ist bedauerlich, dass wir nicht schon früher so angenehm aufeinandergetroffen sind."

Wilhelm schluckte, räusperte sich dann. „Wir hatten doch ein nettes Essen mit den anderen Stadträten, nachdem Ihr angekommen wart."

„Das, ja. Damals konnte ich mich nicht so recht entspannen. Erster Posten mit Verantwortung, neu in der Stadt. Ihr versteht. Mittlerweile fühle ich mich vertrauter mit den Gegebenheiten und kann solche Abende ungezwungener erleben."

„In der Tat", bemerkte Flörken und senkte seine Nase in den Weinkelch.

„Ich möchte auch mein Bedauern aussprechen, dass Eure Frau nicht zu verschonen war."

Überrascht sah Flörken auf und auch die Gabel Johannes Höyngks schwebte plötzlich unbeachtet in der Luft.

„Herr Reinhartz, ich weiß nicht, ob dies der rechte Anlass ist, mit dem Herrn Bürgermeister über den Tod seiner Frau zu sprechen", versuchte Pastor Laer zu vermitteln, aber der Wein verlieh Caspars Zunge unsichere Flügel.

„Ich muss mich an Vorschriften halten, meine Arbeit tun, zum Wohle der Gemeinschaft. Die Zauberischen müssen aufgehalten werden, sonst ist die Menschheit am Ende und Gott lässt uns alle zur Hölle fahren." Caspar taxierte den Bürgermeister mit seinen dunklen Augen über den Rand seines Weinkelches hinweg. „Glaubt Ihr eigentlich an die Existenz von Zauberischen und den Schadenszauber?"

Unbehaglich sahen der Gerichtsschreiber und Caspars Diener zu Boden, als hätten sie kein Anrecht, bei derlei Erörterungen zwischen den hohen Herren zu sitzen.

„Ich …"

Ein Krachen und das Bersten von Glas zerrissen Flörkens Antwort zu Fetzen. Caspar sah nur, wie der Bürgermeister seinen Mund wie ein Fisch, der nach Luft schnappt, öffnete und schloss, dann geriet die Welt aus den Fugen. Überall um ihn herum flogen Splitter von Glas, Porzellan, Holz und Metall. Sein Diener wurde von seinem Sitz in die Höhe gerissen und an die Wand geschleudert, während unter seinem hellen Wams Blut hervorspritzte. Der Gerichtsschreiber hatte keine Zeit mehr, um auf das Getöse zu reagieren, in seiner Stirn klaffte ein ausgefranstes Loch, aus dem eine gräuliche Masse, vermengt mit Blut und Knochenteilen quoll. Holz splitterte hinter Caspar, der Pfarrer schrie auf, presste eine Hand auf seine Schläfe, brach zusammen.

Wieder krachte es ohrenbetäubend und Caspar erkannte in einer schwarzen Wolke eine Flamme an einem der Fenster, die durch zerborstene Scheiben aufloderte. Ein Gesicht wurde kurz beleuchtet, verschwand dann aber wieder in der Dunkelheit.

Caspar warf sich zur Seite, spürte etwas Heißes an seinem Hals reißen und tauchte unter den Tisch, vorbei an den noch immer zuckenden Beinen des Gerichtsschreibers. Höyngk lag neben seinem Stuhl auf dem Boden, die Hände auf die Ohren gepresst, scheinbar schreiend wie ein Kind, seinen Mund plärrend verzerrt. Caspars getroffener Diener wandt sich mit weit aufgerissenen Augen in zerborstenem Geschirr, Blut quoll aus der Wunde in seiner Brust und färbte das Weiß des Porzellans blutrot.

Doch Caspar hörte weder ihn noch Höyngk schreien. Seine Ohren summten und klingelten, schmerzten, als seien sie von einem Riesen entzweigerissen worden. Er war nicht fähig, einen Gedanken zu fassen, sah verletzte und sterbende Menschen um sich herum. Weitaus grauenvoller als bei jeder Hinrichtung, denn nackte Angst um sein eigenes Dasein schnürte ihm die Luft ab. Als er zu Boden sah, erkannte er Blutstropfen auf den Aufschlägen seines Hemdes, die sich ausbreiteten, fühlte etwas warm über seinen Hals laufen, sein Puls jagte in seinem Kopf.

Wieder donnerte es so laut, dass selbst Caspars taube Ohren es hören konnten. Er blickte auf, sah eine Explosion am Fenster und ein silbriges, langes Ding, das abrupt in die Höhe gerissen wurde in einem Meer aus grauem Qualm und zerspringenden Scheiben. Etwas sirrte trudelnd durch die Luft und schlug in die Wandvertäfelung nahe der Decke ein, wieder regneten Splitter auf ihn herab. Er übergab sich keuchend.

Caspar kroch auf allen Vieren hinter die Anrichte, nur fort vom Fenster mit seinen zischenden Feuerbällen, nur weg von den klagenden und zuckenden Körpern.

Bevor ihn sein Bewusstsein verließ, traf sein Blick den des Bürgermeisters. Wilhelm Flörken lag unter dem Tisch, den Kopf mit den Händen geschützt, die Augen jedoch fest auf Caspar gerichtet. Sie glommen wie zwei feurige Kohlen voller dämonischem Rachedurst und verfolgten Caspars Geist bis in die Abgeschiedenheit einer Ohnmacht.

Spurensicherung

Der weihnachtliche Friede war aus der Welt gerissen worden. Überall lagen zertrampelte Girlanden aus Tannengrün im Schneematsch, Türen schwangen zerstört in ihren Angeln. Die Augen der Balver verrieten ihre Sorgen, waren müde und ängstlich zugleich.

Die Büttel schwärmten jeden Tag seit dem Attentat aus, durchsuchten Häuser, stießen ihre Waffen in Fässer und Heuballen und rissen die Bewohner mitten in der Nacht aus dem Schlaf. Gebrüllte Befehle und Fackelschein störten beinahe jede Nachtruhe seit dem Attentatsversuch auf das Gericht. Bislang war aber keine Spur der Schützen aufgetaucht.

Trotz des schlechten Wetters war die Kutsche des Arnsberger Hexendoktors wieder durch das Stadttor gerattert, hatte erst Heinrich von Schultheiß wie einen Racheengel ausgespien und war dann mit dem fiebernden Caspar Reinhartz und dem schwer verletzten Pfarrer Hermann Laer gen Werl verschwunden. Einen Arzt gab es in Balve nicht, die Kutsche sollte Laer nach Arnsberg bringen, wo man hoffte, sein Gesicht und seinen Arm einigermaßen wiederherstellen zu können, die von umherfliegenden Splittern zerrissen worden waren. Caspars Frau in Werl hatte bereits die Kunde von der Verletzung und dem Zustand ihres Mannes erhalten und wartete mit den Kindern und einem bestellten Arzt auf ihn. Seit dem Anschlag auf sein Leben war Caspar nicht mehr aus seinem Dämmerzustand erwacht. Er hatte hohes Fieber und die Wunde an seinem Hals begann immer wieder zu bluten.

Heinrich von Schultheiß übernahm sofort nach seiner Ankunft die Führung, fand Caspar Reinhartz wie auch Johannes Höyngk im Bett, auch wenn dieser unverletzt geblieben war. Umgehend scheuchte Von Schultheiß den Richter auf, er solle die Büttel ausschwärmen lassen, begutachtete die Leichen des Dieners und des Gerichtsdieners, die der Bestatter bereits für die Aufbahrung und Beerdigung zurechtgemacht hatte. Eine Binde verdeckte die zerstörte Stirn des Gerichtsschreibers.

„Wer war noch mit im Raum?“, fragte Von Schultheiß ohne große Hoffnungen auf Erkenntnisse und entsprechend mürrisch den Bestatter, dieser zuckte jedoch nur die Schultern.

„Es war das Haus des Bürgermeisters.“

„Und wo ist der Bürgermeister?“

Die fahlen Augen des Mannes blieben gleichgültig. „Weg. Niemand hat ihn seit dem Abend mehr gesehen.“

Wütend flog Heinrich von Schultheiß durch die Gassen, wirbelte das Ratsgebäude durcheinander, nahm die Berichte der Büttel nur noch persönlich entgegen.

Aber von den Schützen fehlte jede Spur. Sie blieben wie vom Erdboden verschluckt und den Hexendoktor beschlich die Ahnung, dass er zu spät am Tatort eingetroffen war, um noch brauchbare Spuren zu finden. Von Johannes Höyngk war er enttäuscht und ignorierte seine Bitten um Visitationen. Der junge Mann hatte so vielversprechend begonnen, um sich dann nach ein paar Schüssen, die ihn noch nicht einmal ernsthaft verletzt hatten, in sein Bett zu verkriechen.

Von Schultheiß' Faust krachte auf den Schreibtisch des Richterzimmers und er fluchte gotteslästerlich, nur um sich gleich darauf schnellstens zu bekreuzigen und einen langen, entschuldigenden Blick auf das Kruzifix an der Wand zu werfen. Er brauchte dringend Unterstützung, jemanden, den dieses Unglück nicht anfocht und der einen wachen Verstand besaß. Er erinnerte sich an diesen Heißsporn, der die Justiz revolutionieren wollte.

Christian betrat mit klopfendem Herzen das Speisezimmer des Bürgermeisterhauses. Unter seinen Sohlen knirschten Scherben und Splitter. Durch die zerstörten Fenster war Schnee eingedrungen, ansonsten hatte sich seit dem Abend des Attentats scheinbar niemand um das Aufräumen gekümmert.

„Könnt Ihr mit diesem Chaos etwas anfangen?“

Christian zuckte zusammen, wie stets, wenn der Arnsberger Hexendoktor ihn direkt ansprach. Ständig fühlte er Von Schultheiß' Augen in seinem Nacken. Christian war einigermaßen überrascht gewesen, dass sich der berühmte Hexendoktor an ihn erinnert und ihn dann auch noch als Ermittler eingespannt hatte. Geehrt fühlte er sich dadurch aber nicht.

„Ja, Herr. Ich werde mich umsehen. Es ist gut, dass noch niemand den Raum betreten hat."

Heinrich von Schultheiß brummte etwas in seinen Bart, blieb aber abwartend an der Tür stehen. Er rümpfte die Nase.

„Es stinkt."

Christian deutete auf den Boden. „Eine Mischung aus Blut und Erbrochenem." Er schnüffelte. „Man kann auch noch etwas von dem Schwarzpulver riechen."

Von Schultheiß tat es ihm nach, verzog jedoch nur angewidert das Gesicht. „Ich lasse Euch allein. Kommt nachher mit einem Bericht zu mir."

Christian nickte abwesend, war bereits vertieft in das, was hier geschehen sein mochte. Ihm kam kurz der Gedanke, dass ihn sein Zwist mit dem Onkel vor diesem grausigen Abendessen gerettet haben mochte.

Vorsichtig schob er sich in den Raum, bemüht, nicht in Blutlachen oder das Erbrochene zu treten. Die Zerstörung war gewaltig. Die Schützen mussten großkalibrige Waffen benutzt und die Ladung zu Schrot zerhackt haben. Überall in den Möbeln staken Metallstücke, die sich durch die Wucht der Explosion in das Holz gebohrt hatten.

Eindeutig waren die Schüsse von den Fenstern gekommen, die auf die Straße gingen.

Christian balancierte über das Werk der Zerstörung und nahm die Scherben, die zum Teil zerborsten in den Bleiloten hingen, in Augenschein.

Drei Fenster für drei Schützen. Sie hatten anscheinend mit Wucht den Lauf der Waffe durch die Scheiben gestoßen und dabei das Glas zerbrochen, auch wenn ihren Zielen dadurch eine kurze Vorwarnzeit gegeben worden war, grübelte er. Vielleicht wäre ihnen der Anschlag geglückt, hätte einer die Scheiben zerstört und die anderen hätten sofort losgebrannt.

Am dritten Fenster stockte Christian. Deutlich malten sich Spuren einer größeren Flamme oder Explosion an den Scheiben ab. Er fuhr mit dem Finger über die schwärzlichen Rückstände auf dem Glas. Eindeutig war an dieser Stelle etwas Unerwartetes passiert.

Der letzte Schuss war nach Schilderung des Pfarrers verrissen worden und in die Decke eingeschlagen.

„Warum aber …", dachte Christian laut nach. „Warum verreißt jemand das Gewehr? Und was hinterlässt am Ort des Schusses so viele Rückstände?"

Er schnippte mit den Fingern. Der letzte Schuss war im wahrsten Wortsinn nach hinten losgegangen. Der Schütze hatte scheinbar seine Ladung selbst abbekommen. Entsprechend musste er durch das glühend heiße Schwarzpulver Verbrennungen an den Händen oder sogar im Gesicht erlitten haben.

So jemand musste doch auffallen und zu finden sein!

Christian sah sich weiter um, spähte in den Schnee vor den Fenstern, erkannte aber in den Fußspuren nichts Außergewöhnliches. Sie mischten sich in naher Entfernung mit denen auf der Gasse, verschwanden, ohne Herkunft und Ziel preiszugeben.

Er wandte seine Aufmerksamkeit wieder dem Raum zu, versuchte, nicht an die Opfer zu denken, die in diesem Raum gestorben waren. Vorsichtig zog er einen Splitter aus dem weichen Holz der Anrichte und begutachtete das Stück mit zusammengekniffenen Augen. Eine Rundung und merkwürdige Einkerbungen waren erkennbar. Christian ließ das Stück Schrot in der Tasche verschwinden. Mit dem Rätsel der Munition wollte er sich später in seinem Labor befassen. Aber er spürte schon jetzt, dass er Heinrich von Schultheiß würde enttäuschen müssen. Noch hatte er nur wenige konkrete Hinweise auf die Täter – bis auf die Verbrennungen.

Aber ein Mann mit solch einer Verletzung würde nach einem Attentat niemals zu einem Heilkundigen gehen, sondern sich selbst behandeln oder im Verborgenen behandeln lassen.

Seine Hand spielte mit dem Teil der Metallkugel in der Tasche, während er weiter nachdachte, langsam über die Scherben kletterte, bis er wieder am dritten Fenster angekommen war.

„Der Schuss ist verrissen worden, weil der Schütze verletzt wurde …"

Christian wandte sich um und suchte die Decke und die obere Wandvertäfelung ab. Vielleicht ließ sich dort oben etwas finden.

Christian war für seine Suche entflammt. Auf diese Weise konnte er der Welt vielleicht beweisen, dass es nicht ein erzwungenes Geständnis sein musste, das ein Verbrechen offenkundig werden ließ. So konnte er mit etwas Glück Vernunft in die Welt bringen.

Im Fieber

Er brannte. Unter seinen Füßen waberte das Feuer, leckte nach seinen Zehen und züngelte schließlich an seinen Beinen empor. Er begann zu schreien, wand sich in den wachsenden Flammen. Aber keines der Gesichter, die ihn aus dem Dunkel hinter dem Feuer anstarrten, zeigte Mitleid oder ein Bestreben, ihn aus den Qualen zu befreien. Er schrie und schrie, doch das Feuer fraß sich weiter durch seinen Körper, beißender Rauch kroch in seine Lungen. Er würgte.

Neben ihm schrie plötzlich eine Frau auf. Mit letzter Kraft drehte er sich zu ihr, sah wie ihre Haare Feuer fingen und sie hysterisch zu lachen begann. Die Welt drehte sich immer schneller um ihn herum. Nein! Um ihn herum kreisten Frauen auf Besen rund um das Feuer. Sie lachten. Eine von ihnen stob auf einem schwarzen Bock heran, nackt und grinsend durchflog sie das Feuer und tanzte vor seinem brennenden Körper auf und ab. Sie streckte höhnisch ihren Finger aus und drückte ihn wie eine Kralle in seinen Hals. Schmerz raste durch seinen Rücken und er begann wieder zu schreien.

„Marie!"

Anna Maria Reinhartz zog den kalten Lappen, den sie auf die glühende Stirn ihres Mannes gedrückt hatte, zurück und runzelte die Stirn. Sie wandte sich zu dem anderen Besucher um, der am Fußende des Bettes stand.

„Was hat das zu bedeuten? Kennt Ihr eine Marie?"

Heinrich von Schultheiß trat näher an sie heran und legte ihr väterlich die Hand auf die Schulter, hatte Mühe, sie unter den steifen weißen Kragen zu schieben, der ihren Kopf vom Körper trennte. *Ganz nach der alten Mode, die den Körper als sündig ablehnt*, dachte er ätzend.

Laut sagte er: „In Balve gibt es eine Marie, die in den Verdacht geraten ist, eine Zauberische zu sein. Wahrscheinlich verfolgt Euren Mann sein Amt bis in die Ohnmacht. Oder sie hat ihn tatsächlich und auf dreiste Weise verzaubert. Alles ist in dieser verrückten Zeit möglich."

„Eine verdächtige Zauberische also, die meinen Mann in ihrem Bann hat? Ihr versteht es, eine Ehefrau zu beschwichtigen. Sagt mir zumindest, dass sie alt und hässlich ist. Einen Buckel hat wie bei Hexen üblich." Die Stimme Anna Marias blieb frostig.

Heinrich von Schultheiß schwieg und blickte aus dem Fenster in Richtung der Werler Stadtmauer, die nahe dem Hause der Reinhartz' verlief.

„Ihr könnt Euch glücklich schätzen, keine Witwe geworden zu sein. Euer Mann erfüllt heldenhaft sein Amt – und wäre dafür beinahe getötet worden", antwortete er schließlich.

Anna Maria tauchte den Lappen seufzend in die Schüssel auf dem Nachttisch und wrang ihn aus. Wenig sanft klatschte sie ihn auf Caspars Stirn.

„Sie ist jung und hübsch. Und ich habe ihn vor derlei Gefahren gewarnt. Die Wunde ist trotz der schnellen Behandlung durch unseren Herrn Doktor vereitert und das Fieber trocknet Caspar aus. Den Witwenstatus habe ich noch nicht ganz überwunden, meint Ihr nicht? Und das alles für diese Suche nach bösartigen Weibern auf dem Lande, wo es doch hier in der Stadt genügend gibt!"

Der verhaltene Kinderlärm, der die Treppe hinaufschallte, schwoll plötzlich an und wich Gezeter.

„Entschuldigt mich. Ich bin allein mit den Kindern." Anna Maria stand auf und verließ den Raum.

Von Schultheiß konnte sie am Fuß der Treppe leise schimpfen hören. Die Kinderstimmen verstummten.

„Wasser, bitte, Anna!", ließ sich da Caspars schwache Stimme hören und Heinrich sah überrascht auf den Kranken, dessen Augenlider flatterten.

„Herr Reinhartz! Wie gut, Euch unter den Lebenden begrüßen zu können!" Von Schultheiß griff nach einem Krug mit Wasser und füllte einen Becher. Fürsorglich ließ er sich auf der Matratze nieder und hob den Kopf Caspars an, ließ Wasser zwischen dessen Lippen rinnen.

„Ich hätte Euch nicht an meinem Lager vermutet", mühte sich Caspar mit dem Sprechen ab.

Heinrich von Schultheiß legte seinen Finger an die Lippen. „Strengt Euch nicht an. Es ist für alles gesorgt. Ich komme eben aus Balve – und Ihr werdet nicht glauben, wer mir dort nur allzu nützlich ist bei der Suche nach den Attentätern."

„Ich habe einen Verdacht, wer mich töten wollte", krächzte Caspar und Heinrich horchte auf.

„In der Tat. Wen habt Ihr im Verdacht?"

„Die Schultes aus Mellen. Ich habe von ihrer Tochter geträumt, als ich im Fieber lag. Nicht die Bürgermeisterin, sie, Marie, war es die ganze Zeit, die mir die Visionen des Schreckens geschickt hat!"

Heinrich nickte. „Soso, geträumt habt Ihr wieder. Aber ich will Euch vorhalten, dass Ihr im Fieber lagt, schwach und anfällig für allerlei Fantastereien."

Caspar schüttelte den Kopf. „Ihr müsst mir glauben! Aber ich muss Euch um etwas bitten. Überlasst sie mir. Ich will meine Rache selbst in die Hand nehmen."

Heinrich von Schultheiß zog die buschige Braue hoch und musterte seinen Zögling interessiert.

„Noch gibt es – außer Eurem Traum – keinen Hinweis auf die Schultes. Aber ich werde dafür sorgen, dass es so kommt. Und dann seid Ihr genesen und kehrt zurück, um Euch des Falles anzunehmen."

Caspar ließ seinen Kopf zurück in die Kissen sinken. „Ich bin erschöpft, verzeiht. Ich werde alles tun, schnellstens zurückkehren zu können."

Er schloss die Augen und bald wurde sein angestrengtes Atmen ruhiger.

In diesem Moment stürzte Anna Maria in den Raum. „Ich dachte, ich hätte Caspars Stimme vernommen! Ist er erwacht, kann er sprechen?"

Heinrich von Schultheiß legte erneut den Finger an die Lippen und deutete nur auf das entspannte Gesicht des Schlafenden. Mit Befriedigung sah er die Enttäuschung im Gesicht der spröden Frau aufleuchten.

In seinem Schädel rotierten jedoch schon die Gedanken, die längst nicht mehr am Bett des Kranken weilten, sondern an seinem Schreibtisch in Arnsberg. In seiner Tasche juckte ein Notizbüchlein und forderte seine Aufmerksamkeit.

Das Attentat wurde in der Tat zum perfekten Fallbeispiel für sein Buch! Er würde alles daran setzen, den Fall der Attentäter höchstselbst zu verhandeln.

Enträtselt

Draußen heulte seit Stunden ein Sturm, der neuen Schnee durch die Luft wirbelte. Das Feuer im Kamin kam kaum gegen den Druck von oben an und drohte ständig auszugehen, wurde nicht zügig Feuerholz nachgelegt. Und genau das hatte Christian versäumt. Er zog müde den schweren Mantel um sich, den er sich irgendwann aus seinem Schlafzimmer geholt hatte, als er es leid geworden war, ständig in seinen Gedankengängen durch ein ersterbendes Feuer unterbrochen zu werden.

Um ihn herum lagen Stapel von Büchern und Papieren, die in der Zugluft leise wisperten. Bücher voller Hinweise zu Magie und Alchemie, aber auch eine Abhandlung über Schwarzpulver und den Gebrauch einer Waffe und mehrere Wörterbücher und Grammatiken.

In den letzten Tagen hatte Christian wenig geschlafen oder gegessen. Er hatte nur, um seiner Mutter ein frohes Weihnachtsfest zu wünschen, das Haus verlassen, hatte sich ansonsten an den Schreibtisch gekettet, gegrübelt und wirre Gedanken und Schlussfolgerungen zu Papier gebracht. Er wusste, er war den Schützen auf der Spur.

In einer Schale aus Ton lag unter einem Vergrößerungsglas die Kugel, die er aus der Wand gezogen hatte.

Sie war verformt, dennoch konnte man ohne Mühe Einkerbungen erkennen. Einer der Täter – oder alle – hatte seine Kugel signiert, ihr das Ziel eingeritzt und sie womöglich sogar von einem Priester weihen lassen.

Pfarrer Laer konnte Christian nicht fragen, da dieser noch nicht aus Arnsberg und geheilt zurückgekehrt war.

Auf dem Blatt direkt unter Christians Nase standen in loser Reihenfolge die Buchstaben, die er aus der Einkerbung entschlüsselt hatte und zahllose Wörter, in denen sie vorkamen. Er nahm an, dass es kein Name war und vielleicht sogar eine andere, eher magisch angehauchte Sprache die Sigil bildete. Latein wahrscheinlich.

Auf einem anderen Zettel standen Namen, zwei davon hatten ein Kreuz hinter sich, andere waren mit roten Linien miteinander verbunden oder trugen Fragezeichen.

So kam er nicht weiter. Er musste zugeben, dass er, obwohl er schon einige Erkenntnisse zusammengetragen hatte, mit seinem Latein am Ende war.

Er stierte seit Stunden auf die Sammlung vor sich, kam aber einer Lösung des Rätsels um die Attentäter nicht näher.

Plötzlich hörte er von oben ein Geräusch. Die Eingangstür quietschte in ihren Angeln und heiß überlief ihn die Erkenntnis, dass er vergessen hatte, die Tür abzusperren. Ein Klopfen würde er nicht gehört haben, da es der Sturm übertönt hätte.

Schritte dröhnten über seinem Kopf und er sprang auf. Seine Waffe lag – natürlich – im Schlafzimmer gut verstaut in ihrem Schrank. Aus einer Eingebung heraus griff er nach einer Weinflasche und stieg die Stiege aus seinem Experimentierkeller hinauf.

Vor dem Ofen in der Küche stand ein dunkel gewandeter Mann, die Hände über den Rost gestreckt, unter dem noch ein paar Funken glommen.

„Wo steckst du denn?“, begrüßte ihn sein Onkel Johannes, ohne sich umzudrehen.

In Christian wallte der Zorn über die Dreistigkeit, die sein Onkel wieder an den Tag legte, auf, er versuchte, sich aber zu beherrschen.

„Ich habe mir aus dem Keller eine Flasche Wein geholt.“

„Solltest du nicht an deinem Auftrag arbeiten? Oder legst du eine Feiertagspause ein?“ Johannes Höyngk sah sich mit hochgezogenen Augenbrauen um. „Ich sehe keine Notizen, keine Erkenntnisse zu dem Rätsel, wer Herrn Reinhartz ans Leder wollte. Ich fürchte also, du lässt es einmal mehr an der gebührenden Wertschätzung für eine dir übertragene Aufgabe mangeln.“

Christian verschluckte eine bissige Bemerkung. „Ich habe Notizen. Ich sammele sie in einer Akte. Ich habe sie beim Hinuntergehen in den Keller an mich genommen. Sie wird unten liegen.“

Johannes Höyngk zuckte mit den Achseln. „Doktor von Schultheiß hat einen Boten geschickt. Er wird bald zurückkehren – und dann erwartet er einen Bericht von dir. Ich hoffe, du blamierst *meine* Familie nicht.“

„Und ich dachte immer, es sei *unsere* Familie.“

„Mir ist neu, dass du dich für eine Familie einzusetzen bereit bist. Du bringst deine Mutter noch in ein vorzeitiges Grab." Johannes machte eine Pause, riss sich anscheinend ebenfalls zusammen. „Also, welche Erkenntnisse hast du bis jetzt erlangt?"

„Ich werde Herrn Doktor von Schultheiß berichten", erwiderte Christian aufmüpfig.

„Nein, du wirst zuerst mir berichten! Ich bin der zuständige Richter. Ich will nicht, dass du mich in Verlegenheit bringst mit irgendwelchen Spekulationen und Abenteuertheorien!"

„Verdammt, Johannes! Vertraue mir einmal in meinem Leben! Ich habe Erkenntnisse!"

Johannes Höyngk wich einen Schritt zurück. „Wie kannst du es wagen, mit mir wie mit einem Bauern zu sprechen! Ich habe studiert und bin gelehrt! Mir steht Respekt zu!"

„Ja, gelehrt magst du sein, aber anders als dein Vorgänger hast du kein Einfühlungsvermögen für einen Menschen!"

Johannes Höyngk trat zornig auf ihn zu. „Dann renne doch zu Richter Roeßen! Der Greis wird dich sicherlich nicht mehr in die Arnsberger Kanzlei bringen! Oder zurück nach Köln!"

„Seine Gesellschaft ist mir dennoch lieber. Grüße meine Mutter von mir, Onkel!"

Wütend durchmaß Christian das Zimmer, riss die Haustür auf und knallte sie fluchend hinter sich zu. Draußen griff sofort der Sturm nach seinen Haaren und peitschte ihn rückwärts. Dennoch konnte und wollte er nicht zurück ins Haus, zurück zu weiteren bitteren Worten seines Onkels. Vielleicht sollte er wirklich mit dem alten Richter sprechen. Neben seinem Gelehrtentum war er zudem ein herzlicher Mensch mit Lebenserfahrung, wenn er sich bei Gelegenheit dazu herabließ, gute Laune zu zeigen. Vielleicht konnte Henrich Roeßen ihm helfen, das Rätsel zu lösen.

Als er weiter in Richtung Balve wankte und sich gegen den Sturm stemmte, begriff er erst, dass ihn sein Onkel aus seinem Refugium vertrieben hatte. Er hatte sich aus den eigenen vier Wänden werfen lassen! Wütend über sich selbst stapfte er dennoch weiter.

„Wieder Besuch für Euch, Euer Ehren!“ Dieses Mal klang die Stimme von Roeßens Haushälterin betörend und der Richter hörte, wie sie seinem unbekannten Besucher heißen Wein und etwas Kuchen anbot. Ihr antwortete eine sanfte Männerstimme und Roeßen hörte seine gestandene Matrone mädchenhaft kichern.

Dann konnte es sich bei seinem Besucher nur um eine Person handeln. Und tatsächlich betrat ein breit grinsender Christian Höyngk sein Studierzimmer.

„Frohe Weihnachten gehabt zu haben, Herr Richter!“, begrüßte Christian ihn freundlich und Roeßen konnte sich selbst ein Grinsen nicht verkneifen.

„Der liederliche Gerichtsschreiber, welche Ehre. Tretet näher, Herr Christian. Ich muss Euch ja nichts mehr anbieten, mich wundert, dass meine gute Seele Euch nicht noch mein Bett für die Nacht angeboten hat. Freundlich wie eine Katze!“ Der Richter deutete auf das blasse Rechteck des Fensters, vor dem die Dunkelheit aufzog.

„Mir würde es reichen, wenn Ihr mir für den Rückweg eine Laterne ausborgen könntet. Ich bin etwas … planlos von Zuhause aufgebrochen.“

Roeßen bot Christian einen Platz am Kamin an. „Welche planlose Eingebung führt Euch denn so kurz nach der Geburt des Herrn zu mir, anstatt dass Ihr Euch in den wieder geöffneten Schankstuben austobt?“

Christian sah ihn an. „Ich brauche einen Rat.“

„Und den bekommt Ihr nicht von Eurem Onkel“, stellte Roeßen fest.

„Nein, ich denke nicht.“

Roeßen schmunzelte. „Dann lasst mich raten. In Liebesdingen und in familiären Angelegenheiten kann und werde ich Euch nicht aushelfen, aber dies sind auch Bereiche, die Ihr selbst ganz gut zu ergründen versteht, wie ich hörte. Wie ich aber ebenfalls hörte, wurdet Ihr vom Hexendoktor persönlich mit Ermittlungen betraut. Ihr dürft statt der Folter Euren Verstand einsetzen, um eine Spur zu den schrecklichen Strauchdieben finden, die das Leben Reinhartz’ so dramatisch verkürzen wollten.“

Christian bejahte. „Aber ich komme nicht weiter. Und Ihr seid – neben dem Herrn Pfarrer – einer der wenigen Gelehrten in dieser Stadt.“

Roeßen lachte. „Gott sei Dank! Ich fürchtete schon einen Augenblick lang, dass Ihr mich alten Mann als Täter in Betracht zieht!"

„Um Gottes willen, nein, Herr Richter!", wehrte Christian heftig ab. „Ich brauche nur Euren Rat. Ich verdächtige bislang niemanden."

„Das wird den Hexendoktor und seine Welpen nicht freuen. Sie lieben Verdächtigungen", antwortete Roeßen bitter.

„Ich weiß, aber das ist nicht mein Weg. Ich wollte Euch fragen, ob Ihr Erfahrung mit dem Signieren von Kugeln habt. Vielleicht ist Euch in Eurer Rechtspraxis so etwas schon einmal untergekommen."

Roeßen wackelte nachdenklich mit dem Kopf. „Einige Jäger signieren die Kugeln. Aber welcher welches Symbol benutzt – das müsst Ihr die Hirsche fragen. Bei einem Prozess ist mir derlei Spielerei noch nicht vorgekommen."

„Und wer könnte sich mit einer Art magischem Symbol für solche Zwecke auskennen?"

„Magisches Symbol?"

„Ja, seltsam verschachtelte, verdrehte und entfremdete Buchstaben. Ich glaube, das nennt man Sigil."

„Interessante Täter, die Ihr da aufgetan habt, Herr Christian! Aber ich kenne niemanden, der in Balve so etwas tun würde. Vielleicht war es ein Mann, der beruflich zu schießen weiß. Ein Soldat, ein Söldner. Jemand, der für Geld mordet, wenn es kein Zauberischer gewesen ist."

„Der Gedanke ist mir auch gekommen, aber es ist vor Weihnachten kein Fremder in Balve angekommen. Ihr wisst, dass er aufgefallen wäre wie ein bunter Hund."

„Nicht unbedingt."

„Nein, ich bin mir sicher, dass es jemand von hier war. Wenn die Balver etwas erledigen wollen, tun sie es selbst."

Roeßen wurde still und nahm einen langen Schluck aus einem der Becher, die auf einem Tischchen bereitstanden. „Vielleicht wollte es Gott. Einfach so. Das ist das Letzte, das ich Euch sagen will, bevor ich Euch auf die Straße setze, um meine wohlverdiente Nachtruhe anzutreten. Manchmal ist es besser, nicht zu tief zu graben. Ihr wisst als Angehöriger des Gerichts genauer als ich, wer besagt wurde. Soweit ich weiß, ist nur eine Familie mit etwas Einfluss unter den aktuellen Verdächtigen. Hört auf zu suchen und schützt besser die, die Euch nahe sind. Und jetzt einen guten Abend, Herr Christian."

Als Christian mit einer Laterne die Straße betrat, blieb er unschlüssig stehen. Die letzten Worte und das abrupte Ende der Unterhaltung mit dem alten Richter brachten ihn durcheinander. Roeßens Tonfall war düster gewesen – und behaftet mit einer unmissverständlichen Warnung.

Aber Roeßen hatte ihm einen Hinweis gegeben, auch wenn ihm dieser überhaupt nicht gefiel. Neben einigen anderen waren die Schultes aus Mellen besagt worden. Sollten Marie oder ihr Vater so weit gehen und ein Menschenleben auslöschen, um ein anderes zu retten? Er korrigierte sich. *Viele* andere.

Immer wieder gingen ihm Roeßens Worte durch den Kopf. *Vielleicht wollte es Gott*, so ein Unsinn!

Christian schlug den Mantelkragen auf und stapfte davon. Die Kerze in der Laterne spendete nur wenig Licht und warf groteske Schatten auf die gekälkten Wände der Häuser am Weg. Der Heimweg durch den Wald würde unheimlich werden. Hoffentlich waren keine Wölfe oder Schlimmeres auf der Jagd. Niemals wieder würde er sich von Johannes so stark in Rage versetzen lassen, dass er alle Vorsicht vergaß!

Verrat

Januar 1630

Die schwarze Kutsche, mittlerweile verziert mit einem Wappen, das zwei gekreuzte Scharbeile über einigen Wellenlinien zeigte, stand wieder auf der Gasse in der Nähe des Drostenhauses. Der Arnsberger Hexendoktor war zurück. Christian musste sich wie die anderen Passanten auch an dem unheimlichen Gefährt vorbeizwängen, um sein Ziel zu erreichen.

Ein Bote seines Onkels hatte ihm eine offiziell aussehende Ladung überbracht, er möge sich den Fragen Heinrich von Schultheiß' und des Balver Gerichts stellen.

Christians Adamsapfel hüpfte nervös, als er den Saal im Rathaus betrat, in dem auch die Prozesse stattfanden. Plötzlich fühlte er sich selbst wie ein Angeklagter, als er allein in der Weite des Raums stand.

Noch war der erhöhte Tisch für das Gericht allerdings leer, nur sein Onkel, den er seit der ungemütlichen Schneewanderung nicht mehr zu Gesicht bekommen hatte, wartete mit unbestimmbarer Miene auf ihn. Trat erst aus den Schatten, als Christian eine Weile in der Mitte des Raumes gestanden hatte.

„Bevor es offiziell wird, müssen wir uns noch unterhalten, Neffe." Wider Erwarten war Johannes Höyngks Tonfall entspannt, beinahe fröhlich.

„Worüber denn, Euer Ehren?"

Johannes eilte auf ihn zu und umfasste seine Schultern. „Ich wollte dir nur sagen, dass ich stolz bin auf das, was du erreicht hast, Neffe. Ich habe an die Universität geschrieben und zu Beginn der Lehrveranstaltungen bist du wieder zugelassen. Alles ist vergeben und vergessen."

Christian wurde misstrauisch. „Und was, wenn ich bleiben wollte?"

Johannes lachte. Es klang gezwungen. „Das wird nicht möglich sein. Du solltest vielmehr die Gelegenheit, die Doktor von Schultheiß, Lizentiat Reinhartz und ich dir bieten, dankbar ergreifen, damit du eines Tages auch ein geachteter Jurist werden kannst. Ein angesehenes Leben führen kannst. Aber wir müssen auch noch über etwas anderes sprechen, bevor ich die Anderen von deiner Ankunft unterrichte."

„Das wäre was?"

Johannes führte ihn zu einer der Bänke an der Seite des Raumes, zwang ihn, sich zu setzen. „Ich möchte, dass du deine Erkenntnisse zur Gänze offenlegst."

„Das hatte ich vor. Ich habe Hinweise, aber keine konkreten Beweise."

„Hinweise genügen mir und dem Gericht völlig. Ich will nur nicht, dass du falschen Loyalitäten nachgibst."

„Was bitte …?"

„Lass mich aussprechen. Ich weiß, dass du in diese kleine Hexe verliebt bist, aber sie passt nicht in unsere Familie. Außerdem … Ich weiß einige Dinge, die ich lieber nicht offen zur Sprache bringen würde. Deine Person betreffend."

Christian gab sich gelassen, innerlich kochte er jedoch vor Wut, auch wenn ein Funke Unsicherheit in ihm aufglühte.

„Welche Dinge?"

„Du warst ja so freundlich, mir nach Weihnachten Einblick in dein Refugium zu gewähren. Alle Türen standen offen, also habe ich mir deine Lasterhöhle einmal genauer angesehen. Auch den Keller."

Christian erstarrte. „Du hast mein Laboratorium gefunden", presste er zwischen mahlenden Zähnen hervor. Hilflos. Machtlos. Ärgerlich über die eigene Unvorsichtigkeit.

„Deine *Hexenküche*, ja. Aber da du zur Familie gehörst und ich Skandale eigentlich lieber vermeiden möchte, wäre ich bereit, darüber zu schweigen, wenn du das berichtest, was du weißt und einen Namen nennst. Dann kannst du nach Köln, ohne zurückzublicken. Balve wirst du bald vergessen haben."

„Hast du auf diese Art auch die Menschen dazu gebracht, die Bürgermeisterin zu besagen?" Christians Stimme troff vor Bitterkeit und Anklage.

Johannes lächelte leicht, seine noch makellosen Zähne blitzten auf. „Die Flörkens, ja. Niemand glaubt doch einem solchen Ausbund an Frömmigkeit, nicht wahr? Sie war zu gut, um wirklich zu sein. Und der

Herr Bürgermeister hätte meine Ernennung zum Richter erschweren können. Aber das sind alte Geschichten. Wenden wir uns doch dem Ende der deinen zu, das sehr viel aktueller bevorsteht."

„Ich soll also Maries Familie des Attentats bezichtigen, obwohl ich nicht genau weiß, wer dahinter steckt?"

„Du wolltest doch deine Ermittlungsmethoden als erfolgreich präsentieren! Generationen werden von deiner Vorreiterrolle der angeblichen Vernunft profitieren!"

„Ich kann nicht!" Christian verspürte den Drang aufzubegehren, fühlte aber gleichzeitig eine eisige Leere in sich, die seinen Körper erfasste.

„Du kannst und du wirst. Du hast nicht die Charakterstärke, dich selbst auf den Scheiterhaufen zu bringen. Und glaube mir, bei der Wut, die in unserem Lizentiaten kocht, ist der Scheiterhaufen mit Gnadenakt eine harmlose Alternative. Ja, Herr Reinhartz hat sich erholt und wird an den weiteren Prozessen teilnehmen. Ich bin sicher, er ist nach den Geschehnissen ausreichend motiviert, das Laster der Zauberei bei uns auszurotten." Väterlich legte Johannes seinem Neffen die Hand um die Schultern. „Christian, du bist zu schwach. Das weiß du selbst am besten. Ziehe deinen Kopf aus der Schlinge, solange du noch kannst. Deine Marie hat den Tod nicht zu fürchten, das verspreche ich dir als Richter und Vertrauter des Hexenkommissars. Aber wir brauchen die Schuldigen. Sie müssen bestraft werden, damit die Justiz nicht leidet. Darum wirst du auch nichts von deinem Besuch bei Richter Roeßen erzählen. Auch wenn uns seine Person betreffend eindeutige Gerüchte erreicht haben."

„Der alte Richter ist harmlos! Er hat mich – scheinbar zu Recht – gewarnt, nicht zu tief zu graben."

„Ach, Christian. Denke nicht mehr darüber nach. Wir werden alles richten, wenn du mitspielst und uns nicht den Weg versperrst. Ich werde jetzt den Advocatus fisci und den Commissarius holen. Du wirst unserer Familie heute Ehre machen."

Johannes klopfte Christian auf den Oberschenkel und eilte dann in das Beratungszimmer hinter dem Saal.

Christian erwog kurzzeitig, aufzuspringen und aus Balve zu fliehen, sah aber zu seinem Entsetzen, dass sich unauffällig zwei Büttel an der Tür postiert hatten. Sie zwinkerten ihm zu. Er wäre also nicht weit gekommen.

Was aber, wenn sein Onkel Unrecht hatte und er doch bereit war, für eine Wahrheit, die es in den Augen des Gerichts nicht gab, zu sterben? Ihm kratzte jedoch der Hals, als die Bilder der Hinrichtungen und Befragungen in ihm aufstiegen. Er verfluchte sich selbst.

Die Tür zum Beratungszimmer wurde aufgeschoben.

Kein Entkommen

Christians braune Stute preschte durch den Schnee. Neuer kam hinzu, segelte sacht zur Erde. Die Stute warf ihren Schweif nervös hin und her, streckte ihren Körper wie einen Pfeil, reagierte auf die Anspannung ihres Reiters und die finstere Wand aus Wolken, die am Horizont heraufzog und einen neuen Schneesturm ankündigte.

Christian war sich sehr wohl bewusst, dass unter den Schneemassen, die sich immer weiter auftürmten und seit beinahe November gar nicht weichen wollten, Äste, Steine, Kuhlen oder Gräben verstecken mochten, die seinem Ritt ein jähes und wahrscheinlich sogar tödliches Ende beschert hätten. Dennoch konnte er nicht anders, als dem braven Tier die Sporen in die Flanken zu rammen und ihm die Zügel zu lassen.

Er war endlich auf dem Weg nach Mellen.

Nachdem sein Onkel ihn befragt hatte, hatten ihn auch noch der Commissarius und auch der Anwalt der Regierung, Heinrich von Schultheiß, in die Zange genommen. Bereitwillig hatte er ihnen vom missglückten Schuss und der mysteriösen Kugel berichtet, die er aus der Wand geborgen hatte. Sie war oberhalb des Stuhls eingeschlagen, auf dem Caspar Reinhartz gesessen hatte. Drei Schüsse, drei Männer. Aber gezielt war nur auf den Hexenkommissar angelegt worden, die anderen Opfer hatten eher zufällige Treffer abbekommen, lautete Christians Urteil. Einer der Attentäter musste vom eigenen Zündkraut oder Schwarzpulver auf seiner Waffe an Händen oder sogar im Gesicht verbrannt worden sein.

Beeindruckt hatte sich Heinrich von Schultheiß gezeigt, hatte ihn gelobt und sich dann mit gespitzten Lippen nach dem Sinn der markierten Kugel und nach dem Verbrannten erkundigt. Ob er Erkenntnisse zur Identität der Männer habe. Schließlich seien die Menschen, die derzeit etwas gegen Caspar Reinhartz haben könnten, nicht allzu breit gesät. Es gäbe durchaus Verdächtigungen.

Bevor Christian hatte antworten können, war Caspar Reinhartz ihm ins Wort gefallen und hatte den Namen Schulte in den Saal gespuckt.

Christian war zusammengezuckt, als er den Hass in den dunklen Augen hatte funkeln sehen, war aber durchaus erleichtert gewesen, dass er nur nicken und nicht selbst den Namen hatte nennen müssen.

Dann hatten sie ihn entlassen und die Büttel ausgesandt, um auf dem Schultenhof nach einem Mann mit Verbrennungen an Händen und im Gesicht und drei Musketen zu suchen.

Trotz dieser Erleichterung klebte Christian der Verrat an Marie in der Kehle und er war ohne Umschweife in den Stall gestürmt und hatte sich sein Pferd gesattelt. Vielleicht konnte er selbst jetzt noch etwas ändern, etwas wiedergutmachen.

Schaum aus dem Pferdemaul spritzte ihm ins Gesicht, als das Tier kurz über eine gefrorene Pfütze schlitterte, sich aber noch einmal fangen konnte. Er sollte seine Gedanken besser auf den Ritt konzentrieren und nicht an seine größte persönliche Niederlage verschwenden.

Diesen skrupellosen Männern hatte er nur seine Schnelligkeit entgegenzusetzen.

Er schlug sich an die Stirn, als er an seinen Besuch bei Roeßen dachte.

„Gott wollte es so!", schrie Christian in den Wald, sein eigenes Echo trommelte in seinen Ohren. „Deus lo vult!" Die Buchstaben auf der Kugel ergaben plötzlich einen Sinn für ihn.

Die Erkenntnis, dass auch der Richter, der unbeachtet seiner Wege gehen sollte, mit in die Verschwörung verstrickt sein konnte, traf ihn wie der Schlag. Warum hatte Roeßen die Schultes nur dermaßen angestachelt oder schlecht beraten? Ihr offenkundiges Motiv, eine solche Tat zu begehen, war niemals größer gewesen als nach der Besagung von Elisabeth Schulte. Von Christians Lippen löste sich ein Wutschrei. Was hatte der alte Richter nur getan?

Christian konnte sich nicht weiter mit Roeßens Rolle in dieser Verschwörung befassen, denn der Weg begann steil anzusteigen und auf der Kuppe vor ihm tauchten die ersten Häuser des Dorfes Mellen auf. Rauch hing in der Luft.

Kurze Zeit später jagte Christian durch das Tor des Schultenhofes. Seine Stute rutschte auf ihren Hinterläufen noch einige Meter auf dem glatten Boden, bevor sie zum Stehen kam, als er jäh die Zügel anzog. Überraschung zeichnete sich in seinem Gesicht ab.

Überall wuselten bereits die Diener der Stadt umher, durchsuchten Haus und Stallungen und trieben die Kühe und Pferde der Schultes in die Gatter auf dem Hof.

Die verängstigten Tiere schrien, ihre Körper dampften in der Kälte.

Christian fluchte und sprang von seinem Pferd. Das Gericht musste schon vorher die Büttel ausgesandt haben, ihr Werk war in vollem Gange. Wieder war er benutzt worden! Seine eigene Machtlosigkeit und Dummheit rissen ihm ein Loch in die Seele.

„Seid Ihr hier, um die Habseligkeiten der Angeklagten aufzuzeichnen?", herrschte ihn da einer der Büttel an und deutete fahrig auf das Wohnhaus. „Geht nur hinein, Herr Schreiber. Die Zauberischen sind in ihren Stuben arretiert. Euch kann nichts geschehen."

Christian bekam nur ein Kopfnicken zustande und eilte dann ins Haus. Die Deele war leer, im hinteren Bereich vor den Türen der Kammern und dem Zugang zum ersten Stock standen grimmig wirkende Wachen.

Christian straffte seine Haltung und stolzierte auf sie zu. Dass er sein Arbeitszeug nicht bei sich trug, musste er überspielen.

„Alles in Ordnung?", fragte er lächelnd, als er die Männer erreicht hatte.

„Ja, Herr Gerichtsschreiber. Wir haben alles unter Kontrolle. Die Familie und ihr Gesinde sitzen in den Kammern und flennen die ganze Zeit."

„Habt Ihr jemanden mit Verbrennungen gefunden?"

„Ja, einer der Knechte sieht nicht mehr so gut aus wie vielleicht noch vor ein paar Wochen. Hände und Gesicht sind verbrannt."

Christian spürte den Kloß in seinem Hals. „Gute Arbeit. Ich werde mit den Verdächtigen sprechen, ob sie uns freiwillig verraten, wo wir nach ihren Wertsachen und Zauberutensilien suchen müssen. Ich denke, wir sind alle froh, vor dem Sturm hinter den Stadtmauern zu sein."

Die Männer wechselten einen skeptischen Blick, ließen ihn aber durch.

Christian war noch nie im Haus der Schultes gewesen, Marie hatte ihm nur von ihrem Zimmer erzählt, dass die Morgensonne sie wecke und sie ihr eigenes Bücherregal habe. Christian wanderte orientierungslos durch den Gang und lauschte an den Türen, doch aus keinem der Zimmer hörte er einen Laut. Spontan entschloss er sich, eine der Türen zu öffnen und stand gleich in einem Zimmer, das einem Mädchen gehören musste. Das sanft schimmernde Holz eines Regals, vollgestopft mit Büchern, bestätigte neben verzierten Kissen, bestickten Vorhängen und dem Duft nach Lavendel und Rosen – Maries Duft – seine Vermutung.

„Marie?", fragte er zaghaft in die Stille hinein. Sie konnte ja durchaus auch mit den anderen in einem separaten Raum gefangen gehalten werden.

Er hörte nur einen Seufzer.

„Ich bin es, Christian!", ergänzte er unsicher und eher unnötig.

„Ich kenne deine Stimme", erhielt er eine leise Antwort, die anscheinend unter dem Bett ihren Ursprung hatte.

Christian trat vollends in das Zimmer und schloss die Tür, dann warf er einen Blick auf den Boden hinter dem Bett.

Marie lehnte an ihrem Nachttisch, auf dem sich Bücher stapelten. Sie hatte den Kopf auf die angezogenen Knie und ihre darauf verschränkten Arme gebettet. Ihr Blick hing an der Wand neben sich.

Behutsam näherte sich Christian ihr.

„Wie geht es dir?"

„Gut."

„Haben sie dir etwas … angetan? Dann würde ich sie in der Luft zerreißen!"

Sie schüttelte schwach den Kopf. „Spare dir deine Kräfte. Das muss ich auch."

Christian ging vor ihr in die Hocke, „Schwesterchen, sage mir, was ich für dich tun soll!"

Marie hob den Kopf und sah ihn an. „Du fragst gar nicht, ob es stimmt."

„Das muss ich nicht. Du sagst es mir ohne Worte."

„Verstehst du, warum?"

„Ehrlich gesagt, nein. Ich verstehe nicht, warum gerade jetzt. Nachdem deine Mutter …"

Sie unterbrach ihn. „Ich habe Angst bekommen, dass sie mir noch einen wichtigen Menschen entreißen könnten. Ich musste handeln."

„Hat dich Richter Roeßen ermuntert?"

Marie lachte leise. „Ich musste ihn dazu drängen, mir zu helfen." Ihre braunen Augen wanderten über sein Gesicht. „Ich habe gehört, du hast ermittelt."

Es war keine Anklage in ihren Worten, eher schwang Stolz mit. Christian schnürte ihre Feststellung jedoch den Atem ab.

„Du fragst nicht, ob ich dich verraten habe", erwiderte er schließlich.

„Hast du?"

„Ich wollte nicht, dass so etwas geschieht." Er zögerte vor der Wahrheit. „Ich musste aussagen, sie haben mich gezwungen. Aber ja, ich bedaure es aus tiefstem Herzen. Ich habe euren Namen bestätigt."

Marie nickte und legte dann wieder ihren Kopf ab. Ihre Resignation und stumme Anklage brachen Christian das Herz. Seine Hände griffen nach ihren Schultern, streichelten sie sanft.

„Lass mich helfen, lass mich Wiedergutmachung leisten! Ich bekomme dich schon hier heraus!" Kraft kehrte in seine Stimme zurück. „Du verkleidest dich als Magd, bevor Reinhartz hier ist. Die Büttel werden dich nicht so genau kennen. Ich bürge für dich. Mein Pferd steht draußen. Wir gehen fort."

Marie seufzte wieder, als wolle sie fragen, wo es denn noch Sicherheit geben konnte.

„Höre mir zu! In der Grafschaft Mark gibt es kaum Anklagen oder Prozesse wegen Hexerei. Dort könnten wir uns verstecken, bis dieser ganze Spuk vorüber ist", versuchte er, ihr Herz zu erreichen.

„Wir?"

„Wir beide! Ich werde dich beschützen. Und vielleicht, vielleicht war es Schicksal, dass ich in Köln von der Universität geflogen und nach Balve gekommen bin. Vielleicht habe ich hier die richtige Frau gefunden!"

Marie hob erneut den Kopf. Ihr Gesicht blieb regungslos.

„Christian, das ist schmeichelhaft, aber … Du hast mich verraten. Ich weiß, sie hätten auch ohne deine Hilfe den Weg zu mir und meiner Familie gefunden, aber du warst dennoch dabei und nicht stark genug, dich ihnen in den Weg zu stellen. Du bist mir nicht ebenbürtig. Du musst dich allein deinem Versagen stellen, denn ich kann dir dafür keine Absolution erteilen und einfach so mit dir in die Grafschaft Mark gehen. Wir wären kein gutes Paar. Was wäre mit meinen Eltern? Ich werde sie nicht verlassen, wenn uns die Ausrottung droht." Sie sah ihn ernst an, während über Christians Wange eine Träne lief. „Mein Schicksalsfaden ist schon zerrissen. Ich habe dich lieb und ich bitte dich, meine Geschichte zu erzählen. Überlasse das nicht Von Schultheiß oder Reinhartz. Aber geh jetzt und sieh dich nicht mehr um."

„Marie!", rief Christian getroffen.

Marie wandte ihren Blick von ihm ab und starrte wieder gegen die Wand. Einen Augenblick lang blieb Christian noch vor ihr hocken, aber sie verwandelte sich immer mehr in ein steinernes Abbild seiner Schuld, so starr und regungslos wie sie dort vor ihm kauerte. Schließlich hielt er es nicht mehr aus und taumelte aus dem Zimmer.

Christian nahm nichts mehr wahr, kletterte die Stufen nach unten und hörte nicht auf die Fragen der Wachen. Erst als die kalte Luft im Hof in seine Lungen strömte, konnte er wieder einen Gedanken fassen.

Es war zu spät. Er hatte nicht nur verloren, sondern auch noch selbst das Blatt in die Hände seiner Gegner gespielt, das seine eigene Niederlage besiegelt hatte.

Seine Stute wartete brav am Rand des zugefrorenen Brunnens am Rande des Hofs. Christian tätschelte ihr den Hals und schwang sich dann auf ihren Rücken.

Aus dem Hintergrund beobachtete er, wie die schwarze Kutsche auf den Hof geholpert kam.

Dann schlich er sich davon. Ohne Ziel. Ohne Leben.

Bange Stunden

Marie wusste nicht mehr, wie viele Tage vergangen waren, seitdem sie in dieses Loch gebracht worden war, seit sie vom Karren der eigenen Familie nach Balve getragen und dort in einen der Kerker gewankt war. Minuten zogen sich wie Tage, Tage wie Monate. Die Sonne schien nicht in ihre neue Welt und Geräusche aus der Welt jenseits der Mauern drangen kaum in das Gelass. Eisiger Frost überzog die steinernen Wände, glitzerte im Schein einer Laterne, die vor der Zellentür auf dem Gang in der Zugluft pendelte.

Nur in einer Nacht hatte man ihr ein Kohlebecken in die Nähe der Zelle gestellt. Wahrscheinlich waren die Temperaturen draußen weiter gefallen. Ansonsten hatte sie frieren müssen und ihr Körper schmerzte vor Kälte. Ein weiteres Zeichen, wie gleichgültig der Justiz ihre Unversehrtheit bis zum Prozess sein musste.

Nachrichten von ihrer Familie und dem Gesinde hatte sie keine bekommen. Auf dem Karren hatten sie nicht sprechen dürfen und danach waren sie sofort getrennt worden. Auch ansonsten war niemand zu ihr gekommen außer den Bütteln, die ihr abends eine Mahlzeit und Wasser durch die Eisenstäbe schoben. Jeden Tag oder jede Nacht fürchtete sie das Zusammentreffen mit Caspar Reinhartz oder seinem grauhaarigen Dämon mit den stechenden kalten Augen, der der schwarzen Kutsche auf ihrem Hof entstiegen war. Doch niemand kam. Niemand sprach mit ihr und die Gedanken in Maries Schädel begannen, Gebilde zu formen, die ihr fürchterliche Angst machten. Waren ihre Eltern schon hingerichtet? Warum befragte man sie nicht? Warum wurde sie nicht gefoltert? Was hielten die Balver von ihnen?

Sie hatte sich auf viele schreckliche Möglichkeiten ihres Schicksals eingestellt, als sie den Plan gefasst hatte, Caspar Reinhartz aufzuhalten. Folter, Schmerzen, Durst, Hunger und der entwürdigende Tod unter den Händen des Henkers. Aber dass die stumme Einsamkeit in einer Welt der Unsicherheit das Zermürbendste sein würde, damit hatte sie nicht gerechnet.

Sie weigerte sich jedoch, sich einfach in eine Ecke zu kauern und den furchtbaren Gedanken ihren Willen zu lassen, die an ihr zerrten. Noch wollte sie nicht aufgeben, auch wenn es ihr immer schwerer fiel.

Dann jedoch schob sich irgendwann breiter Fackelschein in die Zelle und Marie hörte nach dieser Ewigkeit der Einsamkeit Schritte auf der Treppe. Sie fühlte, dass es keiner der Büttel sein konnte, in ihrem Herzen begann die altbekannte Furcht zu rumoren und drängte an die Oberfläche. Sie war nicht erleichtert, dass der Moment nun endlich da sein sollte, sie fühlte sich nur noch taub. Vielleicht war es ja doch nur wieder ein Büttel mit einer Schale Suppe?

Aber dieses Mal wurde sie nicht enttäuscht. Wie ein finsterer Schatten bog Caspar Reinhartz um die Ecke, in seiner Faust baumelte der Schlüssel zu ihrer Zelle.

Marie hielt den Atem an, während der Hexenkommissar wortlos den Schlüssel im Schloss drehte und in die Zelle trat.

Ihr Herz hämmerte nicht, wie sie es erwartet hatte.

Caspar Reinhartz sah sich suchend um, fand aber nur einen wackligen Schemel, den man Marie gelassen hatte, um sich selbst niederzulassen.

Er entschied sich gegen das Sitzmöbel, das ihn zu einer eher grotesken Haltung gezwungen hätte, und baute sich im Stehen vor Marie auf.

Lange Zeit betrachtete er sie nur, ohne etwas zu sagen.

Ihm fiel kein Weg ein, das Gespräch zu beginnen, war sich selbst seiner Gefühle nicht sicher. Seit ihrer Verhaftung hatte er sich seine Gedanken gemacht, was er tun würde.

Hasste er sie? Wollte er sie verletzen, töten oder sie doch zu sich zwingen? War sie überhaupt an dem feigen Anschlag beteiligt oder hatte ihr Vater ohne ihr Wissen gehandelt?

Heinrich von Schultheiß hatte ihm die Entscheidung überlassen. Ihm genügten die drei Schützen und die Hexe, die sie angestiftet hatte, völlig für seinen Prozess. Es lag also in Caspars Hand, was mit Marie geschehen sollte. Er hatte sich ausgemalt, wie er sie quälen würde für den Verrat, den sie an ihm begangen hatte. Dann wieder hatte er die

Bilder vor sich gesehen, wie sie ihm in die Arme fiele, wenn er sie vor Folter und Tod bewahrte.

Jetzt, als er vor ihr stand, waren es jedoch ihre Augen, die ihn abhielten, überhaupt *irgendetwas* zu tun.

Stumm sah sie von ihrem Lager aus Stroh zu ihm auf. Schmutzig, mit strähnigen Haaren. Und übel riechend. Ihm war plötzlich nicht mehr danach, sie an sich zu ziehen und ihr alles zu vergeben. Sie würde nur sein neues Wams beflecken. Auch wenn er diesen beißenden Geruch nur allzu gut kannte, musste er sich zusammenreißen, nicht nach dem Taschentuch zu greifen, das er bei sich trug, und es sich auf Mund und Nase zu drücken.

„Marie Schulte, Ihr wisst, warum ich hier bin."

„Das weiß ich." Ihre Stimme war heiser.

„Ich muss Euch fragen, ob Ihr mir nach dem Leben getrachtet habt. Andere dazu angestiftet habt, die Waffe gegen mich zu richten."

„Das habe ich getan."

Caspar schnappte nach Luft, die Worte Maries klebten in der Luft und ließen sich nicht mehr auslöschen.

„Warum?", war das Einzige, das Caspar mühsam hervorbrachte. Seine Zunge wollte sich nicht von seinem Gaumen lösen.

„Weil Ihr es verdient habt. Ihr hattet schlimme Dinge getan. Jemand musste Euch Einhalt gebieten."

„Ich habe nur meine Arbeit getan!" Er bemerkte kaum, dass er sich in der Position befand, sich verteidigen zu müssen.

„Ihr habt weitaus mehr getan! Ihr seid lüstern geworden nach Geld und Macht. Dafür habt Ihr Unschuldige nicht mehr beschützt, sondern wahllos getötet."

„Das ist nicht wahr, Marie! Natürlich verdiene ich mein Geld mit dieser Arbeit und was kann ich dazu, wenn mir die Regierung eine Prämie für jeden Verurteilten zuspricht? Aber ich habe immer nach dem Grundsatz gehandelt, die Unschuldigen vor Unrecht zu beschützen und nur die Zauberischen ihrer gerechten Strafe zuzuführen."

Marie sah ihm in die Augen und das erhitzte Gesicht. Caspar schien in der Tat von seinen Worten überzeugt.

„Ich glaube daran, dass es ein gutes Werk ist, das ich tue. Zauberische schaden den Menschen. Ich bin dazu angestellt, ihnen das Handwerk zu legen."

„Es ist also nur eine Arbeit für Euch ..."

„Was sollte es sonst sein? Ein persönlicher Rachefeldzug? Fanatischer Glaubenskrieg? Geltungsdrang? Ihr seht mich falsch. Ich habe Jura studiert, um das Recht zu schützen und Missetäter zu verfolgen und zu bestrafen."

Caspar war von seinen Worten überzeugt, auch wenn tief in seiner Seele etwas brüllte, das verriet, dass diese Worte nicht ganz der Wahrheit entsprechen konnten, dass da noch etwas anderes in ihm lauerte. Aber er würde seine Seele sicherlich nicht mehr vor Marie entblößen.

Er war Jurist und Angestellter des Staates. Er tat nur seine Arbeit.

Marie wusste nichts mehr zu sagen. Dieser Mann war die Kälte in Person. Und sah seine fehlgeleiteten Taten nicht einmal. Er würde auch sie mitleidslos umbringen, da es seine Arbeit war. Nur noch eine Frage lastete auf ihrer Seele.

„Was ist mit meinen Eltern, Herr Lizentiat? Bitte, sagt mir, was mit ihnen geschehen ist."

Caspar schüttelte den Kopf. „Ich werde Euch über ein laufendes Verfahren nichts sagen. Schließlich betrifft es auch Euch."

Ein Gedanke schlich sich in seinen Geist und er konnte sich ein leichtes Grinsen nicht verkneifen. „Aber Ihr solltet davon ausgehen, dass sie hingerichtet werden. Doktor von Schultheiß hält das Vierteilen für angemessen."

Marie schluchzte auf.

„Marie, was hattet Ihr erwartet? Sie haben mein Leben bedroht!"

„Ich habe Euer Leben bedroht!"

„Niemand hat Euren Namen genannt ... Ich verstehe, dass Ihr Eure Eltern schützen wollt. Es wird nur nichts nützen."

„Herr Commissarius! Caspar, ich bitte Euch! Verschont meine Mutter. Sie hat nichts getan, wusste nichts. Sie ist keine Zauberische und keine Attentäterin!"

Caspar sah mit Genugtuung auf sie herab. Er hatte soeben seinen Weg gefunden, Marie zu quälen. Was brauchte er Daumenschrauben? Er konnte sie noch eine Weile nach Belieben einer Tortur unterziehen, die ihren Geist untertan machen würde. Sie musste sich schuldig und machtlos zugleich fühlen. Wie schade, dass er so bald nach Werl fahren musste, aber bis dahin sollte Maries Seele ihm ausgeliefert sein.

„Ich werde sie alle töten lassen, die mir nach dem Leben trachteten. Ihr aber seid unschuldig, Marie."

Er streckte seine Hand nach ihr aus, zog sie aber zurück, als ihm der Gestank der Zelle wieder in die Nase stieg. Er räusperte sich. „Wir werden sehen, wie der Prozess verläuft, wie lange er dauern wird. Wenn Ihr es Euch überlegt, könnte ich Euch mit nach Werl nehmen. Vielleicht würde es Eurer Mutter dann anders ergehen. Euren Vater und die Knechte kann ich nicht ungeschoren davonkommen lassen. Wie gesagt, das Leben aller liegt in meiner Hand."

Caspar entschied sich, etwas zu überprüfen, das ihn seit seinen ersten Tagen in Balve quälte, und überwand den Ekel.

„Halte still, ich muss etwas nachsehen!", brummte er und neigte sich zu Marie. Grob umfasste er ihr Kinn und drehte ihren Kopf zur Seite. Mit spitzen Fingern schob er ihr Haar zurück, verfing sich in den knotigen Strähnen, sodass Marie durch das Reißen kurz die Luft einsog. Ohne sich darum zu scheren, bog er ihr Ohrläppchen nach vorn und untersuchte den Hals hinter ihrem Ohr. Ihn schauderte es durch die Weichheit, die er fühlte, aber seine Augen konnten nicht das erkennen, was er gesucht hatte. Der Traum vom Hexensabbat war also nichts weiter als ein Traum gewesen! Sein Schatten hatte niemals Maries Hals geküsst und sie mit einem feurigen Mal als sein Eigentum gekennzeichnet!

Etwas enttäuscht kehrte Caspar Marie den Rücken und verließ ihre Zelle. Seine Schritte verloren sich in der Dunkelheit, die Marie nun gänzlich umschloss.

Kapitulation?

Wieder war die Zeit träge wie ein halb ausgetrockneter Fluss durch Maries Zelle geflossen. Sie hatte gehungert, sie hatte gefroren und sie hatte Angst gehabt.

Caspar Reinhartz hatte sich jedoch nicht mehr blicken lassen, hatte keine weiteren Forderungen an sie gestellt. Auch niemand sonst hatte sie befragt oder sie zum Prozess geführt. Sie wunderte sich nur, dass sich der Prozess gegen ihre Familie so lange hinzog.

Sie döste im Dämmerlicht ihrer Zelle und zuckte überrascht zusammen, als jemand leise ihren Namen rief. Sie setzte sich auf und sah vor den Gittern den Schemen eines Mannes stehen. Sie hatte ihn nicht kommen hören.

„Marie, seid Ihr wach?“ Die sanfte Stimme kam ihr bekannt vor, auch wenn sie ihren Sinnen nicht mehr trauen wollte.

„Jetzt schon. Was wollt Ihr?“

Der Schlüssel knarzte im Schloss und der Mann betrat ihre Zelle, ließ sich sofort ihr gegenüber in die Knie sinken.

„Pfarrer Laer!“, rief Marie erleichtert, als sie ihn erkannte, und der Geistliche lächelte.

„Das, was von ihm übrig geblieben ist“, erwiderte er.

Marie erkannte erst jetzt, dass seine rechte Gesichtshälfte mit Narben übersät war. Der Pfarrer entlastete zudem seinen rechten Arm. Er war schmaler geworden.

„Die Doktoren in Arnsberg haben mir helfen können, die Wunden haben sich nicht entzündet und sind gut verheilt. Dennoch bin ich keine Schönheit mehr.“

Marie senkte den Blick und musste daran denken, dass auch dies ihr Werk war.

„Zu sagen, dass es mir Leid tut, was Euch geschehen ist, ist nicht genug“, murmelte sie.

Laer lächelte. „Ich habe den Schützen vergeben und ihnen die Absolution erteilt. Ich trage keinen Groll in mir, denn ich habe mich selbst und aus freien Stücken in die Gefahr begeben. Euch habe ich auch vergeben."

Marie sah dankbar zu ihm auf. „Das ist mehr, als ich erwarten konnte. Herr Pfarrer, vielleicht, wenn es nicht zu viel verlangt ist, könntet Ihr mir Kunde von meinen Eltern geben? Wie geht es ihnen? Ich habe so lange hier im Dunkeln gelegen, dass ich nicht einmal mehr weiß, welche Tageszeit oder gar welcher Monat heute sein könnte."

„Niemand hat es Euch also gesagt …" Die Stimme des Pfarrers wurde betrübt. „Marie, Eure Eltern wurden bereits vor Wochen hingerichtet. Euer Vater und die Diener gevierteilt und ihre Körper nach Arnsberg geschafft. Eure Mutter musste dabei zusehen und wurde danach gehängt und verbrannt. Der Hexendoktor und auch Herr Reinhartz sind fort, aber die Prozesse gegen die Zauberischen gehen dennoch weiter. Herr Reinhartz ist überzeugt, eine weitaus größere Verschwörung auffinden zu können und wird in einigen Wochen zurückkehren, um wieder seinen Wohnsitz in Balve zu nehmen. Er wollte Euch nicht gehen lassen und niemand durfte bis zu seiner Abreise zu Euch."

Er unterbrach sich und streichelte Marie über den Rücken. „Weint ruhig, meine Liebe. Vor mir müsst Ihr Euch nicht schämen."

Marie hatte nur die Bewegungen der Lippen des Geistlichen beobachten können, hatte nicht begreifen können, was er ihr erzählte.

Die einzige Hoffnung, die sie in der Dunkelheit am Leben erhalten hatte, war der Gedanke gewesen, ihre Eltern im Prozess entlasten zu können, ihnen zumindest eine mildere Strafe zu verschaffen und alle Schuld auf die eigenen Schultern zu laden. Sie war bereit gewesen, sich Reinhartz zu ergeben, hätte der sein Versprechen eingehalten, ihre Eltern mit Milde zu behandeln. Caspar Reinhartz hatte mit ihr gespielt, hatte sie gequält mit der Hoffnung, obwohl ihre Eltern längst gestorben waren!

Trauer kam in ihr in diesem Moment nicht auf, nur eine unerschütterliche Wut, die immer heißer zu lodern begann. Sie verbrannte ihre Tränen hinter ihren Augen zu Asche und höhlte ihren Körper aus.

„Herr Pfarrer, verzeiht. Ich kann nicht … Es war alles umsonst."

„Nein, umsonst war ihr Tod nicht. Ihr habt zumindest einen kleinen Erdrutsch losgetreten. Beschwerden wurden an das Reichskammergericht geschickt, auch wenn sich Heinrich von Schultheiß mit Händen und Füßen gewehrt hat. Wir werden sehen, was jetzt geschieht. Ich habe mich bei Richter Höyngk und vor allem beim Stadtrat für Eure Freilassung eingesetzt. Die Attentäter sind gerichtet und Euer Name wurde noch niemals im Zusammenhang mit den Zauberischen ausgesprochen. Nur der Wille von Herrn Reinhartz hat Euch in diesem Loch gehalten und Ihr müsst mir nicht erklären, warum das so sein könnte. Liebe kann auch fehlgeleitet und falsch sein. Kommt, ich bringe Euch in die Pfarrei. Dort wartet ein warmes Bad auf Euch."

Marie wich zurück, bis sie die vertraute Kälte der Wand im Rücken spürte. „Und was dann? Was erwartet mich nach dem Bad? Unser Hof wurde geplündert und meine Familie ist mir bis in alle Ewigkeit genommen. Ich bin allein und habe nichts, wohin ich gehen könnte."

„Marie, ich weiß das alles. Aber Ihr habt so vieles erduldet und wart so stark. Ich bin überzeugt, dass der Herr im Himmel Euren Fuß auf den richtigen Weg setzen wird. Es wird sich alles zum Guten wenden. Auch für Balve. Herr Reinhartz wird verschwinden und der Spuk der Zauberischen auch. Aber ich weiß, dass der erste Schritt einer Reise der schwerste ist. Lasst Euch Zeit."

Der Pfarrer stemmte sich behäbig in die Höhe und strebte auf die Treppe zu. Marie fühlte, wie die Lähmung sie ergriff, als sie die offene Tür ihrer Zelle vor sich sah, den breiten Rücken des Geistlichen, der aus ihrem Blickfeld zu verschwinden drohte.

Die Wände rückten näher und erstickten ihre Stimme, in ihrem Kopf kreiste die Angst um die Trauer und Wut, zwang sie am Boden zu hocken wie ein Tier, das man mit Schlägen abgerichtet hatte. Sollte sie nicht besser auf die Rückkehr von Reinhartz warten?

Marie schüttelte sich und schrie plötzlich alles aus sich heraus. Ihr Schrei zerriss die Mauern und die Angst. Wacklig fuhr ihr Körper in die Höhe und taumelte aus der Zelle. Pfarrer Laer fing sie auf, als sie stolperte. Sie lag an seiner Brust und konnte endlich anfangen zu weinen.

Ihre Tränen rannen in den schwarzen Loden des Mantels des Pfarrers, und Laer ließ es geschehen.

Hermann Laer wusste, dass Caspar Reinhartz durch die Beschwerden nicht aufgehalten werden würde, als er Marie durch die verfilzten Haare strich. Der Hexenkommissar war mehr denn je überzeugt von seinem Auftrag, die Zauberischen auszulöschen. Ihn scherten die Befehle nicht mehr, das hatte er in Absprache mit Johannes Höyngk verkünden lassen. Er würde alle Zauberischen aufspüren und vernichten lassen, die ihm nach dem Leben getrachtet hatten, denn mit dem Opfer der Schultes war er nicht befriedigt worden. Auf Balve kamen weitere schwere Monate zu, aber in seinen Armen lag eben jetzt ein Mensch, der durch seinen Mut alles verloren hatte. Auch wenn er selbst seine Seele hatte retten wollen, indem er wenigstens einen Menschen vor der wuchernden Ungerechtigkeit rettete, fühlte sich für ihn dieser Augenblick schal an. Denn dieser Moment gehörte nur Marie allein.

Ende

Personen

*Die erfundenen Personen sind mit einem * gekennzeichnet.*

Anna im Dreck vom Hövel: „arme Frau aus Hövel", stirbt als eine der ersten am 13. September 1628
Blesin*: Knecht der Schultes aus Mellen
Flörken, Anneken: Die Bürgermeisterin von Balve wird am 5. Oktober 1628 hingerichtet. Ihr Körper wird nicht verbrannt, sondern unter einem Dornbusch beerdigt. Ihr Name ist allerdings nicht überliefert. Der Heimatforscher Josef Pütter schilderte auf Plattdeutsch ihr Schicksal im Gedicht „Wachläuh-Räusen".
Flörken, Wilhelm (*): Ein Bürgermeister Caspar Flörken wird in verschiedenen Briefen und darunter einer Klage genannt. (Der Vorname wurde abgeändert, um eine Verwechslung mit Caspar Reinhartz zu vermeiden.)
Höyngk, Johannes: Balver Richter
Höyngk, Christian*: Neffe Johannes', Gerichtsschreiber und Alchemist
Kerkerinck, Henricus: Bruder aus Hüsten, bediente die Gefangenen
Laer, Hermann: Pastor in Balve von 1621 bis 1636, in seinen Aufzeichnungen findet man Aufstellungen über die Anzahl der Hingerichteten. Er beherbergte die Geistlichen der umliegenden Gemeinden, wenn diese die Gefangenen „bedienten", also ihnen Trost spendeten oder die Beichte abnahmen. Um Rechnungen an das Gericht für die Verköstigung dieser Besucher schreiben zu können, führte Laer Buch.
Merthe*: Maries Amme, wird als Zauberische hingerichtet
Queckstertsche, Lise aus Wettmarsen: wird am 14. September 1628 eingezogen und legt ohne Folter ein Geständnis ab, wird morgens mit umgedrehtem Hals in ihrer Zelle gefunden.
Reinhartz, Caspar: (1596 – 1669) Hexenkommissar aus Werl, war unter anderem seit August 1628 für das Amt Balve zuständig. In Werl öfters Bürgermeister, angesehener und bekannter Bürger und verwandt mit der einflussreichen Familie Von Fürstenberg. Unter seiner Beratung

starben allein in Balve knapp 300 Menschen, weitere 500 sollen in anderen Gebieten dazugekommen sein.

Reinhartz, Anna Maria: erste Ehefrau von Caspar Reinhartz

Roeßen, Henrich: Richter aus Balve, der die ersten Hexenprozesse dort betreut hat.

Schulte, Elisabeth*: Maries Mutter, strenge Katholikin

Schulte, Jörg: aus Mellen, früherer Kutscher des Drosten, wird 12 Tage nach seiner Hochzeit am 7. Dezember 1628 gefangen genommen und später in Arnsberg hingerichtet.

Schulte, Marie*: Marie steht symbolisch für die angeklagten Balver Frauen, ihr geschildertes Leben ist allerdings reine Fiktion. In seiner *Instructio* nennt Dr. Heinrich von Schultheiß nicht die Namen der Verschwörer gegen Caspar Reinhartz, Marie steht mit ihrem Mut, sich gegen den Hexenkommissar aufzulehnen, besonders für sie.

Schulte, Thonis*: Procurator der Mellener Bauernschaft, Besitzer des Schultenhofes* und später Verschwörer gegen Reinhartz. Inspiriert durch den Fund eines „Greveners" in den Akten.

Von Schultheiß, Heinrich: (1580 – 1646) Kurfürstlicher Rat und *Advocatus fisci*; *Hexendoktor* aus Arnsberg, bewohnte das Himmelpförtnerhaus am Marktplatz und baute sich ein Lusthäuschen *Am Dickenbruch* in Arnsberg, wurde für seine Verdienste bei den Prozessen in den Adelsstand erhoben, veröffentlichte 1634 die *Instructio, wie man ohne Gefahr, die Unschuldigen zu schädigen, prozessieren könne*. Später musste er aus Arnsberg nach Köln fliehen.

Von Wittelsbach, Ferdinand: (1577 – 1650) Erzbischof von Köln (ab 1612) und Verfechter der Hexenverfolgungen, verfasste schon 1607 eine Hexenprozessordnung, die 1628 überarbeitet wurde. Er gab im August 1628 den Befehl, mit den Verfolgungen zu beginnen.

Von Wrede, Ferdinand: (1619 – 1684) Sein Vater Stephan von Wrede war der Nachfolger von Hermann von Hatzfeld und ab 1600 Droste des Amtes Balve (bis zu seinem Tod 1628). Die Familie von Wrede residierte auf dem Schloss Melschede. Stephans Sohn Ferdinand von Wrede folgte seinem Vater als Amtsdrost von Balve erst 1641 nach. In der Zwischenzeit führte Ludwig von Schade die Amtsgeschäfte für den noch nicht

volljährigen Ferdinand. 1641 übernahm Ferdinand das Drostenamt.
Wiede, Everhard: Pastor in Enkhausen. In der Pfarrchronik seiner Gemeinde finden sich zahlreiche Namen der Opfer.

Spurensuche

Ferdinand von Wrede, Droste des Amts Balve

Zeitliche Einordnung

Dan anno 1618 erschiene der erschrecklich(er) und unglücklicher cometstern welcher den ganzen römischen Reich Teutscher Nation lauter schwerdt, feuer und flammen, pestilenz, hunger und kummer zugezogen hat.
(Der Werler Bürgermeister **Hermann Brandis** kommentiert den Beginn des Dreißigjährigen Krieges.)

Die Zeit, in die die hauptsächlichen Phasen der Hexenverfolgung im Sauerland fallen, waren in der Tat schwierige Augenblicke. Wie gemacht für Massenhysterie und der Suche nach einem Sündenbock für all das, was im Leben der damaligen Menschen schieflief.

In Balve kam es in den 1590er Jahren zu ersten, vereinzelten Prozessen, die noch nicht automatisch in einer Hinrichtung des Delinquenten enden mussten. Die Hochzeiten der Verfolgung mit insgesamt rund 270 Todesopfern im Gebiet des Amtes Balve lagen 1627 und 1628 und noch einmal in den 1650er Jahren.

Das 16. und 17. Jahrhundert waren Zeiten, die von der Menschheit als unsicher und sogar bedrohlich empfunden werden konnten. Neue Entdeckungen waren gemacht worden, die Wissenschaft rüttelte an den althergebrachten Weltbildern, entsprechendes Wissen wurde schneller und in größerer Verbreitung durch den Buchdruck veröffentlicht. Die Kirche verlor ihre alleinige Machteinstellung im Angesicht der schlimm wütenden Krankheiten, denn die großen Pestwellen dieser Tage zeigten die Ohnmacht der Kirche, etwas gegen die schreckliche Geißel auszurichten. Es kam zu einer Spaltung der Glaubensrichtungen, die letztlich für zwei der großen Konflikte verantwortlich waren, die auch das Sauerland erschütterten: die Truchsessischen Wirren, die das Sauerland direkt beeinflussten, und den Dreißigjährigen Krieg, unter dessen Auswirkungen und Drangsalen auch die Menschen im Sauerland zu leiden hatten.

In der Chronik von St. Laurentius in Enkhausen finden sich konkrete Ereignisse, die den Menschen damals als böse Omen erschienen sein müssen für die Dinge, die später ihr Leben so furchtbar gestalteten:

So erschien im Jahr 1618 bedrohlich der Hallesche Komet am Himmel, wie es auch der Werler Bürgermeister Hermann Brandis im Zitat am Anfang dieses Kapitels geschildert hat. Im gleichen Jahr starb dann eine für das Sauerland bedeutende Persönlichkeit, der Fürstbischof Dietrich von Fürstenberg. Auch Kaiserin Anna verschied im Dezember 1618, ihr Ehemann, Kaiser Matthias, folgt ihr wenige Monate später. Im Februar 1619 schlägt in Soest offenbar ein Meteor ein, schon im Oktober liegt tiefer Schnee und der Roggen kann nicht mehr gesät werden. Auf den Feldern und in den Gärten verfaulen die Früchte. Auch der August des folgenden Jahres malträtiert die Bauern, schwere

Gewitter verwüsten die Felder, in Mellen wird das Haus des Junkers Dunker schwer beschädigt.

Im Februar 1621 ist es so kalt, dass selbst der breite Rhein zufriert. Diese Auswirkungen der „Kleinen Eiszeit" belasten die Ernten stark, es kommt, gepaart mit den ersten Auswirkungen des Dreißigjährigen Krieges, zu Hungersnöten.

Doktor Rainer Decker (Paderborn), bekannt durch seine zahlreichen Publikationen zur Hexenverfolgung in Deutschland, hat einen Zusammenhang ermittelt zwischen dem Ansteigen des Roggenpreises in Meschede und den zunehmenden Zahlen bei den Prozessen wegen Hexerei. Deutlich ist zu erkennen, dass in den Zeiten nach einer starken Preissteigerung auch weitaus mehr Prozesse geführt wurden. Decker geht davon aus, dass die Suche nach einem Sündenbock für solch massives Unheil eine Ursache des Ausuferns der Verfolgungen ist.

Truchsessische Wirren

Zu den *Truchsessischen Wirren* oder auch *Kölner* oder *Kölnischer Krieg* kam es 1582 durch den Wunsch des Erzbischofs von Köln und Kurfürsten Westfalens, Gebhard Truchsess von Waldburg (1547 bis 1601), nicht nur seine Mätresse, die Stiftsdame Agnes von Mansfeld, heiraten zu wollen, sondern auch noch zum reformatorischen Glauben überzutreten. Er sah beide Religionen als gleichberechtigt an, verkündete die Glaubensfreiheit und verstieß, so die Anklage gegen ihn, gegen den *Geistlichen Vorbehalt* aus dem Jahr 1555 (*Augsburger Religionsfriede*), der für einen katholischen Territorialherrn beim Wechsel des Bekenntnisses die Aufgabe seiner weltlichen Herrschaft vorsah. Als Gegen-Erzbischof wurde Ernst von Bayern (oder „von Wittelsbach") gewählt, nachdem Gebhard nach der Heirat mit Agnes von Mansfeld exkommuniziert worden war. Gebhard dachte nicht einen Augenblick lang an einen Rücktritt, sondern strebte den Erhalt seiner Ämter an. Papst Gregor XIII. setzte ihn 1583 ab, doch Gebhard weigerte sich weiterhin und suchte Zuflucht in Westfalen. Ernst von Bayerns Wahl sicherte der Gegenpartei die Unterstützung durch bayrisch-spanische Truppen, die hauptsächlich aus niederländischen Marodeuren bestanden, im aufziehenden Konflikt. Vor allem im Sauerland wütete Gebhard mit seinen Truppen in den Städten, die sich seinem Kurs entgegenstellten, auch wenn er Unterstützung beim westfälischen Adel und in einigen Städten fand. Aus dieser Zeit soll das Balver Motto *Sau fäste ärre Balve, So fest wie Balve*, stammen, das sich gegen Gebhard zur Wehr setzen musste. Der Balver Droste, Hermann von Hatzfeld, war ein scharfer Gegner Gebhards, wie er auf einem Landtag in Arnsberg deutlich machte. Er stand fest zum Katholizismus. Gebhard ließ daraufhin den Sitz des Drosten, Schloss Wocklum bei Balve, angreifen und verwüsten. Anfang 1584 musste Gebhard jedoch aufgeben und floh in die Niederlande, er starb einige Jahre später in Straßburg. Sein Nachfolger wurde der bereits gewählte Ernst von Wittelsbach oder von Bayern, der der Wegbereiter für die Hexenverfolgungen im Sauerland wurde. Sein Bruder Ferdinand, der ihm im Amt nachfolgte, setzte die Pläne seines Bruders in die Tat um.

Dreißigjähriger Krieg

„Dreißigjähriger Krieg: Damit verbinden sich im Schulbuchwissen Konfessionshader und plündernde Landsknechte, Massenschlachten, Verwüstungen, Hungersnot und politisches Chaos. Teuerung, Seuchen und Schübe von Hexenwahn vervollständigen das Horrordrama zum Urbild im kollektiven Unbewussten vor allem der Deutschen: Diese Ballung des Schreckens war ein grauenhaftes Naturereignis, ein „Strafgericht Gottes", Vorschein der Hölle auf Erden."

So formuliert Johannes Saltzwedel den Eindruck, den wir heute vom Dreißigjährigen Krieg haben (1618 bis 1648), macht aber zugleich deutlich, dass die Ursachen und Wirkungen, die Verwirrungen der Zeit weitaus komplexer waren. Es ist schwierig, den Dreißigjährigen Krieg als Gesamtphänomen zu fassen, zu viele Interessen und Standpunkte spielten in seinem Verlauf eine Rolle. Es war auch nicht ein großer

Krieg, sondern eine Aneinanderreihung mehrerer kleiner Kriege, was die verheerende Wirkung nicht schmälern soll. Verschiedene Ansätze stellen unterschiedliche Thematiken in den Mittelpunkt, um die zur Dauerkrise wachsende Konfliktlage entschlüsseln zu können. Neben den zerstörten und nahezu entvölkerten Landstrichen gab es solche, die auch in dieser Zeit wuchsen und gediehen. Individuelle Motive der Beteiligten lassen sich ebenso erkennen wie übergeordnete Ziele. Dennoch bleibt unbestritten, dass die Zeit des Dreißigjährigen Krieges eine Zeit der Unsicherheit war, der Angst und des Verfolgungswahns. Naturphänomene spielten der Angst in die Hände, die Kleine Eiszeit sorgte für Missernten und Hungersnöte, schwere Seuchen drohten, das Strafgericht Gottes zu sein. Vor allem, da der Kampf um den „richtigen" Glauben ausgebrochen war. Im Angesicht der Pestwellen wirkte die geschwächte und geteilte Kirche machtlos. Den Schrecken der Menschen kann man sich heute wahrscheinlich nicht einmal im Ansatz vorstellen: ein dritter Weltkrieg, die Übernahme der Religion durch ominöse Sekten, die weltweite Ausbreitung von Ebola und ein beschleunigter Klimawandel auf einen Schlag beschreiben vielleicht im Ansatz das, was den Menschen damals vor Augen gestanden haben muss – ohne im Gegensatz zu unserem Medienzeitalter heute genau zu wissen, warum all das Elend plötzlich in der Welt stand. In solch einem bedrohlichen Klima ist es fast natürlich, dass ein Schuldiger, ein Verursacher gesucht werden musste. Menschen, die irgendwie nicht in die Gemeinschaft passten, wurden zu Verfolgten, wurden verantwortlich gemacht für all das Leid. Diese Menschen wurden als Zauberische verfolgt, um ein Ventil für Angst und Schrecken zu haben.

Im Sauerland fanden zwar keine großen Schlachten des Krieges statt, dennoch hatten die Städte unter Einquartierungen und umherziehenden Heeren zu leiden. Genannt werden vor allem immer die Hessen und später die Schweden, die im Sauerland für Mord, Brandschatzung und Hungersnöte verantwortlich gemacht werden. Caspar Reinhartz höchstselbst etwa wurde häufiger als Gesandter Werls zu den Verhandlungen mit den feindlichen Truppen geschickt oder lieh der Stadt Werl Getreide, als diese die Forderungen nicht erfüllen konnte.

Auch wenn der große Krieg fern war, erreichten die Menschen auch die Avisen der Postreiter, die ein Netz der Kommunikation bildeten. Informationen über die Verläufe der Schlachten oder sich nahende Truppenverbände wurden also ausgetauscht und schürten die Angst, dass wieder Truppen das Land ausplündern konnten.

Rechtliche Grundlagen der Verfolgung: Die Carolina

Die *Carolina* oder genauer *Constitutio criminalis Carolina* aus dem Jahr 1532 war zu Zeiten der Hexenverfolgung im 17. Jahrhundert die immer noch gültige Strafprozessordnung. Erlassen wurde sie von Kaiser Karl V. und war eine Weiterentwicklung der *Bamberger Halsgerichtsordnung* des Freiherrn zu Schwarzenberg und Hohenlandsberg, der in Bamberg als Richter tätig war. Sie verhinderte zwar die Beliebigkeit und Willkür, die noch in den früheren Hexenprozessen unter der Leitung der Inquisition stattgefunden hatte, ließ aber gerade im Rahmen des Sonderverbrechens, des *Crimen exceptum*, der Hexerei einigen Spielraum. Diese Sonderverbrechen galten als Vergehen gegen Gesellschaft und die Sicherheit des Staates, wurden mit Verrat, Majestätsbeleidigung, Verschwörung und Raubmord gleichgesetzt, bei denen man es als Richter mit den Prozessvorschriften nicht so genau nehmen musste.

Gerade zwei Paragraphen kamen für die Prozesse infrage.

Paragraph 109 befasst sich mit dem Tatbestand des Schadenszaubers und nennt als Strafe die Hinrichtung auf dem Scheiterhaufen.

Paragraph 116 thematisiert die widernatürliche Unkeuschheit oder Sodomie, also den Geschlechtsverkehr mit dem Teufel – die Strafe blieb die gleiche.

Ergänzt wurde in Westfalen die Carolina durch die Hexenprozessordnung des Kurfürsten (1607) und die Prozesse wurden nach den Anweisungen des *Malleus Maleficarum*, des berühmt-berüchtigten *Hexenhammers* geführt.

Bemerkenswert ist, dass zu Zeiten der Hexenverfolgungen in Westfalen die römisch-katholische Kirche bereits von den harten Inquisitionsprozessen abgewichen war und den Sündern durch mildere Strafen die

Gelegenheit zur Reue und Umkehr gab – eine Tatsache, die offenbar den Kölner Erzbischof und die Regierung nicht wirklich interessierte.

Die Instructio des Doktor Schultheiß

Das Buch, das Heinrich von Schulheiß (1580 bis 1646) auch in diesem Roman schreibt, beziehungsweise überarbeitet, ist eine historische Tatsache. Der Arnsberger Hexendoktor veröffentlichte im Jahr 1634 *Eine ausführliche Instruction, wie in Inquisitionssachen des gräulichen Lasters der Zauberei gegen die Zauberer, der göttlichen Majestät und der Christenheit Feinde, ohne Gefahr der Unschuldigen zu prozedieren.* Darin findet sich die Beschreibung des Attentats auf Caspar Reinhartz, das entsprechend in der ersten Phase der Balver Verfolgungswellen geschehen sein muss. (Das Auftauchen des Hexendoktors und seine Einflussnahme auf die Balver Prozesse sind hingegen literarische Freiheiten. Heinrich von Schultheiß ermittelte jedoch als *Advocatus fisci* gegen die Attentäter und ließ sie auch wie geschildert hinrichten.)

Heinrich von Schultheiß wurde wahrscheinlich in Scharmede bei Salzkotten (sein Wappen mit zwei gekreuzten Scharbeilen auf seinem erhaltenen Hausaltar und in der Instructio weist darauf hin) als Sohn des Schulten des Domkapitels, Heinrich Schulte, und seiner Frau Katharina geboren. Sein Vater übte als Großbauer die niedere Gerichtsbarkeit aus und betätigte sich gemeinsam mit dem Lizentiaten Johann Moller an ersten Hexereiprozessen. Moller war dafür bekannt, dass er sich die angeklagten Frauen sexuell gefügig machte, indem er ihnen versprach, sie vor dem Scheiterhaufen zu bewahren. Schon als junger Mann kam Von Schultheiß also in engen Kontakt mit den „Gepflogenheiten“ solcher Prozesse.

Heinrich von Schultheiß strebte zuerst eine Laufbahn als Kleriker an, wechselte dann aber ins juristische Fach. 1601 schrieb er sich an der Universität Würzburg ein und arbeitete nach seiner Promotion beim Mainzer Erzbischof. 1614 kam er als Kurfürstlicher Rat und Advocatus fisci nach Arnsberg und stand hoch in der Gunst des Landdrosten Kaspar von Fürstenberg und des Kölner Erzbischofs Ferdinand von Bayern. Zwei Jahre später ist er als „Hexenrichter" in Hirschberg erstmals tätig, worüber der Geistliche Michael Stappert, der mit den dortigen Gefangenen gesprochen hatte, berichtete. In den 1630er Jahren betreut Von Schultheiß mehrere Gerichte wie Erwitte, Anröchte, Oestereiden und Arnsberg. Er brachte auch den ältlichen Arnsberger Bürgermeister Henneke von Essen ins Gefängnis, der die Prozesse offen kritisiert hatte. Der alte Mann weigerte sich zu gestehen und verstarb in der Haft.

Von Schultheiß' Instructio ist im Grunde eine Rechtfertigung der Prozesse und Vorgehensweise, die Von Schultheiß als richtig empfindet. (Stappert erzählt in *Hochnötige Unterthanige Wemütige Klage Der Frommen Unschültigen.* von Von Schultheiß' Suggestivfragen. Zudem setzte er die Angeklagten mit Androhungen langer Folter unter Druck.) Er verteidigt sie in Dialogform gegen einen fiktiven Freiherrn, Philadelphus des Guten Gewissens zu Gotteshausen, dem er als erfahrener Jurist vor allem die Beruhigung geben will, dass keinem Unschuldigen etwas zuleide getan werden wird – hält man sich an seine Maßgaben. Die Hexenprozesse fanden in der Tat häufig nicht auf das Bestreben der adligen Gerichtsinhaber und Führungsschicht hin statt, sondern wurden von den einfacheren Menschen angestrebt und teilweise bei zu zögerlichen Landesherren eingefordert. Das zeigt, dass durchaus Zweifel an der Notwendigkeit solcher Verfolgungen beim Adel bestanden haben dürften. An diese Männer ist die Instructio gerichtet, entsprechend ist sie nicht auf Latein, sondern auf Deutsch verfasst, richtet sich also gezielt nicht an ein gelehrtes Publikum.

Von Schultheiß' Buch wurde nach seiner Flucht vor schwedischen Truppen (1633) aus Arnsberg gedruckt, beim Druckhaus Quentel in Köln, mit dem Von Schultheiß' Frau Adelheid, geborene Kemp, verwandt war. Immerhin rund 500 Seiten stark, fand es jedoch nicht die Von Schultheiß erhoffte Resonanz und wurde sogar nach Forderung eines Gutachtens durch Erzbischof Ferdinand, dem offenbar langsam Zweifel an den Hexenverfolgungen kamen, von Kölner Theologen „verrissen". Unter anderem erkannten die Gutachter, dass „wer einmal von so einem Richter verhaftet worden sei, dem scheinen schier keine Mittel obhanden zu sein, sich wiederum daraus zu wickeln".

Dies bedeutete den Niedergang des ansonsten so erfolgreichen Mannes, der für seine Verdienste im Kampf gegen die Zauberischen sogar in den Adelsstand erhoben worden war und seinen neuen Lebensstil mit einem Lusthäuschen und Fischteichen in Arnsberg zu begehen dachte.

Dass er tief von dem überzeugt war, was er tat, zeigt der Satz unter seinem Bildnis in der Instructio, den er auf jeder Seite wiederholen ließ: *Clementissime Jesu, illumina intellectum meum* (*Gnädigster Jesus, erleuchte meinen Verstand*).

Caspar Reinhartz – Ein angesehener Mann

Caspars Bruder Michael (hier als Abt des Klosters Wedinghausen) ähnelt stark den Familienporträts der Von Fürstenbergs - vielleicht tat dies auch der Hexenkommissar

Heute kaum vorstellbar, aber der Mann, der allein im Amt Balve um die 300 Menschen als Hexen und Hexer verurteilt hat, war in seiner Heimatstadt ein angesehener Bürger, der sogar mehrfach zum Bürgermeister gewählt wurde. Insgesamt soll allein dieser Hexenkommissar um die 800 Hexen auf den Scheiterhaufen geschickt haben, da er neben dem Amt Balve auch weitere Bezirke betreute.

Der Hexenkommissar mit der traurigen Berühmtheit, Caspar Reinhartz, stammte aus Werl, er war Lizentiat beider Rechte[1].

Entgegen der Theorien von Heimatforscher Josef Pütter, beim zuständigen Hexenkommissar könnte es sich um Jobst von Hoecker oder Christian

1 Lizentiat war ein akademischer Grad zwischen dem Bakkalaureat und dem Doktortitel.

Kleinsorgen handeln, war der für das Amt Balve zuständige Hexenkommissar jedoch Caspar Reinhartz, ein Lizentiat aus Werl. In den erhaltenen Briefen des Balver Richters Johannes Höyngk zur Verfolgungswelle um 1650 wird immer wieder Reinhartz als Berater genannt.

Die Familiengeschichte der Reinhartz in Werl beginnt recht ungewöhnlich. Caspars Vater Franz war der Notar des kurfürstlich kölnischen-geistlichen Hofgerichts in Werl, er stammte aus Gennep. In zweiter Ehe heiratete er Ursula Fürstenberg, die illegitime Tochter des Mainzer Domherrn aus der einflussreichen Adelsfamilie *Von Fürstenberg*. Friedrich von Fürstenberg hatte ein Verhältnis mit seiner Haushälterin Katharina Meckelhauser, woraus seine Tochter Ursula entsprang.

In den Tagebüchern der Jahre 1594 bis 1608 seines angeheirateten Verwandten Kaspar von Fürstenberg finden sich zahlreiche Hinweise auf Franz Reinhartz, unter anderem wird der Fürstenberger zum Gevatter seines Sohnes Michael gebeten, der 1631 an der Pest erkrankt ins Kloster Wedinghausen (in Arnsberg) eintritt und später (1663) Abt werden sollte. (Von ihm ist ein Porträt erhalten, das große Ähnlichkeit zu Fürstenberger Porträts aufweist. Vielleicht ähnelte auch Caspar äußerlich dieser Familie.) In den Tagebüchern ist auch vom älteren Sohn Caspar die Rede.

Geboren wurde der spätere Hexenkommissar Caspar Reinhartz als wahrscheinlich dritter Sohn der Familie um den 22. Dezember 1596. Nach dem Studium der Rechte (vermutlich an der Kölner Universität) war er zuerst in unbedeutenderen juristischen Funktionen tätig, bis sich für ihn die Gelegenheit ergab, als *Commissarius inquisitionis magiae* zu agieren. Dies war der Grundstein für seinen Aufstieg.

Die Hexenkommissare konnten in den Diensten des Landesherrn nicht nur einen angesehenen Beruf ausüben, sondern gleichzeitig auch noch ein erkleckliches Sümmchen zusammenbekommen. Für jeden Prozesstag bekam der unparteiische Rechtskundler immerhin zwei Goldgulden, später wurden Prämien für die Verurteilungen ausgesetzt, sodass häufig einfach nur noch zeitsparend „kurzer Prozess" gemacht wurde. Die Vermögen der Verurteilten wurden für die Tilgung von bestehenden Schulden genutzt, der Rest fiel Kurköln zu, über die Aufteilung oder Verwendung hatte der jeweilige Beamte zu entscheiden.

Caspar Reinhartz wird in den Ratsprotokollen der Stadt Werl als Pächter einer der Stadtwälle zwischen der Steiner und der Melxter Pforte in der Nähe seines Wohnsitzes in der Kisastraße erwähnt. Dort besaß er ein kleines Haus mit einem Raum, ein sogenanntes *Gadem*, und er hatte vom Rat auch die Rechte an der Fischerei im Graben gepachtet. Des Weiteren ist eine Urkunde erhalten, in der er einem Juristenkollegen, Friedrich Bilstein, dreieinhalb Morgen Land zwischen dem Werler Siechenhaus und der Ortschaft Büderich verkauft hat.

Aber auch als Wohltäter der Stadt taucht Reinhartz immer wieder auf. Als die Stadt Werl aufgefordert wurde, innerhalb von drei Tagen 6000 Brote zu stellen, haben die Bürger dafür nicht genug Getreide. Werl leiht sich von Caspar Reinhartz einen Teil des benötigten Korns. Dafür erhält er die Rechte an einem Stück Land in der Uffler Vöhde. Oft genug verhandelte er zudem die Forderungen der Kriegsherren an die Stadt Werl und versuchte, diese abzumildern oder gar abzuwenden, sicherte sich dadurch nicht nur weiteres Ansehen, sondern auch die eine oder andere finanzielle Belohnung.

Oft wird der Bürgermeister und Rechtsgelehrte in den modernen Darstellungen verschiedener Autoren als Familienmensch oder liebevoller Familienvater beschrieben. Einzige Hinweise darauf sind jedoch seine beiden Ehen, aus denen 12 Kinder hervorgingen. Doch nicht nur sein Leben als Hexenkommissar verlief eher kompromisslos gepaart mit einer eisernen Zielstrebigkeit, will man daraus seinen Charakter ablesen. Auch sein Werler Leben war fern der völligen Skandalfreiheit oder dem Ansehen eines reinen „Gutmenschen". Klagen gegen seine Mitbürger sind genauso überliefert wie seine vermutlich bockige Art, wenn etwas nicht nach seinem Willen ging. Als er von zwei Stadtdienern aufgefordert wird, den Pfandschilling für die Pacht des Grabens zwischen der Steiner und der Barspforte zu entrichten, erwidert er laut Protokoll, dass er den Graben nicht wolle und er verlange den Pfandschilling und seine Auslagen zurück. Für seine Dienste verlangte er immer wieder Erstattung und Vergütung vom Rat, machte seine Forderungen gegen seine Nachbarn und Mieter durch Beschwerden und Klagen beim Rat juristisch geltend. Einen Schneider namens Kemmerling beschuldigte er, ihn bei der Rechnung betrogen zu haben und forderte eine exemplarische Strafe für ihn. Der Schneider Kemmerling floh aus der Stadt, wahrscheinlich eingedenk des Rufes, den Reinhartz besessen haben muss. Auch der Schweinehirt, der Reinhartz' Schweine auf dem Wall hütete, wird von ihm beschuldigt, die Tiere so misshandelt zu haben, dass Reinhartz eines der verletzten Tiere erstattet haben möchte. Diese Tatsachen zeichnen das Bild eines Mannes, der zielstrebig auf seine Rechte pochte und durchaus auch als streitbar gesehen werden kann, vielleicht sogar rücksichtslos im Hinblick auf die Verfolgung seiner Ziele.

Skandalöses Aufsehen erregten aber sicherlich eher die Aussagen einer Frau Elsche Kalthoff vom 15. März 1655, die von einer anderen Frau gehört haben will, dass „Maria Ruendicker kaum etwas besessen habe, als sie in das Gadem des Offizials gezogen wäre, nun habe sie mit Seide verzierte Bettlaken". Maria Ruendicker war als Bedienstete in das Haus Reinhartz' gekommen und offenbar kursierte in Werl das Gerücht, dass Hausherr und Hausmädchen nicht nur eine geschäftliche Beziehung pflegten. Die Beschuldigte Maria Ruendicker stürmte laut Protokoll in das Haus der Kalthoff und drohte der redseligen Dame, sie würde ihren Vater am Galgen ablösen. Ganz haltlos können die Vorwürfe an Maria Ruendicker also nicht gewesen sein, bedenkt man die Heftigkeit der Reaktion.

Ob diese Maria mit der Marie des Romans identisch sein könnte, bleibt der Fantasie überlassen, denn Marie Schulte (und ihre Familie im Roman) hat es nicht gegeben – zumindest wird sie nicht in den Dokumenten benannt – und ist eine der frei erfundenen Figuren des Romans.

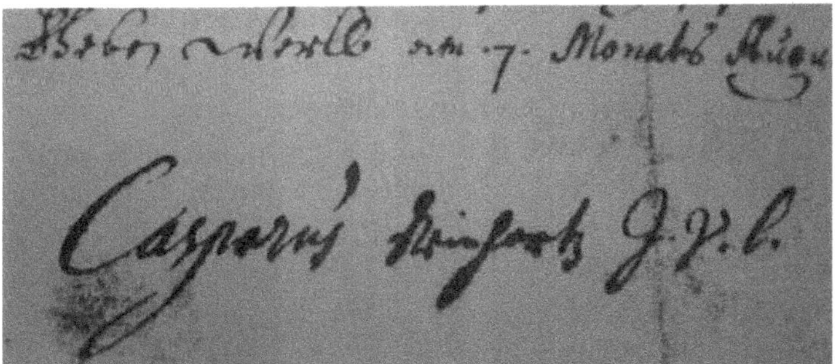

Das Amt Balve

Blick auf Balve

Das Amt Balve bestand seit dem 14. Jahrhundert. Neben dem Gebiet der Stadt Balve gehörten noch die umliegenden Kirchspiele und Bauernschaften dazu: im 16. Jahrhundert das Kirchspiel Hüsten bei Arnsberg, welches das Kloster Oelinghausen, Holzen, Herdringen und Stiepel umfasste, das Kirchspiel Enkhausen mit dem gleichnamigen Dorf, Hövel, Melschede, Retringen, Möringhof, Wenningen, Kirchlinde, Wettmarsen, Ainkhausen, Dahlsen, Dreisborn, Estinghausen. Das Kirchspiel Balve bestand aus Höveringhausen, Garbeck, Frühlinghausen, Leveringhausen, Volkringhausen, Binolen, Grübeck, Horst, Eisborn, Beckum, Asbeck, Langenholthausen und Mellen. Hinzu kam noch das Kirchspiel Affeln: Küntrop, Blintrop, Käsberg, Altenaffeln. Man geht von einer Bevölkerungszahl von etwa 6000 Menschen aus, die im Amt Balve gelebt haben. Im 19. Jahrhundert ging das Amt Balve dann in preußische Verwaltung über.

Die Balver Hexenprozesse

1591/92: Trina Karhöfer und Eva Hagens, Asbeck kommen frei.
1592: Meiersche aus Möringen bei Eisborn angeklagt, wieder auf freien Fuß gesetzt; Hermann Volle aus Beckum durch „fünf hingerichtete Hexen der verdammlichen Zauberei angeklagt", hat sich der Verhaftung durch Flucht entzogen, kehrte zurück und wurde erneut eingezogen.
1593 Schottlers Tochter vom Hövel wird hingerichtet, mehrere Weibspersonen „ausgestaupt".
1594 beschweren sich Kirchspielleute von Enkhausen beim Landdrosten, dass sie durch Hexen und Zauberer in größte Bedrängnis gekommen seien, wahrscheinlich folgen viele Verhaftungen.
1594 Catrin Koening aus Affeln wird am 24. September der Wasserprobe unterzogen und verhört, frei? (*Archiv Melschede (Dep. LWL-Archivamt f. Westfalen, Münster), Bestand: Altes Archiv, Akten, Nummer* 2116), sie benennt Greite, des Wollners Kracht Hausfrau, Greiteken, Hessen Tochter (aus Affeln oder Altenaffeln) und Katharina, Schohmachers Hausfrau, die ebenfalls verhört wird und zehn Fälle von Viehbeschädigungen gesteht.
1596 stehen Katharina Severins, Stina Hessen, Else Beckers aus Altenaffeln, Katharina Honerdes aus Blintrop, Cäcilie Brusecker aus Affeln in Balve vor Gericht; die Eltern des Pfarrers Georg Braun aus Affeln werden hingerichtet, er selbst kam in Verdacht und floh mit seiner Schwester. Sein Bruder Johannes, der Bürgermeister von Affeln, kam ins Gefängnis.
Agatha Gruttlers aus Herdringen, Schirpsche vom Hövel, Meiersche von Möringen: es ist unklar, was mit den Angeklagten geschehen ist.
1597 bis 1626 gibt es keine Verfolgungen
1626 werden wieder 2 Frauen angeklagt
1628 kommt der Hexenkommissar Reinhartz nach dem kurfürstlichen Befehl im August nach Balve, kurz nach seiner Ankunft werden 11 Personen aus verschiedenen Orten „auf zwei Male" hingerichtet.

Galgenberg

13.09.1628 Zehn mit Stricken und Schwert getötet: „etliche vornehme Leute aus Balve und eine arme Frau vom Hövel: „Anna im Dreck“: „Sie hatten viel Böses getan mit Erweckung eines Ungewitters, Verderbung der Baumfrüchte, Schnägel und anderes Ungeziefer, wodurch die Feld- und Gartenfrüchte verderbt, auch viele Menschen, Kinder und Vieh umgebracht, welches zu schreiben grausam“.
14.09.1628 alte Queckstertsche gesteht, wird am Morgen mit umgedrehtem Halse im Gefängnis tot gefunden.
19.09.1628 Hinrichtung von 6 Zauberern, darunter Lise Queckstertsche mitverbrannt.
05.10.1628 11 zauberische Personen geköpft, 10 verbrannt, die Bürgermeisterin unter einem Dornstrauch begraben; der Rentmeister von Melschede, Heinrich Balken, wird aus Beckum, seine Frau ebenfalls, geholt.
18.10.1628 5 Zauberer, 2 stehend und 3 kniend geköpft und verbrannt.
13.11.1628 Eine Zauberin lange gepeinigt und in höchster Tortur

schwarz und stumm geworden. Die Wunden, die sie erhielt, sind bald nach wenigen Stunden heil geworden. 9 gemeinlich stehend geköpft und verbrannt, auch Heinrich Balken, der dem Pastor nicht nachbeten wollte, trotzig gestorben, seine Frau aber gesagt, sie sei schwanger und im Gefängnis behalten.

Des Bremmers Frau zum Hövel, die lahme Anna genannt, geholt.

23.11.1628 Hinrichtung von 13 Menschen, darunter Anna und ihre Tochter, ihre Schwester aus Beckum (früher Küchenmeisterin im Schloss des Drosten in Melschede) und die alte Hohlindesche von Kirchlinden. (Kluiter, Blesin in der Horst und der Frone zu Garbeck, Hindrich Balken, Paschetagh, Volker von Garbecke et uxorum, Joan Snoers, Margareten Massen, Annen Baten und Metteken Korten, Dorotheam Balken, Margaretam Paschedages und Elisabetham snoers werden in einer Notiz Hermann Laers nach diesem Datum als von ihm Bediente genannt).

2.12.1628 zu Balve 9 justifiziert, darunter Dorothea, des Wollenscherers Tochter (auch am 9.12.1628 möglich).

7.12.1628 Der Kutscher und Baumeister des Drosten, Jörgen Schulte, der vor 12 Tagen mit Agnes Beckers Hochzeit gefeiert hat, wird nach Arnsberg gebracht.

9.12.1628 9 justifiziert, 4 „geschwelget", 5 geköpft.

17.12.1628 Nebst 2 anderen wird Jörgen Schulte mit dem Schwert gerichtet und verbrannt.

Die Ratsakten aus Affeln (1628/29) nennen noch Kaspar Welter, Heinrich Dröge und Hermann Draue, die beim Hexentanz als Spielmann, König und Trummenschläger (Anleihen an Schützenfeste finden sich bei vielen Schilderungen eines Hexensabbats) zugegen gewesen seien, Bürger bezichtigen sich der Köheverzauberung (Verzauberung von Kühen), der „Todhessung" (etwa Todeszauber) und der Verzauberung von Säuen. Engele Kellermanns klagt, dass die junge Krättersche hinter ihrem Rücken gesagt hätte, wo ihr Vater verbrannt worden wäre, solle sie wohl auch hinkommen.

Die Aufzeichnungen des Pfarres Hermann Laer berichten von den Besuchen seiner Kollegen, die Gefangene ihrer Gemeinden zu „bedienen“ hatten, ihnen also Trost spenden und die Beichte abnehmen sollten. Unklar ist, ob alle Angeklagten danach auch wirklich hingerichtet wurden.

5.2.1629 Boelmann, Diederichen overmann und die loßesche bedient von Laer
2.5 1629 10 Personen verrichtet
5.5.1629 10 Gefangene „bedient“
9.5.1629 12 Personen verrichtet
10.5.1629 12 Gefangene „bedient“
Im Mai 1629 14 Gefangene „verrichtet“
13.6.1629 14 Gefangene „bedient“
21.6.1629 12 Gefangene „verrichtet“
14.10.1629 13 Gefangene „bedient“
Georgstag (23.4.) 14 Gefangene „bedient“
Bonifatiustag (5.6.) 10 Gefangene „bedient“
12.6.1630 12 Personen justifiziert
27.6.1630 12 Gefangene „bedient“
6.7.1630 9 Gefangene „bedient“
12.7.1630 10 Personen justifiziert
23.7.1630 18 Gefangene „bedient“
Severinstag (8.1.) 10 Gefangene „bedient“
5.11.1630 5 (6) justifiziert

Dies ist das Ende der ersten Phase der Verfolgung im Amt Balve. Um das Jahr 1650 flackert die Hysterie erneut auf und aus dieser Zeit stammen die Briefe des Richters Johannes Höyngk, die im Alten Archiv Melschede erhalten sind.

Auf dem Richtplatz wächst heute nur noch Gras.

Attentat auf Reinhartz

In Balve lag die Aufgabe der rechtlichen Beratung des Gerichts in den Händen Reinhartz’, der im August 1628 seinen Wohnsitz dort nahm, nachdem ein kurfürstlicher Befehl ergangen war, die Gefängnisse, Löcher und Türme für die zu erwartenden Hexenprozesse fertig zu machen. Zuvor hatten die Geistlichen von den Kanzeln gegen das Hexenunwesen durch Anordnung des Landesherrn predigen und die Menschen ermahnen müssen, keinen Zauberischen zu schützen. Gleich nach seiner Ankunft ließ Reinhartz elf Menschen „einziehen“, die dann auch an zwei Brandtagen hingerichtet wurden.

Versuch einer Rekonstruktion der fiktiven Sigil

Noch bemerkenswerter ist aber, dass die Balver Bürger die ausartenden Verfolgungen anscheinend nicht ohne Widerstand gegen Reinhartz hinnahmen, auch wenn er vom Drosten oder dem Balver Richter Johannes Höyngk immer wieder zu Rate gezogen wurde. Gegen Reinhartz fand, im Grunde ein einzigartiges Ereignis, ein Mordkomplott statt: „Hat das Weib, dessen ich iro Meldung getan, mit ihrem Mann und anderen, um den Herrn Lizentiat Reinhartz zu töten, nachfolgenden Anschlag gemacht. Das Weib und ihr Mann haben ihren Diener persuadirt (überzeugt), er wäre viele Male von den Hingerichteten besagt worden und der Commissarius wollte ihn zur nächsten gefänglichen Einziehung auch hinführen lassen. (…) Haben dieselben dem armen Menschen geraten, er sollte dem Commissario eine Kugel schenken und ihnen helfen. Als er sich dazu geneigt, sich dazu verleiten zu lassen, haben der Mann und noch einer von den Conspiranten Kugeln gegossen, in etliche Stücke zerspalten und das Rohr mit den Stücken sehr scharf und stark geladen und dem Diener gegeben. (…) haben sich zwei, meiner Erinnerung nach, oder drei Zauberer (…) heimlich in die Stadt begeben und sich drei Tage, bis der Commissarius ankam, sehr verborgen gehalten. Als der gute Herr zu Balve angelangt und in des Bürgermeisters Haus mit dem Herrn Pastor, dem Bürgermeister und Gerichtsschreibern zum Nachtessen an der Tafel gesessen hat, ist der arme schlechte (schlichte) verführte Knecht samt denjenigen, welche für drei Tage in die Stadt heimlich gekommen waren und sich verborgen gehalten hatten, mit scharf geladenen Rohren an des Bürgermeisters Haus auf der Straße zu den Fenstern gegangen. (…) So haben die Schelme sehr wohl absehen können, wo der Lizentiat Reinhartz saß und dann haben die Mörder zugleich auf den Commissarius und die beisitzenden Personen los gebrannt. Der Commissarius ist mit etlichen Stücken und Kugeln durch den Kragen an der Gurgel getroffen worden, der Gerichtsschreiber durchs Haupt, dass das Gehirn durch die Stube zersplittert. Des Commissari Diener durchs Herz und der fromme Herr Pastor durch den Arm geschossen und auch am Angesicht verletzt worden." (Das schwer lesbare barocke Deutsch der Quelle wurde vom Autor etwas an das heutige angepasst.) Der berühmt-berüchtigte Hexenjäger und *Advocatus fisci*[2], Doktor Heinrich von Schultheiß aus Arnsberg, führte den Prozess gegen die Balver Attentäter, ließ sie letztlich vierteilen und die Überreste nach Arnsberg schicken. Die Frau, bereits als Hexe besagt, wurde enthauptet und verbrannt. Da Heinrich von Schultheiß 1634 Bezug auf die Ereignisse in Balve nehmen konnte, würde bedeuten, dass das Attentat auf Reinhartz nach dem Anlaufen der ersten großen Prozesswelle stattgefunden haben muss. Auch die Opfer aus der Oberschicht, wie von Schultheiß angedeutet, widersprechen dem nicht. Denn auch gleich zu Beginn der Hexenprozesse waren nicht nur unbedingt arme, alte und dadurch hilflose Witwen oder sozial schwach gestellte Frauen Opfer – wie das Beispiel der „Bürgermeisterin" aus Balve, die unter den ersten hingerichteten Personen war, anschaulich macht.

Schloss Melschede

2 Sonderstaatsanwalt

Aus dem *Archiv Melschede* stammen einige der Akten zum Balver Hexenwahn. Hauptsächlich handelt es sich um Briefe aus der Zeit der zweiten Welle der Verfolgungen aus den 1650er Jahren, die Richter Johannes Höyngk an den Freiherrn Ferdinand von Wrede verfasst hat. Darin bezieht er sich auf den Rat Caspar Reinhartz oder den eines Doktor Godden. Eine Ausnahme macht das erwähnte Verhörprotokoll der Catrin Koening aus Affeln aus dem Jahr 1594.

Alle hier zitierten Akten stammen aus dieser Quelle:

Archiv Melschede (Dep. LWL-Archivamt f. Westfalen, Münster), Bestand: Altes Archiv, Akten.

Die jeweilige Nummer der Akte steht unter ihrer Überschrift.

September 1594 – Verhör der Catrin Koening aus Affeln

(Aktennummer 2116)

Am 24. September begann das Verfahren gegen Catrin Koening aus Affeln mit ihrer Verhaftung und Überführung ins Gefängnis. Sie wurde „auffs Wasser geworffen“, also einer Wasserprobe unterzogen. Die Wasserprobe war zwar ein Mittel überkommener Gerichtsbarkeit, wurde jedoch offensichtlich als Gottesurteil auch im 17. Jahrhundert noch genutzt. Im Balve benachbarten Menden existiert bis heute der „Hexenteich“, in Balve hieß ein Teil des Stadtgrabens hinter dem Drostenhaus „Höyngks Wasser“ – vielleicht ein Hinweis darauf, dass dort durch den Richter die Wasserproben vorgenommen wurden?

Catrin schwamm – und galt somit als Zauberische verdächtig. Gleich zwei Tage später am Montag begann das Gericht mit der Peinlichen Examinierung und Catrin hielt offenbar nicht lange durch. Sie berichtet, dass ihre Mutter Anna ihr die Zauberei bereits mit sieben Jahren beigebracht habe. Sie habe sich einen „theuffel heest zusogen“ und Gott und seine Heiligen verleugnen müssen. (Mit „heest“ könnte durchaus eine Art Geist oder hilfreicher Dämon gemeint sein) Mit ihrer Mutter sei sie auch auf einem schwarzen Bock zum Selter Brock (in der Nähe von Affeln gibt es den Stelter Berg, er könnte gemeint sein) zum Tanz gefahren, wo sie „Margarethen Corloins (?), deß Molners

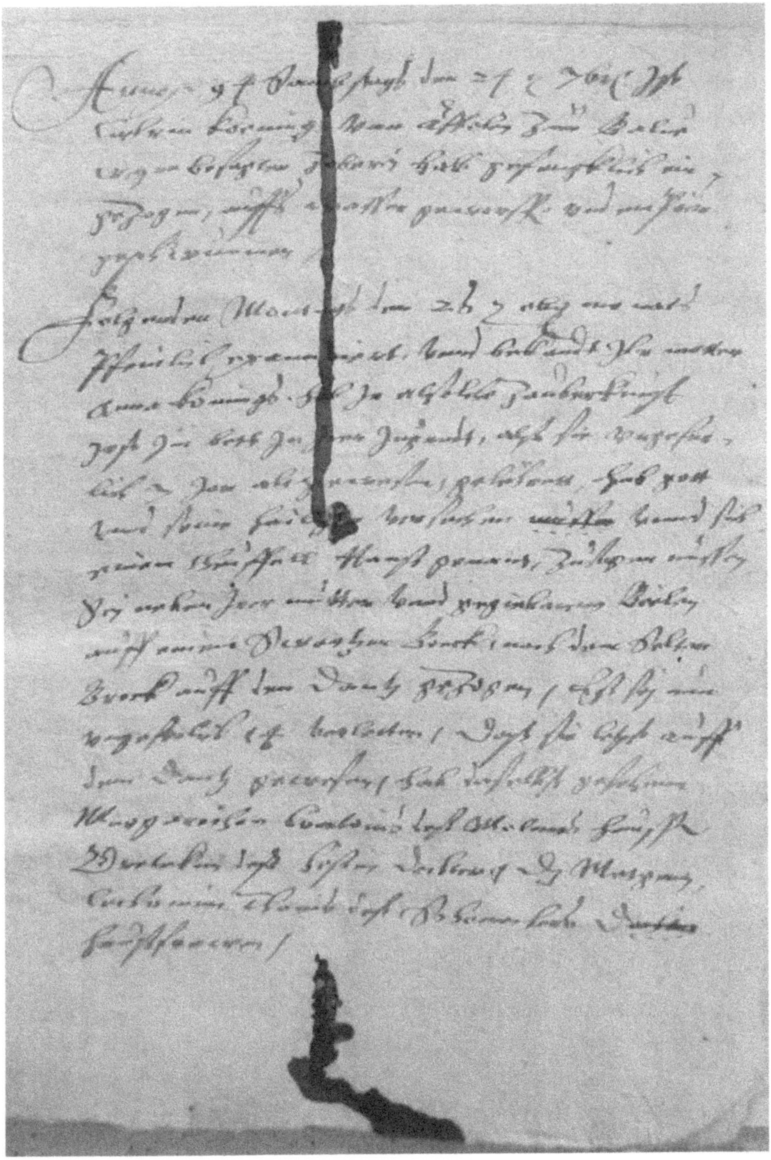

Erstes Blatt des Verhörprotokolls von Catrin Koening

hausfrauw, deß Hessen dochter (und) deß Metgenn Cathrinen Thonis deß Schommecirs dochter haußfrauwen“ gesehen habe.

Im Folgenden beschreibt Catrin, wie sie mit der „schwartze materj“, die sie von ihrer Mutter bekommen habe, zuerst eine schwarze Katze umgebracht hätte. Dann berichtet sie von anderen Tieren, die sie in der Folgezeit mit der Schwarzen Materie gefüttert habe und die daran gestorben seien. Darunter eine schwarze Kuh, ein Reitpferd, das einem Degenhardt gehörte, ein rotbraunes Pferd ihres Vaters (dazu habe sie ihr Buhle gezwungen), im Stall von Berenolt Sewerin zu Freisendorff und bei Lindemann zu Affeln jeweils eine rote Kuh. Sie schildert weitere „Mordfälle“ an Kühen und auch, dass sie im November 1600 wegen einer Verdächtigung bereits einmal verhaftet und des Landes verwiesen worden sei. Sie sei aber ohne Erlaubnis zurückgekehrt.

Der Schreiber notierte, Catrin habe „gutwilligs und ungenottigt bekendt“ und sie habe sich an ein vorheriges Geständnis gut erinnern können, dass sie einmal im Jahr in der „Senthelle“ auf dem Tanz gewesen sei. Dort habe sie Weil. Molners Weib, die Bemsche, Christian Krämerken hausfr. Elsen, Emerken und Tonis Semers jedes Mal gesehen. Sie habe dort auch Verkehr mit ihrem Buhlen gehabt.

Es folgen weitere Tiertötungen von Schafen und Schweinen, die sie „auß zwanck deß theufelß“ begangen habe. Vor zwei Jahren habe sie so etwa ein Schaf und ein weißes Schwein ihres Bruders mit der Materie umgebracht, da seine „hausfrauw“, also Ehefrau, mit ihr böse gewesen sei, da ihre Kuh in ihrem Zaun gewesen sei.

Ein weiteres Opfer sei Thonis Plangen zu Affeln gewesen. Sie habe zwei seiner Tiere getötet, da er einmal unter anderem ihren Bruder Johan Koning geschlagen habe.

In diesem Protokoll wird nicht nur der Verlauf eines Prozesses mit einer Wasserprobe und der Art der Befragung deutlich, sondern auch das Ausmaß des Glaubens an das Wirken der Hexen. Durchweg sind sie von Rache wegen erlittener Ungerechtigkeiten und Schmach getrieben (genau mit dem Zeitraum der Tat angegeben) und rächen sich mithilfe des Teufels an der Lebensgrundlage der Opfer: vor allem dem Vieh, was die Lebenswirklichkeit der Menschen auf dem Land widerspiegelt. Stieß dem Vieh etwas zu, bedeutete das für die Menschen Elend und Hunger. Entsprechend wertvoll waren die Tiere und somit ein begehrtes Ziel für den Schadenszauber.

Wichtig sind im Verhör auch der Zeitpunkt und die Person, die die vermeintliche Hexe unterrichtet und zum Hexentum gebracht hat. In Catrins Fall ihre eigene Mutter.

In diesem Protokoll taucht auch die Schwarze Materie auf, die der Teufel seinen Anhängern als Zaubermittel überlässt und die in vielen Protokollen immer wieder Erwähnung findet. Des Weiteren werden neben den Namen anderer Zauberischer auch zwei Tanzplätze genannt: der Selter Brock und die Senthelle, wobei der Selter Brock in etwa wie gesagt zu verorten ist. Er liegt ganz in der Nähe Affelns, war Catrin sicherlich gut bekannt.

Der Hof Hesse-König, vielleicht das Zuhause Catrins, befindet sich noch heute gegenüber der St. Lambertus-Kirche in Affeln. Ein Hinweis aus dem Jahr 1686 weist die Hofstelle als eine mittlerer Größe aus. Der damalige Besitzer Johan Koning musste 40 Groschen und 6 Pfennig Schatzgeld zahlen.

Korrespondenz des Balver Richters Höyink betr. Gerichtssachen Balve, insbes. Inhaftierung, Tortur und Hinrichtung von der Hexerei angeklagten Personen; Verhandlungen mit dem Offizial Reinhartz in Werl; Kirchendiebstahl in Balve; Scharfrichter in Balve“, Laufzeit 1644, 1651 - 1659

(Aktennummer 2121)

Die für diese Suche interessanteste Akte aus dem Alten Archiv Melschede ist die Nummer 2121, die zahlreiche Namen von Opfern der zweiten Verfolgungswelle aus den 1650er Jahren benennt und Einblick gibt, wie mit den Zauberischen verfahren wurde, und – um es mit

Richter Höyngks Worten zu sagen – wie „sehr der Schrecken unter den Hexen" war. Es wird von einer kopflosen Flucht nach der Denunziation eines Ehemanns und einer mysteriösen Flucht aus dem Kerker berichtet wie auch von den Foltermethoden der Beinschrauben und des „hölzernen hökens", wobei es sich beim letzteren wahrscheinlich um einen dornenbewehrten Ring oder eine Art „Kapuze" handeln dürfte, die die Gefangenen tragen sollten. Und immer wieder kommt der Teufel seinen Anhängern zur Hilfe ... In dieser Akte fand ich auch Herman Grevener.

1655
Herman Grevener

Hochallwollgeborener undt Gestrengen Großgebietender Herr Droste.

Euer Gestrengere haben (...) eingeholten Rats deß Herrn Doctoris Godden In Sachen deß alhin einhaftirten Herman Grevener die noturft So hirbey gelegt nach Belieben Zurrsehen undt ist wohlgeborne Herr Doctor fast auf meiner Intention kommen. Nemblich dass der theter gebrandtzeichnet, mit Ruthen außgestrichen undt deß Landtz verwiesen werden mochte, Wehn dan mit dem selben solcher gestalt verfahren sollen, oder Euer Gestrel. noch etwa ein ander Bedenkens darin trueg, Bitt mit aller (...) mich darüber zu befellichen die ich Gotlichens gnadenreichen Schutz trewligst recommendire.

Dati Balve den 18 gbris 1655

Dazu passend ein Auszug aus der Carolina:

Straff der procurator so jren partheien zu nachtheyl geuerlicher fürsetzlicher weiß den widertheylen zu gut handeln

115. Item so eym procurator fürsetzlicher geuerlicher weiß seiner parthei, im burgerlichen oder peinlichem sachen zu nachtheyl, vnd dem widertheyi zu gut handelte, vnd solcher übelthat überwunden würd, der soll zuvörderst seinem theyl, nach allem vermögen seinen schaden so er solcher sachen halb entpfecht, widerlegen, vnnd darzu inn pranger oder halßeisen gestelt, mit ruten außgehawen, des lands verbotten, oder sunst nach gelegenheit der mißhandlung in andere weg gestrafft werden.

Dieser Paragraph, die Bezeichnung Greveners als *theter* und nicht als Zauberischer und auch der Hinweis im Brief, dass nicht Caspar Reinhartz mit dem Balver Richter korrespondierte, brachten den Gedanken auf, dass Herman Grevener kein Zauberischer gewesen sein mag. Vielmehr könnte er das Amt eines Procurators innegehabt haben. Procuratoren vertraten, anders als die Advokaten, die Kontakt zu den Mandanten hielten und diese (auch außergerichtlich) berieten, die Partei im Prozess. Sie waren professionelle Juristen. Die Trennung zwischen diesen beiden Ämtern fand allerdings meistens nur an den höchsten Gerichten wie dem Reichskammergericht in Speyer oder dem Reichshofrat statt. Im 17. Jahrhundert hatte sich aber auch diese Trennung schon weitestgehend gelockert.

Der erwähnte „Doctoris Godden" könnte der 1657 zum Bürgermeister von Werl gewählte Doktor Casparus Gödden sein, unter dessen Vorsitz der Werler Stadtrat beschloss, jährlich am 4. März eine Brandprozession auf ewige Zeiten durchzuführen.

1650
Mit den „Captur procediren"

Hochwollgebornen undt Gestrenger großgebietender Herr Droste.

Weil gestern von Hern Lic. Reinhartz Decretum einkommen, alß hab Euer Gestrl. Dießen morgen zu Melschede gesuchet aber nicht angetroffen, also hab zu Euer Gestrl. Zeigerns dißes ablausten lassen sollen, welche auß eingelegten Schreibens der Sachen notturscht zu ersehn, wahn es den Eurer Gestrl. belieben thete wollen wihr in Gotz nahmen mit den captur procediren, Euer Gestrl. geruhen ahnschuern mit allen wenigen Ihr guts sentiment zu rehibiren dero Zuversicht lebendt tfür Euer Gestrl. Gottlichen gnadenreichen Schutz unterdienstlich empfehlen. Balve den 30 Septl. 1650

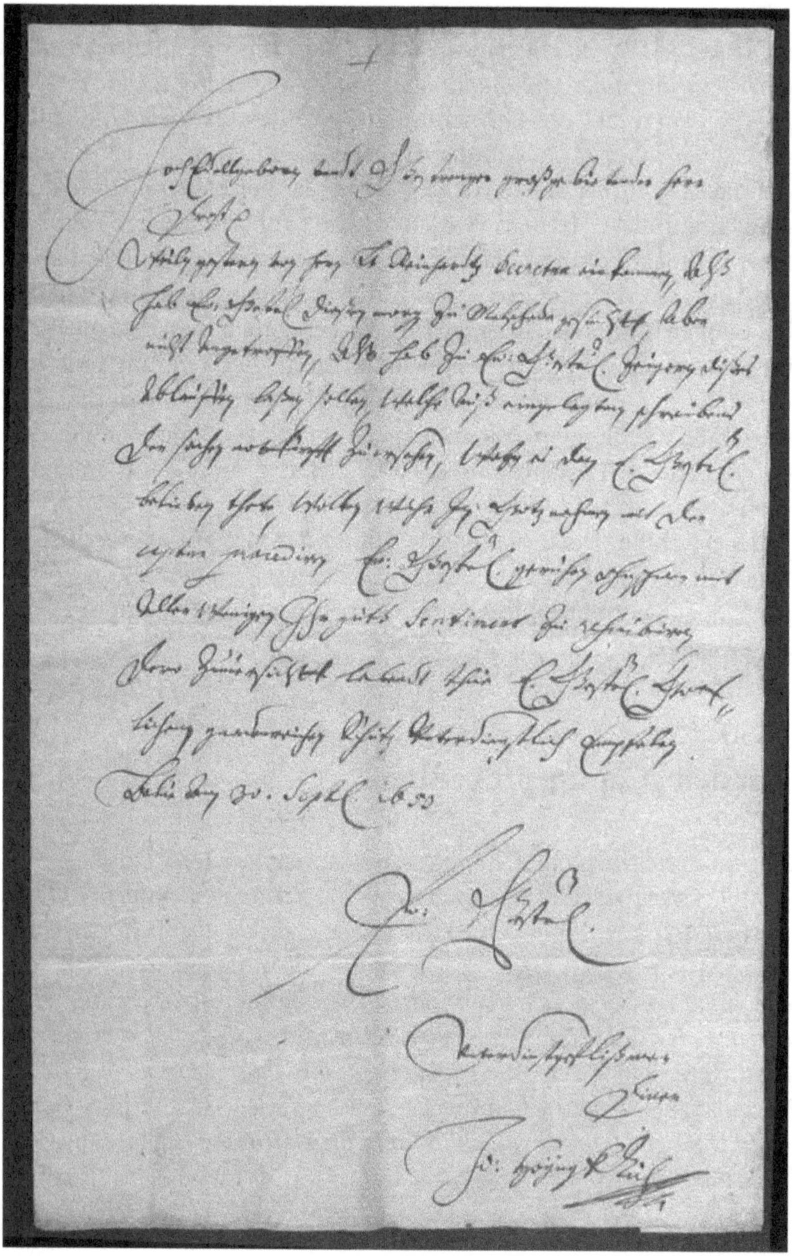

Ew. Gestrl.
unterdinstgeflißener
diner
Jo: Höyngk Richter

In dieser Akte wird auf die Beteiligung Reinhartz' hingewiesen. Dieser habe ein Decretum geschickt, dass mit den Gefangenen weiter prozessiert werden sollte. Johannes Höyngk bittet den Drosten in dieser Sache um Erlaubnis und übersendet das Schreiben, das allerdings nicht in der Akte zu finden war.

1651(?)
Immer wieder müssen Hinrichtungs- und Gerichtskosten nachdrücklich eingeholt werden

In diesem Brief vom 21. August 1651 berichtet Johannes Höyngk von einem ihm offenbar lästigen Angehörigen, der erneut wegen der Erledigung der Kosten seines Weibes gekommen sei, er sei aber nicht anwesend gewesen. Westick zu Holthaußen ist der Name, den Höyngk dem Drosten übermittelt.

Die Angehörigen mussten, so wollte es das Gesetz, für die Kosten der Hinrichtung aufkommen. Das Vermögen der Hingerichteten fiel Kurköln zu. Es liegen detaillierte Listen vor, in denen haargenau die Gegenstände und Besitztümer der Todgeweihten erfasst wurden. Zur Trauer, öffentlichen Peinlichkeit und womöglich Ausgrenzung kamen für die Angehörigen der Zauberer auch noch Kosten hinzu, ihre Lieben von der Justiz ins Jenseits befördern zu lassen. Den Zorn oder die Verzweiflung Westicks zu Holthaußen kann man sicherlich nachvollziehen.

Höyngk berichtet in diesem Schreiben auch von fünf weiteren Verdächtigen. Er bittet den Drosten um die Anweisung, ob und wann alle fünf „captiuirt werden mochten". Er bittet Ferdinand von Wrede auch darum, das Decret an Reinhartz zu remittieren.

1652
Der Schrecken ist sehr unter den Hexen – Flucht aus Balve

In diesem Schreiben vom 13. Oktober 1652 nennt Höyngk wieder konkrete Namen und Vorgehensweisen in den Prozessen gegen die Zauberischen. Er trage die Schuldigkeit, dem „Hochwollgeboren und gestrengen großgebietenden Herr Droste" über den Verlauf der „Inquisitiones magines" zu schreiben.

Ein Bohken zu Mellen habe alles gütlich und anständig bekannt, ohne auch nur die Büttel sehen zu müssen. Auch Friderichs Jasser und Jorgenß Gordtz Frau hätten ohne Tortur oder das Sehen der Büttel alles gestanden.

Die Krukinschneidersche zu Leuringhaußen (Leveringhausen) musste eine Tortur aushalten, während der der Teufel sie „merklich enthalten" (wahrscheinlich zurückgehalten) hat. Danach habe sie aber „endtlich alles vleißigs und umbstenntlich bekent".

Über einen Weitekampf von Blintrop schreibt Höyngk, dass dieser zwei Pater noster lang die Beinschrauben angelegt bekommen habe, danach aber alles gestanden hat.

Ein seltsames Erlebnis hatte Höyngk, als er an diesem Tag Eure/Ern (?) Herdes eingezogen und in der Folterkammer hatte. Im Haus seien zu diesem Zeitpunkt ein Balken und mehrere Dielen heruntergefallen. Ein großes Unglück habe gedroht. Während der Gefangennahme der Herdes am Morgen sei Jossen Fridrichs Frau aus der Stadt auf einen Waldweg geflohen. Drei Frauen seien auf der Suche nach ihr, es sei noch nicht geklärt, ob diese die Geflohene finden können oder sie sich erhängt hat.

Eine weitere Gefangene, die Kettlersche, soll bis zu ihrem Geständnis im Kerker sitzen und wenn sie mit allem konfrontiert worden sei und nichts helfen würde, mit der dritten Tortur belegt werden.

„Der Schrecken ist sehr unter den hexen", schließt Höyngk seine Bestandsaufnahme, bevor er dem Drosten mit den üblichen Floskeln dem Schutz Gottes anempfiehlt.

Die Kosten eintreiben

Wenige Tage (21. Oktober) nach dem obigen Schreiben sendet Johannes Höyngk einen Brief an den Drosten Ferdinand von Wrede, dass die Kosten der justifizierten dreizehn Zauberischen eingetrieben werden sollen. Dazu benötigt er die Anordnung und Bewilligung durch den Drosten. Zudem soll von Wrede entscheiden, was mit den Kosten in Sachen Elßen Ganten zu geschehen habe, ob diese dem Kirchspiel Enkhaußen und Herdringen verbleiben sollen.

Weitere Verdächtige

Am 26. Oktober kehrt scheinbar der Gerichstdiener mit neuen Ratschlägen und Anweisungen des Lizentiaten Reinhartz aus Werl zurück, die Hümpert zu Garbeck, die alte Kollersche zu Langenholthausen und die Scheuersche zu Balve betreffen. Endlich – so lässt sich Johannes Höyngks Erleichterung lesen – sind die Haft- und Folterbefehle auszustellen. Auch Johan, der Sohn der Schnoerschen, die offenbar schon inhaftiert ist, wurde nach seiner Denunzierung eingezogen. Im Brief wird der Widerstand des Johan Schnoers deutlich.

Morgen soll dann die Peinliche Befragung beginnen, der Drost wird hinzugebeten, wenn ihm dieses gelegen käme (wie Höyngk auch in den anderen Briefen schreibt).

1653
Der Teufel befreit eine gefesselte Zauberische aus dem Kerker und bringt sie weit fort

In diesem Schreiben vom 21. Juni 1653 berichtet Richter Höyngk über eine unerklärbare Flucht aus dem Kerker. Die Krucregische, die schon eine Tortur überstande habe, ohne zu gestehen, sei in der vergangenen Nacht aus dem Kerker verschwunden. Trotz eines „holtzernen höken“, den sie angelegt bekommen habe. Nach ihr werde überall gesucht, Höyngk vermutet aber, dass der Teufel sie bereits weit fortgebracht hat.

Er berichtet auch von Elße Me' Hermans, der Schmeuderschen, der Steuersche und der Gutmanschen. Mit Hermans und der Schmeuderschen sei „ratificiert" worden, heute sollen die beiden anderen folgen.

Wahrscheinlich war der „höken" eine Art Halsring oder „Kapuze", mitunter mit Spitzen versehen, den die Angeklagten zur weiteren Folter in den Zellen tragen mussten.

Folter mit Beinschrauben in der Länge des Vater Unser

Am 20. Juli 1653 steht Richter Johannes Höyngk ganz unter der Fügung eines glücklichen Sterns, wie er an den Drosten schreibt. Gleich fünf zauberische Personen seien zum gütlichen Bekenntnis gebracht worden. Nur der Fünften habe man zwei Pater noster lang die Beinschrauben anlegen müssen: Frantz Mollers Frau aus Balve. In ihrer Aussage habe sie die anderen vier aber bestätigt. Auch die Sache der Drogerschen sei noch nicht ganz geklärt. Am Rand des Schreibens sind die Namen *Schotlersche*, *Schefersche*, *Schrorsche* und *Drogische* scheinbar von Von Wredes Sekretär vermerkt worden, um dem Freiherrn die Fälle ins Gedächtnis zu rufen.

„Sofern sie mit der Tortur etwas härter angegriffen worden wäre, hätte der Teufel sie uns unter den Händen umgebracht …"

Die jüngste Exekution von fünf Zauberischen ist vorbei, nur die Schrorsche erwartet am 31. Juli 1653 noch der siebte Teil der Folter. Durch sie laufen hohe Kosten auf, wie Höyngk berichtet, da sie am Tag mit einem Wächter und in der Nacht mit zwei Wächtern versehen werden muss. Sie soll auch mehrere Tage den hölzernen Höken tragen und die Unannehmlichkeiten des Kerkers spüren. Scheinbar macht ihm die Dame zu schaffen, da er sie auch nicht härter mit der Folter angreifen kann, da sie sonst der Teufel unter ihren Händen umgebracht hätte, erklärt der Richter die Umstände. Dann hätte es geheißen, so Höyngk weiter, dass das Weib totgepeinigt würde. Wichtig sind Höyngk auch die Rechtfertigung der durch diese „Milde“ entstehenden Kosten. Er sucht den Rat des Drosten. Er hat aber auch gute Neuigkeiten: „heud haben wihr wieder aufs neue aber vier persohnen Inquisitoriales fertigs gemacht, ob damit *more solito* verfharen sollten“. „Il more solito“ bedeutet „auf gleiche Art“.

Auch ein Brun Stemb, der braune Stemb, findet Erwähnung. Scheinbar herrschte über diesen Fall Uneinigkeit, denn Höyngk hat Kenntnis erlangt, dass der Droste mit einem Leutnant Schulte über ihn und Stemb und dass die Langenholthauser bei diesem Fall unangefochten bleiben sollen, gesprochen habe. Der Richter bittet darum, dass ihm der Droste nichts verübeln oder seine Parteilichkeit annehmen soll. Höyngk wünscht eine einvernehmliche Lösung. Was allerdings das genaue Problem oder der Vorwurf gegen Stemb seien mögen, erwähnt Höyngk nicht.

In diesem Brief wird der tiefe Glaube (oder der äußerst passende Vorwand) deutlich, dass der Teufel direkt seine Hand bei den Verfahren mit im Spiel hat. Er befreit seine „Dienerinnen“ und greift auch ein, wenn seine Entdeckung kurz bevorsteht, indem er die Gefolterten umbringt …

Ob ein sathanigs Weib ex patria zu relegiren sey?

Dass nicht jeder Hexenprozess mit der Todesstrafe enden musste, zeigt ein kurzer Brief Höyngks vom 18. August 1653.

Im Fall der Schroderischen sei alle Hoffnung auf ein Einsehen vergebens. Höyngk habe bereits an Reinhartz geschrieben, ob ein „sathanigs weib ex patria zu relegiren sey“, ob man sie des Landes verweisen könne.

Was sich nach Milde anhören mag, war dennoch eine harte Strafe, da sie den Straftäter von allen Verwandten und Freunden und auch seiner Lebensgrundlage abschnitt. Johannes Höyngk bittet in diesem Brief auch erneut den Drosten um Weisung und Befehl.

Benannt werden als weitere Angeklagte mit Strafbefehl eine Knepper-sche und Holindische, eine Luße Scherer soll wegen ihrer Schwangerschaft noch im Gefängnis bleiben.

Weiter fragt Höyngk beim Drosten an, ob „Schult zu Frühlinghausen" und „Ditherich untern Eichen zu Hobringhausen" im „notigen Fall" als Beisitzer beim Halsgericht hinzugezogen werden könnten.

Erinnerung an die Hexenprozessordnung – Hafterleichterungen im Winter

(Aktennummer 2146)

Hochwollgeborn insbesonders großgeehrten Her Droste

Hernach Ihre Churfstl. (...) zu Cölln unser Großgütigster her (...) eine gewisse Ordtnungh, wie in Ausrottung des abscheulichen hexerey Laster in hiesigem dero Fürstenthums Westfalen prozidirt werden sollte, Großgütigster eingeschickt (...) Ew:ll davon eine Kopy hiermit zu vertigen, gestallt dieselbe Richtern undt Scheffen, vorzuhalten, auch allenthalben so oft nötig, mit hern Licentatio Reinhartz darauß zu communiciren, und mitt fleiß dafür sehen, dass in ihrer ahnvertrautem Ambtt, sowoll wegen der Unkosten allß auch in ipso processe, solcher churf. Ggeben Ortnunge nicht zu widder gehandelt, sondern deroselbe in allen ihren Articulis nachgegangen werden moege, Nach dem dan auch (..) die winterliche Kälte Einhalt und etwas herdt feuer (...) die armme Söndern heu undt (...) in den Kerkerreum und gefengnißes zu be(...) Quall hundt desperation auffzuhalten, So stünde zu bedenken, ob nit beßer (...) biß der Winter (...), mitt den Process in etwa zu (...), undt uber eine Monats(...) 3. oder 4. widder einen Ahnfang zu machen, allßo die leuthe mitt der kälte zu quellen, Befehle dieselbe damitt in

Dati Arnsbergh ahm 13. Oktobris

(...)willige

dvlandtsberghlandtdrostwestphalia

In diesem Brief weist Dietrich von Landtsberg (Landsberg) den Balver Drosten zurecht, dass dieser sich an die Kurkölnische Hexenprozessordnung zu halten habe, sie solle dem Richter und Schöffen vorgehalten werden. Insbesondere wird auch Caspar Reinhartz als zu Belehrender genannt, ihm sei aus dieser Ordnung so oft wie nötig „zu communiciren". Man solle auf die anvertrauten Ämter, aber auch auf die Unkosten achten und nicht zuwider der Ordnung handeln. Der Landdrost schlägt zudem vor, den Verdächtigen im Gefängnis einige Erleichterungen zukommen zu lassen, da der Winter hereinbrechen werde, oder die Prozesse gleich ganz zu verschieben.

Dietrich von Landsberg zu Erwitte war ab 1649 Landdrost des Herzogtums Westfalen und Generalwachtmeister. Der Brief weist eindeutig auf Verfehlungen und unter Umständen auch Beschwerden gegen die Balver Gerichtsbarkeit hin und kommt einer offiziellen Rüge gleich. Gegen die Art, wie Caspar Reinhartz prozessierte, gab es aber bereits ab 1630 immer wieder Beschwerden beim Reichskammergericht.

So sprechen nicht allein nur die hohe Zahl an Opfern dafür, dass die Hexenverfolgungen in Balve „etwas Besonderes" waren. Dort scheinen tatsächlich größere und außergewöhnlichere Vorkommnisse stattgefunden zu haben.

Aufgrund dieser Akten kann man durchaus den Schluss ziehen, dass sich weder der Hexenkommissar noch die Gerichte oder der Droste einer Überschreitung rechtlicher oder moralischer Grenzen bewusst waren. Sie fühlten sich berufen, das Laster der Hexerei vollständig auszulöschen. Es kann nicht ausschließlich an den Kopfgeldprämien gelegen haben, dass etwa Caspar Reinhartz so viele – überdurchschnittlich viele – Hexen zum Tode oder anderen Strafen verurteilt hat. Tief im Innern war die Angst vor der Macht des Teufels in den Menschen verankert und musste um jeden Preis gebrochen werden. Die Justiz wurde mit christlichen Überzeugungen vermischt – auch wenn sie sicherlich nicht zuletzt zum persönlichen Vorteil gewendet (oder durch übersteigerten Ehrgeiz ausgenutzt) wurde.

Die Diener und Dienerinnen des Teufels waren die für verschiedene Parteien willkommenen Sündenböcke, die die Lasten der Zeiten auf ihre Schultern gebunden bekamen. Eine Strategie, sich die Gefahren und Nöte der Zeiten erklärbar zu machen – oder sich persönlich zu bereichern. Durch die Verurteilung der Hexen tat man zumindest etwas gegen Krieg, Pest, Hunger und Elend, wo man sonst nur tatenlos hätte zusehen können.

In der Balver St. Blasius-Kirche existiert ein außergewöhnliches Bild, das in einer Kreuzigungsszene auch die Verfolgung der Balver Hexen zeigt. Zwei nackte Frauen sehen mit gefesselten Händen und betend zu, wie Jesus das Kreuz trägt. Ein Mann mit Hörnern (?) am Hut schlingt seine Zunge um ihre Handgelenke, hält sie damit in seinem Bann oder gefangen. Bedrohlich erhebt sich ein Beil in Händen des Henkers hinter den Nacken der Frauen. Zwar ist dieses Detail im Vergleich zur Kreuzigungsszenerie klein, dennoch ist es eine Besonderheit, denn es macht die Tiefe der Schuld deutlich, die manche empfunden haben mögen. Das Leid der Balver Hexen wird in keine geringere Relation als zum Martyrium Jesus' gesetzt und somit nachträglich angeklagt und verurteilt.

Die Leidtragenden dieser unheilvollen Verquickungen waren im Amt Balve knapp 300 Menschen (im Vergleich zu anderen Verfolgungen in Westfalen überdurchschnittliche viele), die für all das verantwortlich gemacht wurden und dafür sterben mussten. Sie nahmen die Schuld sogar teilweise auf sich, baten den Drosten „ihnen nicht gram zu sein“ – zumindest steht es so in einem weiteren Brief an Ferdinand von Wrede.

Mit einer Stele am Ort der Hinrichtungen wird ihnen gedacht und ihnen ist auch dieses Buch gewidmet.

Hexenstele

Menschen nehmen heute noch Anteil.

Weitere Romane bei Ammianus

Judith C. Vogt bei Ammianus

Das Erwachen
Band I
ISBN: 978-3-9812285-4-0
328 Seiten, Paperback
12,90 €

Gesichtslos
Band II
ISBN: 978-3-9815774-3-3
320 Seiten, Paperback
13,90 €

DIE GEISTER DES LANDES

Fiona wird Nacht für Nacht von prophetischen Träumen umgetrieben – lange Vergessenes regt sich in der Eifel, fremdartige Gestalten erwachen und treiben ihr Unwesen. Keiner würde ihr glauben, was sie nachts sieht; keiner außer drei Außenseitern, mit denen sie sich niemals freiwillig abgeben würde: Dora hält sich selbst für eine Hexe, Edi isst vegetarischen Döner und sammelt Unterschriften in Fußgängerzonen und Gregor läuft mit Schwertern bewaffnet über Mittelaltermärkte. Zähneknirschend geht Fiona mit diesen Nerds ein Bündnis wider Willen ein, aus dem nicht nur eine tiefe Freundschaft erwächst, sondern auch eine ungeahnte tödliche Gefahr.

»Die Geister des Landes« – eine Jugendbuchtrilogie aus einem Land voller tiefer Wälder, wilder Tiere und grimmiger Ureinwohner: Der Eifel!

Marcellus – Der Merowinger
Band I
ISBN: 978-3-9812285-3-3

Marcellus – Graf von Arduena
Band II
ISBN: 978-3-9812285-6-4

Marcellus – Blutgericht
Band III
ISBN: 978-3-9815774-0-2

DIE MARCELLUS-TRILOGIE

Germanien und der Westen Europas im Jahre 486 nach Christus. Die Strukturen des römischen Imperiums haben dem Druck von Völkerwanderung und inneren Krisen nicht standgehalten. An die Stelle der Imperatoren, Armeeführer und Statthalter sind wilde Kriegsherren getreten, die sich einen gnadenlosen Kampf um die Vorherrschaft liefern. Die Welt der Antike ist in Auflösung begriffen und das Mittelalter hat begonnen. In diesen Jahren wächst Marcellus, ein junger Romane, am Hofe des Rheinfranken Sigibert heran. Mit seinen Freunden, Provinzialen und Franken, erlernt er das Handwerk des Kriegers, das ihm nach dem Willen seines Vaters einen Platz im Leben sichern soll.

Die unbeschwerten Tage der Jugend enden, als die Krieger der Alamannen an den Grenzen aufmarschieren, um den Franken die Länder an Rhein und Mosel zu entreißen. Gemeinsam mit seinen Freunden erhält er angesichts des drohenden Krieges den Auftrag, eine burgundische Prinzessin ihrem Bräutigam, dem ihm verhassten Thronfolger, zuzuführen. Das riskante Unternehmen, die ausbrechenden Kämpfe, eine ruchlose Verschwörung gegen das Leben des Merowingers Chlodwig und die Wirrungen der Liebe lassen ihn früh zum Mann heranreifen, der sich auf dem Schlachtfeld von Zülpich beweisen muss.

Wie in Michael Kuhns Erstlingswerk, der Trilogie um den römischen Tribun Marcus Junius Maximus, ist der Handlung eine Spurensuche angegliedert. Der Leser ist gleichsam eingeladen, die Handlungsorte des Romans aufzusuchen und viel Wissenswertes über die Zeit des frühen Mittelalters aufzunehmen.

Alle Bände erscheinen in hochwertig gebundener Form
zum Preis von je € 19,90.